Almost SPEECHLESS

DIE TIEFE DEINER WORTE

SINA MÜLLER

IM PRE SS

© by Designstudio Ihmsen

Sina Müller lebt mit ihrem Sohn, ihrem Freund und ihren beiden Katzen im Süden Deutschlands. Hoffnungsvoll romantisch – das trifft nicht nur auf die Autorin selbst zu, sondern auch auf die Protagonistinnen ihrer gefühlvollen Romane, die sie neben ihrem Beruf als Marketingspezialistin in jeder freien Minute schreibt. Findet sich dann doch noch etwas Zeit, tanzt die Freiburgerin gerne auf Konzerten oder widmet sich allerlei kreativen Näh- und Bastelprojekten.

Liebe Leser*innen,

dieser Roman wurde anhand eines Sensitivity Readings auf eventuell schädliche oder missverständliche Darstellungen der Kommunikationsstörung *Selektiver Mutismus* überprüft.

Wir wünschen Euch alles Gute und das bestmögliche Erlebnis beim Lesen besonderer Geschichten.

Eure Sina und das Impress-Team

Prolog

Adrian

Der Geruch der Lösungsmittel sticht mir trotz Halbmaske in der Nase und ich atme ganz flach, weil mir davon immer schlecht wird. Skeptisch betrachte ich mein Werk, korrigiere hier und da eine Schattierung, bis der Ausdruck auf dem Gesicht des Boxers dem entspricht, wie er sich in mein Gedächtnis gebrannt hat. Wütend, bereit, alles zu geben und zuzuschlagen. Die blanken Fäuste gereckt, rotes Blut klebt an den Knöcheln.

Keine Ahnung, warum ich mich genau dieser Figur aus *Fight Club* so nahe fühle. Aber seit ich mit meinen Leuten diesen Klassiker geschaut habe, lässt er mich nicht mehr los.

Ich trete einige Schritte zurück, betrachte das Graffiti, das sich auf der Fassade meiner Schule verdammt gut macht. Mit einem breiten Grinsen auf den Lippen nicke ich und lache – lache, weil ich mich frei fühle. Frei und unbesiegbar.

Ich schaue mich kurz um. In einiger Entfernung sehe ich Calli und Zao. Ihre schwarzen Silhouetten heben sich kaum von der dunklen Nacht ab. Sie haben sich eine andere Mauer gekrallt, eine betongraue Fläche, die so leblos und abgefuckt aussah, wie ich mich immer fühle, sobald ich auch nur in die Nähe des Schulgeländes komme. Gut, dass sie ihr endlich mit Farbe und Fantasie etwas Leben einhauchen. Diese Stunden mit meinen Jungs lassen mich all den Scheiß vergessen, der mich in der Realität immer weiter runterzieht. Der mich in der Nacht leben lässt, weil ich den Tag kaum noch ertrage.

Das Zischen der Spray Cans klingt wie Musik in meinen Ohren und ich entspanne weiter, verliere mich wieder in der Arbeit an meinem Kunstwerk. Der Boxer wird mit Abstand das beste Graffiti werden, das ich bislang gesprüht habe. Immer weiter verfeinere ich den Ausdruck, ziehe mit dem Stencil-Aufsatz feine Konturen nach, Falten, die meinen Boxer noch grimmiger, noch wütender wirken lassen. Dann trete ich zurück, weiß, dass ich langsam zum Ende kommen muss. Wir haben nicht ewig Zeit – die Gefahr, dass uns jemand sieht, ist selbst auf diesem schlecht einsehbaren Schulhof zu groß.

Ich krame in meinem Rucksack nach der schwarzen Dose mit dem Kalligrafie-Cap, das ich für gewöhnlich für mein Tag nutze – die Signatur unter meinen Graffitis. *Neo.* Den Spitznamen hat mir Calli gegeben, als ich mit dem Sprayen angefangen habe. Ich würde ihn an Keanu Reeves erinnern, hat er einmal gesagt. Den Namen mag ich – es gibt üblere Pseudos.

Als ich ansetze, um mit einem geübten Schwung meinen Namen zu sprayen, spüre ich eine Hand auf meiner Schulter. Sie gibt ganz schön Druck und versucht mich umzudrehen. Wäre ich nicht voll auf meine Arbeit konzentriert, wäre ich sicher tierisch erschrocken und hätte das Überraschungsmoment genutzt, um abzuhauen. So drehe ich mich nur genervt um und will Calli oder einen der anderen Jungs zur Schnecke machen, weil sie mich mal wieder beim Finale unterbrechen. Dabei wissen sie doch, wie wichtig mir dieses Ritual ist, meine Arbeit sauber abzuschließen.

Anstatt in die vermummten Gesichter meiner Kumpels blicke ich geradewegs in die zusammengekniffenen Augen von Direx Remke. Ich zucke geschockt zusammen. Mein Herzschlag dröhnt in meinen Ohren, ich ringe nach Atem und dann schreie ich. Schreie, so laut ich kann. Es ist, als würde ich all die Wut aus meinem Körper pressen, die Ungerechtigkeiten, die mir nicht nur in dieser Schule begegnet sind. Und die Angst.

Aus einem inneren Drang heraus hebe ich meine Hand und drücke auf den Knopf der Spraydose. Ich will diesen Blick nicht mehr sehen, die Enttäuschung, das Wissen, dass ich es sowieso verkacken werde. Den stummen Vorwurf, der mir aus fast jedem Blick Erwachsener entgegenkommt – immer.

Der panische Aufschrei vom Remke dringt verspätet in meinen Kopf, bohrt sich in mein Bewusstsein und schockiert von mir selbst lasse ich die Dose fallen. Mit einem blechernen Schlag scheppert sie auf dem Asphalt. Laut. Anklagend. Ich zittere, starre zu dem anzugtragenden Mann vor mir, der sich die Brille vom Gesicht kratzt und ungläubig sein schwarzes Gesicht betatscht.

»Renn, Neo!«, höre ich Callis Stimme die dröhnende Stille durchbrechen. »Renn!«

Ich brauche ein, zwei ... drei Atemzüge. Und dann laufe ich los.

Kapitel 1: Zurück zu mir

Paulina

»Paulina!«

Lee rennt mit ausgebreiteten Armen auf mich zu, als ich mich eilig von unserem Hausmeister Elio verabschiede, aus dem Kleinbus aussteige und das Gelände der *Academy of Arts* betrete. Ihre langen blonden Haare glänzen in der Herbstsonne, ihre Haut ist sommerlich gebräunt und sie sieht atemberaubend aus.

Ich nehme einen langen Atemzug und spüre, wie eine tiefe Ruhe in mir einkehrt. Vor einem Jahr habe ich den ersten Schritt getan und mein Studium in dieser Talentschmiede begonnen. Als eine der Jüngsten im Jahrgang war es nicht immer einfach. Zumal ich es hasse aufzufallen und eine Sonderrolle einzunehmen. In Lee habe ich nicht nur eine liebe Freundin und Zimmernachbarin gefunden, sondern besonders eine Mentorin, die mein Sprachrohr ist. Die auf mich aufpasst und mich durch den Dschungel der Hochschule lotst.

»Komm her!« Sie streckt ihre Hände nach mir aus und zieht mich in eine enge Umarmung.

Ein Gefühl der Geborgenheit durchströmt mich und ich spüre, wie meine Mundwinkel ein Stückchen nach oben wandern.

»Du musst mir unbedingt alles über deine Ferien erzählen. Und dein neues Buchprojekt. Und –« Lee hält inne und schiebt mich eine Armesbreite von sich weg. Ihr Lächeln ist strahlend und erst jetzt wird mir bewusst, wie sehr ich sie vermisst habe. »Du bist älter geworden.«

Sie zwinkert mir zu und entlockt mir ein genervtes Stöhnen. Weiß sie doch zu gut, dass ich Geburtstage hasse. Nein, das stimmt nicht. Ich hasse Überraschungen, weil ich nie weiß, wie ich damit umgehen soll. Weil sie zu viel Aufmerksamkeit bedeuten und mich daher verunsichern.

»Happy Birthday, Kleine!«

Schnell schaue ich mich um und hoffe, dass niemand ihre Glückwünsche mitbekommen hat. Vielleicht hätte ich doch erst morgen anreisen sollen, dann wäre mir das alles erspart geblieben. Ich weiß, dass es Lee nur lieb meint, und deshalb schenke ich ihr ein dankbares Lächeln.

»Wo sind die anderen?«, lenke ich ab, hake mich bei Lee unter und ziehe sie in Richtung des hellgelb getünchten ehemaligen Klosters, das die *Academy of Arts* – kurz AcA genannt – beherbergt. Glücklich lasse ich meinen Blick über das alte Gebäude schweifen, das so herrschaftlich und ehrwürdig aussieht und dadurch schon oft Schauplatz meiner Geschichten war, die in der Vergangenheit spielen. Die burgähnliche Anlage ist auf einer Anhöhe nahe dem Örtchen Lieberose erbaut und selbst wenn man an keinen Gott glaubt, spürt man in jedem Winkel die Anwesenheit einer höheren Macht. Ich liebe diesen Ort, der mit seinen goldenen Statuen und den weiß getünchten Säulen dem Setting eines *Sissi*-Films oder einer Märchenadaption gleicht. Vom nahe gelegenen Wald weht mir der würzige Duft der Nadelbäume entgegen, der mich an die Wochenendausflüge in meiner Kindheit erinnert. Immer dann, wenn es meinen Eltern in Bochum zu stickig wurde, fuhren wir zum Kemnader See.

»Nias Bus kommt erst später an. Und Toni ... na ja, schätze, du musst mit mir vorliebnehmen. Aber ich habe eine supercoole Überraschung für dich. Und Mathilda –« Sie schlägt sich die Hände vor den Mund, als hätte sie sich eben verplappert. Unwillkürlich muss ich schmunzeln, denn die Erwähnung unserer Küchenfee kann nur eines bedeuten: Lee hat leckeres Essen für mich organisiert. Mein Magen knurrt nach der langen Reise und auf die Toilette müsste ich auch dringend.

Ich begrüße ein paar meiner Kommilitonen, die auf dem Campus rumstehen, und eile durch den großen Torbogen in Richtung Mädchentrakt. Seltsam, wie vertraut sich hier alles anfühlt. Es ist, als würde ich nach Hause kommen. In meiner alten Schule habe ich mich immer fremd gefühlt. Ich war das stumme Mädchen, das erst schräg angeschaut und später nicht mehr beachtet wurde. Ich war da. Geduldet. Mehr aber auch nicht. Was für ein Glücksfall es doch war, dass meine damalige Deutschlehrerin den Kontakt zu Corinna hergestellt hat. Wäre sie nicht von meinem Talent überzeugt gewesen, wäre ich niemals hier gelandet, denn sie ist Scout für die AcA und dafür zuständig, den Nachwuchs zu rekrutieren. Corinna musste mich nicht lange überzeugen, denn schon während meiner ersten Recherchen über diese Kunsthochschule habe ich herausgefunden, dass man sich auf der *Academy of Arts* nicht bewerben kann. Entweder ein Scout ist von deinem Können überzeugt oder du schaffst es nie in diese außergewöhnliche Talentschmiede. Obwohl wir uns vom ersten Augenblick an gut verstanden haben, sehe ich meinen Scout viel zu selten. Corinna wohnt zwar auf dem Stiftsgelände im Wald, in dem eigens für die Scouts und Dozenten ultramoderne Würfelhäuser aus Beton erbaut wurden, sie ist aber viel unterwegs – immer auf der Suche nach neuen Talenten.

»Ach, ich habe dich echt vermisst«, schnieft Lee und schmiegt sich eng an mich.

Gemeinsam betreten wir das herrschaftliche Gebäude und laufen zufrieden die Flure und Treppen entlang, die wir schon so oft gemeinsam gegangen sind. Alles fühlt sich so vertraut an und ich grinse glücklich.

In Momenten wie diesen wird mir bewusst, wie viel Glück ich gehabt habe, denn die AcA ist anders als andere Hochschulen. Was hier zählt, ist die Kreativität und unsere Bereitschaft, diese in all ihren Facetten auszuleben. Dazu gehört auch, dass sie so seltsamen Wesen wie mir eine Chance geben. Denn wo sonst hätte ich meiner Leidenschaft – dem Schreiben – nachgehen können? Stumm, wie ich in manchen Situationen bin, falle ich in vielerlei Hinsicht durchs Raster. Ich passe nicht ins System. Mündliche Prüfungen sind dank meines Selektiven Mutismus kaum zu bewerkstelligen. Bei Druck blockiere ich. Hier in Lieberose habe ich aber einen Raum gefunden, in dem ich mich entfalten kann. In dem ich sein kann, wie ich bin, in dem ich wachsen kann – an Herausforderungen, die mich weiterbringen, aber niemals in die Knie zwingen.

Mit der mir entgegengebrachten Wertschätzung und der Achtsamkeit, mit der die Dozenten hier mit mir umgehen, habe ich im letzten Jahr mehr geschafft, als ich jemals zu träumen gewagt habe.

»Bist du schon aufgeregt?«, will Lee von mir wissen und rempelt mich spielerisch an, als wir vor unserer Zimmertür stehen.

»Muss ich die Augen zumachen?« Mit Lee fällt es mir seltsam leicht zu reden. Sie hat mir von Anfang an gar keine andere Chance gegeben, hat einfach drauflosgeplappert, bis ich meine Scheu verloren habe. Dabei tue ich mich sonst mit Fremden meistens schwer.

»Warte.«

Sie tritt hinter mich und schon fühle ich ihre kühlen, zarten Hände auf meinem Gesicht. Ich bin immer wieder aufs Neue erstaunt, wie sie mit diesen kleinen Fingerchen die imposantesten Skulpturen aus Stein erschaffen kann. Lee ist im Kunstzug und hat sich auf Bildhauerei spezialisiert. Sie schiebt mich in unser Zimmer und gibt blitzschnell meine Augen frei. »Tadadadaaa!«

Als Erstes nehme ich den Geruch nach Zimtschnecken wahr, der mir das Wasser im Mund zusammenlaufen lässt. Dann sehe ich einen liebevoll gedeckten Tisch in der Mitte unseres Zimmers. Blumen stehen darauf und ein paar kunstvoll eingepackte Geschenke. Über meinem Bett hängt eine quietschbunte Wimpelgirlande, die die Aufschrift *Happy Birthday* trägt.

Ich bedecke mit den Händen meinen Mund, der voller Staunen aufgeklappt ist. Verzweifelt suche ich nach Worten, die ich wieder einmal nicht finde, die unkoordiniert in meinem Kopf herumwirbeln und die wildesten Dankeshymnen ergeben.

Ich hoffe, Lee kann auch nur ansatzweise erahnen, was sie mit dieser Geste in mir auslöst.

»Wow«, bringe ich heraus und lasse mich von Lee an den Tisch führen.

»Ich weiß ja, dass du Überraschungen nicht magst. Aber: Man wird nur einmal im Leben volljährig. Morgen gibt es dann noch mit der ganzen Meute eine Party bei Vincent im Betonklotz. Toni konnte ihn sogar überreden, extra für dich aufzulegen. Du sollst ihm noch eine Liste mit deinen Lieblingssongs geben. So, und jetzt nimm Platz, Geburtstagskind!«

Sie drückt mich auf den Stuhl, auf dem ich für gewöhnlich sitze, wenn wir uns in unserem winzigen Zimmer aufhalten. Oft schreibe ich hier bis tief in die Nacht hinein, wenn ich denke, es wird Zeit, das Schreibzimmer zu verlassen, weil alle anderen schon schlafen und es sich seltsam anfühlt, nachts allein auf den Fluren herumzugeistern.

Lee wuselt um mich herum und schon sprüht eine kleine Fontaine, die in einem Berg Zimtschnecken steckt, funkelnde Sternchen in die Luft. Lee schmettert währenddessen ein Ständchen und bringt mich mit ihrer ziemlich schiefen Darbietung zum Kichern.

Nach einer liebevollen Umarmung drückt sie mir ein paar Geschenke in die Hand.

»Pack aus! Wir haben nicht ewig Zeit. Gleich gibt es Abendessen und die anderen wollen auch noch was von dir haben.«

Ich stöhne. Und grinse breit. »Was habe ich euch vermisst. Und diesen ganzen Stress!«

Schon schnappe ich mir eines der Geschenke und fahre vorsichtig über das Papier. Ich mag es, mir zu überlegen, was mir meine Freunde schenken. Tausend Ideen wirbeln dann in meinem Kopf umher und ich habe schon das eine oder andere Mal einen Volltreffer gelandet.

»Selbst gemacht?«, tippe ich und schaue Lee erwartungsvoll an.

»Das wirst du nur rausfinden, wenn du es öffnest.«

Geduld ist keine Eigenschaft, mit der ich Lee charakterisieren würde. Sie ist spontan, impulsiv, schießt manchmal übers Ziel hinaus, ist aber ein herzensguter Mensch.

Ich tu ihr den Gefallen und friemle den Tesafilm sorgfältig vom Papier. Ihr Stöhnen entlockt mir ein albernes Kichern und ich beschleunige das Auspacken. In die Hände fällt mir ein schweres Etwas, das in durchsichtige Blubberfolie eingewickelt ist. Vorsichtig löse ich die Schutzverpackung und halte einen schwarzen Engel in den Händen. Er ist nur schemenhaft aus dunklem Stein gehauen, gesichtslos, und doch spüre ich schon beim Anblick eine Energie, die mich machtvoll durchströmt. Die Flügel sind nur durch ein paar Kerben im muskulösen Rücken angedeutet. Auch sonst wirkt die Gestalt ziemlich durchtrainiert. Ich hebe meinen Kopf.

»Ein dunkler Engel?«, hake ich nach und bin auf ihre Erklärung gespannt.

»Ein böser Bube.« Sie zuckt grinsend mit den Schultern. »Deinem Blick nach zu urteilen hast du schon eine Geschichte für ihn im Kopf.«

Ich schaue versonnen auf die Skulptur, drehe und wende sie, umschließe den Engel und spüre seine Kälte, seine Härte und seine Kraft.

»Er ist wunderschön! Danijel. Ich werde ihn Danijel nennen.«

Lee klatscht in die Hände und ist offensichtlich mehr als zufrieden mit meiner Reaktion. »Ich bin so gespannt!«

»Danke!« Ich nehme das zweite Geschenk in die Hand. »Ein Buch?«, tippe ich und knubble schon die Verpackung auf. Lee zuckt breit grinsend mit den Schultern.

Ich ziehe ein Notizbuch hervor, auf dessen Einband in wunderschön geschwungenen Lettern *My First Times* steht. Darum herum ranken sich kunstvolle Blumen und zarte Schmetterlinge. Das Heft ist in einem hellen Rosaton gehalten und wirkt so lebendig und frisch, dass mein Herz ganz leicht wird.

»Ich dachte, da du dich mit der Aufgabe, täglich etwas Neues anzugehen, schwer tust, helfe ich dir ein bisschen. Ich habe das Ganze wie ein Bullet Journal aufgezogen und dir für jede Woche ein paar Anregungen reingeschrieben, was du ausprobieren könntest. Ich hoffe, es hilft dir.«

Ich springe auf und umarme meine Freundin stürmisch. Ich liebe die Lehrmethoden der AcA, aber mit diesem Ersten-Mal-Dings habe ich definitiv Schwierigkeiten. Es soll uns in unserer Kreativität beflügeln und helfen, ausgetretene Pfade zu verlassen. Wir alle leben innerhalb angelernter Muster. Muster, die uns einschränken und uns Möglichkeiten nehmen, die wir oft gar nicht von selbst sehen. Deshalb eben täglich etwas Neues! Hört sich super an. Nur in der Realität ist es so, dass ich genau diese Muster brauche, um zu überleben. Ich brauche die Sicherheit zu wissen, was mein Tag bereithält. Neues überfordert mich. Es ängstigt mich. Und dann verstumme ich.

Kapitel 2: Neuanfang

Adrian

Die Lichter der Stadt ziehen an mir vorüber, verschwimmen, und bald schon sind sie nicht mehr zu erkennen. Dunkelheit. Das Leuchten ist ganz fern – als wäre es fast erloschen. Wie meine Zukunft. Ich lasse nicht zu, dass mich die Schwermut packt. Dass sie mich runterzieht in dieses Loch, das so ausweglos ist, so düster und allesverschlingend.

Entschlossen ziehe ich meine Kopfhörer auf die Ohren, vergrabe mich tiefer in der Kapuze meines schwarzen Hoodies und drehe die Songs von Eminem lauter. Die Musik passt perfekt zu dem Gefühlscocktail, der in mir herumschwappt.

Meine Mutter hatte mich gewarnt, mich immer und immer wieder angebettelt, mit dem Sprayen Schluss zu machen. Spätestens als es Ärger mit der Polizei gab, hätte ich auf sie hören sollen. Aber ich wusste es besser und nun ... Nun bin ich mit meinem Onkel auf dem Weg an einen Ort, der weit weg von all diesen Dingen ist, die mich so sehr faszinieren. Weit weg von den Leuten, die mich mit offenen Armen aufgenommen haben, ohne Fragen zu stellen. Die mich aufgefangen haben, als ich im freien Fall war. Und es dennoch zuließen, dass ich mit Karacho im Dreck gelandet bin.

Der Umgang mit meinen Freunden hat mich mit Haut und Haaren verschluckt – das muss ich zugeben. Das alles ist mir über den Kopf gewachsen, diesen Untergrundsumpf, in dem ich abgetaucht bin, habe ich tatsächlich unterschätzt. Die Härte dieser Stadt hat mich voll erwischt! Berlin eben.

Ich versuche an nichts zu denken. Halte die Erinnerungen von mir fern. Die schönen, aber auch die weniger schönen. Nichts davon ist noch von Bedeutung. Mein Leben ist zu Ende, bevor es so richtig begonnen hat.

Sei nicht so melodramatisch, würde Selina jetzt sagen und einen Winkel ihres vollen Mundes hochziehen. Sie würde mich dazu bringen, mit den Augen zu rollen. Ob ich sie vermissen werde? Vermutlich nicht. Sie ist nur eines der Puzzleteilchen, mit denen ich versucht habe mich abzulenken. Abzulenken von den großen Fragen, die so laut in mir schreien und auf die ich einfach keine Antworten finde. Warum hat mein Vater mich einfach zurückgelassen, ausgetauscht gegen andere, jüngere Kinder? Bin ich schuld, dass er sich von Mum getrennt hat? Was soll aus mir werden? Wo ist mein Platz? Etwa in Berlin?

Kaum hat Elio den Kleinbus auf die Autobahn gesteuert, setzt er auch schon den Blinker und fährt auf die erste Raststätte. Ich kenne den Rasthof, habe dort schon mit Calli und den anderen gesprayt. Er liegt nahe an der Stadt, und wenn wir in der Enge der Straßen keine Luft mehr bekommen haben, sind wir mit Zaos rumpeligem Opel rausgefahren. Wir haben die Lautsprecher aufgedreht, bis die Scheiben zu wackeln begonnen haben. Und manchmal sind wir hier gelandet. Seltsam, nun hier zu stehen, all die Graffitis zu sehen, die so eng mit meiner Vergangenheit verknüpft sind.

Elio kann nicht wissen, dass wir hier waren. Wir sehen uns kaum – wann er das letzte Mal bei uns in Berlin war, kann ich noch nicht einmal sagen. Er kennt mich nicht. Nicht mehr, dabei war er mir einmal echt wichtig, und seit sich mein Dad von einem Tag auf den anderen verpisst hat, ist er zu so etwas wie meinem Vaterersatz mutiert. Bis ... ja ... bis Calli aufgetaucht ist und ich anfing, mit ihm um die Häuser zu ziehen.

»Kaffee?«, höre ich Elio brüllen.

Seine Stimme dringt nur gedämpft zu mir durch, vermischt sich mit Eminems Lyrics und lässt mich dennoch zusammenzucken. Missmutig streife ich die Kapuze vom Kopf und schiebe den Kopfhörer in den Nacken.

»Hier gibt es nur Pissbrühe«, maule ich, schnalle mich aber dennoch ab, da Elio bereits aus dem Bus aussteigt und die Fahrertür zuschlägt. Auf dem

Parkplatz ist es zugig kühl und ich vergrabe die Hände in den Taschen meines Pullis. Der Geruch nach Benzin und Autoabgasen sticht mir in die Nase. Mit gesenktem Kopf folge ich meinem Onkel ins Innere der Raststätte und lasse mir von ihm einen Kaffee spendieren. Schwarz – wie alles, was ich mir momentan zumute. Für Farbe fehlt mir derzeit einfach die Zuversicht.

»Also«, startet Elio nach dem ersten Schluck und stellt seinen Pappbecher auf dem Stehtisch vor uns ab. Ich klammere mich weiter an der Brühe fest, als wäre sie mein Rettungsanker. Das Neonlicht ist gnadenlos und lässt Elios wettergegerbtes Gesicht blass erscheinen.

»Erzähl mal, wie stellst du dir das vor? Wie soll es jetzt weitergehen?« Seine Stimme ist freundlich.

Ich schlucke, denn ich habe erwartet, dass er erst einmal eine Litanei an Regeln herunterbetet. Was ich zu tun und zu lassen habe, wenn ich ihm von nun an als hauseigener Sklave bei seiner Arbeit als Hausmeister in dieser Kunsthochschule zur Hand gehe. Oder dass es Vorwürfe hagelt, wie ich das meiner Mutter antun konnte, hat sie es doch als Alleinerziehende schon schwer genug … Bla, bla, bla. Doch nichts davon kommt.

»Wie schon?«, blaffe ich ihn dennoch an. »Ich hab's verkackt. Ohne Abi und mit einem Vermerk in meiner Akte bleibt mir nicht viel Auswahl. Das ist es doch, was du mir sagen willst«, nehme ich das vorweg, was alle denken: *Neo ist ein Loser, sein Leben im Abgrund vorbestimmt. Selbst schuld!*

Elios Augen verengen sich, er legt den Kopf schief und der Blick, den er mir zuwirft, bohrt sich unangenehm tief in mein Inneres. Doch ich recke das Kinn. Wenn ich schon untergehe, dann mit Würde und Anstand. Ich habe Scheiße gebaut, das ist mir klar, also werde ich auch die Konsequenzen tragen. Ohne Wenn und Aber. Und ohne Gejammer!

»Es liegt ganz allein an dir, was du aus deinem Leben machst, Adrian. Was ist aus deinen Träumen geworden?«

»Welche Träume?«, frage ich perplex. Ich bin viel zu verwirrt, dass er nicht auf mir herumhackt, wie es immer alle tun. Die Lehrer, Trainer, Polizisten, Sozialarbeiter. Ja, selbst meine Mutter war zuletzt so verzweifelt, dass sie nicht mehr in normalem Ton mit mir reden konnte.

»Ich kann mich erinnern, dass du früher gern gezeichnet hast. Auch deine Graffitis sind großartig. Warum machst du nichts draus?«

Ich verdrehe die Augen und spüle den bitteren Geschmack, den seine durchaus nett gemeinte Frage in meinen Mund hinterlassen hat, mit einem Schluck der braunen Brühe hinunter. »Das bringt doch alles nichts«, murmle ich schließlich und meide seinen Blick. Niemals werde ich zulassen, dass er Hoffnungen in mir weckt, die sich nicht erfüllen lassen. Ohne Abi kein Studium. So einfach ist diese beschissene Rechnung. Gelingt selbst mir, das zu kapieren. Ich werde mich mit meinem Schicksal abfinden müssen. Werde die Konsequenzen tragen, denn schließlich habe ich mir das alles selbst eingebrockt. Deshalb habe ich seit dem Gerichtsurteil nicht mehr gezeichnet. Und auch nicht gesprayt. Die Stifte liegen tief vergraben in der Schublade meines winzigen Schreibtisches, die Dosen habe ich Zao geschenkt, weil sie ohnehin eingetrocknet wären. Ich habe alles daheim zurückgelassen.

»Du musst langsam lernen, dein Leben selbst in die Hand zu nehmen, denn ich verrate dir etwas: Du wirst nichts geschenkt bekommen. Von niemandem! Du hast Fehler gemacht und bist dabei erwischt worden. Dumm gelaufen. Aber das bedeutet nicht, dass alles vorbei ist. Du bist noch jung.«

Seine riesige Hand landet auf meiner Schulter. Er drückt fest zu und rüttelt ein wenig daran.

Ich meide weiter seinen Blick, kann den wohlwollenden Ausdruck darin einfach nicht ertragen. Stattdessen mustere ich die Trucker, deren Bierbäuche unter den zu kurzen T-Shirts hervorquellen. Sie stehen am Tisch nebenan und trinken schweigend ihren Kaffee, starren auf ihre Handys oder blättern in Automagazinen. Werde ich auch so enden? Gefangen im Alltag, resignierend und abgestumpft. Blind für die Facetten des Lebens?

»Wenn du es sagst«, spucke ich aus und höre Elio augenblicklich seufzen.

»Du denkst, dein Leben ist vorbei. Verstehe ich. Aber glaub mir, es liegt allein in deiner Hand: Entweder du gibst auf oder du kämpfst für eine zweite Chance. Halte dich an die Regeln und ich bin mir sicher, dass sich Türen öffnen werden. Das Leben ist keine Sackgasse. Es gibt immer einen Weg, egal wie hoch die Steine sind, die sich vor dir auftürmen. Aber die Entscheidung, dich auf den Weg zu machen und diese Berge zu erklimmen, kannst nur du fällen.«

Seine Worte ergeben Sinn und obwohl ich das Ausmaß noch nicht ganz greifen kann, machen sie mir Mut. Und nehmen etwas von dieser erdrückenden Schwere, die seit dieser Gerichtsverhandlung auf mir lastet. *Wie konntest du nur dein Leben wegwerfen?* Die Worte meiner Mutter waren fast so schlimm wie die Tatsache, dass ich einen dicken Vermerk in meiner Akte habe. Dass mir nun Elio aufzeigt, dass dies noch nicht das Ende sein muss, erstaunt mich. Was, wenn er recht hat? Das Leben hält doch manchmal seltsame Überraschungen bereit. Doch bevor sich der Hoffnungsschimmer in mir festsetzen kann, erinnere ich mich, dass ich niemals Glück habe. Das ist schon immer so gewesen. Von klein auf klebt die Scheiße an mir. Warum also sollte sich das ausgerechnet jetzt ändern?

***

Die Kilometer ziehen an uns vorüber. Elio hört seine gehörgangverklebenden Schlager in einer kaum erträglichen Lautstärke. Ich versuche gegenzusteuern und betäube meine Gedanken mit den rockigen Beats von Muse. Das Handy in meiner Hand wiegt schwer wie Blei. Nicht einmal Empfang habe ich hier mitten in der Pampa. Elio hat mich vorgewarnt. Diese Hochschule, an der er als Hausmeister arbeitet, liegt ziemlich abgelegen. Im tiefen Osten Deutschlands, weit genug weg von jeder Großstadt und deren Reizen, die mich offensichtlich anziehen wie das Licht die Motten. Ich sollte dankbar sein, dass er mich da rausgeholt hat, und dennoch kann ich nur an eines denken: Ich werde abhauen, sobald ich endlich volljährig bin. Vielleicht wandere ich aus, gehe nach New York, um dort von meinen Idolen zu lernen. Oder ich schlage mich im Süden durch, jongliere durch die Tage und werde mir darüber klar, was das Leben tatsächlich zu bieten hat. Calli wird mich abholen – direkt an meinem achtzehnten Geburtstag. So haben wir es verabredet.

Bevor ich mich weiter in Tagträumen verliere, öffne ich das Smartphone, klicke Callis Kontakt an. Sein Tag erscheint in der linken oberen Ecke – *Calli* in geschwungenen Buchstaben, die wie eine Unterschrift wirken. Wir haben keine Fotos von uns auf den Handys, auch die Echtnamen vermeiden wir. Calli ist vorsichtig. Die Gefahr, dass einer von uns irgendwann erwischt wird und die Polizei unsere Smartphones inspiziert, war immer zu groß. Calli ist seit drei Jahren zu so etwas wie meinem großen Bruder geworden, ein Aufpasser, ein echtes Vorbild. Ohne ihn würde ich mir wohl noch immer die Atemwege verätzen und ohne Maske und Handschuhe sprayen. Woher sollte ich auch wissen, worauf es ankommt? Blauäugig habe ich meine ersten Dosen gekauft und wild drauflosgesprüht. Bis ich der Crew in die Quere kam und mich an ihrer Fläche vergangen habe. Hätte mich Calli nicht in Schutz genommen, hätten mich die anderen wahrscheinlich verprügelt. Aber irgendetwas an meinem ersten Graffiti scheint ihm gefallen zu haben. Seither haben wir so einige Aktionen gemeinsam durchgeführt. Nicht alles davon war legal – aber bislang kamen wir mit Verwarnungen und kleineren Bußgeldern davon. Bei versuchter Körperverletzung konnten die Polizisten dann allerdings kein Auge mehr zudrücken.

Immerhin wird der Remke keine bleibenden Schäden davontragen. Ich habe mich bei ihm entschuldigt und die Tatsache, dass ich mich gleich am Morgen der Polizei gestellt habe, wirkte sich mildernd auf das Gerichtsurteil aus. So kam ich mit einem Vermerk in meiner Akte und Sozialstunden davon. Von der Schule bin ich dennoch geflogen. Und ich kann es sogar verstehen.

Ich atme tief ein, presse die Lippen aufeinander und nehme erstaunt wahr, dass wir die Landstraße verlassen haben und durch einen Wald fahren. Die Straßen sind jetzt enger und ich vermute, dass wir bald unser Ziel erreichen.

Als Elio den Kleinbus von der asphaltierten Straße auf einen kiesbedeckten Weg steuert, schalte ich mein Handy aus, streife die Kopfhörer ab und setze mich aufrecht hin. Glücklicherweise hat Elio die Musik gewechselt und statt Helene Fischer schallt mir nun Adriano Celentano entgegen. Kurz spüre ich einen Stich in meiner Brust. Meine Mutter hat mich nach eben diesem italienischen Schnulzensänger benannt. Weil sie seine charismatische Art so bewundert und sich gedacht hat, dass ich mit diesem Namen ebenso erfolgreich werde wie der Italo-Pop-Sänger. Tja, falsch gedacht.

Ein herrschaftlicher Bau mit hellgelber Fassade und goldenen Verzierungen tut sich vor uns auf. Über dem Haupttor, das offensichtlich in einen großen Innenhof führt, thronen ein paar Engel. Ich habe solche Gebäude schon auf Postkarten gesehen oder im Geschichtsunterricht. Ich schlucke, als ich erkenne, wo für die nächsten Monate mein ganz persönliches kleines Gefängnis sein wird. Bringt er mich tatsächlich in ein beschissenes Kloster? Echt jetzt?

Ein kehliges Lachen würgt sich meinen Hals hinauf.

»Was amüsiert dich, Adrian?«, hakt Elio irritiert nach und verlangsamt das Tempo, bis er schließlich vor einer Garage zum Stehen kommt und den Motor ausmacht.

»Seit wann glaubst du an Gott?«, spucke ich verächtlich aus. Elio dreht sich zu mir um, der lederne Sitz knarzt.

»Ich glaube an viele Dinge, Junge. Besonders daran, dass du hier die Kurve kriegen wirst. Dazu muss dich niemand missionieren, wichtig ist, dass du selbst darauf kommst, ob und an was du glaubst. Also schwing deinen Arsch hier raus und hör verdammt noch mal damit auf, Haare in der Suppe zu suchen, die ich dir auf einem Silbertablett serviere. Niemand will dir hier etwas Böses.«

Mit diesen Worten steigt er aus dem Auto. Die Fahrertür schlägt laut zu und ich zucke zusammen, da sich seine Worte wie eine Ohrfeige anfühlen. Ja, ich bin undankbar. In meinem Leben wurde mir selten etwas geschenkt. Ich bin vorsichtig geworden und steuere nicht mehr blauäugig in jede Katastrophe. Aber vielleicht hat Elio recht. Vielleicht sollte ich dem Ganzen hier eine Chance geben. Ich habe ohnehin keine andere Wahl, bis ich endlich achtzehn bin.

Ich verlasse den Wagen.

Mein Blick gleitet an der hohen Fassade nach oben bis in den Himmel. Sie wirkt alt, hier und da blättert der Putz von den Wänden, und doch strahlt das Gebäude eine Herrschaftlichkeit aus, die mich einschüchtert. *Hier* soll ich wohnen? Kopfschüttelnd hole ich meine Reisetasche aus dem Kofferraum und folge meinem Onkel durch eine schwere Holztür ins Innere seiner Angestelltenwohnung. Als Hausmeister wohnt er direkt auf dem Campus, wie er mir erklärt hat, während die Lehrer in eigenen Häusern im angrenzenden Wald leben. Ich fröstle, als ich mich umschaue, und werde den Gedanken nicht los, dass das hier einmal ein Kloster war, ein Gotteshaus, in dem Gläubige ihr Leben verbrachten. Wie kann man an einen Gott glauben, der es zulässt, dass es so vielen Menschen dreckig geht? Ich weiß, dass mein Leben im Vergleich zu vielen anderen vielleicht das Paradies ist – für mich war es aber allzu oft die Hölle. Ich fühlte mich im Stich gelassen von den Menschen, denen ich doch etwas bedeuten sollte.

Meine Mutter hat sich zu sehr mit dem Verschwinden meines Vaters beschäftigt. Nächtelang weinte sie sich in den Schlaf und bemerkte dabei nicht, dass auch meine Welt in Trümmern lag und ich sie brauchte. Wir hatten ja nur noch uns. In dieser Zeit lernte ich, dass ich mich nur auf mich selbst verlassen konnte. Auf mich allein! Niemals wieder wollte ich verlassen werden. Niemals!

»Hier.« Elio stößt eine Tür auf und nickt in den dunklen Raum. Mit einem Klick schaltet er eine Lampe ein, die ein warmes Licht an die weiß gekalkten Wände wirft. Die Decken sind erstaunlich tief und unwillkürlich ziehe ich den Kopf ein. Waren die Mönche früher Zwerge?

»Ich habe dir das Zimmer hier freigeräumt. Es ist nichts Besonderes, aber für den Anfang wird es genügen. Sag Bescheid, wenn du etwas brauchst.«

Abwartend steht Elio im Türrahmen und bedeutet mir in mein neues Reich zu treten. Ich hadere einen Moment und ziehe einen Mundwinkel unsicher hoch, bevor ich mir einen Ruck gebe und ein paar Schritte tue. In mein eigenes Zimmer! Ich wische das seltsame Gefühl weg, das plötzlich in meiner Brust sitzt. Ich mache meiner Mum keinen Vorwurf, dass sie sich keine größere Wohnung hatte leisten können. In den letzten Jahren war es allerdings schon lästig, mit ihr in dieser winzigen Wohnung in Berlin-Wedding zu hausen. Platz, um mal für mich allein zu sein, gab es nicht. Deshalb zog ich es vor, jede freie Minute mit den Jungs um die Häuser zu ziehen. Wir schlugen uns die Nächte am Plötzensee um die Ohren, tranken Bier und literweise Energiedrinks und planten unsere nächsten Spraysessions. Zum Leidwesen meiner Mutter.

Ich sehe mich um. Groß ist es nicht, aber es hat alles, was ich brauche: ein Bett, einen Schreibtisch und einen Schrank. In einer Ecke erspähe ich einen hellgrünen Sitzsack. Vermutlich wollte es mir Elio gemütlich machen und allein der Versuch berührt mich mehr, als ich wahrhaben will. Er gibt sich tatsächlich Mühe.

»Deine Mutter meinte, du magst New York? Wenn du lieber ein anderes Poster haben möchtest, können wir auch was bestellen«, sagt Elio und deutet auf einen Bilderrahmen über dem Bett. Ich schlucke, denn ich hätte nicht gedacht, dass meine Mutter trotz aller Streitereien noch immer weiß, was mir etwas bedeutet. Vielleicht tue ich ihr ja unrecht. Vielleicht ist sie doch nicht so desinteressiert an mir und meinem Leben, wie ich glaube.

Ich räuspere mich, versuche den Kloß hinunterzuschlucken.

»Danke«, murmle ich tonlos, bemüht mir nichts von dem Gefühlschaos anmerken zu lassen, das seine nette Art in mir auslöst. »Wo ist denn das Klo?«

»Flur runter, zweite Tür rechts«, weist er mir den Weg und wedelt wild mit seiner Hand herum, als wäre das hier ein Palast, in dem ich mich verirren könnte.

Schnell ziehe ich mich zurück und schließe die Tür zu. Mir entweicht alle Luft mit einem tonlosen Seufzer. Ich stütze mich auf dem Waschbecken ab und werfe einen Blick in den Spiegel. Ich bin kein eitler Typ, mein Aussehen war mir schon immer egal. Natürlich habe ich mitbekommen, dass einige Mädchen auf mich stehen. Blöd bin ich ja nun auch nicht. Aber wichtig war mir das nie. Sie kannten mich nicht. Und ich tat alles, damit das auch so blieb. Niemanden habe ich an mich rangelassen – zumindest nicht über das Körperliche hinaus.

Um all die seltsamen Gefühle abzuwischen, klatsche ich mir eine Ladung Wasser in dieses mir fremde Gesicht und begebe mich dann auf die Suche nach Elio. Ich werde in der Küche fündig, die funktional eingerichtet ist. In einem langweiligen Weiß mit Edelstahlgriffen wirkt sie kühl und wenig einladend. Dennoch läuft mir das Wasser im Mund zusammen, als ich die Köstlichkeiten sehe, die Elio aus dem Kühlschrank zaubert.

»Es hat mich einiges an Überredungskunst gekostet, dass du hier sein kannst, also benimm dich, Junge«, sagt Elio. »Halt dich an die Regeln und wir werden gut miteinander auskommen.«

Ich lehne mich an den Türrahmen. Regeln? Ich verdrehe die Augen. Bislang waren Regeln für mich da, um sie zu brechen. Wie sonst hätte ich Aufmerksamkeit erhalten können?

»Okay, dann bete mal deine Litanei runter. Oder besser noch: Schreib alles auf und kleb es an den Kühlschrank. Vielleicht lese ich sie dann irgendwann.«

Ich zucke zusammen, als Elio mit seiner flachen Hand auf die Arbeitsfläche schlägt und sich zu mir umdreht. Nur einen winzigen Moment sehe ich dieses Funkeln in seinen Augen. Dann hat er sich wieder im Griff und zwingt sich ein Lächeln auf die Lippen.

»Du bist wütend, Adrian. Oder sollte ich besser *Neo* zu dir sagen? Ich verstehe das. Wirklich, das tue ich! Früher bin ich mal ganz genauso gewesen wie du. Aber ich hatte nicht das Glück, dass Menschen um mich herum waren, denen ich nicht egal war.«

Ich schlucke und recke das Kinn, schaue ihn herausfordernd an.

»Hör zu, Junge. Ich bin für dich da. Du bist ein guter Kerl und ich kann dir helfen, aus diesem Loch zu kriechen, in das du dich so fabelhaft selbst hineinmanövriert hast. Aber das werde ich genau ein einziges Mal tun. Und wenn ich verdammt noch mal das Gefühl habe, du ziehst nicht mit mir an einem Strang, dann war's das. Verstanden?«

Ich presse die Lippen fest aufeinander, bin nicht gewillt, so schnell auf dieses Spiel einzusteigen. Mich hat nämlich niemand gefragt, ob ich mitspielen will. Ich werde nur wie eine Figur hin- und hergeschoben.

»Adrian! Hast du verstanden?«, hakt Elio etwas lauter nach. Ich atme tief ein. Ach, was soll's. Jetzt bin ich schon hier und in Berlin erwartet mich nichts außer ein paar besoffener Kumpels. Nach dem Gerichtsverfahren bin ich ohnehin untergetaucht, um Ärger zu vermeiden. Sie vermissen mich nicht. Nur einmal habe ich mich mit Calli getroffen, um einen Plan auszuhecken.

»Ja«, sage ich wenig motiviert. »Verstanden. Was sind die Regeln?«

»Setz dich erst mal«, sagt Elio und ich höre Erleichterung aus seiner Stimme.

Ich schnappe mir einen der Holzstühle, die ziemlich hart aussehen. Und sie sind es auch. Nach der ellenlangen Fahrt würde ich lieber noch etwas stehen. Oder noch besser: mich bewegen. Aber Elio scheint unter Strom zu stehen und ich möchte den Bogen nicht noch weiter überspannen.

»Ja?«, hake ich nach, da er noch immer nicht damit rausrückt, was ich zu tun und zu lassen habe. Er drapiert ein paar Käsestücke auf einem Holzbrett und streckt es mir entgegen. Ich nehme es ihm ab und stelle es vor mir auf den Tisch.

»Also«, startet er, während er nach und nach weitere Köstlichkeiten für eine Brotzeit auffährt. »Du wirst mir ab morgen bei allem, was so anfällt, zur Hand gehen. Das können kleinere Reparaturen sein, aber auch Müll einsammeln, Garten pflegen, Botengänge, solcher Kram eben.«

Ich nicke. Das kriege ich hin.

»Ich möchte, dass du dich dabei absolut bedeckt hältst. Mach dich unsichtbar und geh den Studenten nicht auf die Nerven. Gerüchte machen hier schnell die Runde und ich will nicht, dass es Ärger gibt!«

Plötzlich steht er neben mir. Ich hebe den Kopf und sehe in seinem Blick, wie wichtig ihm das ist. Also nicke ich wieder. Von Studenten fernhalten. Ärger vermeiden. Gespeichert.

»Wenn ich dich erwische, wie du dir was reinpfeifst, schenk ich dir ein One-Way-Ticket in die Hölle. Und das meine ich verdammt ernst.«

Ich ziehe scharf die Luft ein und kneife die Augenbrauen zusammen. »Warum glauben eigentlich immer alle, dass ich kiffe?«, empöre ich mich.

»Keine Ahnung, tust du?« Elio zieht einen Stuhl geräuschvoll über den kühlen Fliesenboden und setzt sich neben mich.

»Nein!«, fahre ich ihn an. »Und ich werfe mir auch sonst nix ein.«

An Gelegenheiten hat es nicht gemangelt. Mir wurde oft etwas angeboten – immer habe ich abgelehnt. Dabei war die Versuchung verdammt groß. Nie hätte ich schneller alles vergessen können. Aber der Preis für diese kurze, scheinheilige Freiheit war mir zu groß – sie hätte mich nämlich allzu schnell zum Gefangenen gemacht. Ich kenne mich inzwischen gut genug, um zu wissen, dass ich, einmal angefangen, die Finger nicht mehr davon hätte lassen können. So ist es mir mit dem Sprayen gegangen – und genau so wäre es mit dem Shit gewesen.

»Prima. Ein Problem weniger!«, sagt Elio fröhlich und nimmt sich eine Scheibe Vollkornbrot, beschmiert sie dick mit Butter und greift nach der Wurst.

Ich warte nicht auf die Einladung und tue es ihm gleich. Mein Magen knurrt lautstark, dabei habe ich in Berlin noch etwas gegessen.

»Wenn du sprayen willst, kann ich dir Flächen auf dem Gelände zeigen, wo das möglich ist. Die Schulleitung wäre sicher nicht sonderlich erfreut, deine Kunstwerke auf der Fassade der Hauptgebäude zu sehen.«

Ich würge den Bissen Brot runter und schüttle vehement den Kopf.

»Nein, ich habe damit abgeschlossen. Keine Graffitis.«

Ich spüre Elios Blick, er brennt sich in meine Haut, als würde er danach suchen, ob ich es ernst meine.

»Was ist mit … *Neo?*«

Ich zucke mit den Schultern. »Weiß nicht. Können wir … können wir jetzt vielleicht von etwas anderem reden?«, sage ich trotzig. »Du wolltest mir die Regeln aufzählen, an die ich mich zu halten habe. Ich bin nicht hier, um mich selbst zu verwirklichen.«

Ich spüre schon wieder die Wut, die mich bereits mein halbes Leben lang begleitet. Sie ist wahnsinnig mächtig, dabei sollte ich sie doch inzwischen gewohnt sein, oder?

Elio lässt mir Zeit, mich wieder in den Griff zu bekommen. Ich zwinge mich dazu, meine Finger um das Messer zu lockern, und lege es schließlich beiseite.

»Du hast viel mitgemacht, Adrian. Komm erst mal zur Ruhe und dann sehen wir weiter. Ich für meinen Teil fände es schade, wenn du dein Talent einfach wegwirfst. Aber wer bin ich, dir Vorschriften machen zu wollen? Es ist dein Leben. Und du allein entscheidest, was du daraus machen willst.«

Aus Elios Mund hört es sich so einfach an. Dabei gibt es so viele Wenn und Aber. Vielleicht und Wenn-dann-doch. Es gibt unendlich viele Menschen, die mir Steine in den Weg legen. Nein, stopp! Das wäre zu einfach, denn im Grunde weiß ich ja, dass ich selbst es bin, der alles verkackt hat. Niemand ist daran schuld, dass ich die Wände fremder Häuser besprüht habe. Und ganz bestimmt hat mich niemand dazu gezwungen, dem Remke eine Ladung Farbe ins Gesicht zu sprayen. Wie es so weit kommen konnte, ist mir noch immer ein Rätsel.

Kapitel 3: Weltenbau

Paulina

Worte, geformt aus Linien. Kreisen, Punkten. Aus Strichen. Schwungvoll.

Worte, geboren aus Gedanken, entstanden aus Träumen, Wünschen und Erfahrungen.

Mal sind sie formschön und rund. Eckig und spitz. Wellig und glatt. Mal sperrig und stumpf.

Worte …

»Paulina?!«, reißt mich Mattheos sonore Stimme aus meinem Flow. Ich hasse es, unterbrochen zu werden, wenn ich meine Gedanken noch nicht fertig aufgeschrieben habe. Er sollte das wissen, schließlich ist er unser Dozent für kreatives Schreiben und hat selbst viele Geschichten verfasst. Ich starre noch einen Moment auf den Bildschirm, unfähig mich loszureißen, nicht bereit, den Gedanken ziehen zu lassen, doch ich merke schon, dass es keinen Sinn hat.

Weg – die Worte haben sich verflüchtigt, und egal wie sehr ich mich auch anstrenge, ich werde sie nicht mehr wiederfinden. Nicht in meinem Kopf. Nirgendwo.

Also schaue ich in die nussbraunen Augen vom Hengst. Er heißt nicht wirklich so, aber die anderen haben ihm den Namen gegeben. Ob es ihm etwas ausmacht, dass ihn alle wegen seines markanten Pferdegebisses veralbern? Gut, er heißt Cavallo mit Nachnamen. Pferd. Vielleicht denkt er ja, dass ihm das den Spitznamen eingebracht hat. Ich aber weiß es besser.

Mattheo wartet auf keine Antwort. Er weiß, dass ich selten rede. Nicht weil ich mir zu fein dazu bin. Auch nicht, weil ich es nicht möchte. Ich kann nicht.

Außer an guten Tagen – aber diese sind selten und heute ist ganz bestimmt keiner davon. Es ist der Anfang des Semesters und das bedeutet, dass sich viele Neue auf dem Campus tummeln.

Unbekanntes macht mir Angst, es blockiert mich und erschwert es mir, gegen meinen ganz eigenen Dämon anzukämpfen. Er gewinnt dann die Oberhand, obwohl ich mich tapfer gegen ihn stemme. Selektiver Mutismus – die Unfähigkeit, mit fremden Menschen zu sprechen ... oder in bestimmten Situationen. An manchen Tagen ist es so schlimm, dass ich kaum selbst weiß, wie meine Stimme klingt. Dann glauben diejenigen, die mich nicht kennen, ich sei stumm. Und in gewisser Weise haben sie damit auch recht, nur eben nicht immer. Meine Störung ist selektiv, was bedeutet, dass ich mich manchen anvertraue, anderen eben nicht. Meine Familie beispielsweise und meine Freunde kann ich zu jeder Tages- und Nachtzeit zutexten. Da macht es mir sogar Spaß zu quatschen und miteinander zu lachen. Sobald aber jemand dazustößt, den ich nicht gut genug kenne, ist es, als würde in mir ein Schalter umgelegt. Ich versteinere und so sehr ich es auch will, es kommt kein Laut mehr über meine Lippen.

»Wir müssen jetzt Schluss machen, die Zeremonie für die neuen Schüler beginnt gleich.«

Seine Stimme ist sanft. Er weiß, wie schwierig das alles für mich ist.

»Okay«, flüstere ich kaum wahrnehmbar. »Ich komme gleich nach.« Zu Mattheo habe ich Vertrauen. Ich weiß, dass er mich und meine Arbeit sehr schätzt. Er ist anders als meine Lehrer damals, die keine Rücksicht auf meine Kommunikationsstörung genommen haben, die mich immer und immer wieder aufgefordert haben, mich mündlich am Unterricht zu beteiligen. Dieser Druck hat alles nur noch schlimmer gemacht. Und irgendwann war ich so frustriert, dass ich sogar meine Therapiesitzungen abgebrochen habe, um überhaupt wieder Luft zu bekommen. Das war die Zeit, in der ich mit dem Schreiben begonnen habe.

Mattheos Mundwinkel zucken nach oben. Ich schätze seinen sensiblen Umgang sehr. Nie würde er mich zu etwas zwingen – wie übrigens jeder Coach auf der Akademie. Der Unterricht ist darauf ausgelegt, sich und seine

Kreativität zu entfalten. Neues auszuprobieren, die eigenen Grenzen auszuloten. Die Lehrer lassen mir Raum und das gibt mir die Chance, tatsächlich an mir zu arbeiten. Daran, wie ich sein möchte. Wie ich sein kann.

Noch vor einem Jahr hätte ich es nicht für möglich gehalten, aber es kam sogar schon vor, dass ich den Leuten aus meinem Kurs ein paar meiner Zeilen vorgetragen habe. Laut. Selbstsicher. Gut, es war weit davon entfernt, dass ich mich dabei wohlfühlte. Auch da spürte ich die Enge in meiner Brust, die Hitze in meinen Händen, das viel zu schnelle Pochen meines Herzens. Aber ich habe es geschafft. Nicht oft, aber oft genug, um Hoffnung zu haben. Hoffnung, dass ich meinen Traum, Autorin zu werden, wahr machen kann.

Er legt seine Hand auf meine Schulter, als wollte er mich beruhigen. Es ist eine Geste, die mir zeigen soll, dass er mich versteht. Dass er mir Zeit lässt, um mich zu sammeln.

Ich atme ein paar Mal ein und aus, wie ich es bei der Therapie damals gelernt habe. Stelle mir etwas Schönes vor, eine Sonnenblume, die ihre Blätter der Sonne entgegenstreckt. Tiefgelb und sattbraun, voller Leben. In der Mitte sitzt eine Biene und labt sich am Nektar. Unwillkürlich schieben sich meine Mundwinkel nach oben, da dieses imaginäre Bild in meinem Kopf so friedlich und doch so kraftvoll ist. Ich habe viele von diesen Bildern in meinem Kopf. Oft schwirren sie wild durcheinander, flattern durch die Gehirnwindungen und formen sich zu den seltsamsten Geschichten. In den unpassendsten Momenten kann das unheimlich spannend werden, sodass ich mich kaum auf das Hier und Jetzt konzentrieren kann. Diese Tagträume möchte ich dann am liebsten sofort aufschreiben. Weil ich weiß, wie flüchtig sie sind, wie kostbar.

Einen Seufzer später klappe ich meinen Laptop zu, klemme ihn mir unter den Arm und mache mich auf den Weg. Dem Unvermeidbaren kann ich nun mal nicht entkommen. Auch wenn ich mich gern verkriechen würde, weiß ich, dass es nun einmal Pflicht ist, bei der Willkommenszeremonie aufzutauchen.

Dass ich spät dran bin, wäre untertrieben. Ich beschleunige meine Schritte, die an den Wänden der bereits leeren Flure widerhallen. Ich mag die Atmosphäre des alten Stifts, liebe die hohen Räume, den Duft, der in den Gemäuern wohnt. Alte Häuser üben eine ganz besondere Anziehungskraft auf mich aus, ein so geschichtsträchtiges wie dieses beflügelt meine Fantasie.

Mist, die schwere Tür ist schon zu. Ich hasse die Aufmerksamkeit, die mir gleich zuteilwerden wird. Ich atme ein, versuche das Zittern in den Griff zu bekommen und drücke schließlich die Klinke. Mit gesenktem Kopf schiebe ich mich durch einen schmalen Spalt, darauf bedacht, keinen Lärm zu machen. Zum Glück ist Frau Haaf noch nicht auf dem Podium in dem herrschaftlichen Marmorsaal zu sehen, der früher für den Empfang hochrangiger Adliger und Geistlicher benutzt wurde. Es wäre nicht das erste Mal, dass die Direktorin einen Zuspätkommer namentlich begrüßt und damit die Lacher auf ihrer Seite hat.

Mein Blick schweift über die Anwesenden. Dabei vermeide ich es, einzelnen in die Augen zu schauen. Endlich erspähe ich Lee, die mich zu sich winkt. Sie hat einen Platz zwischen sich und Nia für mich reserviert. Ich quetsche mich mit gesenktem Kopf durch die Reihe, begrüße meine Freundinnen mit einem leisen Lächeln und setze mich schließlich auf den harten Holzstuhl.

In dem Moment, als ich erleichtert durchatme, erstirbt auch schon das Gemurmel um mich herum und die beiden Leiter der Schule betreten den Raum durch die große, schwere Holztür.

Phil de Breune ist der Gründer dieser Hochschule für kreativ Begabte und ihn umgibt eine Aura, die ihn zu etwas Besonderem macht. Dabei stehe ich nicht auf ältere Typen, aber ihn finde ich sehr attraktiv. Mit seinen stahlblauen Augen und dem weiß-grauen etwas zerzausten Haaren könnte er auch gut in einem Hollywoodstreifen mitspielen. Als Vorlage für einen weisen Magier hat er es zumindest schon in eine meiner Geschichten geschafft.

Eleonora Haaf tritt ans Mikro und lächelt in die Menge. Sie ist trotz ihrer hochhackigen Schuhe einen guten Kopf kleiner als Phil. Aber das tut der Autorität, die sie ausstrahlt, keinen Abbruch. Es ist nicht diese angsteinflößende Autorität, bei der man strammsteht und kaum noch Luft bekommt. Ihre Art ist freundlich, aber bestimmt. Sie ist oberkorrekt und immer wohlwollend. Ich kann mich noch gut an den Tag erinnern, als ich in Lieberose angekommen bin. An die Angst, die sich in jeder Faser eingenistet hatte. Und an die offene Freundlichkeit und Begeisterung, die mich hier so unvorbereitet getroffen haben. Niemand hat sich daran gestört, dass ich stumm wie ein Fisch bin. Hier werde ich so angenommen, wie ich bin.

»Meine lieben Kreativen«, startet Eleonora und schaut zu Phil hoch. »Willkommen all die Neuen, die ihre Kreativität an der *Academy of Arts* ausleben möchten.«

»Bla, bla, bla«, flüstert Lee neben mir und kichert.

Die Ansprache hat sie schon unzählige Male gehört und auch ich weiß, dass uns nicht viel Neues erwartet, denn es scheint ein ungeschriebenes Gesetz zu sein, dass die beiden Akademieleiter ihre Rede jedes Semester aufs Neue herauskramen und nur winzige Nuancen ändern. Ich schenke meiner Freundin ein verschwörerisches Lächeln und beuge mich zu meiner Linken.

»Wo ist Toni?«, frage ich Nia, weil die Vierte im Bunde fehlt. Sie zwinkert mir zu und ihre großen blauen Augen blitzen schelmisch. Die dunklen kurzen Haare trägt sie wie immer wild verstrubbelt, was aber immer stylish aussieht.

»Schätze, die vergnügt sich mit Vincent.« Nias Augenbrauen wackeln vielsagend und lassen mich schmunzeln.

Seit unsere Freundin mit ihrem Scout und dem Sohn von Phil de Breune zusammen ist, kriegen wir sie kaum noch zu Gesicht. Vincent reizt die Regeln hier ganz schön aus, aber da er als Nachfolger von Phil gehandelt wird und damit so etwas wie der Juniorboss ist, wagt es niemand, ihn – und somit auch Toni – zurechtzuweisen.

Neugierig schaue ich mich um. Das Schöne an der AcA ist, dass es eine vergleichsweise kleine Hochschule ist. Hier werden nur die wichtigsten Kunstrichtungen unterrichtet und wir finden uns nach dem Grundstudium in den jeweiligen Fachrichtungen zusammen und studieren jahrgangsübergreifend gemeinsam. Entsprechend kennen wir uns untereinander recht gut. In jedem Semester machen rund zwanzig Studenten ihren Abschluss und ungefähr die gleiche Anzahl kommt neu hinzu. Zwanzig Menschen, die mir fremd sind. Zwanzig Menschen, die mich anfangs schief anschauen und sich fragen werden, was mit mir los ist.

Ich seufze. Und ziehe mich gedanklich schon in meine Geschichte zurück. Die Welten, die ich in meinem Kopf entwerfe, bringen mir Sicherheit. Sie suggerieren mir eine Geborgenheit, die ich oft genug in der Wirklichkeit vermisse. An manchen Tagen lebe ich mehr in meiner Scheinwelt als in der Realität. Hier fällt es mir seltsam leicht, meine Helden lustig und schlagfertig sein zu lassen. Etwas, das im Hier und Jetzt ein Ding der Unmöglichkeit ist. Denn ich bin stumm. Nicht immer. Aber oft.

In meinen Gedanken bin ich derzeit Vicky, die weibliche Heldin meiner neuen Geschichte. Mit meinen straßenköterblonden Haaren und der Jeansshorts, die meine Eltern für viel zu kurz halten, laufe ich über die Straße, an deren Wegrand sich unzählige Sonnenblumen durch das verdorrte Unkraut kämpfen. Ich atme tief ein, lasse den Duft des Hochsommers in mich strömen und genieße die wärmenden Sonnenstrahlen. Ich versuche, ein klares Bild von der Umgebung zu bekommen. Lebt Vicky in einer Großstadt? Auf dem Land? In den USA oder irgendwo hier in der Gegend? Ich bemühe mich, Einzelheiten zu erkennen, doch die Konturen sind unscharf und das Bild verändert sich ständig. Angestrengt versuche ich mich darauf zu konzentrieren, aber wirklich zufrieden bin ich mit dem Ergebnis noch nicht.

»Erde an Paulina.« Lee schnippt mit ihren schmalen Fingern vor meinem Gesicht herum und holt mich aus meiner Geschichte zurück in die Wirklichkeit.

Ich lande in einem barocken Saal, der über und über mit wertvollen Wandmalereien verziert ist. Die Decke mit ihren wundervollen Fresken wird von weißen Säulen gestützt.

Ich blinzle schwerfällig und starre meine Freundin an. Ihre langen blonden Haare hat Lee zu einer Art Vogelnest auf ihrem Hinterkopf zusammengebunden. An jeder anderen hätte das wohl ausgesehen, als wäre sie direkt aus dem Bett gepurzelt. Bei Lee wirkt es aber echt cool und ich beneide das kesse Wesen nicht zum ersten Mal für ihr Aussehen. Gut, ich bin ganz glücklich, dass ich absoluter Durchschnitt bin und dadurch nicht auffalle. Mit meinen langweilig braunen Haaren, den unspektakulären braunen Augen und einem Durchschnittsgesicht kann ich in jeder Masse untertauchen und mich unsichtbar machen. Unsichtbar – etwas, das ich wirklich gern bin.

»Kommst du mit in die Mensa?«, fragt Nia mit ihrer sanften Stimme und zappelt voller Vorfreude auf ihrem Stuhl herum. Nia hat immer Hunger und verschlingt Unmengen – etwas, das man ihr mit ihrer zierlichen Figur gar nicht ansieht. Als Tänzerin hat sie einen unglaublichen Energieverbrauch. Müsste ich nicht an den Morgenläufen, die hier in der Akademie Pflicht sind, teilnehmen, würde ich mich wohl nie bewegen und bald wie eine dicke Kartoffel aussehen. Nur am Schreibtisch hinterm Computer zu sitzen, kann wahrlich nicht gesund sein. Gut, dass diese Hochschule auf Vorsorge setzt und uns beibringt, auf unseren Körper – und unsere Seele – zu achten.

Ich nicke und spüre schon, dass es mir heute selbst im Beisein meiner Freundinnen schwerfällt zu sprechen. Die Stimmung des Neuanfangs schwappt auf mich über. Die Nervosität, die die Neuen ausstrahlen, lässt auch mich nicht kalt. Ich verkrieche mich in mein Schweigen, ziehe mich zurück hinter diese Mauern, die mich nicht nur schützen, sondern auch isolieren.

Ich nehme erstaunt wahr, dass die Zeremonie bereits zu Ende ist und sich die Leute um uns herum erheben und aus dem Barocksaal strömen. Wie immer lasse ich der großen Masse den Vortritt und drücke mich so lange auf dem Stuhl herum, bis es mir möglich ist, endlich aufzustehen.

»Komm schon, Paulina«, nörgelt Nia und hüpft von einem Bein aufs andere. Still zu stehen fällt ihr schwer, still zu sitzen ist Höchststrafe. Lee hakt sich bei mir unter und zieht mich hoch. Viel lieber würde ich zurückkehren in das helle Eckzimmer, in dem Mattheo Cavallo kreatives Schreiben unterrichtet, und mich in die Arbeit stürzen. Aber aus Erfahrung weiß ich, dass ich Buchstaben nicht essen kann und ich irgendwann schlappmache, wenn ich nichts zu mir nehme. Also folge ich den beiden und lasse ihr Gespräch über die neuen Studenten durch mich hindurchrauschen. In meinem Kopf hallen jedoch noch meine Überlegungen nach, wie die für die Geschichte so wichtigen Schauplätze aussehen könnten.

***

Nur ihr Freitod wird dich retten – und dich für immer zerstören.

Ich starre auf den Bildschirm, auf dem sich der Satz in dicken schwarzen Buchstaben vom leuchtend weißen Hintergrund abhebt. Seit Lee mir den schwarzen Engel Danijel geschenkt hat, habe ich ihn nicht mehr aus meinem Kopf bekommen. Es war erst eine Idee, noch wirr und konfus, doch sie nimmt Gestalt an. Jeden Tag ein kleines bisschen mehr.

Draußen dämmert es bereits und ich weiß, die anderen warten in der Mensa auf mich. Aber ich kann nicht. Nicht jetzt! Da sind die Worte, die sich in meinem Kopf formen, die Bilder, die sich darin auftun und mächtig sind. Es fühlt sich groß an, atemberaubend, und um sie nicht zu verlieren, starre ich einfach weiter ins Nichts. Nia sagte einmal, es sei so, als würde ich mit offenen Augen schlafen, wenn ich plotte. Und so in der Art ist es auch. Ich vergesse alles um mich herum. Vergesse mich und die Welt, in der ich lebe. Tauche ab in die Fiktion, die in diesen Momenten so viel realer wird, die mich willkommen heißt. Ich habe Vicky vor Augen, meine starke Heldin, die einer bösen Macht die Stirn bieten wird. Danijel, der noch viel tiefer in die Sache verstrickt ist, als ich momentan selbst ahne. Ich sehe das Viertel, in dem Vicky wohnt, die kleinen Einfamilienhäuser mit den bunten Blumengärten. Höre die Bienen, die im Chor lautstark summen und nichts von der Zwischenwelt ahnen, in der der dunkle Fürst über die Gefallenen herrscht. Gefallene, wie Danijel einer ist.

Noch ist alles verschwommen, ändert sich von Zeit zu Zeit. Ich liebe diese Momente, in denen eine Geschichte Gestalt annimmt. In denen selbst Atmen, Essen, Trinken, Schlafen zu Nebensachen werden.

Mein Rücken schmerzt und ich strecke mich, dehne meinen Nacken. Wie könnte die Zwischenwelt aussehen? Der Ort an dem der dunkle Fürst und sein Gefolge Pläne schmieden und die Menschen auswählen, die sie durch den Freitod auf ihre Seite ziehen wollen? Es ist der zentrale Ort des Geschehens und damit so wichtig für meine Geschichte. Gedankenverloren blicke ich mich um.

Hölle?, kritzle ich auf ein Post-it. *Burgruine?* Ich tippe mit dem Bleistift auf meiner Lippe herum. *Palast?*, schießt mir der nächste Gedanke durch den Kopf und landet auf dem Zettel. Immer weiter grüble ich über Bezeichnungen verschiedener Bauwerke nach, wälze Adjektive, schiebe Attribute meiner Welten gedanklich hin und her. *Kerker? Hochhaus? Spiegelsaal? Schutzbunker? Höhle? Klein? Düster? Kalt? Tore? Feuer? Gitter? Epoche? Stil? Stein? Glas? Material? Beton! Treppen. Bröckelnde Fresken. Bruchstein. Dunkel. Beton. Beton. Beton! Metall?* Mir schwirren die Gedanken unsortiert im Kopf herum. Alles schreibe ich auf, nichts davon macht Sinn. Ich kritzle und radiere, schreibe erneut, streiche durch. Immer schneller wirbeln die Worte hinter meiner Stirn. Chaotisch. Unkontrolliert. Faszinierend. Ich grinse. Doch dann packe ich den ganzen Schwung gelber Haftnotizen, knülle sie zusammen und werfe sie auf den Boden. Mit Chaos im Kopf kann ich nicht schreiben.

WIE SIEHT DIE ZWISCHENWELT AUS?, schreibe ich schließlich in Großbuchstaben und klebe den Zettel auf die Tischplatte unter meinen Laptop.

Damit werde ich mich später befassen. Ich atme tief ein, schließe die Augen. Vielleicht überkommt mich eine Idee, wichtig ist jetzt aber erst einmal, meine Gedanken aufs Papier – oder besser in den Computer – zu bringen. Ich krame die EarPods aus meiner Tasche und schalte meine Playlist ein, die ich gern während des Schreibens höre. Es sind melodische Songs, einfache Werke, die keinen allzu rockigen Sound haben, weil ich mich dazu immer bewegen muss. Und unruhig bin ich gerade ohnehin schon. Vielleicht wäre es sinnvoller, heute nach Naturgeräuschen zu greifen. Das Rascheln der Bäume hilft mir, wenn ich Landschaftsbeschreibungen zu Papier bringen möchte. Mit dem Rauschen der Wellen lasse ich meinen Gedanken freien Lauf. Aber gerade bin ich zu unkonzentriert, um wieder abzudriften. Wenn das heute noch etwas werden soll, brauche ich Struktur. Einen einfachen Beat, an dem ich mich festhalten kann.

Nachdem ich mein Schreibprogramm geöffnet und alle Einstellungen für ein neues Projekt vorgenommen habe, starre ich auf den Bildschirm. Nein, ich starre durch ihn hindurch, hinein ins Ungewisse, auf etwas, das niemand sieht, nur ganz allein ich, denn es ist in meinem Kopf.

Und dann beginne ich zu tippen.

Das Leben nach dem Tod hatte sich Danijel immer dunkel vorgestellt, düster und kalt. Nie hatte er vor, im Himmel zu landen und so war er auch nicht allzu verwun-

dert, als ihn der Fürst der Dunkelheit nach seinem spektakulären Freitod auf der anderen Seite empfing. Womit er jedoch nicht gerechnet hatte, war, dass der Fürst ein Leben in Prunk und Helligkeit führte. Dass er Gold und strahlendes Rot liebte. Rot – wie frisches Blut, das aus einer Wunde quoll.

Ich erschaudere bei den Gedanken. Sehe es bildlich vor mir, wie sich Vicky die Pulsadern aufschneidet, um in die Zwischenwelt zu gelangen. Doch was veranlasst einen fröhlichen Menschen wie Vicky, sich das Leben nehmen zu wollen? Was muss passieren, um ihren Lebenswillen zu brechen? Liebe? Hass?

Liebe!

Definitiv hat in einem Leben, das Vicky führt, nur die Liebe die Macht, sie zu zerstören.

»Brauchst du das noch, oder kann ich es entsorgen?«

Als hätte ein nebulöser Geist »*Buh!*« gerufen, springe ich von meinem Platz auf. Der Stuhl kippt um, der Tisch wackelt verdächtigt und ich schnappe mir schnell meinen Laptop, bevor er herunterfallen kann und meine Worte damit unwiederbringlich ins Nichts stürzen.

Panisch blicke ich auf, schaue in dunkle Augen, die bedrohlich wirken und zeitgleich so rein und ehrlich sind. Ich schnappe nach Luft. Schüttle wirr den Kopf und kann meinen Herzschlag kaum drosseln. Was? Was will der Typ? Wer ist er? Und warum spricht er mich an? Mich?!

Kurz stehe ich wie erstarrt da. Unfähig mich zu bewegen, unfähig zu reagieren. Dann schlage ich die Augen nieder, konzentriere mich auf meine Atmung und versuche bei mir zu bleiben. Schließlich klappe ich meinen Laptop zu und renne schnell aus dem Zimmer, in dem ich mich immer so wohl gefühlt habe. Hier darf kein Fremder rein. Niemals! Es ist mein Rückzugsort. Hier kann ich sein, wie ich bin. Wer ich bin. Aber dieser Typ … ich kenne ihn nicht. Er muss einer von den Neuen sein. Ich schaue mich um, klammere mich an meinen Laptop und versichere mich, dass er mir nicht folgt, aber der Flur, in dem die Klassenräume liegen, ist menschenleer. Die Studenten sind alle beim Abendessen oder bereits in den Gemeinschaftsräumen.

Meine Notizen, denke ich wehmütig, als ich die Stufen zu den Schlafräumen emporklettere, und überlege, ob ich schnell zurückgehen soll, um sie zu holen. Es sind nur Worte. Aber es sind meine Worte. Meine!

Niemals! Ich kann nicht zurückgehen und einem Menschen gegenübertreten, den ich nicht kenne. Das kann ich einfach nicht. Was hätte ich auch sagen sollen? Vicky hätte einfach ihre Hände in die Hüften gestemmt, den Kopf schief gelegt und selbstsicher gesagt: »Rück die Zettel raus!« Ich schmunzle. Aber bei dem Gedanken, dass ich selbst stumm bleiben würde, erstirbt es.

Nicht einmal auf eine einfache Frage kann ich antworten, ohne dass ich austicke. All die Gefühle, die mich überfluten, weil Situationen wie diese purer Stress für mich bedeuten und sie mich die Kontrolle über meinen Körper verlieren lassen, sind doch nicht normal. Und jetzt? Jetzt liegen meine Notizen im Müll. Mist!

Kapitel 4: Notizen

Adrian

Seufzend streife ich die dreckigen Schuhe von den Beinen und trete in mein Zimmer. *Mein Zimmer!* Ich kann es immer noch nicht glauben, dass ich einfach die Tür schließen und meine Ruhe haben kann. Elio respektiert es, dass ich kaum Lust zu reden habe. Was hätte ich auch zu erzählen gehabt? Heute war mein erster Tag als Haussklave und ich muss zugeben, dass es mich schlimmer hätte treffen können. Die meiste Zeit musste ich im hinterletzten Winkel des Klostergartens Hecken und Sträucher zurückschneiden und für den Winter vorbereiten. Noch ist die Herbstsonne kräftig und die Arbeit im Freien hat mich ganz schön ins Schwitzen gebracht. Es tut gut, mich endlich wieder zu bewegen. Nach den viel zu langen Tagen des Hausarrestes in der winzigen Wohnung meiner Mutter giere ich schier danach, mich frei zu bewegen. Vielleicht sollte ich wieder mit Sport beginnen. Meine Fitness hat sichtlich gelitten.

Vermutlich war es Absicht, mich weit weg von den Studenten einzuteilen. Begegnet bin ich kaum jemandem. Selbst als ich den Müll aus den Zimmern zusammengesammelt habe, die für die unterschiedlichen Kurse genutzt werden, gab es kaum Kontakt. Im Tanzsaal hat noch ein Paar Pirouetten geübt, und als ich die Musik gehört habe, bin ich schnell wieder umgedreht. Schließlich habe ich Elio mein Wort gegeben, niemanden zu stören oder gar zu belästigen.

Und dann ist da dieses seltsame Mädchen gewesen, das mich angeschaut hat, als wäre ich ein Gespenst. Ein Fabelwesen oder sonst etwas aus einer anderen Welt. Der Blick aus ihren schreckgeweiteten Augen ging mir durch und durch. Dabei waren ihre Augen sehr hübsch und sanft.

Schnell schüttle ich den Gedanken ab. Das Mädchen war sich sogar zu fein, um mir zu antworten, ob ich ihren Müll wegmachen dürfte. Ein großes Danke habe ich nicht erwartet, schließlich ist es mein Job, hinter den *Talenten,* wie sie hier genannt werden, herzuräumen. Mir ist allzu bewusst, dass ich in der Nahrungskette ganz unten stehe. Dennoch hätte sie sich wenigstens ein Nicken oder Lächeln abringen können. Sei's drum, ich sollte mich daran gewöhnen, Abschaum zu sein. Nichts anderes habe ich hier erwartet, aber bis ich endlich abhauen kann, werde ich mich einfach bedeckt halten, meine Strafe absitzen und Ruhe geben.

Ich zücke mein Handy aus purer Gewohnheit. Dabei weiß ich, dass keine Nachrichten gekommen sind. Calli und ich haben eine klare Abmachung: keinen Kontakt bis zu meinem achtzehnten Geburtstag. Ich weiß, auf meinen Kumpel ist Verlass – wahrscheinlich ist es ihm ohnehin recht, nicht ständig texten zu müssen. Er ist da etwas faul, wie ich aus Erfahrung weiß. Dennoch beschleicht mich ein dumpfes Gefühl. Was für ein erbärmliches Leben. Selbst mein Handy stirbt den Tod aus Langeweile.

»Willst du was essen?«

Elio pocht an meine Tür und ich zucke im ersten Moment zusammen. Mein Magen knurrt lautstark und ich spüre erst jetzt, dass ich Kohldampf habe. Also schwinge ich mich aus dem Bett und stapfe in die Küche, in der mein Onkel steht und gerade das Nudelwasser abschüttet.

»Teller sind im Schrank.« Er nickt in Richtung Küchenzeile und ich decke wortlos den Tisch.

»Wie war dein Tag?«, will er wissen, als wir vor unseren Tellern sitzen und ich gerade eine Nudel auf die Gabel spieße.

»Okay«, brumme ich und stopfe gierig das Essen in meinen Mund. Und obwohl es nur Pasta mit roter Soße ist, könnte ich schwören, dass es das Köstlichste ist, was ich bis zum heutigen Tag gegessen habe. Wo hat Elio nur gelernt, so verdammt gut zu kochen?

»Heute war die Willkommenszeremonie für die Neuen«, plappert er munter weiter. Ihn scheint der Tag in keiner Weise angestrengt zu haben. »Es wird etwas dauern, bis wieder Ruhe einkehrt und alles seinen gewohnten Gang geht.«

Wieder brumme ich zustimmend. Was sollte ich auch sonst tun? Ich habe nicht vor, mich hier einzugewöhnen. Aber das kann ich Elio unmöglich sagen. Er streckt mir eine Schüssel mit Parmesan entgegen. Dankbar schaufele ich mir etwas von dem Käse auf und esse weiter, als wäre ich am Verhungern.

»Hast du dich schon etwas umgeschaut? Das Stift ist wie ein riesiges Labyrinth. Nimm dir Zeit, das Gebäude zu erkunden, es lohnt sich. Hat einige versteckte Besonderheiten. Manche Räume sind abgeschlossen, damit die Studenten dort keinen Unsinn machen. Aber der Schlüssel hängt vorn am Brett, du kannst ihn jederzeit nehmen.«

Ich schlucke. Warum vertraut er mir? Nach allem, was vorgefallen ist, ist es doch schwachsinnig, ausgerechnet *mir* Zutritt zu Bereichen zu gewähren, in die nicht einmal die Studenten dürfen. Es ist ein Test, schießt es mir durch den Kopf. Elio will sehen, was ich anstelle, wenn er mir Türen und Tore öffnet. Aber darauf werde ich nicht reinfallen.

»Ich habe heute eine Studentin angequatscht«, sage ich aus dem Drang heraus, ihm zu zeigen, dass sein Vertrauen in mich völlig unangebracht ist. »Ich weiß, ich sollte niemanden –«

Elio lacht. »Hey, ich habe dir doch keinen Maulkorb verpasst, entspann dich, Adrian. Du sollst niemandem auf den Keks gehen. Und das hast du nicht getan, oder?«

»Nein«, murmele ich und kratze etwas wehmütig die letzten Nudeln zusammen. »Ich habe nur gefragt, ob die ganzen Zettel wegkönnen, die um sie herumlagen. Sind noch Nudeln da?«

»Klar, bedien dich.« Er deutet Richtung Herd, auf dem ein Topf und eine Pfanne stehen und nur darauf warten, von mir geplündert zu werden.

»Willst du auch noch?«, frage ich und erschrecke im ersten Moment selbst, dass ich ihn das frage. Seit wann beherzige ich die gut gemeinten Ratschläge meiner Mutter und bin höflich?

»Nein, danke.« Er klopft sich auf seinen Bauch, über dem sich das rot karierte Hemd spannt, und lacht. »Ich versuche gerade, etwas abzuspecken. Die Studentin … War das im Schreibraum?«

Ich leere den Topf und die Pfanne und gehe zurück zum Tisch. Unwissend zucke ich mit den Schultern. »Ich kenne die Räume noch nicht.«

»Und was hast du mit den Zetteln gemacht?«

Was fragt Elio mich jetzt nach dem verdammten Müll? Hätte das Mädchen das Zeugs noch gebraucht, hätte sie doch etwas gesagt.

»Entsorgt. Was sonst?«

»Braune lange Haare, schokoladenbraune große Augen und die Nase im Laptop? Völlig weggetreten? Und als du sie angesprochen hast, hat sie dich angeguckt, als wärst du ein Alien?«

»Ja«, antworte ich irritiert. »Das kommt schon hin.« Die Erinnerungen an sie sind seltsam verschwommen. Sie war so ... so ... unscheinbar. Als wäre sie selbst kaum Teil dieser Welt.

Elio seufzt.

»Was?«, frage ich irritiert. Ich dachte, ich kriege 'nen Anschiss, weil ich jemanden angequatscht habe, nicht weil ich meinen Job erledigt habe.

»Na ja, das waren bestimmt Notizen für ein neues Buch, die du ins Nirvana geschickt hast.«

»Nee, sie hätte doch was sagen können, wenn sie den Kram noch gebraucht hätte. Das war Müll!«, entgegne ich trotzig.

Elio nickt. »Hätte sie. Ja. Aber ich schätze, das war Paulina. Und da du ihr fremd bist ...«

»Sind wir jetzt im Kindergarten? Reden hier die Leute nicht mit anderen, die sie nicht kennen?«, spucke ich aus und spüle den bitteren Nachgeschmack, den dieser Spruch in meinem Mund hinterlassen hat, mit einem Schluck Wasser hinunter. »Ist sie was Besseres, nur weil sie hier studiert?«

Wieder vernehme ich dieses Seufzen, das wohl zum Ausdruck bringen soll, wie unwissend und ignorant ich bin. Ich hasse es eigentlich, über fremde Menschen zu urteilen. Aber die anderen tun das bei mir auch – warum sollte ich mich also zurückhalten?

»Paulina ist nicht wie du und ich«, sagt Elio und das Lächeln, das plötzlich auf seinen Lippen liegt, irritiert mich, sodass ich meine Wut für einen Augenblick vergesse und gebannt seinen Worten lausche. »Sie ist ... na ja, sie tut sich mit Neuem schwer und –«

»Redet nicht mit Leuten unter ihrem Niveau. Schon klar.«

»Quatsch! Sie kann es nicht! Das ist wie eine Sperre in ihrem Kopf. Vertraut sie jemandem, ist sie das klügste und lustigste Mädchen auf dem ganzen Campus. Aber bis dahin ist es meistens ein langer Weg.«

Ich nicke, habe aber immer noch nicht verstanden, was das alles soll. Ist das hier ein Auffangbecken für Freaks? Bedeutet hochbegabt zu sein, auch anderweitig besonders zu sein? Besonders arrogant? Besonders schräg? Besonders ... Ich schüttle den Kopf, um klarer zu werden. Ich sollte den Vorfall und das Mädchen schnell wieder vergessen. Die Leute hier und ich – das passt einfach nicht zusammen.

***

Ich starre an die Decke und lausche dem Zirpen der Grillen, das durch das geöffnete Fenster in mein Zimmer dringt. Stille – in Berlin konnte ich sie nicht ertragen, habe jede Gelegenheit genutzt, mich mit Musik zuzuballern, mich abzulenken. Nur nicht zur Ruhe kommen. Denn dann wären all die Gedanken wieder da gewesen. Und mit ihnen die Wut. Die Sehnsucht. Das Unverständnis. Und das ätzende Gefühl, meiner Mutter eine Last zu sein.

Ich lenke die Gedanken auf das Hier und Jetzt, lasse den Tag Revue passieren, versuche die Sonne auf meiner Haut zu spüren und den Wind zu riechen, der mir um die Nase wehte. Aber egal wie sehr ich mich auch bemühe, immer wieder huscht dieses seltsame Mädchen durch meine Gedanken. Wie hat Elio sie genannt? Paulina?

Was, wenn ich nun wirklich die Notizen für ein Buch vernichtet habe? Wenn die Zettel wichtig für sie waren? Vielleicht sollte ich morgen noch einmal in den Müllsäcken schauen, ob ich etwas davon finden kann. Dank sauberer Mülltrennung dürfte das ja nicht so schwierig sein. Ach, scheiß drauf! Warum auf morgen warten? Ich kann das auch gleich erledigen. Vielleicht lässt mich dann mein schlechtes Gewissen in Ruhe und ich kann endlich schlafen.

Meine Mutter hat oft genug ungefragt Skizzen von mir entsorgt. Sie konnte nicht verstehen, warum mich das rasend gemacht hat. Rasend vor Wut, denn auch wenn diese Zeichnungen alles andere als perfekt gewesen sind, halfen sie mir, das Bild in meinem Kopf entstehen zu lassen. Und dieses Gestalten war in Zeiten, in denen mir sonst nichts gelang, wichtiger als alles andere in meinem Leben. Es gab mir Halt. Es gab mir Kraft.

Schnell schlüpfe ich in meine Schuhe und werfe mir einen Hoodie über. Im Flur greift meine Hand zum Generalschlüssel. Kurz überlege ich, ob ich Elio Bescheid sagen soll. Aber er hat es mir schließlich erlaubt, dass ich ihn nutze.

Draußen empfängt mich ein eisiger Wind. Hier ist es kühler als in Berlin, was daran liegen könnte, dass das Kloster auf einer Anhöhe liegt, über die der Wind hinwegpfeift. Da kann auch das kleine Wäldchen nichts ausrichten, das sich rund um die Anlage ausbreitet.

Im Dunkeln wirkt das Gebäude gespenstisch und wenig heimelig. Vielleicht liegt das an all den Schatten, die vom Mond auf die hellgelbe Fassade projiziert werden und im Wind tanzen. Ich ziehe schnell die Kapuze über und verkrieche mich in die Wärme des Stoffes. Die Hände vergrabe ich in den Hosentaschen und stapfe auf den kleinen Schuppen zu, in dem die Müllcontainer stehen. Es dauert eine Weile, bis ich den blauen Sack gefunden habe, in dem ich die gelben Notizzettel vermute. Ich wühle darin herum und fische schließlich eine Handvoll Post-its heraus.

Schnell stopfe ich sie in die Tasche meines Hoodies und vergewissere mich noch einmal, dass ich alle Notizen erwischt habe. Nachdem ich sorgfältig abgeschlossen habe, eile ich zurück in Elios Wohnung, hänge den Schlüssel zurück an den Haken und gehe in mein kleines Zimmer. Zum ersten Mal, seit ich hier bin, setze ich mich an den Schreibtisch, krame die soeben geretteten Zettel hervor und breite sie vor mir aus.

Ist es unangemessen, dass ich sie lese? Ein bisschen komme ich mir so vor, als würde ich damit in den Kopf einer Fremden schauen. Ich beruhige mich damit, dass jeder den Müll durchwühlen könnte und es dieser Paulina freistand, die Notizen zu zerreißen – sofern es überhaupt ihre Absicht war, sie zu entsorgen.

Verständnislos schüttle ich den Kopf, als ich die vielen verschiedenen Bezeichnungen für Gebäude und Materialien aller Art vor mir sehe. Warum schreibt sie sich das auf? Überall diese Fragezeichen. Und Ausrufezeichen. Manche der Wörter sind durchgestrichen. Andere so dick geschrieben, dass sie die Buchstaben mehrfach nachgefahren haben muss. Dann bleibt mein Blick auf einem Zettel hängen, der mehr als ein einzelnes Wort trägt und mit kantigen Großbuchstaben gefüllt ist: *WIE SIEHT DIE ZWISCHENWELT AUS?*

Zwischenwelt? Kurz stolpert mein Herz, da der Gedanke etwas in mir auslöst. Seltsamerweise kommt mir diese ungewöhnliche Formulierung bekannt vor. Ich starre auf die grüne Wand vor mir, ohne irgendetwas direkt anzuschauen. Und doch sehe ich es genau vor mir. Ich blinzle ein paar Mal, aber das Bild ist so klar und will einfach nicht verschwinden.

Aufgeregt springe ich auf und suche in meinem Rucksack nach Papier und Stiften, erinnere mich dann aber wehmütig daran, dass ich meine Zeichensachen in Berlin zurückgelassen habe. Unschlüssig schaue ich mich um. In der Schreibtischschublade liegt nur ein Kugelschreiber.

»Elio, wo finde ich Blätter? Und hast du einen Bleistift?« Meinen Kopf stecke ich ins Wohnzimmer, das mir seltsam fremd vorkommt, weil ich hier nur einmal kurz bei der Besichtigung drin war. Viel zu sehr genieße ich den neuen Luxus eines eigenen Zimmers, als dass ich mich bei Elio zeige.

Mein Onkel klickt auf die Fernbedienung, das Bild auf der Mattscheibe gefriert und Elio hievt sich aus den dunkelbraunen Polstern des Sofas.

»Komm, ich zeig dir alles.« Er läuft auf die Schrankwand zu und öffnet eine Schublade, in der sich ziemlich chaotisch einige Büromaterialien stapeln. »Et voilà«, sagt er und drückt mir einen Stapel vergilbtes Papier in die Hand. »Ich nehme an, du suchst was zum Zeichnen?«

Ich nicke stumm und weiche seinem Blick aus. Auf lange Erklärungen habe ich keine Lust. Mir ist selbst bewusst, dass ich ihm erst gestern gesagt habe, dass ich nicht mehr zeichnen und sprayen werde. Aber das Bild, das dieses seltsame Mädchen mit ihren gelben Klebezetteln in meinen Kopf gepflanzt hat, kriege ich anders einfach nicht wieder raus.

Ich nehme Elio noch einen stumpfen Bleistift ab und rümpfe die Nase, weil dieses Teil definitiv seine besten Jahre hinter sich hat.

»Hast du zufällig noch einen Spitzer und 'nen Radiergummi?« Ich versuche, nicht genervt zu klingen. Ich bin wahrlich nicht verwöhnt, aber was Zeichensachen betrifft, habe ich eben meine eigenen Vorstellungen. Dennoch möchte ich nicht undankbar sein. Und vor allem will ich zurück in dieses schummrig heimelige Zimmer, dessen Tür ich schließen kann. Mein Reich, in dem die Gedanken mir allein gehören.

»Tut mir leid«, murmelt Elio und nimmt seine halbe Schrankwand auf der Suche nach dem Gefragten auseinander. »Ich kann dir morgen –«

Ich lege ihm eine Hand auf die Schulter. »Bitte. Keine Umstände! Das ist schon okay.« Ich nicke nachdrücklich und ringe mir ein leises Lächeln ab. Vielleicht werde ich einfach meine Mum anrufen und sie bitten, mir meine Sachen zu schicken. Doch beim Gedanken daran, ihre Stimme zu hören, wird mir irgendwie mulmig. Schnell drehe ich mich um und eile aus dem Wohnzimmer. »Danke!«, rufe ich noch über meine Schulter und trete in mein Zimmer.

Nachdem ich das Deckenlicht ausgeschaltet und mit der Stehleuchte für einigermaßen ansprechende Beleuchtung gesorgt habe, setze ich mich wieder an den Schreibtisch.

Ich streiche das Blatt glatt. Es ist das typische Kopierpapier, auf dem ich so ungern zeichne. Es ist strukturlos, einfach glattgebügelt. Leblos. Aber Alternativen gibt es keine und so greife ich nach dem angekauten Bleistift, der sich zwischen meinen Fingern seltsam fremd anfühlt. Es ist lange her, dass ich mit Grafit gezeichnet habe. In den letzten Monaten und Jahren habe ich fast ausschließlich gesprayt. Meine Skizzen und Vorlagen zu den Graffitis habe ich mit Markern und Finelinern erstellt. Das, was mir jetzt aber im Kopf herumspukt, ist feiner, die Schattierungen prädestiniert dafür, mit Bleistift gezeichnet zu werden.

Strich für Strich bringe ich das Bild, das so real in meinen Gedanken ist, aufs Papier. Immer tiefer versinke ich in die Konzentration, die mir nicht nur Ruhe, sondern auch Frieden schenkt.

Erst als ich mich zurücklehne, um mein Werk zu betrachten, spüre ich, dass meine Nackenmuskeln schmerzen. Wie lange ich wohl in die Arbeit versunken war? Kritisch betrachte ich das Gebäude, das ich aus verschiedenen Perspektiven gezeichnet habe. Ich verwische mit meinem Finger noch eine Kontur, die mir in dieser Halle, die ich mir wie eine riesige Kathedrale mit endlosen Säulen vorstelle, zu hart erscheint.

Kapitel 5: Der Auserwählte

Paulina

Wie in Trance trotte ich neben Toni her. Ein Fuß vor den anderen. Nur nicht stolpern. Nur nicht hinfallen und liegen bleiben. Ich seufze, denn das ist genau das, was ich jetzt gern tun würde. Nur nicht hier auf dem schlammigen Boden, sondern in meinem kuschelig warmen Bett. Ich bin unendlich müde. Und das liegt nicht nur daran, dass der Wecker viel zu früh geklingelt hat, damit wir jetzt über das Stiftsgelände joggen können. Sondern vorrangig, weil mich Danijel nicht hat schlafen lassen. Danijel – der Held aus meinem aktuellen Roman mit diesem gehetzten Blick aus seinen stahlblauen Augen. Ob es richtig ist, ihn so düster zu zeichnen? Soll ich ihn als rechte Hand des Fürsten darstellen? Als Widersacher? Ich will ja, dass die Leser ihn mögen, dass sie hinter seine scheinbar bösen Absichten schauen. Dass sie sein *wahres* Ich erkennen. Doch was ist sein Ich? Was hat ihn zu dem gemacht, der er ist? Ein Gefallener ...

Ich stolpere über meine eigenen Beine und schlage hart in der Realität auf, in der mich Toni gerade noch mit einem beherzten Griff an meinen Oberarm davor bewahrt hat, auf den Boden zu knallen.

»Hoppala«, sagt sie nur und lächelt mich mitfühlend an, während Nia und Lee munter vor uns herlaufen. Toni sieht mindestens genauso müde aus, wie ich mich fühle. Ihre langen roten Haare hat sie unter einer schwarzen Mütze versteckt, ihre ohnehin schon blasse Haut wirkt in dem Licht der Morgendämmerung fast durchscheinend.

»Danke!«

»Neues Buch?«, fragt sie mitfühlend und ich warte nur darauf, dass sie kichert. Die Mädels ziehen mich immer auf, wenn ich ihnen erzähle, dass ich mit einem neuen Romanprojekt begonnen habe. Sie kennen meine Schwäche, mich in den männlichen Protagonisten mit Haut und Haaren und meiner ganzen Seele zu verlieben. Wahrscheinlich hat Toni deshalb Verständnis für meinen desolaten Zustand und grinst breit. Denn normalerweise ist sie ein ebenso großer Morgenmuffel wie ich und kriegt beim Morgenlauf nie die Zähne auseinander. Aber irgendwie ist selbst darauf kein Verlass mehr, seit sie mit Vincent zusammen ist.

»Ich. Bin. Am. Arsch!«, stöhnt Lee, als wir wieder am Hauptgebäude ankommen und kollektiv nach Luft schnappen. Eine frische Brise streift über die Anhöhe und lässt mich frösteln. Ich nehme Nia die Wasserflasche ab und trinke gierig einige Schlucke. Mein Blick huscht zu Toni, die sich schon wieder ungeduldig nach Vincent umschaut. Die beiden sind nun schon seit einigen Monaten zusammen. Aber sie wirken noch immer so verliebt wie am ersten Tag. Ich seufze wehmütig, denn ich kenne diese Art der ganz tiefen Gefühle nur aus Büchern. Vielleicht bastele ich aus dieser drängenden Sehnsucht heraus nun eine Liebesgeschichte in meine neue Story. Bislang habe ich Fantasy geschrieben. Über Heldenreisen und wilde Schlachten, mächtige Drachen und fiese Widersacher. Meine Geschichten waren düster, manchmal blutig. Und alles andere als romantisch. Mit Danijels Geschichte wage ich mich also an ein neues Genre: Zwar bleibe ich der Fantasy treu – allerdings wird sich zwischen meinen Helden eine wundervolle, ganz und gar kitschlose Liebesgeschichte entwickeln.

»Was ist, Paulina?« Lee berührt mich an der Schulter.

Sie hat schon herausgefunden, dass in diesem Zustand Worte nur in Verbindung mit Körperkontakt in mein Bewusstsein dringen. Laut und aufgedreht, wie sie ist, traut man es ihr gar nicht zu, dass sie meine Gefühlsregungen besser aufspüren kann als jedes Trüffelschwein die kostbaren Knollen. Leugnen ist sinnlos – das habe ich schon gelernt.

»Wie kann ich über die Liebe schreiben, wenn ich sie selbst nicht kenne?«, murmele ich erschrocken, als mir klar wird, dass ich kaum Erfahrung auf diesem Gebiet habe. Natürlich war ich schon mal verliebt, hatte auch einen

Freund. Aber irgendwie hat der Wow-Effekt gefehlt, das gewisse Etwas. Deshalb glaube ich nicht, dass echte Gefühle im Spiel waren, nicht solche, die so groß und allumfassend sind, dass man von Liebe sprechen kann. Und wie sich echte Liebe anfühlt, kann man schließlich nicht googeln.

Meine Freundinnen prusten los, als hätte ich einen grandiosen Scherz gemacht. Keine von ihnen weiß, wie es ist, wenn man fürchtet, die Gefühle nicht gut genug transportieren zu können. Dass sich Worte nur dann echt anhören, wenn man das, was man beschreibt, auch fühlt.

»Ich schätze, einen Drachen hast du auch noch nicht kennengelernt. Und Miku hast du dennoch ganz wunderbar hinbekommen«, ermuntert mich Nia und klopft mir auf die Schulter. Sie lächelt mich versöhnlich an.

»Tja, ich sehe da nur eine einzige Möglichkeit, aus dem Dilemma herauszukommen«, überlegt Lee laut und zwirbelt eine Strähne ihrer blonden Haare um einen Finger. Auf ihrem Gesicht erscheint ein wölfisches Grinsen. »Paulina braucht einen Lover!«

Mir klappt der Mund auf, während sich meine Freundinnen überschlagen und wild durcheinanderplappern. Ich verstehe ihre Worte, aber Sinn ergeben sie nicht, denn mein Herzschlag wirbelt alles haltlos in mir herum.

»Habt ihr die Neuen schon gesehen?«, geht Nia sofort auf Lees Vorschlag ein. »Vielleicht ist da ein Kerl für unser Küken dabei.«

Ich will schon protestieren, weil Toni sogar noch jünger ist als ich, aber Lee grätscht schon dazwischen.

»Ich dachte da ja eher an Dean.« Ihre Augenbrauen wackeln lustig, als sie den Namen meines Schreibbuddys erwähnt. Ich stöhne und drehe ihr den Rücken zu. Dean ist … er ist … Niemals würde ich diesem Kerl romantische Gefühle entgegenbringen. Er ist ein Freund. Ein Schreibpartner. Ein Vertrauter. Jemand, mit dem ich über meine Geschichten reden kann. Und sonst über nichts.

Gut, immerhin *kann* ich mit ihm reden. Das ist ja nicht selbstverständlich. Und plötzlich wird mir mein Herz ganz schwer. Nicht zum ersten Mal frage ich mich, wie ich mit meiner Kommunikationsstörung jemanden kennenlernen soll, der mein Herz zum Stolpern animiert, der mich völlig aus dem Konzept bringt und es mir unmöglich macht, mich zu konzentrieren. Niemals wird das funktionieren. Wer verliebt sich schon in einen Fisch? Einen Stockfisch? Einen stummen Stockfisch?

Es ist nicht so, dass ich noch nie einen Jungen geküsst habe. Aber so atemberaubend, wie ich es mir vorgestellt habe, ist es nicht gewesen. Das, was Autoren in ihren Romanen beschreiben, klingt nach so viel mehr. Mehr als ich mit Hendrik jemals erlebt habe.

»Kommt, machen wir uns fürs Frühstück fertig«, murmele ich, um dem Ganzen ein Ende zu setzen, und gehe voraus in den Innenhof des Klosters. Es liegt mir nicht, als Anführerin nach vorn zu preschen. Andererseits ist es mein Zuhause und ich fühle mich rundum wohl hier. Die Neuen mal ausgeklammert. Im letzten Jahr habe ich gelernt, mich hier frei zu bewegen. Frei – sofern ich überhaupt von Freiheit sprechen kann.

Der Kies knirscht unter den weichen Sohlen meiner Laufschuhe. Trotzig beschleunige ich meinen Schritt.

»Bis später«, ruft uns Toni hinterher. Ich drehe mich nicht nach ihr um, möchte nicht dieses sehnsuchtsvolle Lächeln sehen. Nicht das verliebte Glitzern in ihren grauen Augen, das so wunderschön aussieht, dass es in manchen Momenten wehtut.

***

»Hast du meinen Text überhaupt gelesen?«, mault Dean und schüttelt enttäuscht den Kopf. »Mensch, Paulina! Du bist gerade wieder total abwesend. So hilft mir das auch nichts. Mein Agent sitzt mir schon im Nacken. Und du …«

Ich äffe ihn in Gedanken nach. *Mein Agent!* Hoffentlich rolle ich nicht unabsichtlich mit den Augen. Seit Dean seine Seele an *Ipphirsch und Partner* verkauft hat, ist er sichtlich angespannt.

Deans verbissene Suche nach der Anerkennung seines Agenten bestätigt mich darin, dass es noch zu früh ist, mich an die Veröffentlichung meiner Texte zu machen. Ich bin froh, dass mir die AcA einen erfahrenen Mentor wie Nathan Fritzsche zur Seite gestellt hat. Er ist selbst Autor und hat mit seinen Büchern Welterfolge gefeiert. Mit ihm habe ich viel darüber gesprochen, habe das Für und Wider durchgekaut. Fachlich gesehen fiebert Nathan dem Tag entgegen, an dem ich meine Geschichten der Öffentlichkeit zugänglich mache. Dennoch fühle ich mich noch nicht bereit dazu, meine Gedanken, Gefühle und Ansichten mit fremden Menschen zu teilen. Und noch schlimmer: mich der Kritik derer zu stellen, die mich nicht kennen. Die einzig die Qualität meiner Texte beurteilen. Ohne Rücksicht auf meine Gefühle. Ohne Rücksicht auf *mich*!

Dean ist aus einem anderen Holz geschnitzt. Er ist selbstbewusst, charismatisch und eloquent. Und dennoch zweifelt er an manchen Tagen an seinem Können – wie heute.

»Mir steht momentan nicht der Kopf nach blutrünstigen Thrillern«, entgegne ich schulterzuckend. »Lass uns arbeiten, ja? Sonst komm ich nie in meine neue Geschichte rein.«

»An was schreibst du denn gerade?«

»Ist noch nicht ganz rund«, murmele ich, wende den Blick ab und klappe meinen Laptop auf. Ein klares Zeichen für Dean, dass ich nicht darüber reden will. Noch nicht. Dabei brenne ich darauf, mit jemandem meine neue Story durchzusprechen. Aber die Kommentare meiner Freundinnen über Dean schwirren mir im Kopf herum.

Neugierig huscht mein Blick zu ihm. Mit seinen blonden Haaren und der hellen Haut ist er eher der nordische Typ und passt damit so gar nicht in mein Beuteschema. Ich mag den Kerl, sonst hätte er sich wohl mein Vertrauen nicht erarbeiten können. Aber reicht das für eine Romanze? Wohl eher nicht, denn bei seinem Anblick fühle ich kein Herzrasen, keine Wärme, die in mir aufsteigt. Und auch keine Schmetterlinge, die wild in meinem Bauch herumflattern. Da ist nichts. Außer einer stinknormalen Freundschaft.

Endlich ist mein Rechner hochgefahren, das Schreibprogramm geöffnet. Ich starre auf den hell erleuchteten Bildschirm und spüre nichts als Leere in meinem Kopf – wie ein Vakuum. Dabei schwirrten mir doch gerade noch so viele Gedanken durchs Oberstübchen. Aber ich kann nicht schreiben, wenn jemand in meiner Nähe ist. Selbst bei Dean fällt mir das schwer. Das ist auch der Grund, warum ich lieber hier unten im Klassenraum arbeite statt in meinem Zimmer, in dem Lee ständig für Unruhe sorgt.

Sieben Uhr. Danijel zog sich die Kapuze seines dunkelgrauen Pullis tief ins Gesicht. Er war spät dran. Noch befand er sich in der Phase der Observation. Er wollte zuerst alles über Vicky wissen, bevor er sie ansprach. Was mochte sie, mit wem traf sie sich, wie war ihr Alltag? Es musste doch irgendetwas geben, das es ihm ermöglichte, sie auf seine Seite zu ziehen. Auf die dunkle Seite des Lebens.

Ein zusammengeknülltes Papier trifft mich am Kopf und reißt mich aus meinem Schreibfluss. Angesäuert drehe ich mich um und schaue in das breit grinsende Gesicht von Dean. Herausfordernd hebt er die Augenbrauen.

»Lust auf einen Spaziergang? Ich brauche dringend frische Luft.« Als wollte er seinem Ausspruch Nachdruck verleihen, gähnt er herzhaft.

Mein Herz pocht plötzlich viel zu schnell. Warum fragt mich Dean das ausgerechnet jetzt, wo mich meine Freundinnen mit ihm verkuppeln möchten? Schnell schüttle ich den Kopf. Hoffentlich werde ich jetzt nicht rot.

»Wenn *du* prokrastinieren willst ... nur zu! Aber lass mich in Ruhe damit. Ich kann mich eh nicht konzentrieren, wenn du mir im Nacken sitzt.«

Dean lacht und steht auf. Plötzlich ist er ganz nah und schaut über meine Schulter in den Bildschirm. Unwillkürlich versteife ich mich. Ich mag es nicht, wenn mir jemand zu nahe kommt. Und besonders nicht, wenn ich nicht darauf vorbereitet bin. Ich widerstehe nur schwer dem Drang, den Laptop zuzuklappen, erinnere mich aber daran, dass es nur Dean ist, der über die letzten Sätze liest. Dean, der immer meine Texte zu allererst in die Finger bekommt. Es ist sein Privileg. Warum also stört es mich gerade so?

»Das klingt spannend! Lass mich wissen, wenn ich drüberlesen soll, Pauli, ja?«

Er nickt in Richtung Laptop, dreht sich aber schon um, als erwarte er ohnehin keine Antwort. Er kennt mich eben. Ich schaue ihm hinterher, wie er pfeifend den Raum verlässt. Nach einem tiefen Atemzug lasse ich alle Luft und mit ihr die Anspannung aus meinem Körper entweichen.

Warum haben mich die Worte meiner Freundinnen so sehr verunsichert? Dean will nichts von mir. Und ich will nichts von ihm. So einfach ist das. Warum also sollte es jetzt seltsam zwischen uns werden, nur weil sich die Mädels da etwas in den Kopf gesetzt haben?

Ich versuche mich wieder auf den Text zu konzentrieren.

Danijel stopfte noch ein paar Dinge in seinen Rucksack, die er in der realen Welt gebrauchen konnte. Die ihn als ganz normaler Jugendlicher erscheinen ließen. Dann stürmte er aus seinem kargen Zimmer hinaus in die Zwischenwelt, in der er sich bis heute nicht zu Hause fühlte.

Wieder stocke ich. Mir fehlt noch immer das Bild vor meinem inneren Auge. Ich starre aus dem Fenster, mein Blick gleitet in eine unbestimmte Ferne. Draußen dämmert es bereits, bald ist Abendessenszeit, aber noch kann und will ich mich nicht von meinem Text lösen. Immer und immer wieder werde ich an dieser Stelle festhängen, wenn ich mir das Setting meines neuen Romans nicht bildlich vorstellen kann.

Eilig steuerte Danijel auf die große Halle zu …

Nein! Das hört sich doof an. Ich lösche die letzten Worte wieder. Meine Finger weilen auf der Tastatur, ich spüre, wie ich abdrifte, wie ich nichts mehr um mich herum wahrnehme und in meine Geschichte gesogen werde. Im ersten Moment fröstle ich, da es in der Zwischenwelt so grau und trist aussieht. Alles ist schmuddelig, heruntergekommen. Fast schon ungepflegt. Das ist der Bereich, in dem der Fürst der Dunkelheit die Gefallenen unterbringt. Von den Wänden platzt der Putz ab, die Flure sind schlecht ausgeleuchtet. Es riecht muffig, ganz so, als würde die Feuchtigkeit in diesen alten Gemäuern hängen. Mir stockt der Atem, da die Furcht, die hier in allen Winkeln hängt, so überdeutlich zu spüren ist.

Dann reißt mich ein Räuspern jäh aus meinen Gedanken.

Ich brauche einen Augenblick, um aus meinem Paralleluniversum aufzutauchen, und zucke unwillkürlich zusammen, als ich neben mir jenen Kerl wiedererkenne, der mich gestern schon so unvermittelt überfallen hat.

Mein erster Gedanke: Flucht! Doch ich kann mich nicht bewegen, wie erstarrt sitze ich da und schaue ihn an. Stumm, gefangen in meinem Körper. Schaue in diese dunklen, fast schon schwarzen Augen, die scheu zu mir rüberblicken. Immer nur kurz, so, als wollte er jeden Blickkontakt meiden. Die Gesichtszüge des Unbekannten sind hart. Aber nicht von Natur aus kantig und fies. Er trägt eine Maske, die ihn abweisend und unnahbar machen soll und ich muss zugeben, dass es seine Wirkung nicht verfehlt.

Er nickt auf meinen Tisch und erst da nehme ich ein Blatt neben meinem Laptop wahr.

»Ich habe da was skizziert. Vielleicht hilft dir das.« Ohne auf eine Reaktion von mir zu warten, schiebt er den Putzwagen weiter.

Irritiert greife ich nach der Skizze und falte das Papier auf. Mein Atem stockt, als mein Blick an den feinen grauen Linien kleben bleibt, die eine Kathedrale zeigen. Ich schlucke. Die Linien bilden hohe Säulen. Säulen, die sich in der schier endlosen Höhe einer Halle verlieren. Tische stehen mit Stühlen wild darin verstreut. Das Bild, das zahlreiche Perspektiven dieses Gebäudes zeigt, ist so atemberaubend schön, so unwirklich und geheimnisvoll und plötzlich weiß ich, was ich da vor mir sehe: das Reich des Fürsten der Dunkelheit.

Mein Herzschlag verdoppelt sich. Ich schnappe nach Luft, versuche ruhig zu bleiben, aber es gelingt mir nicht. Ich reiße meinen Blick hoch, will den Unbekannten fragen, woher er von der Zwischenwelt weiß, vom Hang des Fürsten zu Prunk. Wie er das sehen konnte, was in meinen Gedanken bislang nur nebulös vorhanden war. Doch er ist weg.

Panisch schaue ich mich um, springe auf, laufe auf den Flur, doch auch da fehlt jede Spur von ihm. Habe ich mir das gerade nur eingebildet? War ich etwa zu sehr gefangen in meinen Gedanken? Ich schüttle den Kopf, schaue wieder auf das Blatt in meinen Händen und setze mich an meinen Platz. Ohne weiter darüber nachzudenken, fließen die Worte aus meinen Fingern in die Tasten.

Danijel trat in die große Halle, in der das Leben der Zwischenwelt für gewöhnlich stattfand. Würde man den Fürsten der Dunkelheit nicht kennen, könnte man vermuten, er sei gottesgläubig. Sein Reich glich einer pompösen Kathedrale, deren Säulen sich im Himmel zu verlieren schienen. Die Fresken waren golden verziert, die bleiernen Fenster ließen das Licht in bunten Schwaden durchsickern. Doch das war alles Fassade, denn Gott war der Erzfeind des Fürsten. Niemanden hasste er mehr. Niemanden verachtete er mehr. Und niemanden neidete er mehr als die Macht, zu der die Menschen aufschauten.

Danijels Blick huschte über die Engelsfiguren, denen jemand gewaltsam die Flü-

gel abgebrochen hatte. Er schluckte, denn die warnende Nachricht war eindeutig: Ihr seid nicht mehr als Gefallene, Engel, die nicht fliegen können. Ihr seid gebrochen und werdet nie wieder ganz werden.

Zufrieden lese ich den Abschnitt und kann mir ein Grinsen nicht verkneifen. Endlich sehe ich die Zwischenwelt vor mir! Es wird zwar erst etwas später in meiner Geschichte eine Rolle spielen, aber jetzt, wo ich endlich so ein klares Bild habe, musste ich die Eindrücke niederschreiben.

Ich schaue auf das etwas vergilbte und an den Ecken geknickte Blatt und nehme es in die Hände. Die Striche sind präzise, so, als hätte der Ersteller ganz genau gewusst, was er zeichnen möchte. Manche Bereiche sind verwischt, aber es wirkt so, als wären diese Schatten Absicht. Sie geben dem Bild eine Tiefe, die mir gut gefällt und die das Bedrohliche, das in meiner Geschichte unterschwellig immer vorhanden sein wird, gut unterstreicht. Woher weiß der Kerl nur so viel von meiner Idee? Wie kann er sehen, was mir bislang verborgen blieb?

Ich vertiefe mich weiter in das Bild, verliere mich in Details, die man erst auf den zweiten Blick erkennt. Es ist keine eilig dahingeschluderte Zeichnung. Dieser Junge hat sich Mühe gegeben, er hat sich Gedanken gemacht und zahlreiche Finessen eingebaut, die ich in meine Geschichte einweben kann. Erst jetzt erkenne ich am rechten unteren Bildrand eine kleine Signatur, die sich perfekt in die Zeichnung einfügt. Ein geschwungenes N, etwas nach unten versetzt ein geschnörkeltes O. Oder ist es ein E, das in ein O übergeht? No? Neo? Neo! Der Auserwählte aus *Matrix*, schießt es mir in den Kopf.

Ich muss zugeben, dass die Ähnlichkeit des Unbekannten mit dem Schauspieler durchaus vorhanden ist. Auch er hat ein schmales Gesicht, das fast schon ein bisschen hart wirkt, das aber ganz bestimmt wundervoll aussieht, wenn er lächelt. Seine Augen sind dunkel, fast schon schwarz, und wirken traurig, trotzig und auch etwas wütend. Sein Blick ist reifer als für Jungen in seinem Alter üblich, ganz so, als hätte er schon einiges erlebt. Wer ist er? Und was macht er hier? Außer meine Notizzettel zu kidnappen und mir am nächsten Tag Antworten auf meine Fragen in einer ausgefeilten Ausarbeitung auf den Tisch zu legen?

Neo – immerhin hat der mysteriöse Kerl nun einen Namen. Ich atme tief ein, klappe den Laptop zu und stecke ihn samt der Zeichnung in meine Tasche. Schweren Herzens mache ich mich auf den Weg in die Mensa.

Kapitel 6: Erste Worte

Adrian

Ich streife meine dreckverschmierten Hände an der Arbeitshose ab und stütze mich auf den Rechen. Langsam dämmert es und es wird Zeit, meine Arbeit im Klostergarten zu beenden. Vor Elio würde ich es niemals zugeben, dass diese Art von Arbeit eine gewisse Befriedigung in mir hervorruft. Ich bin abends ganz schön erledigt, aber diese Müdigkeit überlagert auch die Wut, die in Berlin so allgegenwärtig war. Die mir oft genug das Atmen schier unmöglich gemacht hat.

Hier fühle ich mich freier. Lebendiger. Selbst das Zeichnen hat sich echt angefühlt. Ohne den Druck, mir ein Artwork zu überlegen, das noch krasser, noch größer, noch provokanter ist als alles, was ich schon fabriziert habe, gewinne ich wieder Spaß an dieser recht ursprünglichen Art des Handwerkens. *Back to the roots.*

Ich schaue auf die Uhr. Es dauert noch eine Weile, bis die Studenten in die Mensa gehen und ich den Rest meiner Arbeit erledigen kann. Die Papierkörbe zu entleeren ist wesentlich entspannter, wenn man sich mit diesem dämlichen Wagen nicht durch vollgestopfte Gänge quälen muss. Gut, das ist nur ein Teil der Wahrheit, denn ich mag die Blicke nicht, die mir die Studenten zuwerfen. Ich habe mir früher auch nie Gedanken gemacht, wenn ich die Putzkolonne in meiner Schule gesehen habe. Für mich waren sie quasi unsichtbar und habe ich doch mal einen von ihnen gesehen, habe ich sie mit Nichtachtung gestraft. Es ist nicht mal so, dass ich sonderlich arrogant war. Ich habe mir eben einfach keine Gedanken gemacht. Nun, da ich selbst einer von ihnen bin, würde ich gern die Zeit zurückdrehen.

Ich freue mich auf eine kleine Pause in meinen eigenen vier Wänden. Schnell verstaue ich die Gerätschaften im Schuppen und gehe in die Wohnung. Gerade als ich meine Arbeitsschuhe ausziehe, höre ich Elio nach mir rufen.

»Moment«, murmle ich und verschwinde im Badezimmer. Nachdem meine Hände vom gröbsten Dreck befreit sind, gehe ich zu meinem Onkel ins Wohnzimmer. Er sitzt auf der Ledercouch und sieht mich durchdringend an. Ich straffe die Schultern, da ich diesen Blick zu gut kenne. Was habe ich jetzt schon wieder falsch gemacht?

»Was ist?«, fordere ich ihn heraus und recke das Kinn in seine Richtung. Meine Augen verfolgen jede noch so kleine Bewegung, doch Elio zu durchblicken, gelingt mir noch nicht besonders gut.

»Das Jugendamt hat angerufen.«

Diese vier Worte genügen, damit mein Herz wütend gegen meine Brust trommelt. Ich verenge die Augen. Was soll das?

»Und?«, hake ich unsicher nach. Ich balle meine Hände zu Fäusten, spüre, wie sich alles in mir anspannt, bereit, mich und mein erbärmliches Leben zu verteidigen. »Werde ich jetzt fürs Atmen bestraft? Fürs Müllwegräumen?« Ich halte mich doch, verdammt noch mal, an die Regeln.

»Entspann dich, Adrian!« Er hievt sich vom Sofa hoch und kommt zu mir gelaufen. Seine Hand landet auf meiner Schulter. »Ich muss noch ein paar Formulare auf der Polizeiwache unterschreiben und du ...«, er klopft mir auf die Schulter und lächelt mich aufmunternd an, »du kommst mit.«

»Nein!« Nicht auf die Polizeiwache. Das kann mir Elio nicht antun. Ich weiß, ich sollte das gewohnt sein, sollte mich, ohne mit der Wimper zu zucken, niedermachen lassen. Aber ich wollte doch mit allem abschließen. Wie soll das funktionieren, wenn sie mich nicht in Ruhe lassen?

»Ich weiß, dass du dazu keine Lust hast, Adrian. Aber das muss eben sein. Sie wollen kontrollieren, ob du tatsächlich hier bei mir bist. Mehr steckt nicht dahinter.«

»Kontrollieren«, spucke ich aus. Es ist scheiße, wenn niemand einem vertraut. Ich drehe mich um und kicke beim Rauslaufen gegen die Tür. Anklagend scheppert sie gegen die Wohnzimmerwand.

»Ich geh mich umziehen«, murmele ich und schlage die Tür hinter mir zu. Als sie mit einem Rums ins Schloss fällt, vergrabe ich die Hände in meinen Haaren. Argh! Ich will dieses beschissene Leben so nicht weiterleben. Immer dieser Argwohn in den Blicken der anderen. Ja, ich habe Scheiße gebaut. Aber das habe ich kapiert. Können wir jetzt bitte alle mal wieder nach vorn schauen und diesen Mist ein für alle Mal vergessen?

Es klopft an der Tür und ich atme ein paar Mal ein und aus, um diese Wut endlich loszuwerden.

»Komm schon, Adrian. Mach kein Drama draus. Ein paar Unterschriften und die Sache ist gegessen.«

Für Elio ist das kein großes Ding und vielleicht reagiere ich ja auch über. Aber als ich mich von Berlin verabschiedet habe, hatte ich auch gehofft, diese Vorurteile mir gegenüber hinter mir gelassen zu haben. Falsch gedacht.

Ich ziehe mir schnell einen Hoodie über, verkrieche mich in der schwarzen Kapuze, die mich leider nicht unsichtbar macht, mir aber ein trügerisches Gefühl der Geborgenheit beschert. Mit zusammengepressten Lippen laufe ich an Elio vorbei hinaus auf den Hof, wo sein schwarzer Kleinbus mit der Aufschrift *Academy of Arts* steht.

Missmutig steige ich auf den Beifahrersitz, schnalle mich an und schaue demonstrativ aus dem Seitenfenster, als mein Onkel den Wagen startet.

Die Fahrt verbringen wir schweigend. Was gibt es auch zu reden? Ich versuche mir nicht anmerken zu lassen, wie unangenehm mir der Besuch auf der Polizeiwache ist.

Als Elio geparkt hat, steige ich eilig aus, gehe die paar Meter und öffne die Glastür zur Wache. Ich lasse Elio den Vortritt. Mein Blick huscht noch einmal über den Parkplatz des unscheinbaren Mehrfamilienhauses, in dessen Erdgeschoss die örtliche Polizei untergebracht ist.

Was die Herren in Uniform wohl von mir halten werden? Der Stempel des rebellischen Teenagers prangt mir ja dank meiner Akte ohnehin auf der Stirn. Es ist nur eine Frage der Zeit, bis es die Runde auf der AcA macht, dass ich straffällig geworden bin. Wobei, ob das irgendwen interessiert? Ich bin ja sowieso quasi unsichtbar. *Nur nicht auffallen* – mein neues Mantra.

»Lass dich nicht provozieren, Junge. Egal was sie sagen, ja?« Elio legt mir beruhigend seine Hand auf die Schulter. Ich nicke und nehme mir fest vor, Elios Ratschlag zu beherzigen.

Elio meldet uns an der Gegensprechanlage an und als das Surren der Schließanlage die Tür freigibt, trotte ich wie ein geprügelter Hund hinter meinem Onkel her. Warum fühle ich mich schon jetzt schlecht? Sollte ich nicht erhobenen Hauptes und mit einem Lächeln auf den Lippen den Polizisten entgegentreten? Schließlich habe ich nichts verbrochen und mich seit dieser Sache an meiner Schule penibel an geltendes Recht gehalten.

»Elio Piracchelli. Frau Duffner aus Berlin hat mich angerufen. Ich soll ein paar Formulare unterschreiben. Das ist Adrian. Adrian Wagner, mein Neffe.« Er deutet auf mich und ich nicke den beiden Beamten zu. Erst da wird mir bewusst, dass ich noch immer die Kapuze meines Hoodies aufhabe, und streife sie schnell vom Kopf.

»Ah, wir haben Sie schon erwartet«, sagt der eine Polizist, den ich auf Mitte vierzig schätze und der einen imposanten Bierbauch vor sich herschiebt. Er kramt auf seinem Schreibtisch nach ein paar Unterlagen und tritt mit einem Klemmbrett bewaffnet an die hölzerne Theke.

»Hier.« Er legt die Papiere vor Elio ab. »Lesen Sie alles in Ruhe durch und unterschreiben Sie dann bitte an den jeweiligen Stellen. Haben Sie Ihren Ausweis und den des Jungen dabei?«

Elio nickt und übergibt seinen Perso dem Beamten.

»Adrian«, gibt er mir zu verstehen, dass ich an der Reihe bin. Ich krame mein Portemonnaie raus und weise mich vor dem Polizisten aus.

Elio liest indes bereits die Formulare durch, wegen denen wir hier sind. Ich spüre den musternden Blick der beiden Polizisten, merke, wie sie mich abschätzig betrachten, und kann ihre Gedanken förmlich lesen.

»Hey, Junge.« Der bierbäuchige Typ winkt mich näher zu sich. Ich stöhne innerlich, trete dann aber doch einen Schritt vor, da ich nicht auf Konfrontation gehen möchte. »Wenn du hier Ärger machst ... Wir wissen, wo wir dich finden können.«

»Und das könnte ungemütlich werden«, meldet sich zum ersten Mal der andere zu Wort und hebt seinen Blick von den Akten, die er bis dahin bearbeitet hat. Der Ausdruck auf seinem schnauzbärtigen Gesicht ist hart und unnachgiebig und unwillkürlich schlucke ich.

»Wir dulden hier keine Schmierereien, ist das klar?«

Länger kann ich nicht an mich halten und rolle mit den Augen. Warum werden Graffitis immer als Schmierereien betrachtet? Gut, es gibt sicher Sprayer, die irgendwelche dummen Parolen auf Häuserwände sprühen. Aber zu denen zähle ich mich nicht. Das, was ich mit Calli und den anderen Jungs in Berlin gezeigt habe, ist Kunst. Wir haben die Stadt verschönert, graue Fassenden bunt besprüht und sie mit Leben gefüllt, wo vorher nur Tristesse war.

»Ob das klar ist?«, bohrt sich die keifende Stimme des bierbäuchigen Polizisten in mein Bewusstsein.

»Adrian ist nicht schwerhörig«, mischt sich Elio ein und bleibt dabei ausgesprochen freundlich. Er legt mir eine Hand auf den Oberarm. »Er ist ein guter Junge, der in die falschen Kreise geraten ist. Da Sie ja aber hier in Lieberose für Ordnung sorgen, gehe ich davon aus, dass es solch schlechten Umgang für meinen Neffen nicht gibt. Von daher können Sie ganz beruhigt sein. Adrian ist auf der Akademie bestens aufgehoben.« Er lächelt den Beamten verbindlich an. »Die Formulare sind unterschrieben. Brauchen Sie sonst noch etwas? Ansonsten entschuldigen Sie uns bitte, ich muss noch ein paar Besorgungen für Phil de Breune machen.«

Der Beamte nickt gezwungen. Es ist ihm aber anzumerken, dass ihm der deutliche Widerstand von Elio nicht passt. Als er mir noch einen Blick zuwirft, verengt er seine Augen zu Schlitzen. Ich erschaudere, halte aber dank Elios Rückhalt dem vernichtenden Blick stand.

Erst als wir in die Dunkelheit hinaustreten und auf den Wagen zusteuern, atme ich tief aus. Die Last, die von meinen Schultern fällt, ist in den üblichen Maßeinheiten kaum zu erfassen. Geschafft!

Mir ist bewusst, dass ich diesen Vorurteilen noch oft begegnen werde. Dass Menschen nicht an Veränderungen glauben. Dabei halte ich mich daran fest, was Elio gesagt hat. Ich bin kein schlechter Mensch. Und den Remke wollte ich mit Sicherheit nicht verletzen. Dieser eine Abend ist komplett aus dem Ruder gelaufen, da gibt es nichts schönzureden. Aber werde ich jetzt bis ans Ende aller Tage dafür mit Missachtung gestraft?

»Ich bringe dich hoch zum Stift. Kannst du bitte noch den Müll einsammeln in den unteren Räumen? Ich hätte ja geholfen, aber Phil braucht noch ein paar Dinge aus der Stadt. Warte nicht auf mich, wird sicher spät. Im Kühlschrank steht was zu essen, bediene dich einfach.«

Ich nicke, dankbar, dass Elio diesen Besuch bei der Polizei nicht weiter kommentiert.

Als wir vor dem Haupteingang des Stifts ankommen, streckt mir mein Onkel seinen Wohnungsschlüssel entgegen.

»Danke«, murmele ich, als ich ihn an mich nehme, und meine damit so viel mehr, als ich zu sagen imstande bin. Das, was Elio gerade für mich tut, ist mehr, als ich zu hoffen gewagt habe. Es ist seltsam, dass da plötzlich jemand ist, der hinter mir steht. Der an mich glaubt und dem nicht egal zu sein scheint, wenn ich mich in die nächste Scheiße reite. Das gibt mir Halt. *Er* gibt mir Halt – etwas, das sich gänzlich fremd anfühlt. »Danke«, wiederhole ich daher.

Ein Lächeln auf Elios sonnengebräuntem Gesicht zeigt mir, dass er die Dinglichkeit hinter diesem einen Wort erfasst hat. Dass er verstanden hat, was ich nicht auszudrücken vermag. Und in diesem einen Moment weiß ich, dass ich alles tun werde, um diesen Mann nicht zu enttäuschen. Ich werde ihm zeigen, dass er auf mich zählen kann. Und dass ich all das, was er in mir sieht, auch sein kann.

***

Nachdem ich mir ein Brot geschmiert und gegessen habe, klappere ich die einzelnen Räume der Akademie ab. Die meisten von ihnen wirken weder wie klassische Klosterräume noch wie Klassenzimmer oder Hörsäle. Jedes ist für sich einzigartig und ich weiß absolut nicht, wozu manche Räume genutzt werden. Einige sind komplett spartanisch eingerichtet und außer ein paar wenigen unbequem aussehenden Holzstühlen gibt es kaum Einrichtungsgegenstände. In anderen sind die unterschiedlichsten Sitzgelegenheiten zusammengewürfelt und ich fühle mich an unseren Jugendtreff erinnert, für den das Mobiliar vom Sperrmüll zusammengesammelt wurde.

Es ist spät geworden und die Studenten sind bereits in der Mensa oder in den Gemeinschaftsräumen. Ich pfeife vor mich hin, um die Stille, die hier so andächtig in den Ecken hängt, zu übertönen. In der Regel habe ich meine Runde in einer guten Stunde absolviert. Der Müll ist meistens gut getrennt, die Zimmer sind lange nicht in so einem chaotischen Zustand wie in meiner alten Schule.

Neugierig bleibe ich im Kunstsaal vor den neuen Bildern stehen, betrachte die Werke, die die Studenten angefertigt haben. Nicht jedes gefällt mir. Aber ich mag die Atmosphäre, die hier herrscht, das leicht Chaotische. Kunst war immer eines meiner Lieblingsfächer und wären wir damals, nachdem herausgekommen ist, dass mein Vater zweigleisig gefahren ist und es noch eine weitere Familie gab, nicht in diese heruntergekommene Gegend gezogen, hätte ich an meiner alten Schule das Abi mit Kunst als Hauptfach machen können. Nun besuchen die neuen Kinder meines Erzeugers meine ehemalige Privatschule. Und ich … ich räume den Müll der Studenten weg, die nicht so bescheuert gewesen sind, ihre Zukunft an die Straße zu verschwenden.

Bevor ich mich weiter in Selbstmitleid suhle, schalte ich das Licht aus und schiebe den Wagen, an dem die Mülltüten hängen, aus dem Zimmer. Die Tüten rascheln, als die Gummireifen über die Rillen der jahrhundertealten Steinfliesen fahren. Ansonsten hängt eine bleierne Schwere in dem Gang, von dem die Türen zu den Klassenräumen abgehen. Vor dem Raum, von dem ich inzwischen weiß, dass darin kreatives Schreiben gelehrt wird, bleibe ich abrupt stehen. Warmes Licht sickert durch die Türritze und plötzlich stolpert mein Herz. Das Mädchen! Paulina. Sicher sitzt sie wie jeden Abend im Klassenraum und schreibt.

Unwillkürlich muss ich grinsen, da sie so konsequent ist. Auf sie scheint Verlass zu sein. Das gefällt mir.

Ich öffne die Tür und suche unwillkürlich den Raum nach ihr ab. Wie auch die letzten beiden Abende sitzt sie an einem Schreibtisch am Fenster und starrt selbstvergessen auf das Display ihres Laptops.

»Hey, du schon wieder«, sage ich mit einem Lächeln auf den Lippen. »Isst du eigentlich nie etwas? Wenn ich mich nicht irre, ist gerade Abendessenszeit.«

Nach Elios Erklärung warte ich auf keine Antwort und gehe an ihr vorbei zu den Mülleimern. Ich entleere den Inhalt, das Papier raschelt und ich stopfe es tiefer in den Sack.

Als ich alles eingesammelt habe und den Rückweg antrete, bleibe ich auf der Höhe des Mädchens stehen. Stumm verfolgt sie jeden meiner Schritte. Ihr Blick ist wach, und wenn ich mich nicht irre, lange nicht mehr so scheu wie bei unserer ersten Begegnung.

Ich greife in die Tasche meines Hoodies und umschließe einen Schokoriegel, den ich mir vorhin in Elios Küche als Nachtisch geschnappt habe. Eigentlich hatte ich ihn nach getaner Arbeit essen wollen. Bevor ich es mir anders überlege, lege ich ihn auf ihren Tisch und umklammere schnell wieder das Metallgestänge des Putzwagens. Das Mädchen soll nicht denken, ich wäre aufdringlich oder würde sie belästigen.

»Hier. Keine Ahnung, ob du Schokolade magst. Aber dann verhungerst du wenigstens nicht.«

Die braunen Augen des Mädchens weiten sich. Fast fürchte ich, dass sie wie neulich einfach aufspringt, ihr Zeugs zusammenrafft und davonstürmt. Ihre gesamte Haltung ist auf Hab-Acht. Wie die eines wilden Tieres, das bereit ist, jederzeit die Flucht anzutreten. Aber noch schaut sie mich an. Eindringlich. Unbewegt. Und ganz so, als wüsste sie nicht so recht, wie sie darauf reagieren sollte, dass ich sie direkt anspreche.

»Danke.«

Es ist kaum mehr als ein Flüstern, das sich so schnell verflüchtig. Sekunden später kann ich schon nicht mehr mit Sicherheit sagen, ob ich es mir nur eingebildet habe. Seltsames Mädchen.

Sie schlägt die Augen nieder, heftet ihren Blick auf den Schokoriegel, als müsste sie erst abwägen, ob er giftig ist. Vielleicht irre ich mich ja, aber ihre Mundwinkel deuten ein leises Lächeln an.

Zu gern würde ich sie fragen, was sie von meinem Bild hält, das ich ihr gestern zugesteckt habe. Ob es ihrer Vorstellung von der Zwischenwelt entspricht? Aber ihrer Reaktion nach zu urteilen, sollte ich es nicht gleich übertreiben. Vielleicht ist es ja wie mit dem Fuchs in Saint-Exupérys *Der kleine Prinz* und ich muss sie Stück für Stück an meine Anwesenheit gewöhnen.

Kapitel 7: Vorfreude

Paulina

Langsam wird es kalt in den ehemaligen Stallungen, in denen der Schauspielkurs stattfindet. Der Herbst hält Einzug in Lieberose. Das Grundstudium habe ich inzwischen hinter mir, sodass ich mehr Zeit für meine Fachrichtung – das kreative Schreiben – habe als noch im letzten Semester. Dennoch haben wir auch in den anderen Fächern, die auf der AcA unterrichtet werden, weiter Unterricht. Es ist schön, dass ich diese Stunden mit meinen Freundinnen verbringen kann. Das hilft mir, bei den Übungen aus mir herauszukommen und mich weiter zu öffnen. Inzwischen genieße ich das Pantomime-Training, eröffnet mir diese Art der Kunst doch eine ganz neue Form, mich meinen Mitmenschen mitzuteilen, wenn mein Mutismus mich wieder einmal in die Sprachlosigkeit zwingt.

Einstudierte Texte vorzutragen fällt mir deutlich leichter, als frei zu sprechen. Zumal ich klare Anweisungen mitbekomme, wie ich zu agieren habe, wenn ich in eine Rolle schlüpfe. Fast ist es, als könnte ich dann freier atmen, weil ich weniger gehemmt bin. Jemand anders zu sein als ich selbst ist seltsam befreiend. Vielleicht genieße ich deshalb die Stunden bei Cecylia Claire so sehr. Sie schont mich nicht, fordert von mir dasselbe Engagement wie von allen anderen Studenten. Und hat Vertrauen in mich. Die Atmosphäre ist immer und zu jeder Zeit wertschätzend – solange Melissa ihre Krallen nicht ausfährt und gegen mich und andere ätzt. Aber selbst das bin ich inzwischen gewohnt und versuche der AcA-Diva nicht allzu viel Aufmerksamkeit zu schenken. An manchen Tagen gelingt mir das besser, an anderen nicht so sehr.

»Okay, Leute! Wie immer zu Beginn des Semesters gilt es, die Neuen unter euch besser kennenzulernen. Ihr kennt das Spiel: Ich teile euch in Zweiergruppen ein und ihr spiegelt euch. Soll heißen: Einer gibt die Bewegungen und die Mimik vor, der andere imitiert. Gewechselt wird nach fünf Minuten.«

Die schlanke Schauspiellehrerin geht durch die Reihen und tippt den jeweiligen Leuten, die zusammenarbeiten werden, auf die Schultern. Alles in mir spannt sich an und ich hoffe, ich werde nicht mit einem Neuen in ein Team gesteckt. Ich habe Glück, Dean ist mein Partner. Dean. So schnell sich meine Anspannung gelegt hat, so schnell ist die Aufregung zurück. Ich höre Lee kichern und mit Nia tuscheln. Ein Blick in ihre Richtung bestätigt mir, dass die beiden sich über mich unterhalten.

»Hey, schöne Frau. Dann lass uns den anderen mal zeigen, wie das so funktioniert, wenn man sich quasi blind versteht.« Dean legt einen Arm um meine Schulter und ich schüttle ihn genervt ab.

Bis meine Mädels diese blöde Bemerkung gemacht haben, fand ich nichts Ungewöhnliches an den freundschaftlichen Gesten, die mein Schreibbuddy für mich übrig hatte. Wir sind Freunde. Mehr nicht. Oder? Ich schaue zu ihm hoch, versuche in seinen meerblauen Augen zu erkennen, was er in mir sieht. Doch das Strahlen in ihnen ist genauso hell wie an jedem anderen Tag.

Cecylia klatscht in die Hände und gibt das Startzeichen. Ich muss nicht nachfragen, um zu wissen, dass Dean zuerst mich spiegeln wird. Ich lege den Kopf schief und schaue in das männliche Ebenbild meiner selbst. Dean ist gut darin, mir vor Augen zu führen, was ich gerade ausstrahle. Dazu braucht es keinen Schauspielunterricht. Das hatte er irgendwie von Anfang an drauf. Vielleicht habe ich ihm deshalb so schnell vertraut.

Mich in einem echten Spiegel zu betrachten, mag ich nicht sonderlich. Ich bin keines der Mädchen, die sich gern schminken, sich aufstylen oder hinter mehreren Schichten Make-up verstecken. Mein Versteck ist unscheinbar. Ich setze für gewöhnlich auf Blässe. Blässe, die für die meisten einer Unsichtbarkeit nahekommt.

Nicht aufzufallen, unterzutauchen in der Menge, das gefällt mir. Man könnte sagen, ich habe das in den letzten Jahren sogar perfektioniert. Ein Glück, dass man auf der AcA auch ohne Abitur studieren kann. So bin ich kurzerhand von der Schule abgegangen, als die Einladung der AcA Hogwarts-gleich in meinen Briefkasten flatterte. Das Abi wäre dank meiner Sprachlosigkeit ohnehin zum Horrortrip geworden.

Deans Blick ist intensiv. Fast ist es, als könnte er bis auf den Grund meiner Seele blicken. Was mich bislang eher gefreut hat, ist mir plötzlich seltsam unangenehm. Was so ein paar unbedachte Worte doch verändern können.

»Hey, was ist?« Plötzlich spüre ich Deans Finger an meinem Kinn. Sanft hebt er es an und zwingt mich so zu ihm hochzuschauen. Er grinst breit.

Automatisch schüttle ich den Kopf. »Nichts«, schwindele ich, wende mich ab und laufe zu meiner Tasche, um einen Schluck Wasser aus meiner Flasche zu trinken.

Dean folgt mir und setzt sich auf den Tisch, den wir nutzen, um unsere Sachen darauf zu deponieren. Er schnappt sich ebenfalls sein Getränk und stürzt den Inhalt hinunter, als wäre er am Verdursten.

»Wir wollten nachher noch in den *Bunker*, den Neuen etwas einheizen und das Wochenende einläuten. Kommst du mit?«

Mein erster Reflex: Auf gar keinen Fall! In meinem Kopf wirbeln tausend Ausreden durcheinander, aber ich kenne Dean inzwischen gut genug, um zu wissen, dass er nicht eine einzige gelten lassen wird.

»Ich wollte mit den Mädels später auch vorbeischauen«, flunkere ich und lächle still in mich hinein. Denn wenn Lee, Nia und Toni auf der Willkommensparty sind, werde ich die ganze Nacht an meiner neuen Geschichte arbeiten können. Und vielleicht ...

Beim Gedanken daran, dass Neo mit etwas Glück wieder im Klassenzimmer auftauchen könnte, beschleunigt sich mein Herzschlag.

O Mann, bilde ich mir ernsthaft etwas darauf ein, dass mir der mysteriöse Unbekannte einen Schokoriegel geschenkt hat? Das ist einzig und allein der Tatsache geschuldet, dass ich in diesem Zimmer saß. Wieder. Und wieder allein. Er hatte sicher Mitleid. Schon schrumpfe ich innerlich zusammen und beschließe auf diese Party zu gehen, statt einem Kerl hinterherzuhecheln, der mich unter normalen Umständen sicher niemals wahrgenommen hätte.

***

»Und du willst dich wirklich nicht umziehen?« Lee betraut mich mit diesem verständnislosen Blick, den ich zu gut kenne. Sie sieht mal wieder aus wie aus dem Ei gepellt. Ihr langes blondes Haar liegt geglättet und seidig schimmernd über ihren schmalen Schultern. Die blauen Augen strahlen förmlich, was das perfekt aufgetragene Make-up noch unterstreicht. Sie hat ein luftiges Top an, das für die Temperaturen viel zu dünn ist, aber wie ich Lee kenne, wird sie die Tanzfläche sowieso nicht verlassen.

»Ich komme doch eh nur kurz mit. Ich bin viel zu müde und wollte noch ein bisschen lesen.« Und schreiben, ergänze ich in Gedanken. Ich gähne herzhaft.

»Na dann, los geht's!« Lee wirft einen letzten prüfenden Blick in den kleinen Spiegel, dreht sich zu mir und grinst mich breit an. Die Partyabende im *Bunker* gehören zu den wenigen Highlights hier auf der Akademie. Viel Abwechslung wird uns hier mitten im Nirgendwo während der Semester wahrlich nicht geboten. Und ich bin mir sicher, dass es die Events im *Bunker* nicht geben würde, wäre Vincent, Phils Sohn, nicht ein berühmter DJ.

Wobei, gerade weiß ich nicht so recht, ob ich ihn nicht lieber zum Mond schicken sollte. Was will ich auf einer Party? Gut, ich liebe Musik. Aber sicher nicht, wenn sich rund hundert Menschen dicht gedrängt aneinander quetschen und dank Alkohol und anderen Substanzen lauter und kontaktfreudiger als ohnehin schon werden.

Ich konzentriere mich darauf, regelmäßig zu atmen, lasse nicht zu, dass mich die Gedanken an die bevorstehende Enge zurückrudern lassen. Eine Stunde – dann kann ich mich guten Gewissens abseilen.

Ich hieve mich hoch und schnappe mir eine dunkelgraue Strickjacke, die ich achtlos auf einen der beiden Stühle gehängt habe. Im Gegensatz zu Lee habe ich mich nicht extra aufgebrezelt. Sich herausputzen – das tut man ja, um aufzufallen. Etwas, das ich um jeden Preis vermeiden möchte.

Meine Hände vergrabe ich in den Ärmeln der kuscheligen Jacke und kralle meine Finger fest in den weichen Stoff. Das Gute an Partys ist, dass niemand auf die Idee kommt, sich bei viel zu lauter Musik mit mir unterhalten zu wollen. Tanzen mag ich. Mich zur Musik zu bewegen, loszulassen und alles um mich herum zu vergessen, schenkt mir ein wohliges Gefühl, das es mir erlaubt, gänzlich abzutauchen. Wenn ich es schaffe auszublenden, dass unzählige Menschen anwesend sind und mich vielleicht beobachten, sind diese Momente sehr erholsam. Nur *bis* ich in diesen Flow komme, dauert es oft die halbe Nacht – und heute will ich dann schon lange wieder in meine Geschichte abgetaucht sein. Ein Kribbeln macht sich in meinem Bauch breit – Vorfreude auf die intensiven Schreibstunden.

Lee hakt sich bei mir unter und zieht mich zu Nias und Tonis Zimmer. Noch bevor wir klopfen können, kommen die beiden kichernd aus der Tür. Tonis leuchtend rote Haare heben sich von ihren schwarzen Klamotten deutlich ab. Ihre Augen strahlen und die Wangen sind rosig. Mit Vincent zusammen zu sein tut ihr sichtlich gut. Seit sie nach ihrem Unfall in Wien und der folgenden Reha zurückgekehrt ist, ist sie wie verwandelt. War sie davor extrem selbstkritisch und kam mit den Begebenheiten in der Akademie kaum klar, strotzt sie jetzt vor Selbstvertrauen. Sie scheint endlich angekommen zu sein. Auf der Akademie. Und in ihrem Leben. Ein bisschen beneide ich sie um ihre Gefühlslage. Nein, sehr sogar! Ich seufze tonlos und versuche mir diesen Anblick zu merken. Sicher kann ich diese Zeichen der Verliebtheit für meinen nächsten Roman gebrauchen.

Ob Vicky auch so strahlen wird, wenn sie und Danijel zum Ende der Geschichte trotz aller Widrigkeiten zusammenkommen? Ist das nicht zu kitschig für diese düstere Geschichte?

»Hast du endlich aus Vincent herausbekommen, wen er als Überraschungs-Gig engagiert hat?« Lee klingt aufgeregt und aus den Augenwinkeln sehe ich, wie sie um Toni herumspringt. Doch die schüttelt nur den Kopf.

»Du kennst ihn ja. Macht um alles ein riesiges Geheimnis.«

»Mmpf.« Lee sackt förmlich in sich zusammen und trottet enttäuscht neben uns her. »Aber selbst auflegen wird Vince Vice schon, oder?«

»Vince Vice.« Toni und Nia kichern schon wieder. Was ist denn nur an Vincents DJ-Pseudonym so lustig? Ich mache mir nicht die Mühe, mich einzuklinken, und schweife gedanklich schon wieder in meine Geschichte ab.

Memo an mein Schriftsteller-Ich: Niemals werde ich Vicky so albern werden lassen. Nicht einmal, wenn sie bis über beide Ohren verliebt ist!

»Paulina, was ist mit dir? Keine Lust auf Party?« Toni hakt sich bei mir unter.

Ich zucke nur mit den Schultern und gehe mit nach draußen. Die Kühle der Nacht lässt mich zittern. Unwillkürlich schlinge ich die Arme um mich. Ich weiß selbst nicht, warum ich so angespannt bin. Ist es, weil bei den Willkommenspartys immer die Neuen anwesend sind? Fremde, die mir Angst machen. Schnell wische ich den Gedanken beiseite. Ich will mich nicht schon wieder von meinem Mutismus in eine Ecke drängen lassen. Eine Stunde – das werde ich ja wohl durchhalten. Und Spaß dabei haben. Ohne mich wie eine Salzsäule zu fühlen. Sagen muss ich ja gar nichts, beruhige ich mich selbst und fühle mich gleich besser.

Das Plappern meiner Freundinnen vermischt sich mit dem monotonen Wummern des Basses, das aus dem umfunktionierten Luftschutzbunker dringt. Der *Bunker*, schießt es mir durch den Kopf. Das wäre auch ein passendes Setting für meine Romantasy. Bilder entstehen vor meinem inneren Auge. Immer klarer wird der Ort, an dem Danijel seine Streifzüge plant und sich mit anderen Gefallenen trifft. Ich greife kurz an die Gesäßtasche meiner Jeans, eine alte Angewohnheit. Bevor ich an der AcA studiert habe, trug ich immer und überall mein Notizbuch mit mir herum. Hier, da ich theoretisch zu jeder Tages- und Nachtzeit schreiben kann, habe ich mir das abgewöhnt. Nicht einmal mein Handy habe ich dabei. Dummer Fehler!

Sehnsüchtig schweift mein Blick zurück zum schwach beleuchteten Stiftsgebäude. Doch meine Freundinnen lassen mich nicht aus ihren Fängen, ziehen mich aus meiner Geschichte hinein in die pulsierende Realität. Lichter zucken, als wir in die unterirdische Halle des *Bunkers* treten. Der muffige Geruch, der sich mit dem chemischen Gestank der Nebelmaschine vermischt, trifft mich mit voller Wucht. Ich brauche einen Augenblick, bis ich mich an die Lichtverhältnisse, die Lautstärke und auch die Enge gewöhnt habe.

Lee, Toni und Nia steuern schon mit breitem Grinsen auf die Tanzfläche zu. Ihre Arme gen Decke getreckt lassen sie die Musik in sich strömen, nehmen den Beat in ihre Körper auf und beginnen sich zum Takt zu bewegen. Und ich? Ich stehe da, die Arme vor der Brust verschränkt, und brauche noch etwas Zeit, um anzukommen. Um mich einzulassen auf diesen Abend, der das genaue Gegenteil von dem ist, was ich mir wünsche: Ruhe und Zeit zum Schreiben.

Entschlossen nicht als Griesgram herumzustehen, zwinge ich mir ein Lächeln auf die Lippen, lausche der Musik, die in mich dringt und an meinen Mauern kratzt, als wollte sie mich damit animieren, Spaß zu haben.

»Komm schon, Pauli!« Lee schürzt ihre vom pinken Lipgloss schimmernden Lippen und greift sich meine Hand.

Ich stemme mich dagegen, aber der blonde Wirbelwind ist zu stark. Ich stolpere hinter ihr her und lasse mich von ihr mitreißen. Niemals würde sie es zulassen, dass ich außen vor bin und mir selbst im Weg stehe. Manche empfinden Lees Art vielleicht als aufdringlich oder gar übergriffig. Aber das ist sie nicht. Sie ist ein grundguter Mensch. Einer, von der Sorte, die nur das Allerbeste für mich wollen. Wie jetzt gerade.

Sie lächelt mich an, gibt mir zu verstehen, dass alles gut ist. Dass sie und meine Freunde da sind. Für mich. Sie macht mir allein mit ihrer Anwesenheit, ihrem freundlichen Gesicht und dem Lächeln auf den Lippen Mut loszulassen und Spaß zu haben.

Ich schließe die Augen. Musik dringt in meine Adern, sie strömt durch meine Venen und lässt mein Herz im selben schnellen Rhythmus schlagen wie die Base Drum. Takt für Takt tragen mich die Töne hinfort von dem dringenden Wunsch, endlich abzuhauen. Ich fliege in eine Welt, die nur mir gehört. Entspanne. Lasse los. Tauche ab. Und fühle mich endlich leicht und frei.

Minuten verbringe ich in meiner eigenen Seifenblase, blende aus, dass eine Menge Menschen um mich herum sind. Dass sie mich sehen können. Mich vielleicht belächeln, wie ich tanze. Die es albern finden, dass ich mich so gehen lasse. Aber einzig und allein, was mir gerade guttut, ist wichtig. Das habe ich in vielen Sitzungen gelernt. Immer und immer wieder.

Erst als ich mich rundum glücklich fühle, öffne ich meine Augen und grinse breit. Lee zwinkert mir zu und scheint zufrieden damit zu sein, dass ich über meinen Schatten gesprungen bin. Dass ich meine ursprüngliche Abneigung gegen das Abendprogramm abgelegt habe und nun so weit bin, die Stunden im *Bunker* zu genießen. Ob ich heute noch schreiben werde? Ich weiß es nicht, aber gerade jetzt drängt es mich nicht mehr so wie noch vor wenigen Minuten.

Ich tanze und lache und albere mit Nia, Lee und Toni herum. Dean winkt mir von der Bar aus zu. Und auch sonst sehe ich nur freundliche Gesichter. Warum ich so eine Scheu vor fremden Leuten habe, kann ich mir in Momenten wie diesen selbst nicht erklären.

»Ich muss aufs Klo«, lässt uns Nia wissen und verschwindet in der Menge. Vincent lässt den aktuellen Song ausfaden und schon schlagen mir die Töne des nächsten Stückes entgegen. Ich mag die Art und Weise, wie Vincent auflegt. Er hat ein gutes Gespür für die Stimmung und schafft es wie kaum ein anderer, dass ich mich fallen lassen kann in ein Meer aus Tönen, getragen von der Gewissheit, dass mich Vincents Auswahl auffangen wird. Dass sie mich einhüllen wird in eine Wärme, die wohltuend und befreiend ist. Die sanft und gleichzeitig kraftvoll ist.

»Oh! Mein! Gott!« Lee hält in ihrer Bewegung inne und starrt wie versteinert auf das DJ-Pult. Ich folge ihrem Blick, um herauszufinden, was sie so aus der Fassung bringt. »Oh! Mein! Gott! Vincent hat Dylan Walters eingeladen. Die DJ-Sensation aus Großbritannien.« Sie schüttelt den Kopf, als hoffte sie, damit eine Halluzination zu vertreiben. Natürlich sehe ich den drahtigen Kerl mit abgewetzter Baseball-Cap neben Vincent stehen. Die beiden stecken die Köpfe zusammen und unterhalten sich angeregt. Beide lachen und gestikulieren wild. Vincent drückt sich eine Muschel seiner Kopfhörer an ein Ohr und klickt auf dem Mischpult herum. Dann widmet er sich wieder dem Kerl.

»Toni! Du musst mit mir dahin gehen und mich Dylan vorstellen«, beschließt Lee und zerrt schon an Toni rum.

»Nein. Geh selber hin. Vincent hasst es, wenn ich ihn beim Auflegen störe.«

»Vincent hat niemals nie etwas gegen deine Nähe«, kontert Lee und zieht eine Augenbraue hoch – eine Mimik, die ich zu gern beherrschen würde, die mir aber trotz heimlichen Übens nicht gelingt. Ich muss Lee beipflichten.

Vincent ist so vernarrt in seine Freundin, dass ich mir wirklich nicht vorstellen kann, er könnte etwas dagegen haben, wenn sie nun zu ihm geht.

»Kommst du mit, Paulina?« Toni scheint einzusehen, dass sie gegen Lee keine Chance hat. Oder die Sehnsucht nach Vincent treibt sie an.

Kurz überlege ich, schüttle aber schnell den Kopf. Nein, ich möchte jetzt nicht auf einen fremden Kerl treffen, möchte nicht auftauchen aus dieser Friede-Freude-Eierkuchen-Welt, die ich mir gerade mühsam aufgebaut habe. Lieber möchte ich noch ein bisschen diese Schwerelosigkeit spüren, möchte tanzen. Und leben. Und lachen.

»Okay. Du weißt ja, wo du uns findest.«

Mit glühenden Wangen und einem Strahlen in den Augen tänzelt meine blonde Mitbewohnerin schon davon. Toni verdreht theatralisch die Augen, grinst aber breit, sodass es die Wirkung verfehlt und ich kichern muss.

Allein. Kurz durchzuckt mich der Gedanke. Wie ein Schatten legt er sich über mein Herz und will dieses wundervolle Gefühl, das ich bis eben gespürt habe, überdecken. Das lasse ich aber nicht zu, stattdessen atme ich tief ein und rufe mir in Erinnerung, dass ich den Großteil der Leute hier bereits kenne. Nur eine verschwindend geringe Anzahl ist mir unbekannt. Ich schlucke und konzentriere mich auf die Musik, die aus den Lautsprechern dröhnt, lasse meinen Blick über die Umstehenden schweifen, um sicherzugehen, dass ich recht habe.

Mit Erleichterung stelle ich fest, dass mich niemand beachtet. Die anderen sind in Gespräche vertieft, stehen in Grüppchen zusammen, tanzen und haben Besseres zu tun, als mir beim Tanzen zuzusehen. Ich entspanne mich und gebe mich der Musik hin. Dennoch werde ich das Gefühl nicht los, dass ich beobachtet werde. Einem inneren Drang folgend drehe ich mich um, auf der Suche nach dem Auslöser meines Unbehagens. Das Stroboskop zuckt über mir, wirft Lichtblitze durch den Raum, die sich mit Schatten abwechseln. Schwarz und weiß. Hell und Dunkel. Die Kontraste wirbeln in meinem Kopf herum. Und dann plötzlich sehe ich ihn. Den Unbekannten aus dem Schreibzimmer. Den Zeichner der Zwischenwelt. Neo!

Unbewegt steht er einige Meter von mir entfernt. Sein Gesicht liegt im

Dunkeln und doch spüre ich seinen Blick, der stechend ist, durchdringend und mir ganz tief geht. Wie angewurzelt stehe ich da, gefangen von der Intensität seines Blickes, und spüre mein Herz kräftig gegen meine Brust schlagen. Im Takt der Musik hämmert es gegen meine Rippen.

Ich versuche, in der Dunkelheit die Mimik des Kerls zu lesen, herauszubekommen, was er sieht. Ob er *mich* sieht. Kurz bin ich versucht mich umzuschauen, um sicherzugehen, dass er zu mir blickt und nicht etwas hinter oder neben mir seine Aufmerksamkeit fesselt. Aber ich glaube, dass ich es bin, die er so intensiv mustert.

Hin- und hergerissen zwischen Panik und Freude habe ich keinen Schimmer, was ich tun soll. Es ist keine Lee da, die mir souffliert, keine Nia, die mir zur Seite springt. Nur er. Und ich.

Mein Herz macht einen Sprung, als er aus dem Schatten kommt und einen Schritt auf mich zugeht. Meine Handflächen kribbeln und ich halte unwillkürlich die Luft an. In meinem Kopf herrscht gähnende Leere. Ich stehe starr da, unfähig mir zu überlegen, was ich tun soll.

Langsam wie ein Raubtier steuert er auf mich zu. Blut rauscht in meinen Ohren und übertönt selbst die laute Musik, die an den Wänden des *Bunkers* widerhallt. Neos Blick ist unergründlich und könnte mir Angst machen, wäre da nicht dieses leise Lächeln, das kaum merklich an seinen Mundwinkeln zupft und ihn gleich weniger bedrohlich wirken lässt.

»Hey, wo sind die anderen?« Nia schiebt sich in mein Blickfeld und unterbricht den intensiven Blickkontakt mit Neo. »Was ist? Warum stehst du hier wie ein verschrecktes Reh rum? Gefällt dir die Musik nicht?«

»Was?« Ich schüttle den Kopf, trete einen Schritt zur Seite, um zu schauen, ob Neo noch da ist. Doch noch bevor ich einen Blick auf den Fleck werfen kann, an dem der Kerl gerade noch stand, weiß ich, dass er fort ist. Verschwunden in der Dunkelheit der Nacht.

Ein Teil von mir ist Nia unendlich dankbar, dass sie gerade jetzt aufgetaucht ist und damit ein Zusammentreffen mit Neo vereitelt hat. Allein beim Gedanken daran, er hätte mich ansprechen können, schnürt sich mein Hals zu. Doch ein anderer Teil von mir ist traurig. Es hat sich aufregend angefühlt, als er auf mich zusteuerte. So, als wäre ich eine Heldin aus einem meiner Romane und er der Love Interest, den es zu erobern gilt. Bei dem Gedanken schmunzle ich unwillkürlich. Love Interest. Pfff. Ich kenne den Kerl doch gar nicht. Und wenn ich mir weiter selbst im Weg stehe, werde ich ihn auch niemals kennenlernen.

»Du wirkst grad irgendwie ... seltsam. Sicher, dass alles okay ist?«

Ich nicke zu Bestätigung.

»Äh, Lee und Toni sind bei Vincent.« Ich wedle Richtung DJ-Pult und sehe, dass sich Lee mit dem britischen DJ bestens unterhält. Sie sieht so niedlich aus, wenn sie die Kerle aus ihren dunkel geschminkten Augen anschmachtet. Fast könnte man meinen, sie wäre ein naives, braves Mädchen. Doch da unterschätzt man den blonden Wirbelwind. Lee hat es nämlich faustdick hinter den Ohren.

Kapitel 8: Lesezeit

Adrian

Mechanisch beiße ich in den Marmorkuchen, den mir Mathilda ungefragt zugesteckt hat. Eigentlich sollte ich ein Regal montieren, doch die Küchenchefin bestand darauf, mich durchzufüttern. Ich mag ihre fürsorgliche Art und ihren Leckereien kann ich ohnehin nicht widerstehen.

»Willst du noch etwas trinken, Adrian? Ich habe Limonade gemacht. Mit Ingwer – das stärkt die Abwehrkräfte.« Den Schneebesen in der Hand steht sie, an die Arbeitsplatte aus Edelstahl gelehnt, da und schaut mich abwartend an.

Ich nicke und schlecke mir die Krümel von den Fingerkuppen. Ungefragt legt sie mir ein weiteres Stück auf den Teller und schenkt mir anschließend etwas von der Limo ein. Ich mag es, dass sie sich um mich kümmert – etwas, das meine Mutter zuletzt nicht mehr getan hat. Ich habe mich von Pizza und Döner ernährt, von Energydrinks und kaltem Kaffee. Erst jetzt bemerke ich, was mir gefehlt hat. Dabei hatte meine Mutter früher viel Spaß am Kochen. Ich schätze, sie war es einfach leid, dass ich ohnehin Reißaus nahm, sobald sie zu Hause war – und ihre Mühe somit oftmals umsonst blieb.

»Schmeckt saulecker«, murmele ich anerkennend mit vollem Mund und deute auf den Teller. Ich spüle den Bissen mit einem Schluck Limo hinunter und fühle mich wie im siebten Himmel. Ich hätte es nicht für möglich gehalten – und würde das nie offen zugeben –, aber es gefällt mir hier auf der AcA. »Also, wo soll das Regal hin?«

Mathilda winkt ab. »Das hat Zeit, jetzt iss erst mal in Ruhe.« Sie spült eine Schüssel ab und setzt sich anschließend zu mir an den kleinen Tisch. Augenblicklich fühle ich mich unbehaglich, weil ich fürchte, jetzt könnte das übliche Verhör kommen. Ich starre auf meinen Teller, klaube ein paar Krümel zusammen, schiebe sie hin und her.

»Also, was ist dein Lieblingsessen?« Ich schaue verwirrt auf, blicke in das freundliche Gesicht von Mathilda. Um ihre Augen haben sich winzige Fältchen gebildet, was sie nur noch sympathischer aussehen lässt und nicht zwingend älter. Man sieht ihr an, dass sie in ihrem Leben viel gelacht hat und das lässt mich aufatmen. Ich bin noch immer viel zu sehr darauf geeicht, dass es alle auf mich abgesehen haben.

»Weiß nicht. Ich esse alles.«

»Aber es wird doch irgendwas geben, dass du besonders gern magst.«

»Nein, ernsthaft!«, wiegele ich ab. Ich kann Mathilda wohl kaum sagen, dass ich in den letzten Jahren gegessen habe, was ich gerade in einem Fast-Food-Laden auftreiben konnte. Ich habe mir nie Gedanken gemacht, auf was ich Lust habe, geschweige denn, was mir besonders gut schmeckt. Darum ging es einfach nicht – ich war mit anderen Dingen beschäftigt.

»Willst du noch etwas?« Mathilda zieht fragend eine Augenbraue hoch und nickt auf meinen leeren Teller. Kurz bin ich versucht, ein weiteres Stück zu verdrücken. Aber ich sollte dringend arbeiten. Nicht dass Elio spitzkriegt, wie ich hier meine Zeit vertrödele. Ihn zu enttäuschen würde mir echt zusetzen.

Also schüttle ich den Kopf und stehe auf. »Wo soll ich das Geschirr hinstellen?«

»Ach, lass nur stehen, ich räum das gleich in die Maschine. Komm, ich zeig dir, wo das Regal hinsoll.«

Schon stürmt sie auf den Vorratsraum zu, in dem Berge an Nudel- und Reissäcken, Konserven und andere Lebensmittel gestapelt sind. Die Bretter hat Elio bereits zugesägt und hergebracht. Kurz verschaffe ich mir einen Überblick und hole aus dem Werkzeugkoffer die benötigten Gerätschaften.

»Wenn du noch etwas brauchst, ich bin vorn und bereite schon mal das Abendessen vor.«

Ich atme tief aus, als ich die Küchenchefin im anderen Raum fröhlich vor sich hin summen höre. So viel Freundlichkeit bin ich einfach nicht gewohnt.

Schnell verschaffe ich mir einen Überblick und spanne den passenden Bohrer in die Maschine.

Nachdem ich alles ausgemessen und die zu bohrenden Stellen markiert habe, setze ich die Maschine an. Doch bevor ich auch nur ein Loch bohren kann, klingelt mein Handy.

Irritiert lasse ich den Schlagbohrer sinken und ziehe mein Handy aus der Tasche.

Elio.

»Was gibt's?«

»Hey! Bist du noch in der Küche?«

»Ja.«

»Hast du den Generalschlüssel dabei?«

Ich greife an meine Hosentasche, um sicherzugehen, dass ich den Schlüsselbund darin verstaut habe. »Jepp. Brauchst du ihn?«

»Hör zu, du müsstest jemanden in die Bibliothek lassen. Ich kann hier gerade nicht weg.«

»Okay. Aber ich habe keinen Plan, wo diese Bibliothek sein soll«, überlege ich laut.

»Kein Problem. Paulina holt dich ab. Die Küche liegt ohnehin auf dem Weg.«

Schon legt er auf und ich starre auf das Handy in meiner Hand. Paulina. Das war das stumme Mädchen, die unscheinbare Lady, von der ich auf der Party die Augen nicht lösen konnte. Zugegeben, auf den ersten Blick ist sie absoluter Durchschnitt. Unter normalen Umständen wäre sie mir wohl nie aufgefallen. Aber wenn man sie genauer betrachtet, hat sie wirklich etwas. Nein, sie hat *das* Etwas. Sie scheint in einer komplett anderen Welt zu leben und das macht mich echt neugierig. Zugegeben, die ersten Begegnungen waren ziemlich schräg. Und diese Sache mit dem Stummsein ... Als ich sie so selbstvergessen tanzen gesehen habe, hat mich das auf eine ganz eigene Art angesprochen. Es hat mich neugierig gemacht auf den Menschen, den sie so gut zu verstecken weiß. Aber als ich endlich so weit war sie anzusprechen, tauchte ihre Freundin auf. Und mein Mut war Geschichte. Was hätte ich ihr auch sagen sollen? Ich weiß nicht, wie man mit jemandem umgeht, der nicht spricht.

Eilig räume ich meine Sachen zusammen, falls jemand in den Vorratsraum kommt, soll er nicht über mein Chaos stolpern.

»Paulina, Liebes! Schön, dass du mich mal wieder besuchen kommst. Wie geht es dir denn nach den Semesterferien?«, höre ich schon Mathilda in der Küche.

Ich halte in meiner Bewegung inne, möchte unbedingt hören, ob das Mädchen antwortet. Ich bin so irre neugierig auf ihre Stimme. Doch ich höre nur ein Murmeln. Viel zu leise, als dass ich etwas verstehen könnte.

»Adrian!«

»Komme!« Ich streife meine Hände an der Hose ab und halte mich selbst für absolut bescheuert, dass ich so etwas wie Nervosität verspüre. Also ziehe ich noch mal meine Cap zurecht und stecke meine Hände lässig in die Hosentaschen. »Hey, du bist also Paulina. Ich heiße Adrian«, stelle ich mich vor. Irgendwie habe ich das Gefühl, das gehört sich so.

Paulina schaut mich aus ihren großen schokoladenbraunen Augen neugierig an. Sie nickt und ein kaum wahrnehmbares Lächeln huscht über ihr blasses Gesicht. Erstaunt nehme ich wahr, dass sie nicht geschminkt ist. Selbst ihre dunklen Wimpern sind nicht getuscht. Interessant! Mädchen in ihrem Alter sehen meist aus, als wären sie in einen Farbtopf gefallen. Zumindest die, mit denen ich bislang zu tun hatte. Selina habe ich bestimmt noch nie ungeschminkt gesehen. Selbst nach dem Sex war ihr Gesicht noch ziemlich vollgekleistert.

»Ich mach das später fertig, Mathilda.« Paulina bedeute ich, dass sie vorgehen soll. »Wo müssen wir hin?«

Sie deutet auf den Flur, der nach rechts abgeht. Ihr hochgebundener Pferdeschwanz wippt im Takt ihrer Schritte. Zielstrebig läuft sie auf die große marmorne Treppe zu und rennt fast nach oben. Ich habe Mühe ihr zu folgen, aber das gibt mir auch die Gelegenheit, ihre Statur abzuscannen. Sie ist recht klein und zierlich, von der Figur her eher Durchschnitt. Nicht besonders dünn, aber auch nicht dick. Sie trägt eine eng anliegende Jeans und schwarze Sneakers. Unauffällig wie das ganze Mädchen.

»Ich hoffe, du weißt, wo es langgeht!« Irgendwie wird mir die Stille unangenehm. Aber wie unterhält man sich mit jemandem, der nicht spricht?

Sie dreht sich um, lässt ihre Augenbrauen wackeln und grinst mich frech an. Schließlich bleibt sie vor einer massiven, alt aussehenden Holztür stehen. Theatralisch deutet sie auf das Schloss, als wollte sie mir dieses präsentieren.

Ich ziehe den Schlüsselbund aus meiner Hosentasche und betrachte ihn einen Augenblick. Hat Elio gesagt, ich bräuchte den Generalschlüssel? Doch bevor ich mich entschließen kann, welchen der Schlüssel ich ausprobiere, nimmt mir Paulina den Bund aus der Hand. Kurz zucke ich zurück, als ihre kühlen Finger meine Haut berühren, und ich schaue sie fragend an. Aber sie bleibt einfach stehen und schließt die Augen. Das Mädchen ist wirklich seltsam. Als sie die Augen wieder öffnet und sieht, dass ich sie anstarre, seufzt sie und schließt erneut die Augen. Diesmal jedoch kürzer. Wieder folgt ein tadelnder Blick und ich werde das Gefühl nicht los, dass sie mir etwas sagen will und ich einfach nicht raffe, was es ist. Tatsächlich spüre ich keine Sekunde später ihre kühlen Finger, die zaghaft über meine Lider streifen und mich so dazu zwingen, meine Augen zu schließen.

Ich habe keinen Schimmer, was das soll, aber ich tue ihr den Gefallen. Hoffentlich brennt sie jetzt nicht mit dem Schlüssel durch und handelt mir damit Ärger bei Elio ein. Doch ich höre schon, wie sich das Schloss dreht und schließlich die Angeln der schweren Holztür knarzen, als sie sie öffnet.

Kurz darauf spüre ich eine sanfte Berührung an meinem Oberarm und automatisch öffne ich die Augen. Mein Blick bleibt an Paulinas Gesicht hängen, die mich erwartungsvoll anschaut.

Erst jetzt sehe ich mich um und weiß sofort, wozu sie dieses Spektakel veranstaltet hat. Der Anblick verschlägt mir die Sprache. Vor mit tut sich eine riesige Halle auf, die über und über bestückt ist mit Tausenden und Abertausenden von Büchern. Ich trete ein, lege den Kopf in den Nacken und staune. Staune, weil ich noch nie etwas gesehen habe, das annähernd so imposant war. Ausladende Emporen erstrecken sich über mehrere Stockwerke hinweg. Auch sie sind vollgestellt mit Büchern. Ich atme ein, nehme den Geruch wahr, der für Bibliotheken so typisch ist. Etwas holzig, warm, fast schon dumpf.

»So habe ich mir immer die Bibliothek von Hogwarts vorgestellt – und nicht wie das dunkle, unscheinbare Etwas aus den Filmen«, plappere ich beeindruckt und drehe mich um meine eigene Achse.

»Du hast Harry Potter gelesen?«

Ich erstarre. Es ist so ungewohnt, sie sprechen zu hören. Ihre Stimme klingt zart, leise und doch auf eine ganz besondere Art kraftvoll. Ich drehe mich zu ihr, verenge die Augen und sehe schon an ihrem Gesicht, dass sie ebenso erstaunt ist wie ich. Ihre Augen hat sie weit aufgerissen, die Lippen fest aufeinandergepresst, als wollte sie verhindern, dass noch mehr Worte herauspurzeln.

»Ja, ich kann sogar lesen, stell dir vor«, murmele ich und höre erst, als die Worte raus sind, dass sie sich absolut pampig anhören. »Sorry, ich wollte nicht …« Ich winke ab, weiß selbst nicht, was ich sagen wollte. Sagen soll. Ich bin viel zu verwirrt, weil sie mich mit ihren Worten absolut überrumpelt hat. Dabei war es nur eine einfache Frage. Ich räuspere mich.

»Ja, ich habe Harry Potter gelesen. Früher habe ich viel gelesen«, überlege ich laut und frage mich, wann ich damit aufgehört habe. »Na ja, immerhin habe ich wieder mit dem Zeichnen angefangen. Hast du mein Bild bekommen? Ich hoffe, es hat dir irgendwie geholfen«, plappere ich, um diese seltsame Stimmung zu überspielen.

Paulina nickt und läuft zielstrebig durch die Regalreihen. Ich folge ihr, lasse meinen Blick über die Bücher gleiten, streiche über die Buchrücken der alten und kostbar anmutenden Werke.

»Diese Zwischenwelt … irgendwie hat sie mich neugierig gemacht. Ich habe keine Ahnung, wie du dir das vorgestellt hast, aber ich würde da echt gern mehr darüber erfahren.«

Warum labere ich sie eigentlich voll? Mehr als ein Schulterzucken, ein Lächeln oder Nicken kann ich kaum erwarten. Dass sie vorhin mit mir gesprochen hat, schreibe ich ihrer Verblüffung zu und ich ärgere mich, dass sie mir nicht zutraut, Bücher zu lesen. Nur weil ich Bretter zusammenschraube und Müll einsammele, heißt das doch nicht, dass ich nichts im Kopf habe.

Plötzlich bleibt Paulina stehen und ich renne voll in sie rein, weil ich so fasziniert von dem Licht bin, das in dicken Schwaden durch die milchigen Fenster wabert.

»Shit, sorry! Hast du dir wehgetan?«

Wieder trifft mich ihr Blick aus diesen braunen Augen, die so warm und friedvoll und sanft sind. Ich schlucke. Sie schüttelt schnell den Kopf und schlingt die Arme um ihre Brust. Den Blickkontakt lässt sie abreißen und ich fühle mich wie ein Vollidiot. Warum habe ich nicht besser aufgepasst? Sicher denkt sie, das wäre ein plumper Annäherungsversuch gewesen. Als würde ich auf solche Maschen abfahren!

»Ich ... es tut mir leid! Ich warte vorn, ja?«

Doch als ich mich umdrehe und davonlaufen will, hält mich Paulina am Arm fest, verdreht die Augen und drückt mir schon einen Stapel Bücher in die Hände. Verdattert greife ich danach, da der Stapel bedenklich wackelt, und kann ihn gerade noch ausbalancieren.

Sie selbst schnappt sich noch ein paar weitere Bücher und nickt dann in Richtung Ausgang.

Ich ringe nach Worten. Irgendetwas in mir will nicht, dass sie schon wieder in ihren Kurs geht und mich zurücklässt in dieser Hausmeisterwelt, die aus Werkzeug, Brettern und anderen nützlichen Dingen besteht. »Wirst du heute Abend wieder schreiben?«

Ich bemerke, dass Paulina zu mir aufschaut, die Bücher fest an ihre Brust gepresst, aber sie nickt zaghaft.

»Würde es ... na ja ... Stört es dich, wenn ich mich dazusetze und zeichne?«

Ihr Blick schnellt zu mir, Panik spiegelt sich in ihren Augen.

»Ich meine ... puh ... ich kenne hier noch niemanden außer meinen Onkel und –«

»Okay.« Das Wort ist so leise, dass ich schon, als es verklungen ist, unsicher bin, ob ich nur geträumt habe. Doch ein Blick in ihr abwartendes Gesicht, macht klar, dass es nicht nur ein Wunschtraum ist. Ihre Wangen sind gerötet und sie wirkt nervös.

»Paulina?« Die männliche Stimme hallt in dem riesigen Raum und lässt Paulina und mich synchron zusammenzucken.

Als wir aus einer der Regalreihen treten, stehen wir einem blonden breitschultrigen Kerl gegenüber. Der Typ verengt seine Augen zu Schlitzen und scheint mich mit seinem Blick zu röntgen.

»Hat er dich belästigt?«

Was? Wer ist er, um so eine Frage zu stellen? Etwa Paulinas Freund? Aber selbst wenn, ist es schon ziemlich frech, gleich davon auszugehen, ich könnte irgendwen bedrängt haben.

»Dean!«, empört sich auch Paulina und schüttelt tadelnd den Kopf. Doch der Hüne betrachtet mich nur abschätzig.

Ich recke die Schultern, was sicher nicht ganz so imposant wirkt, da ich noch immer die Bücher umklammere.

»Der Hengst hat mich geschickt, um zu gucken, wo du steckst. Ist alles in Ordnung?« Seine Stimme klingt plötzlich um einiges sanfter und weicher und will nicht so recht zu der massigen Statur passen. »Die nehme ich.« Schon streckt er die Arme aus und zerrt an den Büchern, die ich getragen habe. Ich überlasse sie ihm bereitwillig, doch mein Blick huscht immer wieder zu Paulina. Als sich unsere Blicke treffen, ziehe ich fragend die Augenbrauen hoch, doch sie zuckt kaum merklich mit den Schultern und umklammert weiter den Bücherstapel. »Komm!«

Schon laufen die beiden aus der Bibliothek. Ich atme erst einmal tief aus. Was war das denn? Kurz ziehe ich meine Cap ab und wuschle mir durch die Haare, als könnte ich so die Gedanken in meinem Kopf sortieren.

Doch weiter als bis zu Paulinas Gesicht, das sich in meinem Kopf einnistet und keinen Platz für andere Gedanken lässt, komme ich nicht.

Ich spüre, wie sich meine Mundwinkel ein kleines Stück nach oben schieben. Was für ein ganz und gar seltsames Mädchen!

Kapitel 9: Vorurteile

Paulina

Als ich zu Dean aufschließe, drehe ich mich zu ihm und funkle ihn wütend an.

»Was. War. Das?«

»Was meinst du?« Dean zuckt mit den Schultern, als wüsste er nicht, wovon ich rede, aber das nehme ich ihm nicht ab.

»Das war gerade absolut scheiße!« Ich nicke in die Richtung, in der die Bibliothek liegt.

»Ach, komm schon, Paulina! Der Kerl ... mit dem stimmt was nicht. Wusstest du, dass er von der Schule geflogen ist und nur knapp dem Jugendknast entkommen ist?«

»Klatsch und Tratsch – du weißt, dass ich davon nichts halte!«

Dean legt seinen Kopf in den Nacken und seufzt.

»Und genau das ist einer der Gründe, warum ich dich so mag. Aber ich mach mir Sorgen, okay? Der Typ ist kein Umgang für dich.«

Wir sind kurz vor dem Schreibzimmer und ich bleibe stehen, weil ich das mit Dean geklärt haben möchte, bevor wir zurück in den Kurs gehen. »Ich suche mir meine Freunde gern selbst aus.«

»Okay, jetzt ist er plötzlich sogar schon dein *Freund*? Mensch, Paulina! Was willst du denn von ihm? Er räumt unseren Müll weg!«

Ich schnaube verständnislos aus. »Und das gibt dir das Recht, auf ihn runterzuschauen? Weißt du was, Dean? Gerade von dir hätte ich erwartet, dass du toleranter bist. Dass du keine Vorurteile hast.«

Mit Bedenken anderer kenne ich mich aus. Es gibt wenige Menschen, die auf mich vorurteilsfrei zugehen, sobald sie von meinem Mutismus erfahren.

Für viele bin ich ein Freak, das Unverständnis überwiegt in der Regel. Ist ja auch seltsam, dass ich manchmal nicht sprechen kann, obwohl ich nicht stumm bin. Doch das ändert nichts daran, dass es genau so ist. Dass ausgerechnet einer meiner engsten Freunde nun so eine beschränkte Sichtweise hat, schockiert mich. Was er wohl anfangs über mich gedacht hat? Damals, als ich kaum zwei Sätze am Stück mit ihm wechseln konnte.

»Vorurteile? Du bist so unglaublich süß. Süß und naiv.«

Er weiß, dass ich es nicht leiden kann, wenn man mich so nennt. Deshalb grinst er mich herausfordernd an, übergeht aber meinen vernichtenden Blick.

»Melissa hat das von der Haaf, dass er quasi schon mit einem Bein im Knast stand. Hätte Elio ihn nicht hierhergeholt, säße er jetzt wohl hinter schwedischen Gardinen.« Triumphierend zieht er die Augenbrauen hoch, als hätte er mir das entscheidende Argument geliefert, mit dem sein Verhalten zu erklären ist.

»Melissa«, spucke ich aus. Diese Giftspritze hat garantiert übertrieben. Ihr traue ich keinen Meter über den Weg. Und dennoch habe ich dieses Dunkle, Bedrohliche bei Adrian auch gespürt. Wäre er ein Held in einer meiner Geschichten, hätte ich ihn genauso düster gezeichnet. Ein Kerl, der der Welt grimmig entgegenblitzt. Ein Kerl, der im Grunde echt nett ist. »Noch mal: Ich halte nichts von Gerüchten. Und jetzt lass uns reingehen. Mattheo wird bestimmt schon ungeduldig.«

Ohne auf eine Antwort zu warten, schiebe ich mich an Dean vorbei ins Schreibzimmer.

Mattheo begrüßt uns mit einem freudigen »Hallo« und nimmt mir sogleich die Bücher ab, die er mir zu holen aufgetragen hatte. Nein, ich habe mich ganz freiwillig gemeldet, denn ich liebe die Bibliothek des Stifts mehr als jeden anderen Ort auf diesem Gelände. Nur dass es viel zu wenige Gelegenheiten gibt, sie zu besuchen. In ihr lagern die Schriften, die bereits im Mittelalter in diesem Stift hergestellt wurden. Kostbare Heiligtümer, die nur wenige zu Gesicht bekommen. Deshalb ist der Zutritt auch reglementiert – Studenten dürfen hier nur mit Erlaubnis rein. Oder mit einem Generalschlüssel, den Adrian offensichtlich hat.

***

»Erde an Paulina!« Lee schnippt mit den Fingern vor meinem Gesicht herum und holt mich so zurück in die Realität. Ich lande in der Mensa der AcA und schiebe mir mechanisch eine Gabel voll Kartoffelbrei in den Mund. »Dich scheint es ja schwer erwischt zu haben.«

»Was?« Mein Kopf schnellt zur kichernden Lee. Erst jetzt nehme ich wahr, dass meine Zimmernachbarin eine Badekappe trägt. Verrücktes Huhn. Wo sie immer diese Ideen hernimmt, um jeden Tag etwas Neues zu tun? Keine Frage, in der AcA ist sie die mit Abstand Konsequenteste, was diese Aufgabe angeht. Niemand probiert sich mehr aus als meine Freundin. Und irgendwie beneide ich sie darum, denn ich traue mich oft nicht, etwas Verrücktes zu tun. Zu groß ist die Angst aufzufallen. Selbst das wundervolle Notizbuch, das Lee mir zum Geburtstag geschenkt hat, liegt noch unangetastet auf meinem Nachttisch und blitzt mich herausfordernd an. Aber ich kann nicht. Ich kann das einfach nicht!

»Ich habe gerade überlegt, wie sich Vicky und Danijel kennenlernen«, rede ich mich raus und spüre schon, wie mir die Röte in die Wangen schießt. Was habe ich mir nur dabei gedacht, mich mit diesem Adrian zu verabreden? Das ist doch eine Verabredung, oder? Warum hat er mich überhaupt gefragt, ob ich heute schreibe? Weil er sonst niemanden hier kennt – hat er ja selbst gesagt. Es gibt also keinen Grund, nervös zu sein, denn es hat nichts zu bedeuten. So absolut gar nichts!

»Und? Wie lernen sich die beiden kennen?« Nia stützt ihre Ellbogen auf dem Tisch ab und legt ihren Kopf in die Hände. Verträumt schaut sie mich an. »Seit wann schreibst du eigentlich Lovestorys?«

»Ich ... was? Nein! Das wird keine Liebesgeschichte. Also keine so typische. Das ...« Ich atme tief aus und schaue mich Hilfe suchend um. Aber außer meinen Freundinnen beachtet mich keiner, was mir mehr als recht ist. »Es wird eine Romantasy. Also so ein Zwischending aus Fantasy und Romance. Und Vicky und Danijel ... Ich wollte halt mal was Neues ausprobieren. Mattheo meinte, ich solle noch intensiver daran arbeiten, Gefühle zu transportieren.«

»Wie war das noch mal mit ›Ich muss fühlen, was ich schreibe‹?« Lee klimpert mit ihren schwarz getuschten Wimpern und fällt synchron mit Nia und Toni in ein albernes Gekicher ein. Ständig höre ich Deans Namen und kann bald nicht mehr zuordnen, wer mich denn auf die Schippe nimmt.

»Lass dich nicht ärgern«, raunt mir Toni zu und legt beschwichtigend eine Hand auf meinen Unterarm. Ein mitfühlendes Lächeln liegt auf ihren Lippen. Oft denke ich, Toni ist von uns vieren die Einzige, die mich wirklich versteht. Wir sind uns in vielen Dingen sehr ähnlich. Nur Musik machen kann ich nicht. Und frei reden. Und einen Freund habe ich auch nicht. Und ... Okay, vielleicht sind wir uns doch nicht so ähnlich.

»Ich gehe schreiben.« Ohne auf die Entschuldigungsrufe meiner Freundinnen einzugehen, stehe ich auf und räume mein Tablett in einen der dafür vorgesehenen Servierwagen. Warum ärgert es mich so, dass sie mich aufziehen?

Energisch stapfe ich in mein Zimmer, schnappe mir den Laptop, Kopfhörer, Notizbuch und meine Wasserflasche und gehe auf direktem Weg in den Schreibsaal. Kurz flammt die Frage auf, ob ich mich noch hätte umziehen und etwas aufhübschen sollen. Aber schnell dränge ich den Gedanken ins Jenseits. Adrian will nur zeichnen!

Ich seufze und drücke die Tür zum Klassenraum auf, der im Dunkeln liegt. Die Dämmerung hat sich bereits über Lieberose gelegt, der Herbst wirft seine Schatten im Osten früh.

Bevor ich einen Rückzieher machen kann, knipse ich das Licht an, das kalt und unbarmherzig ist, das mich aber auch in die Realität katapultiert. Hinein in eine Welt, in der ich zitternd vor Anspannung unter einer Neonröhre stehe und mich frage, ob *er* kommen wird. Adrian.

Ein Teil von mir wünscht es sich so sehr. Es fühlt sich aufregend an, von einem Jungen gesehen und angesprochen zu werden. Jedoch fürchtet sich ein noch viel größerer Teil von mir auch genau davor. Wie soll das auch funktionieren? Die winzigsten Sätze bereiten mir Höllenqualen und setzen mich gehörig unter Druck. Das, was anderen ganz von selbst über die Lippen geht, gelingt mir nur unter größter Anstrengung. Und das auch nur nach jahrelanger Übung.

Ich setze mich an meinen Platz. Geregelte Abläufe, gewohnte Umgebung, alles, was mir Sicherheit vermittelt, ist wichtig für mich. Und für meinen Schreibprozess. In meine selbst kreierte Welt abtauchen kann ich nur dann, wenn ich entspannt bin.

Schnell atme ich tief ein, ignoriere die aufkeimende Angst und klappe meinen Laptop auf. Ich brauche immer ein paar Minuten, bis ich mich in die Geschichte hineingelesen habe. Bis ich Teil der Story werde und mir die Umgebung so vertraut ist wie mein eigenes Umfeld. Bis ich die Charaktere fühlen, ihre Gedanken lesen und die Dialoge sprechen und dann aufschreiben kann. Ich werde eins mit meinen Figuren, tauche ab und verschmelze mit ihrer Seele.

Vicky ist heute schlecht drauf. Sie kann Danijel noch immer nicht greifen. Er wirkt oft mysteriös, unnahbar und doch scheint die beiden ein unsichtbares Band zu verbinden. Was ist es, was die beiden eint? Neugier? Das Flattern der Schmetterling in *ihrem* Bauch? Die Sehnsucht in *seinem* Blick? Das Gefühl, das beide durchströmt, wenn sie im selben Raum sind? Ich schaue aus dem Fenster, hinein in die Dunkelheit, die so undurchdringlich scheint, jetzt, da das künstliche Licht den Raum erhellt.

Wie wird es wohl gleich sein, wenn Adrian hereinkommt? Was, wenn er sich mit mir unterhalten will? Ich bin doch jetzt schon angespannt – ein Wort von ihm und ich falle in Schockstarre. Ich fühle es, heute ist kein guter Tag. Die Neckereien meiner Freundinnen haben mir zu sehr zugesetzt. Dabei weiß ich sogar, dass sie alles andere als fies gemeint waren. In einer Hochschule, wo man so eng auf eng miteinander lebt, gehört das dazu. Hier zu studieren kommt einem Internatsleben gleich.

Internat. Das wäre vielleicht eine Option für Vicky, lenke ich mich ab. Was, wenn Vicky dorthin geschickt wird, weil ihre Eltern nur die beste Ausbildung für sie wollen? Wäre das etwas, wo Danijel ansetzen könnte? Vielleicht würde das ihrer Lebensfreude einen Dämpfer verpassen.

Schnell öffne ich mein Notizbuch und schreibe dick und fett ein einzelnes Wort auf eine Seite: *INTERNAT*.

Mein Herz klopft vor Vorfreude und ich kann es kaum erwarten, an meiner Geschichte zu arbeiten. Doch weit komme ich nicht. Schon leistet mein Herz wieder Schwerstarbeit, als ich ein Räuspern hinter mir höre.

»Hey, Paulina.«

Adrians Stimme geht mir durch und durch. Sie klingt ein bisschen rau. Und tief. Und so absolut lässig, dass ich augenblicklich erstarre. Alles in mir spannt sich an. Ich spüre, wie mich die Überforderung überspült. Wie sie mich zu ersticken droht. Also schnappe ich unwillkürlich nach Luft. »Ich hoffe, ich störe dich nicht.«

Er kommt näher! Panik breitet sich in mir aus, doch er läuft an mir vorbei, steuert auf einen der Sitzsäcke zu, auf denen auch Dean so gern sitzt und schreibt. »Ist es okay, wenn ich mich hier hinsetze? Ich will dich nicht stören.«

Wie ferngesteuert nicke ich und richte schnell meinen Blick auf den Monitor. Mein Herz rast, es hämmert und klopft gegen sein Gefängnis. Stolpert fast. Ich kann es deutlich gegen die Rippen schlagen hören. Spüren. In all seiner Kraft. Doch entgegen der Angst, die sonst so oft in mir lauert, fühlt sich das hier anders an. Es fühlt sich irgendwie gut an. Aufregend.

Ich höre es rascheln. Sicher packt Adrian seine Zeichensachen aus. Oder er zieht seinen dunkelgrauen Hoodie aus. Schlagartig steigt Hitze in mir auf. Ich wage einen Blick über den Rand meines Displays. Verborgen hinter der vermeintlich sicheren Mauer meines Laptops mustere ich den Kerl zum ersten Mal genauer. Er sieht durchtrainiert aus. Aber nicht auf diese Fitnessstudio-Art, bei der alle Muskeln nur auf Masse getrimmt wurden. Seine Muskeln sind sehnig, definiert und spannen sich unter gebräunter Haut. Sein Gesicht wirkt kantig. Es scheint so, als wäre er gut darin, Menschen allein durch seine grimmige Mimik von sich fernzuhalten. Doch bei mir funktioniert das nicht. Im Gegenteil, es macht mich nur umso neugieriger, wer er denn wirklich ist.

Adrian räuspert sich, dann schaut er hoch und direkt in mein Herz. Ich zucke zurück, weil ich mich ertappt fühle. Weil der Blick so intensiv ist, dass er mir durch und durch geht. Ein Lächeln liegt auf seinen Lippen und lässt mich etwas entspannen. Dennoch schaue ich schnell weg, gebe vor, dass ich mich auf die Geschichte konzentriere. Doch wie soll ich schreiben, wenn in meinem Kopf so ein Chaos herrscht?

Entschlossen setze ich mich aufrechter hin, lege meine Finger auf die Tastatur und schreibe: *fdsa jklö fdsa jklö fdsajklö asdf* ölkj *aösldkfj.*

Erst als ich eine halbe Seite mit den Schreibübungen für das Zehnfingersystem gefüllt habe, werde ich etwas ruhiger. Neben dem Klackern meiner Tastatur nehme ich ganz leise das Kratzen eines Bleistiftes auf Papier wahr. Es klingt rau und doch präzise. In schnellen Strichen streicht Adrian über den Untergrund. Was er wohl zeichnet? Meine Neugier wächst ins Grenzenlose und würde ich auch nur ein Fünkchen mehr Mut besitzen, würde ich ihn danach fragen.

Wäre ich wie Vicky, würde ich jetzt sogar aufstehen, zu Adrian rübergehen und ihm über die Schulter schauen. Ich würde, ohne lange darüber nachzudenken, ein Gespräch starten, würde ihn über seine Zeichnung ausfragen und ihn vielleicht sogar bitten, etwas für mich zu zeichnen. Etwas, das so diffus in meinem Kopf ist und wozu ich zu gern ein Bild sehen würde. Aber ich bin nicht Vicky. Ich bin Paulina. Selektiv mutistisch.

Also konzentriere ich mich wieder auf meine Geschichte und lösche die sinnlosen Buchstabenreihen. Vicky ist auf dem Weg zu ihrem Lieblingscafé, wo sie erneut auf Danijel treffen wird.

Gedankenversunken schloss Vicky ihr Fahrrad ab. Der Unbekannte, den sie gestern im Park kennengelernt hatte, ging ihr nicht mehr aus dem Kopf. Selbst Nero, der Labradorrüde ihrer Nachbarin, mit dem sie ab und zu spazieren ging, hatte seltsam auf den Kerl reagiert. Dabei sah er echt gut aus. Ein Schauer lief ihr über den Rücken, als sie an den seltsam traurigen Ausdruck in den grauen Augen dachte. Was für ein Geheimnis hatte der Typ?

Unwillkürlich gleitet mein Blick in die Dunkelheit, die sich hinter den spiegelnden Fenstern verbirgt. Wäre ich jetzt allein, würde ich meine Nase an die Scheibe drücken und kontrollieren, ob es bei uns auch windig ist. Aber das wäre albern und ich möchte nicht, dass Adrian denkt, ich sei komplett bescheuert. Sicher wirke ich schon seltsam genug auf ihn. Andererseits hat ihn mein kopfloses Wegrennen nach unserer ersten Begegnung auch nicht davon abgehalten, heute hier zu sein.

»Ich habe Schokolade mitgebracht. Willst du?«

Seine Stimme hallt in dem Raum und trifft mich mit voller Wucht. Entsetzt schaue ich hoch, doch Adrian tut so, als wäre es normal, dass ich noch kein einziges Wort gesagt habe. Selbst meine skurrile Mimik kommentiert er mit keinem Wort. Langsam gibt mir das Sicherheit, denn zu dummen Sprüchen hatte er mehr als eine Gelegenheit. Die hatte er jedoch nicht genutzt – warum sollte er das jetzt tun?

»Gern«, würge ich unter größter Anstrengung heraus und bin Adrian unendlich dankbar, dass er kein Aufhebens darum macht, weil ich gerade gesprochen habe. Ich bin mir sicher, Elio hat ihm von meinem Problem erzählt. Warum sonst sollte er so rücksichtsvoll sein?

Er hievt sich aus dem Sitzsack hoch und stöhnt gespielt. Zugegeben, aus den Monstern elegant aufzustehen ist ein Ding der Unmöglichkeit. Dennoch schafft es Adrian, nicht wie ein Volldepp auf allen vieren zu landen, und kommt schon mit der Schokolade in der Hand auf mich.

»Hier. Nimm dir so viel du magst.« Er streckt mir eine Tafel entgegen. Zögernd nehme ich sie und breche ein Stück ab. »Schreibst du wieder an der Geschichte mit dieser Zwischenwelt?«

Kurz erstarre ich, doch schnell rufe ich mir in Erinnerung, dass er einfach nur nett sein will. Also nicke ich kurz. Meine Mundwinkel zucken, als gehörten sie nicht zu mir.

»Darf ich irgendwann etwas davon lesen? Ich meine … ich könnte etwas dazu zeichnen, wenn du magst.«

Unsicher hebe ich die Schultern. Ich gebe fast niemandem meine Texte, bis ich nicht selbst absolut zufrieden damit bin. Dean darf es schon früher lesen. Und Mattheo Cavallo natürlich. Die Mädels vielleicht auch noch. Aber ein Fremder?

»Das wäre toll!«, höre ich mich sagen. Nur leise, aber diese Worte sind mir definitiv über die Lippen geschlüpft. Schnell schlage ich meine Hände auf den Mund und schaue Adrian entsetzt an. Doch er nickt nur und tut so, als wäre es überhaupt nicht sonderbar, sich mit mir zu unterhalten.

»Cool. Ich … na ja, ich bin etwas aus der Übung, was das Zeichnen angeht. Verzeih mir also, wenn es … wenn es nicht perfekt ist. Du bist von deinen Künstlerfreunden sicher anderes gewohnt.«

Plötzlich wirkt er seltsam unsicher, fast schon schüchtern. Zweifelt er etwa an seinen Fähigkeiten? Das Bild, das er von der Kathedrale gezeichnet hat, ist wundervoll. Detailreich. Fantasievoll.

»Ich ...« Wieder räuspert er sich. »In den letzten Jahren habe ich mehr gesprayt. Gezeichnet habe ich nur die Sketches dazu – Skizzen, die ich dann später auf die Wand gebracht habe.«

»Graffitis?«, frage ich. »Neo!« Jetzt wird mir einiges klar. Diese Buchstaben sind sein Tag, seine unverwechselbare Signatur, mit denen er seine Kunstwerke kennzeichnet.

»Auch Graffitis, ja. Und Neo ... ich denke, den gibt es nicht mehr.«

Er hört sich resigniert an. Verloren. Und mir liegen tausend Fragen auf der Zunge. Doch sie bleiben unausgesprochen. Schließlich winkt er ab, dreht sich um und geht zurück zu seinem Platz. In diesem Moment weiß ich: Ich werde herausfinden, was Adrian bedrückt, wer er wirklich ist, egal wie viel Überwindung es mich auch kosten mag.

»Paulina, ich wollte mich ...« Plötzlich steht Lee im Zimmer und stolpert über ihre eigenen Füße.

Ich folge ihrem Blick, der an Adrian hängen bleibt.

»... entschuldigen«, murmelt sie. Ihr Kopf ruckt zu mir und ihre Augen weiten sich fragend.

Ich zucke unbeholfen mit den Schultern.

»Hey, ich bin Lee.« Sie schlendert langsam auf ihn zu, legt den Kopf leicht schief und streckt ihm ihre Hand hin.

»Adrian«, murmelt er.

Was er wohl von ihr denkt? Sie trägt noch immer voller Überzeugung diese alberne Badekappe und erinnert mich an den Loriot-Sketch in der Badewanne.

»Bist du einer von den Neuen? Kreatives Schreiben?«, tippt Lee, da sie offensichtlich herausfinden will, woher wir beide uns kennen.

Adrian schüttelt schon den Kopf und lacht leise auf. »Nein. Ich bin kein Student. Und eigentlich sollte ich nicht einmal hier sein.«

Lees Augen verengen sich und verwirrt schaut sie zu mir, als erwarte sie ernsthaft, dass ich ihr die Situation erkläre. Das würde ich – aber nicht in Adrians Beisein.

»Aha.«

»Ich bin Elios Hauself.« Das Grinsen, das auf Adrians Lippen erstrahlt, ist echt niedlich, und als sein Blick zu mir huscht, kichere ich unwillkürlich.

»Harry Potter. Verstehe. Na, da haben sich ja zwei gefunden.«

Lee ringt sich ein Lächeln ab und augenblicklich spannt sich jeder Muskel in mir an. Was ist los mit ihr?

»Dann will ich nicht länger stören. Paulina, ich bin oben im Zimmer. Tut mir leid wegen vorhin, ich wollte schauen, ob alles okay ist. Aber offensichtlich …« Sie wirft Adrian einen seltsamen Blick zu. »Mach nicht so lange. Ich warte oben auf dich.«

Schon dreht sie sich um und stolziert aus dem Raum. Mir klappt der Mund auf. Was ist nur mit meiner Freundin los? Kommt es nur mir so vor, oder ist sie erst, seit sie gehört hat, dass Adrian für Elio arbeitet, so seltsam?

Plötzlich kommt mir die Unterhaltung mit Dean heute Mittag wieder in den Sinn. Hat sie auch von den Gerüchten gehört, die Melissa über Adrian verbreitet? Ich muss unbedingt herausfinden, was dahintersteckt.

Kapitel 10: Zeichnungen

Adrian

Immer wieder huscht mein Blick zu Paulina, um jede kleine Bewegung von ihr aufzusaugen. Ich mag es, wenn ein kaum wahrnehmbares Lächeln ihre schön geschwungenen Lippen umschmeichelt. Das unterstreicht ihre Sanftheit, die nicht zu übersehen ist. Es ist viel zu lange her, dass ich ein Porträt gezeichnet habe, aber es gibt kaum eine Möglichkeit, jemanden schneller kennenzulernen. Wenn man sein Gegenüber beobachtet, jede Regung verfolgt, wenn man sieht, wie jemand auf Worte, Geräusche oder einfach nur die Anwesenheit einer Person reagiert, dann ist es fast so, als könnte man in der Seele desjenigen lesen.

Ich habe jedenfalls nach der kurzen Zeit, die ich nun Paulina beobachtet habe, das Gefühl, sie jetzt schon ganz gut einschätzen zu können. Und das, was ich gesehen habe, gefällt mir. Sie spricht zwar kaum mit Worten, aber sie hat dennoch mehr Ausdruck als die meisten Menschen.

Ich bin oft oberflächlichen Leuten begegnet. Menschen, die eine Rolle spielten oder so verzweifelt cool sein wollten, dass sie alles, was sie besonders hätte machen können, überspielten. Aber Paulina ist anders. Sie wirkt echt.

Vielleicht ist sie zu konzentriert auf ihre Kommunikationsschwäche, dass sie gar nicht auf die Idee kommt, dass man in ihrer Mimik lesen kann wie in einem Buch. Ich jedenfalls habe das Gefühl, ich kann es. Wie jetzt gerade. Seit dieses blonde Mädchen so plötzlich verschwunden ist, wie sie aufgetaucht ist, ist Paulina etwas nachdenklich.

»Was beschäftigt dich?«

Habe ich diese Frage tatsächlich laut ausgesprochen? Ich weiß doch ohnehin, dass sie auf solche Fragen nicht antworten wird. Sie direkt anzuquatschen, verschreckt sie doch nur.

Unsicher zuckt sie mit den Schultern. Mein Blick huscht zur Tür und ich beschließe, dass es sowieso Zeit wird zu gehen. Meine Knochen sehnen sich nach etwas Entspannung, bevor ich morgen weiter im Garten werkeln muss.

Ich schaue ein letztes Mal auf das Bild und will aus purer Gewohnheit mein Tag daruntersetzen. Doch schon nach dem ersten Strich halte ich inne. Statt Neo schreibe ich zum ersten Mal seit Jahren *Adrian* unter eine Zeichnung. Ich gönne mir einen langen Blick. Adrian – das sieht gar nicht schlecht aus.

Bevor ich mich weiter verkünstele, falte ich das Blatt einmal in der Mitte, stecke Papier und Stifte in meine Tasche und laufe zu Paulinas Tisch.

»Ich mach Feierabend. Viel Spaß noch beim Schreiben!«

Ich zögere noch einen Moment, in der Hoffnung, dass eine Reaktion von ihr kommt. Dann lege ich das Blatt auf ihren Tisch, laufe in Richtung Tür und bevor ich die Klinke drücke, höre ich ein kaum wahrnehmbares Flüstern.

»Schlaf schön!«

Ich schaue nicht zurück, nicke aber. Und grinse breit. Es sind zwar nur zwei Worte – aber das ist deutlich mehr, als ich erwartet habe.

Gähnend schleiche ich durch die nur noch spärlich beleuchteten Flure der Akademie. Um diese Uhrzeit sind die Studenten für gewöhnlich in ihren Zimmern oder in den Gemeinschaftsräumen. Die Kulisse wirkt malerisch und gespenstisch zugleich. Ob Paulina wohl Angst hat, wenn sie erst nachts in ihr Zimmer zurückgeht? Ein Mädchen sollte nicht allein durch diese Dunkelheit laufen müssen.

Schnell wische ich die Gedanken beiseite. Wer bin ich, dass ich mich als ihr Beschützer aufspiele? Und außerdem: Was sollte hier in dem Stift schon passieren? Es wohnen gerade einmal rund hundert Menschen auf dem Campus. Jeder kennt jeden, die Studenten sind handverlesen und ganz sicher komplett von ihren Scouts durchleuchtet worden. Hier lebt die künstlerische Elite und ich wette, dass es auf der AcA weder Diebstahl noch irgendwelche anderen Vorfälle gibt. Lieberose ist nicht Berlin-Wedding.

Ich seufze.

Eigentlich hatte ich gedacht, dass ich das Leben hier in der Einöde hassen würde. Ich war fest entschlossen dazu, es entsetzlich zu finden, und wollte abhauen, sobald ich volljährig bin. Zwei Monate wollte ich durchhalten und dann durchbrennen. Auf Nimmerwiedersehen. Kaum vorzustellen, dass sich mein Vorsatz in den letzten Wochen in Luft aufgelöst hat. Der ganze Dreck ist plötzlich so weit weg, meine Wut verpufft und ich kann endlich wieder frei atmen. Vielleicht ist der Aufenthalt in diesem Stift tatsächlich die Chance, auf die ich niemals gehofft habe. Weil mir im Moloch der Straße jede Hoffnung abhandengekommen ist.

Pfeifend biege ich um die Ecke und steure die Tür von Elios Wohnung an. Drinnen streife ich mir die Sneakers von den Füßen und werfe mich schwungvoll auf mein Bett. Mein Blick gleitet zur Decke, aber meine Gedanken sind schon längst abgedriftet. Was hat dieses Mädchen nur, dass sie sich immer wieder in meine Gedanken schleicht? Ich gönne mir noch einen Moment mit Paulina, bevor ich seufzend aufstehe und mir mein Handy angle, um Musik anzustellen. Ob ich sie nach ihrer Nummer fragen kann? Nein, das wäre zu aufdringlich. Und außerdem, warum sollte sie mit mir texten wollen? Ich studiere noch nicht einmal hier. Von meiner verkorksten Vergangenheit ganz zu schweigen.

Entschlossen entsperre ich das Display. Ich brauche Ablenkung. Doch als ich die eingegangenen Nachrichten überfliege, weiß ich, dass ich diese Art der Ablenkung ganz sicher nicht gemeint habe: Calli hat geschrieben.

Mein Herz hämmert zu schnell und zu laut. Calli? Was will der denn? Es ist nicht so, dass mein Kumpel sonderlich kommunikativ wäre. Seit ich auf dem Schulhof erwischt wurde, habe ich ihn ein einziges Mal gesehen, um den Fluchtplan aus Lieberose auszuhecken. Ich weiß, dass sie Schiss haben, dass ich sie verpfeife. Aber das würde ich nicht tun. Niemals! Freunde verpfeift man nicht.

Eine halbe Ewigkeit starre ich auf das Display. Immer wieder blitzen Gedankenfetzen vor meinem inneren Auge auf. Erinnerungen an meine Zeit in Wedding. An die Abende auf der Prinzenstraße. An unsere Aktionen, um die graue Stadt zu verschönern. Es war nicht alles scheiße. Aber vieles davon gehört nicht in eine Kindheit, wie ich sie mir gewünscht habe. Die Straße ist hart und gnadenlos. Und wenn du nicht aufpasst, verschluckt sie dich.

Entschlossen, nicht mehr weiter zurückzuschauen, lösche ich Callis Nachricht, ohne auch nur ein Wort davon gelesen zu haben. Anschließend blockiere ich Callis Nummer. Und die von Selina und den anderen. *Neo* gibt es nicht mehr!

Als ich das Handy sinken lasse, fühle ich mich seltsam frei. Ich schalte das alte Radio an, das mir Elio ins Zimmer gestellt hat, und summe irgendeinen austauschbaren Chart-Hit mit. Es ist mir egal, dass ich mich bisher immer über diese Art der Musik lustig gemacht habe. Dass ich sie zu struktur- und leblos fand. Einfach nur, weil sie zu bunt für mein graues Leben war und daher nicht hineinpasste.

Ich öffne die Schreibtischschublade, ziehe eines der vergilbten Blätter hervor und spitze einen Bleistift. Noch sind mir Paulinas Konturen ins Gedächtnis gebrannt. Noch kann ich ihr Gesicht zeichnen, als würde sie direkt vor mir sitzen. Und genau das tue ich jetzt. Ich fertige ein zweites Porträt von Paulina an, eines, das mir gehören wird. Eines, auf dem sie breit lächeln wird.

Kapitel 11: Gerüchte

Paulina

Erst als ich das Gähnen nicht mehr unterdrücken kann, klappe ich den Laptop zu, packe ihn in meine Tasche und stehe auf. Das Bild, das Adrian von mir gezeichnet hat, presse ich noch einmal an meine Brust und stecke es wie einen Schatz zu meinen Sachen. Dabei achte ich penibel darauf, dass es keine Knicke bekommt. Das Papier, auf dem Adrian ein Porträt von mir angefertigt hat, sieht so schon ziemlich mitgenommen aus.

Allein bei dem Gedanken, dass mich Adrian die ganze Zeit genau beobachtet hat, um mein Gesicht exakt zu zeichnen, steigt mir die Röte in die Wangen. Das Bild ist vielleicht nicht so perfekt gezeichnet, wie es manche Studenten der AcA können, deren Kunstwerke beinahe wie Fotos aussehen. Aber ich mag die Art, wie Adrian mich getroffen hat. Nicht zu glatt, aber auch nicht kantig. Mit Tiefe und Schatten. Das Gesicht hat Konturen und ich hoffe sehr, dass dies dem Bild entspricht, wie er mich sieht. Denn darauf wirke ich lange nicht so blass und unscheinbar, wie ich mich fühle. Wie ich von allen anderen wahrgenommen werden möchte. Verrückt, dass ich mir ausgerechnet von einem Fremden wünsche, *gesehen* zu werden.

Ich schlinge die Arme um meine Tasche und klammere mich an ihr fest, als ich die Lichter des Schreibzimmers gelöscht habe und in den schummrigen Flur hinaustrete. Ich bin sicher kein Angsthase, aber das Ambiente des alten Klosters in der Nacht ist wenig einladend. Meine Fantasie geht regelmäßig mit mir durch und lässt mich die schaurigsten Geschichten aus dem Mittelalter durchleben, während ich die Treppen zu den Schlafräumen hinaufsteige.

Schnell dränge ich diese Gedanken beiseite, halte mich gedanklich an Adrians Zeichnung fest. Ich erinnere mich an das verschmitzte Lächeln, das er mir heute Abend ab und an zugeworfen hat und das mein Herz hat stolpern lassen. Ich mag das Gefühl, das sich in mir ausbreitet, sobald er den Raum betritt. Und die Gerüchte, die Melissa über ihn verbreitet, können nichts dagegen ausrichten.

Zugegeben: Neugierig bin ich schon, was hinter all dem steckt. Ich wüsste zu gern, warum er hier ist. Warum er Müll einsammelt, wo er doch ganz offensichtlich künstlerisch talentiert ist. Und wenn ich mich weiter bemühe, mich gegen meinen Mutismus stelle und mit ihm rede, werde ich irgendwann Antworten bekommen. Vielleicht.

Unter der Zimmertür wabert schwaches Licht in den dunklen Flur. Mist. Lee ist noch wach. Schlagartig kommt mir die seltsame Reaktion meiner Freundin in den Sinn. Aber ich habe keine Lust dazu, mir jetzt irgendwelche Gerüchte über Adrian anzuhören. Auf dieses Gerede gebe ich nichts – und das sollte Lee wissen.

Ich straffe meine Schultern und drücke, entschlossen ihr die Stirn zu bieten, die Klinke runter. Doch statt in Lees porzellanzartes Püppchengesicht schaue ich direkt in Tonis graue Augen und stolpere fast über meine eigenen Füße.

»Toni?! Was machst du denn hier?«

Sie sitzt im Schneidersitz auf Lees Bett und liest in einem meiner Bücher. Sie weiß, dass ich alles mit ihr teile – so lange sie vorsichtig damit umgeht und keine Leserillen in den Buchrücken macht.

»Na ja, Lee war vorhin in unserem Zimmer und ich konnte sie unmöglich in diesem Zustand auf dich loslassen.«

»Scheiß Beschützerinstinkt!«, sage ich mit einem Schmunzeln auf den Lippen. Dankbar grinse ich meine Freundin an. Wir beide helfen uns gegenseitig, wenn die quirlige Lee mal wieder durch unser Leben wirbelt. Lee ist ein Kapitel für sich. Als oftmals stumme Mitbürgerin genieße ich es, eine starke Freundin an meiner Seite zu wissen. Eine, die mir eine Stimme verleiht und die auch Dinge für mich regelt, die ich mir nicht zutraue. Das ist wunderbar. Und extrem bequem. Ich liebe Lee dafür, dass sie ungefragt, die Mutterrolle übernimmt. Aber wie jede Mutter nervt das auch irgendwann. Schließlich bin ich keine dreizehn mehr.

Ich weiß, dass ich mich durch manche Situationen einfach selbst durchbeißen muss. Dass ich meine eigenen Erfahrungen sammeln muss und mir die auch noch so nett gemeinte Hilfe meiner Freundinnen dafür oftmals ein Hindernis ist. Toni hat das verstanden. Nia ebenfalls. Nur Lee rutscht eben manchmal, wenn sie besonders aufgewühlt ist, in alte Muster zurück. Ich nehme ihr das nicht übel, denn ich weiß selbst, wie schwer es ist, sich zu ändern. Und schließlich bin ich mir absolut und aus ganzem Herzen sicher, dass es Lee nur gut meint und mir helfen möchte.

»Habe schon gemerkt, dass Lee etwas nicht passt. Sie hat bestimmt von Melissas Giftpfeilen gegen Adrian gehört, oder?«

Toni legt den Kopf schief und lächelt mich sanft an. »Du kennst sie ja.«

Ich seufze.

»Glaubst du, es ist etwas dran?« Toni mustert mich interessiert.

Ich mag es, dass sie nicht gleich auf jeden Zug aufspringt. Sie hat Erfahrung mit Gerüchten und Mobbing. Leider.

Wieder seufze ich und zucke zaghaft mit den Schultern. »Ich kenne ihn doch selbst nicht. Aber irgendwie ...« Ich gerate ins Stocken und suche nach dem passenden Wort.

»Du magst ihn.«

»Was? Nein! ... Ja ... Ach, er hat was.« Ich überlege, wie man das, was ich in mir spüre, beschreiben könnte. Es fühlt sich so ungewohnt an, so neu und auch echt schön. Unbekannten Menschen gegenüber bin ich sonst eher abwartend, nein, *abweisend*. Aber Adrian hat etwas, das mich interessiert. Er als Mensch interessiert mich. Keine Ahnung, warum, und wie er das angestellt hat, aber es ist so. »Dean meinte, er sei von der Schule geflogen und vorbestraft und könne von Glück reden, dass er nicht im Knast gelandet sei. Glaubst du, ich bin naiv, wenn ich das nicht so ganz glaube?«

Es dauert eine ganze Weile, bis Toni seufzt. Zeit, um meine Gedanken zu Adrian schweifen zu lassen. Ich komme mir total bescheuert vor, dass ich auch nur darüber nachdenke, ob er jemals mehr als der unbekannte Kerl für mich sein könnte, der meine Gedanken gut in Bilder fassen kann.

»Weißt du, Pauli, wenn ich eines in der Zeit mit Vincent gelernt habe, dann dass es immer besser ist, Dinge anzusprechen.«

»Aber –«

Toni hebt die Hand und unterbricht mich unwirsch. »Ich weiß, dass du Schwierigkeiten damit hast. Aber ich bin mir auch sicher, dass du das schaffst. Du hast schon so unendlich viel erreicht, Paulina! Schau dich an, du bist in einer der renommiertesten Talentschmieden und dein Mentor ist Nathan Fritzsche! Der Mann, der mehr Bestseller geschrieben hat als jeder andere auf diesem Planeten. Und er vergöttert dich und deine Geschichten. Du hast wundervolle Freunde auf der Akademie gefunden und alle lieben dich. Du bist zauberhaft und … ich bin mir wirklich sicher, dass du diesen Adrian alles fragen kannst, was dir wichtig ist. Mach dir dein eigenes Bild. Vertrau auf deinen Instinkt und hör nicht auf irgendwelche Gerüchte.«

Das Lächeln, das auf Tonis Lippen liegt, ist sanft und mitfühlend. Ich weiß, dass sie es ehrlich meint. Um Vincent kursierten auch viele Gerüchte. Das meiste war Unsinn. Und Toni hat sich nicht beirren lassen und selbst herausgefunden, was die Wahrheit ist. Ihre Wahrheit.

Ich nicke langsam. Vielleicht ist es tatsächlich an der Zeit, den nächsten Schritt zu gehen. Mein Leben selbst in die Hand zu nehmen ist so viel schwieriger, als ich es mir ausgemalt habe. Aber es hält auch viele Abenteuer bereit, die ich bislang nur in Büchern erlebt habe. Sie nun in echt anzugehen ist irgendwie … aufregend.

»Und was machen wir jetzt mit Lee?«

»Die beruhigt sich schon wieder.« Toni winkt ab und gähnt herzhaft. »Ich habe ihr gesagt, dass ich heute bei dir schlafe. Ist das okay?«

»Klar.«

»Magst du mir etwas über Adrian erzählen?«

»Hast du ihn schon mal gesehen? Er sieht wie eine jüngere Version von Keanu Reeves aus.«

»Der Schauspieler aus diesen alten *Matrix*-Schinken?«

Ich stöhne gespielt. »*Matrix* ist kein uralter *Schinken*. Das ist Kult.«

»Meinetwegen. Wenn er Elios Neffe ist, fließt italienisches Blut durch seine Adern.« Toni lässt ihre Augenbrauen lustig wackeln. »Italiener sollen gute Liebhaber sein.«

Ich lache auf und schüttle den Kopf. »Lass das mal Vincent nicht hören.« Kurz zögere ich, greife aber dann doch nach meiner Tasche und ziehe das Porträt, das Adrian heute von mir gezeichnet hat, hervor und gehe damit zu Toni hinüber. Ungefragt setze ich mich neben sie und zeige ihr das Bild.

»Hier. Das hat Adrian heute gemacht.«

»Wow. Nicht schlecht!« Ihr Blick wandert von dem Bild zu mir und wieder zurück. Anerkennend nickt sie und grinst breit. »Er hat dich ganz gut getroffen. Vor allem hat er das Lächeln eingefangen, das du so gern hinter deiner gleichgültigen Maske versteckst.«

»Ich verstecke nichts!«, empöre ich mich, fühle mich aber ertappt und muss unwillkürlich grinsen. »Mich hat noch nie jemand gezeichnet.«

»Mich auch nicht.« Sie seufzt. »Schade, dass Vincent nur Klavierspielen kann.«

Ich boxe gegen ihren Oberarm und lache auf. »Vincent ist toll. Und er liebt dich.« Und als ich das sage, merke ich, dass es mir gar nicht mehr so schwerfällt, Toni ihre Verliebtheit aus ganzem Herzen zu gönnen.

***

»Es tut mir so leid«, beteuert Lee zum wiederholten Mal.

Ich lasse ihre Entschuldigung durch mich durchrauschen und konzentriere mich auf die Yogaübungen, die uns Alisa Klien vormacht. Ich liebe die Tage, an denen wir statt der ätzenden Morgenläufe wahlweise Yoga, Meditation oder Pilates haben. Danach fühle ich mich wesentlich frischer als nach Fünf-Kilometer-Dauerläufen durch die Wälder.

»Ehrlich, es tut mir so, so, so, so leid.«

Ich strecke meine Hände zur Decke und beim Ausatmen lasse ich sie in einer fließenden Bewegung wieder sinken. Meine Rückenmuskulatur fühlt sich verspannt an. Kein Wunder bei den vielen Stunden, die ich förmlich in meinen Laptop hineinkrieche. Meine Geschichte nimmt langsam Kontur an, die Anziehung zwischen Danijel und Vicky wird zumindest in meinem Kopf immer stärker. Ich kann sie förmlich spüren.

»Sag mal, hörst du mir überhaupt zu?«

Lee rempelt mich an, und da sie mich aus dem Gleichgewicht gebracht hat und ich umkippe, zieht sie einen Mundwinkel hoch. »Tschuldigung.«

»Ist gut jetzt!«, zische ich und bedeute ihr, sich auf ihre Übungen zu konzentrieren. Alisa mag es nicht, wenn wir in der Stunde quatschen. Wir sollen uns auf uns selbst konzentrieren.

Lee wirft mir noch einen reumütigen Blick zu und legt den Kopf schief. Ich rolle nur mit den Augen und kann es kaum erwarten, bis die Stunde endlich zu Ende ist.

Wenige Minuten später entlässt uns Alisa, und bevor mich Lee in ihre Klauen bekommt, stürme ich schon die Treppe hoch und schnappe mir meine Duschsachen. Wenn ich als Erste im Sanitärbereich ankomme, kann ich mir die Dusche noch aussuchen.

Nach nun mehr als einem Jahr habe ich inzwischen meine Vorlieben und steuere auf die Kabine zu, die den stärksten Wasserstrahl hat und mich nach den morgendlichen Sportstunden am besten aufwecken kann. Doch heute habe ich Pech, denn sie ist bereits belegt. Seltsam, dabei bin ich wirklich früh dran. Ich rüttle an der Tür, und da öffnet sie sich wie von Zauberhand. Mein Mund klappt auf, als ich Adrian vor mir stehen sehe. In Arbeitshose und mit Werkzeug in den Händen.

»Oh, ich … äh … Paulina?! Ich dachte, ich könnte noch schnell … Wie viel Uhr ist es denn?«

Es ist niedlich, dass er komplett aus dem Konzept und so verlegen ist. Vielleicht bilde ich es mir nur ein, aber seine Wangen sind ein bisschen gerötet.

»Elio meinte, die Dusche würde tropfen, und bevor wir den Techniker rufen müssen, wollte ich schauen, ob ich das schnell hinbekomme.«

Ich nicke und will mich schon umdrehen, um mir eine andere Dusche zu suchen, aber es fühlt sich seltsam an, mich auszuziehen, während Adrian ganz in der Nähe ist. Also bleibe ich stehen und starre ihn weiter an.

Er zieht sein Handy aus der Gesäßtasche und checkt darauf offensichtlich die Uhrzeit. Als ich das Smartphone sehe, durchzuckt mich eine Idee, wie ich an die so sehnlich erhofften Informationen komme, ohne mich zu jeder Frage zwingen zu müssen.

»Ich …« Meine Stimme hallt an den nackten weißen Wänden und ich weiß, ich habe nicht mehr ewig Zeit. In wenigen Augenblicken werden die Ersten hier hereinkommen, um sich für den kommenden Tag frisch zu machen.

»Ich sollte jetzt gehen«, sagt auch Adrian und packt schon seine Werkzeugtasche.

Doch bevor er an mir vorbeilaufen kann, nehme ich allen Mut zusammen und zwinge mich dazu, tief durchzuatmen.

»Wenn du mir deine Nummer gibst, kann ich dir einen Ausschnitt aus meinem Manuskript schicken«, sage ich schnell und hoffe, dass Adrian es trotz der mangelnden Lautstärke verstanden hat. »Ich meine, du sagtest, dass du gern etwas lesen würdest.«

Adrian schaut mich an und im ersten Moment kann ich seinen Blick nicht deuten. Was vielleicht daran liegt, dass ich selbst so nervös bin und in meinem Kopf das pure Chaos herrscht.

Ein leises Lächeln erscheint auf seinen Lippen und lässt mich etwas entspannen. Er zückt sein Handy erneut, schaut kurz darauf und streckt es mir mit entsperrtem Display entgegen.

»Gib du mir doch einfach deine Nummer. Dann melde ich mich, ja?«

Schnell nehme ich es an mich, tippe die paar Zahlen ein und gebe es ihm zurück. Sicher habe ich inzwischen eine Gesichtsfarbe, auf die jede Hollandtomate neidisch wäre. Ohne ein weiteres Wort zu sagen, drehe ich mich um, flüchte in eine der leeren Duschkabinen und schließe mich ein. Mit einem breiten Grinsen auf den Lippen lehne ich mich gegen die Tür. Ich habe es getan. Ich habe tatsächlich den ersten Schritt getan.

***

Der Vormittag rauscht an mir vorüber und irgendwie schaffe ich es, Lee aus dem Weg zu gehen. Was daran liegen könnte, dass wir ganz unterschiedliche Kurse haben. Lee wird bereits im nächsten Jahr ihr Kunststudium beenden und ich bin mir sicher, dass sie sich als Bildhauerin in der Kunstszene einen Namen machen wird. Die ersten kleinen Museen haben bereits Exponate von ihr ausgestellt.

Gerade genieße ich eine Freistunde, strecke im Stiftsgarten meine Nase in die Sonne und lasse meinen Gedanken freien Lauf. Ich bin mitten in einem hitzigen Dialog zwischen Danijel und seinem besten Zwischenweltkumpel Carlos, als sich jemand neben mich auf die Steinbank setzt.

»Lee!«

»Jupp. Du solltest dir bessere Verstecke suchen.« Sie grinst mich schief an und gibt den Blick auf einen schwarz gefärbten Zahn frei. Ihre heutige Erstes-Mal-Challenge kommentiere ich nicht. Wer bitte kommt auf die Idee, sich die Zähne zu färben?

»Ich verstecke mich doch gar nicht«, maule ich. Im Lügen war ich auch schon mal besser.

»Mhm.«

Schweigen breitet sich zwischen uns aus und irgendwie fühlt es sich seltsam an. Normalerweise sind Lee und ich unzertrennlich.

»Darf ich mich jetzt endlich entschuldigen?«

»Wofür denn?« Ich bemühe mich, freundlich zu klingen, aber in Wahrheit nervt mich dieses dauernde Entschuldigen. Ich möchte nicht ständig bemuttert werden und mir vorschreiben lassen, was gut und was schlecht für mich ist. Ja, ich habe das lange zugelassen und auch genossen. Aber irgendwie habe ich das Gefühl, dass sich etwas verändert hat. *Ich* scheine mich ein wenig verändert zu haben.

»Dass ich so bin, wie ich bin.«

Ich schlucke. Mit dieser Antwort habe ich nicht gerechnet. Und damit hat sie mich auch voll um den Finger gewickelt. Denn ich will nicht, dass sie glaubt, mit ihr würde etwas nicht stimmen.

Ich lehne mich an sie und lege den Kopf auf ihrer Schulter ab.

»Sag so etwas nicht«, murmele ich. »Das macht mich traurig. Du bist großartig! Und ich … ich bin dir gar nicht böse. Schließlich hast du gar nichts Blödes gesagt oder getan.«

»Aber gedacht. Und das ist schlimm genug.«

»Ist schwer, sich von alten Mustern zu lösen, oder?« Ich weiß, dass Lees Eltern in Schubladen denken. Sie haben eine vorgefertigte Meinung, Vorurteile sind an der Tagesordnung.

»Immer wieder falle ich auf diese Gerüchteküche rein.« Sie seufzt und ich weiß, dass sie es ehrlich meint.

»Dean hat mir auch schon davon erzählt. Und bitte frag mich nicht, ob an dieser ganzen Vorbestraft-Sache etwas dran ist. Ich weiß es nicht, ja?«

»Aber du könntest es herausfinden.« Lees weiße Zähne blitzen, als sie breit grinst. Alle, bis auf ihren rechten Schneidezahn. Unwillkürlich starre ich darauf und schüttle schließlich den Kopf. »Ich kenne niemanden, der neugieriger ist als du!«

Ich knuffe sie in die Seite und lache auf. Genüsslich streckt sich meine Freundin und schließt die Augen. Es sind vermutlich die letzten Sonnenstrahlen, die wir vor einem windigen und eiskalten Herbst genießen können. Ich erschaudere schon jetzt bei der Erinnerung an die dunklen, eisigen Monate, die ich im letzten Jahr auf Lieberose verbracht habe.

»Erzähl mir von ihm. Seit wann triffst du dich mit ihm?«

Ich seufze und schüttle den Kopf. »Da gibt es gar nichts zu erzählen. Er … na ja, er räumt eben die Zimmer auf und ich schätze, ihm fällt einfach die Decke auf den Kopf.«

Nachdenklich zieht sie einen Mundwinkel hoch und legt den Kopf schief.

»Es kann einem schon echt langweilig werden, wenn man von Berlin nach Lieberose kommt.«

Langweilig … Es fühlt sich wie ein Faustschlag in meine Magengegend an. Was, wenn Adrian tatsächlich nur in den Schreibraum kommt, weil er sonst vor Langeweile sterben würde? Was kann man sonst auf der AcA machen, um sich die Zeit zu vertreiben?

»Mhm«, mache ich nur und spüre in dem Moment mein Handy in der Hosentasche vibrieren. Seltsam. Wer schreibt mir? Es ist nicht so, dass ich unendlich viele Freunde habe, mit denen ich texte. Die meisten in meinem Freundeskreis studieren auch hier und können mit mir reden, wenn sie etwas brauchen. Das Ding schleppe ich aus einem anderen ganz praktischen Grund mit mir herum: Es eignet sich verdammt gut, um schnell meine Gedanken draufzusprechen, wenn mir eine Idee kommt.

Ich ziehe das Smartphone aus meiner Tasche, und als ich darauf eine Nachricht von einer mir unbekannten Nummer sehe, beschleunigt sich mein Herzschlag. Adrian.

»Ähm, ich muss aufs Klo«, sage ich schnell und springe auf. Da Lee mich anschaut, als wollte ich flüchten, drücke ich ihr einen schnellen Kuss auf die Wange. »Hab dich lieb! Alles wieder gut zwischen uns?«

Perplex nickt sie, mein Verhalten kann sie offensichtlich nicht einordnen. Kein Wunder, mir geht es genauso. Was ist in mich gefahren, dass ich mich wie ein irrer Teenie aufführe?

Schon drehe ich mich um und laufe viel zu schnell in Richtung Stiftgebäude. Hinter dem ersten Torbogen mache ich Halt und verstecke mich hinter dem Rosenbusch. Mit zitternden Fingern entsperre ich das Display, um die Nachricht von Adrian zu lesen.

Hey, Paulina, wie versprochen hier meine Nummer. Bin gespannt auf deinen Text. Bist du später wieder am Schreiben? Bis dann, Adrian.

Es sind nur ein paar unverfängliche Worte, aber sie zaubern mir ein breites Grinsen ins Gesicht. Schnell schaue ich mich um, ob mir Lee nicht doch gefolgt ist. Warum fühle ich mich wie ein Schwerverbrecher? Es ist ja wohl nicht verboten, mit Adrian zu schreiben. Oder?

Ich starre auf das Display und in meinem Kopf wirbeln tausend Worte herum, die ich ihm so gern schreiben möchten. Fragen. Viele Fragen. Aber noch kann ich sie nicht greifen, nicht sortieren. Ich brauche Zeit, um all das, was in mir herumwabert, zu kessen Sprüchen zu formen.

Doch aus Erfahrung weiß ich, dass ich gerade zu nervös bin. Zu aufgebracht und es wird ewig dauern, bis ich mich so weit beruhigt habe, um einen klaren Gedanken zu fassen. Also tippe ich ein absolut unkreatives, dafür aber ganz und gar klares *Ja* ein. Ja, ich werde da sein!

Kapitel 12: Cat-Content

Adrian

Während Elio Radio hört und lautstark ein italienisches Lied mitsingt, versuche ich mich auf den Text zu konzentrieren, den Paulina vor wenigen Momenten geschickt hat. Ich bin so gespannt darauf, was dieses Mädchen aus Worten zaubert, dass ich mich kaum konzentrieren kann.

Danijel warf einen letzten Blick auf die Akte seines aktuellen Auftrags und zog sich entschlossen die Kapuze seiner schwarzen zerschlissenen Sweatjacke über die dunklen Locken. Schon beim ersten Blick auf das Bild von Vicky hatte er gewusst, dass dieser Job anders als alle davor werden würde. Das Mädchen auf seine Seite zu ziehen würde nicht einfach werden. Er sah es an diesen lebensfrohen Augen, an dem sanften Lächeln, das auf ihren Lippen lag. Vielleicht hatte der dunkle Fürst ihn genau aus diesem Grund ausgewählt: weil er alle dazu bekam, sich für den Freitod zu entscheiden. Er war der Beste.

Wieder und immer wieder lese ich die Zeilen, die mir Paulina über den Messenger geschickt hat. Ich habe sofort ein Bild der beiden Protagonisten vor Augen, obwohl sie kaum beschrieben wurden. Und schon jetzt ist mir klar: Ich will wissen, wie es weitergeht.

»Kommst du zum Essen, Adrian?« Elio hat sein Gesinge unterbrochen und klappert nun mit dem Geschirr. Ich mag die Regelmäßigkeit, die meinen Tag strukturiert, seit ich hier bin.

Nach einem letzten Blick auf das Smartphone sperre ich das Display und stecke es in meine Hosentasche. Dann laufe ich in die Küche, helfe meinem

Onkel den Tisch fertig zu decken und nehme dankbar die Gemüsesuppe entgegen, die er in riesige Schüsseln geschöpft hat.

»Ich muss für ein paar Tage nach Berlin«, sagt Elio unvermittelt.

Ich bemerke, dass er meine Reaktion beobachtet. Doch ich zwinge mich dazu, gelassen zu wirken.

»Aha.«

»Möchtest du vielleicht mitkommen? Deine Mutter würde sich sicher freuen.«

Meine Finger schließen sich fester um den Löffel. Immer und immer wieder führe ich ihn zum Mund, schaufle mir die Suppe hinein, doch der bittere Geschmack will einfach nicht verschwinden.

»Es ist besser, wenn ich hierbleibe. Wer soll sonst einspringen, wenn hier irgendwas passiert?«

Elio nickt. »Meinst du nicht, es würde dir guttun, Frieden zu schließen? Patrizia sorgt sich um dich. Und sie wünscht sich nichts mehr, als dass du ihr verzeihst.«

Ich presse die Lippen fest aufeinander, dränge die Wut, die sich in mir aufbaut, zurück und schaue Elio schließlich an.

»Verzeihen? Meine Mutter hat nichts damit zu tun, dass ich mir das Leben versaut habe. Es gibt nichts zu verzeihen.«

Ich vernehme ein Seufzen. Mitgefühl spiegelt sich in Elios Miene. Er legt eine Hand auf meinen Unterarm, der unwillkürlich zu zittern beginnt. Ich verschütte etwas von der Suppe. »Junge, es ist nicht gut, diese Wut mit dir herumzutragen. Du und deine Mutter – diese ganze Situation hat euch überfordert. Ich hätte viel früher einschreiten müssen, aber ich dachte, das regelt sich.« Einer seiner Mundwinkel zuckt entschuldigend.

Ich schlucke und schaue schnell weg. »Du bist nicht mein Vater.« An Elios Reaktion merke ich, dass diese Worte wie eine Ohrfeige für ihn sind. »Entschuldige. Ich meine … na ja, du bist doch nicht verantwortlich für mich.«

»Man fühlt sich immer für die Menschen verantwortlich, die einem etwas bedeuten. Und jetzt iss, Junge!«

Während ich meine Suppe löffle, huschen meine Gedanken immer wieder zu meinem Erzeuger. Ich habe ihn seit Jahren nicht gesehen, geschweige denn etwas von ihm gehört. Nach den ganzen Sorgerechtsstreitereien habe ich den Kontakt abgebrochen. Ein oder zwei Mal war ich zu Besuch bei ihm und der anderen Familie, für die er sich entschieden hat. Aber ich kam nicht damit zurecht, dass seine anderen Kinder nun in meinem Zimmer schliefen, auf meine Schule gingen und in meinem Fußballverein spielten, während sich mein Leben in einer anderen Welt zutrug. Einer Welt, in der Armut und Gewalt eine viel zu große Rolle spielten.

»Kannst du Mum nach meinen Zeichensachen fragen?«, lenke ich mich schließlich ab. »Vielleicht hat sie den Kram noch irgendwo. Bevor sie ihn wegwirft, kann ich das ein oder andere noch gebrauchen.«

»Geht klar. Sonst noch etwas? Was ist mit deinen Spraysachen? Ich könnte mit Phil reden, wo du dich hier austoben kannst.«

»Mhm«, brumme ich. »Weiß nicht.«

Ich habe mit der Szene abgeschlossen. Andererseits hat mir das Sprayen immer viel Spaß gemacht. Es ist anders als das Zeichnen auf Papier. Ich mag die Arbeit auf dem Beton. Das Raue, Große, Gewaltige. Aber noch bin ich nicht so weit. Die Angst, wieder abzudriften und mich in der Szene zu verlieren, ist groß.

Den Rest des Abendessens verbringen wir schweigend. Elio weiß, wann ich meine Ruhe brauche, und ich schätze es sehr, dass er mich dann nicht mit Small Talk nervt.

Als ich das Geschirr in die Maschine räume, spüre ich, wie sich eine leichte Unruhe in mir ausbreitet. Dabei habe ich noch nicht einmal etwas Besonderes vor. Ein weiterer Abend mit Paulina wartet auf mich. Und obwohl wir kaum sprechen und einfach nur im selben Raum sind, sind das die Stunden, auf die ich mich den ganzen Tag freue. Doch heute werde ich nicht zeichnen. Auch nicht lesen. Heute habe ich etwas anderes vor. Und ich bin gespannt, wie Paulina darauf reagieren wird.

Ich schnappe mir den Generalschlüssel und eine Jacke, ziehe die Wohnungstür hinter mir zu und laufe in die Richtung, in der die Unterrichtsräume liegen. Der Wind hat sich glücklicherweise gelegt und eine sternenklare Nacht zurückgelassen, die zwar frisch, aber alles andere als ungemütlich ist.

»Hey«, mache ich mich bemerkbar, als ich in den Schreibraum trete, in dem Paulina bereits fleißig arbeitet. Sie hebt den Kopf und lächelt mich leise an.

»Hey.«

Es ist nur ein Flüstern, aber besser als nichts.

»Was meinst du, kannst du eine kurze Pause beim Schreiben einlegen? Ich würde dir gern etwas zeigen.«

Ihre Augen weiten sich, unsicher schaut sie auf den Laptop, dann wieder zu mir. Schließlich nickt sie, klappt den Deckel ihres Computers zu und klemmt ihn sich unter den Arm.

»Niemals ohne deinen Laptop, mhm?« Ich deute auf das Gerät und grinse sie an. Ein Versuch, mit ihr ins Gespräch zu kommen, aber sie geht nicht darauf ein und krallt sich nur noch fester an ihren Computer.

Ich nicke in Richtung Tür und laufe los, in der Hoffnung, dass sie mir folgt. Und das tut sie. In wenigen Sekunden hat sie zu mir aufgeschlossen und trottet neben mir über die Klosterflure.

»Ich habe den Text gelesen. Wann schickst du mir mehr?«

Ich nehme aus dem Augenwinkel wahr, dass sie zu mir hochsieht. Es fällt mir schwer, weiter geradeaus zu schauen, aber sie würde dichtmachen, wenn ich ihr zu viel Aufmerksamkeit schenkte. Also stecke ich meine Hände in die Hosentaschen und übe mich in Gleichgültigkeit.

»Es ist eine Liebesgeschichte. Mit Engeln!«

Sie klingt erstaunt. Und entsetzt. Und so klar, dass ich sie nun doch anschaue. Ich mag ihre Stimme, wenn sie normal spricht.

»Und? Dürfen das nur Frauen lesen?« Mist, wieder klinge ich patzig und abwehrend. Warum gehe ich immer gleich auf Angriff über, wenn ich eine Antwort erhalte, mit der ich nicht gerechnet habe?

»Nein, aber …« Sie schaut zu Boden, ringt offensichtlich nach Worten. Dann hebt sie den Kopf und der Blick aus ihren dunkelbraunen Augen ist so stechend, dass ich schlucke. »Hat es dir gefallen?«

Ich nicke, unfähig zu antworten. Unfähig zu denken. Um ehrlich zu sein, habe ich gar nicht darüber nachgedacht, was für eine Geschichte aus diesen wenigen Sätzen entstehen könnte. Ich mag die Idee, dass es eine Zwischenwelt gibt, in der diejenigen landen, die ihrem Leben selbst ein Ende gesetzt haben. Nie habe ich über Suizid nachgedacht, so dunkel und ausweglos mir manchmal meine Situation erschien, so klar war es auch, dass es immer weitergehen würde. Irgendwie. »Danijel scheint ein interessanter Charakter zu sein. Ich würde gern mehr über ihn erfahren.«

Ich lotse Paulina weiter über den Campus, vorbei an den Gärten, entlang der Grünflächen, auf denen die Studenten im Sommer vermutlich in Scharen zusammensitzen.

Paulina hat sich wieder in ihr Schweigen zurückgezogen, aber ich spüre ihre Blicke. Interessiert mustert sie mich und ich wüsste zu gern, was gerade in ihrem Kopf vorgeht. Mir ist schon zu Ohren gekommen, dass meine kleinkriminelle Vergangenheit die Runde macht. Letztlich ist es mir egal, was andere über mich denken. Nur, was Paulina über mich denkt ... das würde mich brennend interessieren.

»Wir sind gleich da. Ich hoffe, du magst Katzen«, murmele ich und halte ihr schon die Tür zu den alten Stallungen auf, in denen Elio allerlei Kram für die Gartenarbeit bunkert. Ich knipse das Licht an und dirigiere sie, ohne sie zu berühren, in die Ecke, in der das Katzenkörbchen steht.

Ein schwaches Maunzen lässt Paulina in Windeseile auf dem Boden knien.

»Seid ihr niedlich«, flüstert sie in einem vertraulichen Tonfall und streckt die Hände nach den kleinen Kätzlein aus, die umeinander her tapsen und miteinander spielen. Ein mutiges Katzenkind schnuppert an Paulinas Hand und lässt sich streicheln. »Ich wusste nicht –«

»Mathilda hat mir auch erst heute davon erzählt. Sie füttert sie und guckt, dass sie es hier warm genug haben.«

Ein glückliches Lächeln umschmeichelt Paulinas Mund. Sie sieht noch hübscher aus, wenn sie nicht so angestrengt versucht, alle abzublocken. Mit den Kätzchen hatte ich wohl den richtigen Riecher.

»Hast du Haustiere? Früher wollte ich immer eine Katze haben, aber mein

Vater hat es nicht erlaubt. Meinte, ich müsse erst noch älter werden, um Verantwortung für so ein Tier übernehmen zu können. Und dann ... in der kleinen Wohnung in Berlin ... Das wäre eh nichts für Katzen gewesen. Tja, und die Sache mit der Verantwortung ... hätte ich garantiert auch verbockt.«

Ich kicke gegen ein Brett, das an die Mauer gelehnt ist. Der Lärm lässt Paulina und die kleinen Kätzchen zusammenzucken.

»Tschuldigung.« Ich ziehe einen Mundwinkel hoch und zucke mit den Schultern.

Paulina streckt aber schon wieder ihre Hand aus und die kleinen Tierbabys schmiegen sich vertrauensvoll an sie. Leises Schnurren erfüllt das Gebäude.

»Du könntest *jetzt* eine Katze haben.«

Schnell schüttle ich den Kopf. »Nein, ich weiß noch nicht, wie lange ich hier bin. Vielleicht hau ich ja ab, sobald ich volljährig bin.« Noch während ich die Worte sage, bereue ich sie. Ich hatte mich doch längst entschieden hierzubleiben.

»Was ist passiert? Warum bist du hier? Es heißt, du seist vorbestraft, von der Schule geflogen und würdest hier untertauchen.«

Ich spüre, wie sich alles in mir anspannt, meine Kiefer verkrampfen. Die Suppe, die ich mir selbst eingebrockt habe, schmeckt bitter. Der Stempel, der sowohl auf meiner Stirn als auch in meiner Polizeiakte prangt, wird mich wohl für immer als Versager kennzeichnen. Doch Paulina schaut mich nur neugierig an, so, als hätte sie keine Scheu vor mir. Ich knie mich ebenfalls auf den Boden, strecke meine Hand nach der Katzenmama aus, damit sie an ihr schnuppern kann. Nach ein paar Atemzügen stupst sie mich mit ihrer weichen Schnauze an und fordert ihre Streicheleinheiten ein.

»Im Fachjargon heißt das *aktenkundig*. Ich musste ein paar Sozialstunden ableisten und im Altenheim Bingo spielen. Aber als vorbestraft gelte ich nicht.« *Zum Glück*, setze ich in Gedanken nach. »Aber das mit der Schule ... ja, das stimmt«, gebe ich zähneknirschend zu. Früher war es für mich undenkbar, ohne Abitur dazustehen. Ich hatte Pläne. Blöd, dass ich diese im Laufe der Jahre aus den Augen verloren habe und mir andere Dinge wichtiger waren.

Paulina nimmt eines der kleinen Wollknäuel auf ihre Hand und schmiegt es eng an ihren Körper. Das grau-weiße Kätzchen fiept, schaut aber ganz zutraulich zu Paulina, die es auch gleich beruhigend streichelt. Wie liebevoll sie mit dem Tier umgeht.

Dann hebt sie den Blick und grinst mich schüchtern an.

»Ich habe auch kein Abi.« Sie zuckt mit den Schultern. »Ich hätte das mit dem Mutismus wohl nicht gepackt. Der Druck war zu groß.«

»Und wie kannst du dann hier studieren? Ohne Abi, meine ich.« Sie soll nicht denken, dass ich ihr das Studium nicht zutraue. Ich kenne sie ja kaum.

»Das musst du Phil fragen.«

Phil de Breune. Er ist Leiter der *Academy of Arts*. Ich habe ihn einmal kurz kennengelernt, als Elio ihm etwas gebracht hat. Er war freundlich. Ich mochte sein ehrliches Lächeln, nur der Blick aus seinen stahlblauen Augen war so stechend, dass ich das Gefühl hatte, er könne bis auf den Grund meiner Seele blicken.

»Ist auch egal.«

Die Katzendame stupst mich wieder an und bedeutet mir, dass sie gestreichelt werden will. Sie ist hübsch, wenn auch keine der typischen Katzenschönheiten. Aber ich mag die getigerte Zeichnung ihres Fells, das zwischen Graubraun und Schwarz changiert. Und den zutraulichen Gesichtsausdruck.

»Wo hast du zeichnen gelernt?«

Ich weiß nicht, ob es die Umgebung ist, die Paulina plötzlich reden lässt. Oder die Ablenkung, die ihr die Kätzchen schenken. Was es auch ist, ich freue mich, dass sie sich langsam öffnet. Sie scheint sich für mich zu interessieren – und nicht ausschließlich für die Gerüchte.

»Weiß nicht«, überlege ich laut. »Eigentlich habe ich schon immer gezeichnet. Und irgendwann habe ich dann mit dem Sprayen angefangen.«

»Graffiti.«

»Ich finde Street Art passender. Graffiti ist für die meisten eine hässliche Schmiererei an Orten, wo es nicht hingehört. Unser Ziel war es aber, die Stadt zu verschönern – nicht zu verschandeln.«

Paulina nickt. »Ich habe keinen Plan vom Sprayen. Hast du Bilder von deinen Street Arts?«

Ich schüttle den Kopf. »Alles gelöscht. Ich habe damit abgeschlossen.«

»Schade. Ich hätte das gern mal ausprobiert. Dann hätte ich endlich mal was Spannendes auf meiner Erstes-Mal-Liste.«

Paulina setzt das Katzenkind auf den Boden und streichelt ein anderes, das ihr unentwegt gegen das Knie stupst. Mich belagert währenddessen weiter die Katzenmutter und schnurrt genüsslich. Ich setze mich etwas bequemer hin, überschlage die Beine und nehme die Katze auf den Arm. Wie es aussieht, gefällt es Paulina hier und ich habe nichts dagegen, mich noch eine Ewigkeit mit ihr zu unterhalten. Jetzt, wo sie endlich spricht. Leise zwar, aber sie spricht!

»Erstes-Mal-Liste?«

»Wir sollen hier jeden Tag etwas Neues ausprobieren, um unsere Kreativität zu füttern. Ich bin da maximal unkreativ, so ein Ausflug in die Welt des Sprayens wäre das Highlight meines Journals.«

»Spannend«, überlege ich. Immer wieder etwas Neues zu tun hört sich anstrengend an. Andererseits wird man so aus seinem Trott herausgerissen und erhält die Chance, etwas von einer neuen, einer anderen Seite zu betrachten. »Vielleicht sollte ich das auch mal probieren.«

»Schadet ja nichts«, murmelt Paulina.

Unser Gespräch gerät ins Stocken, Paulinas Gedanken scheinen in eine andere Welt abzudriften. Ich wüsste zu gern, wo sie gedanklich gerade steckt. Ob sie über mich nachdenkt? Unser Gespräch? Oder die Geschichte, an der sie gerade arbeitet?

»Was ist mit dir? Seit wann schreibst du?«

Es dauert eine Weile, bis sie mir antwortet. Aber das Lächeln, das mit ihren Worten auf den Lippen liegt, mag ich.

»Mhm, ich glaube, bei meiner ersten Geschichte war ich fünf. Sie handelte von einem Tausendfüßler, der achthundertfünfundvierzig Füße hatte. Und ein Holzbein.«

Ich lache auf und ein schüchternes Lächeln huscht über Paulinas Gesicht.

»Ich würde gern mehr von dir lesen«, gebe ich leise zu und hoffe, ich verschrecke sie nicht mit dem Wunsch. Aber vielleicht könnte ich Paulina besser kennenlernen, wenn ich in ihre Geschichten eintauche.

»Ich würde gern mehr Zeichnungen von dir sehen.«

Erstaunlicherweise ist ihr Blick fest. Er ist herausfordernd und doch auf eine ganz besondere Art sanft und freundlich. Ich schlucke, da dieses Mädchen so anders ist als beispielsweise Selina, die immer nur von mir bewundert werden wollte, aber kein Interesse an einer ernsthaften Unterhaltung hatte. Entgegen meinem ersten Eindruck wirkt Paulina stark. Sie scheint genau zu wissen, was sie will. Es gefällt mir, dass sie sich nicht hinter einem Problem versteckt, das für sie ja vielleicht auch gar keines ist. Wer weiß schon, was in ihr vorgeht? Sie scheint jedenfalls ganz gut mit ihrer Situation klarzukommen.

»Was hältst du von einem Deal? Du lässt mich deine Geschichte lesen. Und im Gegenzug zeichne ich dir das, was mir dazu einfällt.« Ich lege den Kopf schief, ziehe die Augenbrauen hoch und spüre, wie sich bei diesem Vorschlag mein Puls beschleunigt. Es ist gewagt, ihr das vorzuschlagen, ein bisschen verrückt. Aber mir gefällt die Idee. Es ist etwas Neues, etwas, das ich noch nie getan habe.

Paulina schaut mich aus ihren schokobraunen Augen lange an. Es ist, als würde sie allein durch diesen Blick überprüfen, ob sie mir trauen kann. Für mich ist es absolut ungewohnt, einer fremden Person einen Einblick in meine Seele zu gewähren. Ich bin geübt darin, andere abzublocken, eine Rolle zu spielen. Zu funktionieren nach Spielregeln, die andere aufgestellt haben. Oder auch gegen diese Regeln komplett zu verstoßen, einfach, um irgendwo dazuzugehören.

»Abgemacht.« Sie streckt mir ihre Hand entgegen.

Es ist das erste Mal, dass ich Paulina bewusst berühre. Und das Gefühl, das mich in diesem Moment durchzuckt, werde ich wohl nie wieder vergessen.

Kapitel 13: Tanzen

Paulina

Dieses ganz und gar dämliche Grinsen bekomme ich auch die nächsten Tage nicht aus dem Gesicht gewischt. Unglaublich, welche Motivation ich allein aus dem Gedanken ziehe, dass Adrian meine Worte in einem Bild widerspiegeln möchte. Es ist nicht so, dass diese Arbeitsweise neu für mich wäre. In der Akademie gibt es oft Teams über Kunstgrenzen hinaus. Da schreiben wir Texte zu Musikstücken, tanzen zum Rhythmus von Gedichten oder verwandeln Kunst in Worte. Experimente bin ich gewohnt. Doch mit Adrian gemeinsam an meiner Geschichte zu arbeiten fühlt sich anders an. Obwohl wir uns erst seit ein paar Tagen über Vicky und Danijel austauschen, ist es, als könnte er genau sehen, was sich in meinem Kopf abspielt. Seine Zeichnungen sind ein Abbild meiner Gedanken. Bisher habe ich mich nie verstandener gefühlt als in den Stunden, in denen Adrian und ich im Schreibzimmer sitzen und ich meine Gedanken in Worte gieße. Und Adrian diese in Bildern wiedergibt.

Ich verliebe mich in jede einzelne seiner Zeichnungen. In jeden Strich. Ich verliebe mich in das Lächeln, das an seinen Lippen zupft, während er gedankenversunken über seinen Zeichnungen sitzt. Inzwischen hat er das vergilbte und verknitterte Papier durch einen Skizzenblock ersetzt. Den abgebrochenen Bleistift gegen Kohlestifte. Hätte er sich nicht selbst besseres Equipment besorgt, wäre ich zu Eugen Herford, dem Studienleiter für Kunst, gegangen und hätte vorgegeben, ich selbst wolle etwas zeichnen.

Meine Schultern sind vom ständigen Schreiben und Rumsitzen schon ganz verspannt, mein Nacken schmerzt. Dagegen konnte auch der tägliche Frühsport nicht viel ausrichten und so habe ich allzu gern Nias Bitten nachgegeben. Für ihre Choreografie brauchte sie ein Versuchskaninchen, jemand, der nicht fürs Tanzen geboren ist. Jemanden wie mich. Ich mag es, mit Nia zusammenzuarbeiten. Sie ist eine gute Trainerin und eine noch bessere Choreografin. Ihre Schrittabfolgen kann sogar ich tanzen. Und sie schafft es immer, dass ich mich dabei wohlfühle und meine Bewegungen im Spiegel gebannt verfolge.

Ein besonders toller Nebeneffekt der Arbeit mit Nia ist, dass wir jede Menge Spaß haben. Vom vielen Kichern und Herumalbern tut mir der Bauch schon weh. Aber noch habe ich nicht genug davon, mich zu bewegen. Mein Kopf fühlt sich so frei an, die Gedanken wirbeln darin herum wie in einer Zentrifuge. Ich mag das Gefühl, dass darin viel los ist.

»Ich mach Feierabend für heute. Genug getanzt.« Meine Freundin stürzt den restlichen Inhalt ihrer Wasserflasche in einem Zug hinunter und wischt sich anschließend ein paar Wassertropfen von den Lippen. Ihre Wangen glühen, ihre Atmung geht schnell. Auf ihrem hellgrauen T-Shirt zeichnen sich vereinzelt Schweißflecken ab. Sie ist schon den ganzen Tag hier und sicher froh, endlich die Beine hochlegen zu können.

»Ich dachte, man kann vom Tanzen nie genug kriegen?«, wiederhole ich ihre Worte und grinse sie frech an.

»Im Vergleich zu dir habe ich schon acht Stunden mehr Bewegung in den Knochen. Aber du kannst ja gern bleiben und versuchen aufzuholen. Die Choreo kriegst du ja jetzt ohne mich hin.«

Sie dreht sich um und winkt mir über die Schulter zum Abschied zu. Kurz überlege ich, ob ich auch zurück in mein Zimmer gehen soll. Aber dort wartet nur der Laptop. Es dauert noch viel zu lange, bis endlich Abendessenszeit ist und ich danach wieder mit Adrian an meiner Geschichte arbeiten kann. Zeit, in der ich nur extrem nervös werde, wenn ich sie tatenlos in meinem Zimmer verbringe.

Also schalte ich die Musik wieder an und versuche mich an die Choreografie zu erinnern, die mir Nia heute beigebracht hat. Ich liebe die sanften Klänge der Musik, ein Stück, das ich bislang in keiner Radiosendung gehört habe. Dabei klingt die Stimme der Sängerin so hitverdächtig, dass ich mich wundere, warum ich sie nicht kenne. Sie hat etwas ganz und gar Ungewöhnliches, etwas, das aus einer längst vergangenen Zeit stammen könnte. Und doch sind die Melodie und die Instrumentalisierung modern, sodass es sich nur um ein aktuelles Lied handeln kann.

Alt und neu. Laut und leise. Schnell und langsam. Die Kontraste ziehen sich durch Nias Choreo. Weiche, fließende Bewegungen, die wie Wellen durch meinen Körper fließen. Blitze, die meine Glieder zucken lassen. Ich laufe und springe, rolle mich ein und drehe mich wieder und wieder um meine eigene Achse, bis mir ganz leicht ums Herz und schwindelig ist. Ich liebe die Unbeschwertheit, die mir das Tanzen schenkt, die Leichtigkeit. Die starren Formen der Choreografien geben mir Halt. Die weichen Bewegungen verleihen mir Flügel. Ich fühle mich frei, so unendlich frei. Und wenn ich die Augen schließe, kommt es mir fast so vor, als könnte ich fliegen.

Ich stelle das Stück auf Dauerschleife. Ein, zwei, drei Mal tanze ich die Choreografie durch, verliere mich in der lieblichen Stimme der Sängerin, deren Namen ich längst vergessen habe. Aber ihr Gesang geht mir tief. So tief.

Ich drehe mich, drehe mich, drehe mich. Und springe. Hoch, weit. Mache mich klein und verharre. Mein Atem geht schnell. Ich atme ein, warte auf den nächsten Einsatz, lausche der Musik, um ihn nicht zu verpassen. Der Rhythmus pulsiert in mir.

Klapp, klapp, klapp.

Ich zucke zusammen. Diese Geräusche waren in den vorherigen Durchläufen nicht da. Sie passen nicht zur lieblichen Musik, durchschneiden sie. Laut und dröhnend.

Im Spiegel sehe ich einen Schatten hinter mir. Dunkel, bedrohlich, ich halte die Luft an, drehe mich mit einem Ruck um. Unfähig zu schreien, unfähig zu verschwinden.

Dann fällt alle Anspannung von mir ab. Adrian tritt aus dem Schatten des Türrahmens. Er lässt die Hände sinken, in die er bis vor wenigen Augenblicken geklatscht hat. Seine dunklen Augen leuchten, seine Lippen deuten ein Grinsen an.

»Ich wusste nicht, dass du hier bist«, entschuldigt er sich. »Wow, das war … Gibt es eigentlich irgendetwas, das du *nicht* kannst?«

Ich spüre, wie mir die Röte ins Gesicht schießt. Natürlich freue ich mich, dass Adrian mich so sieht. Aber im Vergleich zu all den anderen Tänzern und Tänzerinnen, die hier studieren, wirke ich sicher wie eine ungelenke Puppe.

»Reden«, purzelt es mir über die Lippen. »Ich kann nicht gut reden.«

»Aber du redest doch mit mir. Und es scheint doch ganz einfach zu sein.«

Adrian wirkt zufrieden, dabei kann er nicht wissen, was es mich an Überwindung kostet, in seiner Gegenwart zu sprechen. An manchen Tagen gelingt mir das besser, an anderen ist jeder Satz, jedes Wort eine Qual. Aber egal wie meine jeweilige Tagesform auch ist, ich möchte es so sehr, dass ich dieses doofe Gefühl auf mich nehme. Um mit Adrian zu kommunizieren, mich auszutauschen, mitzuteilen. Um ihn kennenzulernen.

»Weißt du, die meisten Menschen labern nur. Aber wenn du sprichst, dann hast du auch etwas zu sagen. Ich finde das echt erfrischend.«

Noch mehr Komplimente ertrage ich garantiert nicht. Nicht so unvermittelt. Nicht von Adrian. Schnell schaue ich auf den Boden, ziehe mit meinen Tanzschläppchen Kreise auf das Parkett und weiß nicht, was ich darauf entgegnen soll.

»Du solltest Vicky auch tanzen lassen«, schlägt Adrian schließlich vor. »Es würde gut zu ihr passen.«

»Mhm.« Gedanken schießen mir durch den Kopf, aber es sind nicht die hellen Blitze, die für gewöhnlich die Szenen begleiten, in denen Vicky die Hauptrolle spielt. Diese sind düster. »Gute Idee. Aber ich werde Danijel tanzen lassen.«

Adrian zieht eine Augenbraue hoch und schaut mich an. »Ernsthaft?«

Ungläubig lache ich auf und schüttle den Kopf. Das kann er nicht wirklich so meinen. Nicht Adrian. Nein, er ist nicht so angestaubt, dass er Menschen in jahrhundertealte Rollen steckt! »Glaubst du etwa, nur Mädchen können tanzen? Hey, schieb mal deine Klischeeschublade mit Karacho zu und komm!« Ich eile zur Stereoanlage und klicke darauf das Lied, zu dem ich den ganzen Mittag getanzt habe, an.

»Komm!« Ich strecke meine Hände nach Adrian aus, während ich auf ihn zustürme. Panisch weiten sich seine Augen, als ihm dämmert, was ich vorhabe. Er schüttelt unentwegt den Kopf und taumelt rückwärts, doch ich bin schneller bei ihm und greife nach seinen Armen. Als sich unsere Haut berührt, ist es, als hätte uns ein Stromschlag durchzuckt. Wir schrecken beide auseinander und schauen uns an. So nahe bei ihm zu stehen und ihm direkt in die Seele zu blicken, ist das Intensivste, das ich bislang gespürt habe. Ich atme, mein Herz pocht, ich lebe. Und doch ist es, als wäre ich in diesem Augenblick in einem anderen Universum. Gefangen im Blick meines Gegenübers.

Es ist Adrian, dessen Mundwinkel schließlich zucken und ein Lächeln andeuten. Er nickt zur Tanzfläche und ich weiß, dass ich erreicht habe, was ich wollte. Ich werde Adrian zeigen, dass Tanzen die absolut perfekte Bewegung für Danijel ist.

Mein Herz rast, es stolpert und pocht unglaublich kräftig, als ich gefolgt von Adrian auf die Tanzfläche laufe. Plötzlich überkommt mich die Nervosität. Was habe ich mir nur dabei gedacht, ihn so herauszufordern? Ich kann das nicht. Ich will das nicht. Doch bevor mich meine Selbstzweifel auffressen können, legt Adrian eine Hand auf meine Schulter. Nur ganz leicht, aber es hilft mir, mich aus meiner Gedankenspirale zu holen und wieder zu mir selbst zu finden.

Ich schließe für einen winzigen Moment die Augen. Dann schenke ich ihm ein Lächeln und schüttle meine Arme aus.

»Du musst die Musik spüren«, sage ich leise und bin mir nicht sicher, ob er es überhaupt gehört hat. »Schließ die Augen und konzentrier dich einfach nur auf den Beat.«

Nach einem langen Blick senkt Adrian die Lider. Er steht unbewegt da, nur sein Brustkorb hebt und senkt sich bei jedem Atemzug.

Ein Lächeln zupft an meinen Mundwinkeln. Ich mag es, dass ich Adrian endlich ganz unverhohlen anschauen kann. Ohne Angst zu haben, dass er mich beim Schmachten erwischt. Mein Blick gleitet über seine hohen Wangenknochen, die ihm irgendwie einen asiatischen Touch verleihen. Seine

Haut ist glatt, als hätte er sich erst vor Kurzem rasiert. Sie sieht ganz weich aus und ich ertappe mich selbst bei dem Wunsch, sie zu berühren.

Seine dunklen glatten Haare fallen ihm in die hohe Stirn und es ist nicht das erste Mal, dass ich sie gern zur Seite streichen möchte, damit er sich nicht dahinter verstecken kann.

Seine Gesichtszüge wirken oft hart. Ich weiß, dass er selten lächelt, aber wenn er es tut, dann sehen seine weichen Lippen noch viel schöner aus. Vielleicht ist er nicht der Typ, dem man gleich eine Modelkarriere andichtet. Aber er hat etwas, das ich sehr anziehend finde, das mir ausgesprochen gut gefällt.

»Und jetzt?«, reißt mich Adrian aus meinen Gedanken.

Ich räuspere mich schnell. Jetzt fühle ich mich doch irgendwie ertappt.

»Äh, ja.« Ich schaue mich panisch um, finde aber in dem von unzähligen Spiegeln gepflasterten Raum keine Antwort. »Jetzt bewegst du dich zur Musik.«

Adrian reißt die Augen auf und grinst mich schief an, als hätte ich einen ganz schlechten Scherz gemacht. »Aha. Und wie soll das gehen?«

Er verdreht die Augen und stemmt die Hände in die Hüften.

Ich seufze, da ich selbst einsehe, dass das so nichts bringt. Also trete ich einen Schritt auf ihn zu. »Augen zu. Und nicht erschrecken.«

Ganz vorsichtig berühre ich seine Hände, umschließe seine Handgelenke wie in Zeitlupe. Die Berührung seiner Haut brennt auf meinen Fingern und es fühlt sich an, als wäre das, was wir hier tun, verboten. Ist es aber nicht. Ich zeige Adrian nur, wie man tanzt, wie es sich anfühlt, sich in der Musik zu verlieren, die Töne durch den Körper rauschen zu lassen und sich den Melodien hinzugeben. Oder?

Zaghaft lege ich seine Hände auf meine Hüften. Er lässt es geschehen, selbst seine Mimik lässt nicht erkennen, ob er das, was ich gerade mache, seltsam findet. Hinter seinen geschlossenen Lidern zuckt es, aber seine Gesichtszüge sind entspannt. Ich schiebe meine Nervosität beiseite, nehme meine Hände von seinen und lege sie zaghaft auf seine Schultern. Adrian so nahe zu sein, ist seltsam und wunderschön zugleich. Dabei berühren wir uns kaum. Zumindest nicht körperlich.

Ich atme ganz flach, aus Angst, sein Geruch könnte mich komplett überfordern. Langsam fange ich an, mich zur Musik zu bewegen. Ich schließe die Augen, lasse es zu, dass mich die Melodie komplett ausfüllt. Dass sie mein Herz erfüllt und Wärme durch meinen Körper strömt. Wärme und noch etwas. Das Gefühl, das mich in diesem Augenblick mit voller Wucht trifft, ist mir unbekannt. Ist es Sehnsucht?

Egal welchen Namen es auch trägt, es fühlt sich fast unwirklich an. Wunderschön und zeitgleich ist dieses Ziehen auch schmerzhaft. Ein leiser Schmerz, ein süßer. Ungewohnt. Und auf eine ganz widersprüchliche Art nicht unangenehm.

Adrian steht noch immer ganz still. Ich spüre seine Überforderung, sein Zögern. Auch für ihn scheint diese neue Nähe ungewohnt zu sein. Dass er nicht gleich mit irgendwelchen coolen Sprüchen um sich wirft und das Kommando übernimmt oder gar diese Situation ausnutzt, gefällt mir. Sehr.

»Du musst loslassen«, flüstere ich und hoffe, die Musik trägt meine Worte in sein Herz. »Vertrau mir!«

Zögerlich und etwas steif beginnt Adrian, sich von einem Bein auf das andere zu wiegen. Man merkt, dass er es nicht gewohnt ist, seinen Körper zu bewegen. Nicht auf diese Art, wie es die Musik erfordert. Es fehlt die Leichtigkeit, die Geschmeidigkeit und augenblicklich überkommt mich der Drang, ihm zu helfen. Ihn das fühlen zu lassen, was ich beim Tanzen empfinde. Ich bin mir sicher, Adrian würde dann verstehen, dass Tanzen kein Geschlecht hat. Dass es Männern wie Frauen gefallen kann. Dass es Spaß macht und einen tief berühren kann, wenn man es zulässt. Sogar zutiefst befriedigen kann.

»Gut«, sage ich, öffne die Augen und bin nicht darauf vorbereitet, dass ich mich direkt in Adrians Blick verliere. Mein Puls beginnt zu rennen. Das Schwarz seiner Iris ist intensiv, wunderschön. Ich versuche mich zu erinnern, ob ich jemals einen Menschen getroffen habe, dessen Augen so dunkel waren. Es gelingt mir nicht. Es ist, als wäre in meinem Kopf ein riesiges Vakuum, einzig mit der Erkenntnis gefüllt, dass ich hier mit Adrian stehe. Ganz nah.

Die Musik hört sich weit entfernt an, wie ein Echo hallt sie in meinem

Herzen nach. Doch das Rauschen des Blutes in meinen Ohren übertönt alles. Es wird nur durch das laute und viel zu schnelle Pochen meines Herzens unterbrochen.

Ich blinzle, aber Adrian schaut mich noch immer an. Er wirkt ernst und auf eine wunderschöne Art sanft. Ein leises Lächeln umspielt seine Mundwinkel und lässt ihn weicher aussehen. Freundlicher. Ich kann nicht genug davon bekommen, ihn anzuschauen. Kann den Blickkontakt nicht unterbrechen, die Nähe. Und Adrian scheint es ganz genauso zu gehen.

Doch die Intimität des Moments wird durch hallende Schritte unterbrochen.

»Nia hat mir gesagt, dass du hier steckst.«

Adrian und ich lösen uns blitzartig voneinander. Wie Teenies, die beim Knutschen erwischt wurden, wenden wir uns peinlich berührt voneinander ab. Hitze steigt mir ins Gesicht und ich brauche einen Moment, bis ich meinen Blick heben und ihn Dean zuwenden kann.

Der steht wie angewurzelt da, schaut zwischen Adrian und mir hin und her und wedelt schließlich in Adrians Richtung.

»Was …?« Er räuspert sich und ringt offensichtlich nach den passenden Worten. Schließlich läuft er ein paar Schritte weiter auf mich zu. »Ähm, was war das?«

Unsicher zucke ich mit den Schultern, schaue zu Adrian, dessen Mimik wie versteinert wirkt. Sein Blick ist kalt und schneidend und er trifft Dean. Der scheint davon wenig beeindruckt zu sein.

Mein Schreibbuddy reckt die Schultern und stellt sich neben mich. »Da vorn auf dem Gang habe ich Scherben gesehen. Du kümmerst dich besser drum, dass sie wegkommen, bevor sich jemand verletzt.«

»Dean!« Ich kann nicht glauben, dass er Adrian so von oben herab behandelt.

»Was denn? Das ist doch sein Job als Putze.«

Wut brodelt in mir, unzählige fiese Worte formen sich in meinem Kopf zu wilden Beschimpfungen. Doch bevor auch nur eines über meine Lippen kommen kann, spüre ich Adrians Hand auf meinem Unterarm. Es fühlt sich an, als würden sich Tausende Nadeln in meine Haut bohren. Nur ganz leicht.

»Lass' gut sein, Paulina.« Er beugt sich zu mir runter, so nah, dass sein Atem über mein Gesicht streift. Unsere Wangen berühren sich fast, ich kann die Wärme seiner Haut fühlen. »Sehen wir uns nachher? Selbe Zeit, selber Ort wie immer?« Sein Flüstern legt sich wie eine kuschelige Decke über mich. Es ist so sanft, fast schon zärtlich, dass ich erschaudere.

Als er sich zurückzieht, nimmt er meinen Blick gefangen und streift leicht wie ein Flügelschlag mit seinen Fingern über meine Wange. Ich starre ihn an, nicke wie ferngesteuert und kann nichts dagegen tun, dass mir der Mund aufklappt. Ich sehe, wie er Dean im Vorübergehen angrinst und triumphierend die Augenbrauen hebt. Da wird mir klar, welches Spiel die beiden gerade spielen. Und dabei werde ich ganz sicher nicht mitmachen.

Kapitel 14: Das kleine Reich

Adrian

Frisch geduscht mache ich mich auf den Weg in den Schreibraum. Ob Paulina schon da ist und sogar auf mich wartet? Ich brenne darauf, mehr über Danijel und Vicky zu erfahren. Aber noch mehr freue ich mich, Paulina endlich das Zimmer im Dachboden zu zeigen, das ich während der letzten Tage etwas aufpoliert habe. Es ist noch nicht fertig, aber schon jetzt ist es gemütlicher als der Raum, in dem Paulina immer schreibt, um ihre Ruhe zu haben.

Pfeifend biege ich um die Ecke und will gerade die angelehnte Tür aufreißen, als ich Stimmen darin vernehme. Abrupt halte ich in meiner Bewegung inne, da Paulina bislang um diese Uhrzeit immer allein hier war.

»Ich will mich nicht streiten, Dean.«

Ah, der Vollpfosten schleicht wieder um Paulina herum. Hätte ich mir denken können, nachdem er sich zum wiederholten Mal als ihr Freund aufgespielt hat, während sie mit mir zusammen war.

»Dann tu es nicht.« Paulina seufzt theatralisch. »Mann, Dean. Ich verstehe einfach nicht, wo dein Problem liegt.«

»Mein Problem? Ernsthaft? *Er* ist das Problem!«

Mir ist bewusst, dass Lauschen eine ganz dumme Angewohnheit ist. Aber es interessiert mich zu sehr, was dieser Idiot zu sagen hat. Außerdem geht es ja offensichtlich um mich.

»Du bist echt unglaublich, weißt du das? Du kennst ihn doch noch nicht einmal.« Irgendwie klingt Paulina hysterisch.

»Mir reicht schon, was ich über ihn gehört habe.«

»Ich hätte erwartet, dass du nicht so beschränkt bist und dem Obertratschweib Melissa alles abkaufst, was sie den lieben langen Tag an Müll von sich gibt.«

Oh, da scheint Paulina ja jemanden nicht sonderlich gut leiden zu können.

»Tja, manches davon entspricht sicher der Wahrheit. Oder warum taucht der Kerl hier plötzlich auf? Kann mir niemand erzählen, dass er freiwillig hier ist, um seinem Onkel zu helfen. Das stinkt bis zum Himmel, Paulina.«

»Und selbst wenn … Was geht es dich denn an, mit wem ich meine Zeit verbringe?«

»Mensch, Pauli, ich mach mir doch nur Sorgen und will nicht, dass dir jemand wehtut.«

Die Stimme des Kerls ist so gewollt süß, dass einem fast schlecht davon wird. Auf diese Masche wird Paulina doch hoffentlich nicht reinfallen.

»Ich brauche keinen Beschützer, Dean. Das solltest du inzwischen wissen. Ich regle meine Dinge gern allein.«

Wow! Das hätte ich Paulina nicht zugetraut. Zwar spüre ich eine Stärke hinter ihrer unsicheren Art, aber noch kann ich nicht ganz hinter ihre Fassade schauen. Jedenfalls sollte ich es mir dringend merken, dass sie es offensichtlich nicht leiden kann, wenn man sie für schwächer hält, als sie tatsächlich ist.

»Jetzt würde ich gern schreiben. Allein!«

Es dauert einen Augenblick, bis ich wieder ein Geräusch vernehme. Das ist wohl der Zeitpunkt, an dem ich mich entweder verpissen oder aber bemerkbar machen sollte. Ich entscheide mich für Letzteres, drücke die Klinke und platze in die soeben beendete Unterhaltung.

»Hey«, sage ich und bemühe mich so zu tun, als hätte ich von dem Gespräch nichts mitbekommen. »Oh, du schon wieder.«

»Gibt es nicht noch irgendeine Drecksarbeit, die du erledigen kannst? Musst du immer bei uns Studenten herumschleichen? Falls du es noch nicht gerafft hast: Das hier ist *unser* Revier. Und du, du bist dafür da, alles sauber zu halten. Und zwar möglichst unsichtbar.«

Ich schlucke. Ja, dieses Arschloch hat recht, dass er und auch Paulina in einer anderen Liga spielen. Dass ich Abschaum bin. Dass ich es nicht verdient habe, hier zu sein. Aber das werde ich gewiss nicht zugeben. Wer

Schwäche zeigt, hat bereits verloren. Das habe ich auf der Straße viel zu früh gelernt.

»Falls du es noch nicht gerafft hast, bin ich derjenige, mit dem sich Paulina verabredet hat. Und nicht du. Also zieh Leine!«

Der Hüne baut sich vor mir auf, aber wenn er glaubt, das beeindruckt mich, hat er sich geschnitten. Ich habe schon ganz andere Kaliber platt gemacht. Kämpfe gewinnt man nicht mit Muskeln, sondern mit dem Kopf. Und diesen Punkt unterschätzen die Menschen gern, wenn sie mich sehen.

»Okay, das ist wohl der Moment, wo ich verschwinde.«

Paulina drängt sich an uns vorbei und stürmt – den Laptop unterm Arm – aus dem Zimmer. Ungläubig starre ich ihr hinterher.

»Depp!« Ich fixiere den blonden Wikinger-Verschnitt kurz und laufe dann Paulina hinterher.

»Paulina, warte!« Sie geht in Richtung Ausgang, und bis ich sie eingeholt habe, stehen wir beide auf dem kiesigen Innenhof. Kühle Luft schlägt uns entgegen und ich atme einmal tief ein, um Sauerstoff in meine Lunge zu saugen. »Es tut mir leid, es –«

»Was ist in euch gefahren? Dean führt sich wie der allerletzte Machoarsch auf und steckt Leute in Schubladen. Das tut er sonst nie! Und du –«

»Ich?«, hake ich nach. Jetzt bin ich neugierig, was sie so auf die Palme bringt. Sie schlingt die Arme um den Körper und klemmt dabei den Laptop geschickt unter ihren Unterarm. Gedankenverloren scharrt sie mit dem linken Fuß über den Boden und ringt wieder einmal nach Worten.

»Du ... Ich mag es nicht, wenn du so bist.«

»Wie bin?«

»Na so. So kalt und berechnend.«

Ich schlucke. Lasse Paulinas Worte in mich sacken. Sie gehen tief und ich schüttle den Kopf, in der Hoffnung, dass die wirren Gedanken endlich an ihren Platz zurückkehren.

»Ich ... Es ... Hör zu, dein Freund hat recht. Ich ... na ja, ich gehöre hier nicht her, ich sollte dich nicht ständig nerven ... und ...«

»Dean.«

Ich schaue sie fragend an, vergrabe die Hände in den Hosentaschen und zucke mit den Schultern.

»Er heißt Dean. Und er ist *nicht* mein Freund. Jedenfalls nicht so, wie du denkst. Und nein, er hat nicht recht. In meiner Welt fragt man nicht danach, was jemand ist. Sondern *wer* man ist. Mir ist es egal, ob du Abi hast oder die Schule nie besucht hast. Ob du Erzieher, Börsenmakler oder Hundefriseur bist. Für mich zählt nur, ob du ein guter Mensch oder ein Arschloch bist. Denn mit Arschlöchern möchte ich meine Zeit nicht verbringen. Also: Bist du ein Arschloch?«

Mein erster Gedanke ist, dass ich zu gern die Wörter gezählt hätte, die Paulina gerade in einem Rutsch gesprochen hat. Aber dann bleibe ich an der alles entscheidenden Frage hängen: Bin ich ein Arschloch?

In rasender Geschwindigkeit spielen sich die unterschiedlichsten Filme in meinem Kopf ab. Es gab viele Begebenheiten, wo ich die richtige Entscheidung getroffen habe. Anderes lief nicht so optimal. Ob mich das zum Arschloch macht? Das, was ich wirklich und zutiefst bereue, ist die Sache mit dem Remke. Dafür habe ich bezahlt und kremple nun mein komplettes Leben um, damit das niemals wieder passiert. Ich würde also sagen, dass ich auf einem guten Weg bin.

»Schwere Frage. Ich möchte jedenfalls keins sein«, sage ich wahrheitsgemäß.

»Das ist schon mal ein Anfang.«

Paulina wirkt noch immer aufgebracht. Ihre Schulter hat sie bis fast zu den Ohren gezogen, die Lippen fest aufeinandergepresst. Sie erschaudert und beginnt anschließend zu zittern.

Zeit, für einen Neuanfang. »Und jetzt?«

»Du hast dir deine Antwort offensichtlich gut überlegt. Ich glaube dir ... dein Glück.«

Ich kann nichts dagegen tun, dass ihre Worte mir ein leises Lächeln ins Gesicht zaubern. »Magst du noch schreiben? Oder soll ich –«

»Ja, lass uns wieder reingehen.«

Entschlossen dreht sie sich um und läuft zurück in das Zimmer, in dem noch immer die verletzenden Worte von Dean hängen, die mir deutlich sagen sollten: Ich gehöre hier nicht her.

Ich bleibe in der Tür stehen, betrachte Paulina, die sich an ihren Platz setzt und den Laptop aufklappt. Ich bin tierisch gespannt auf den Text, den sie über Danijel und Vicky geschrieben hat. Aber das muss warten.

»Eigentlich wollte ich dir gern etwas zeigen. Aber jetzt … Ich weiß nicht, ob du dazu noch Lust hast.«

»Katzen?«, fragt sie einsilbig.

Ich schüttle schnell den Kopf und lächle.

»Hundewelpen?«

»Nein, auch nicht.«

»Alpakas«?

»Nope!«

»Schade, ich liebe Alpakas.« Sie grinst schief.

»Ich werde es mir merken. Und jetzt komm!«

Fragend schielt sie zu ihrer Tasche.

»Nimm die Sachen ruhig mit, dann sparen wir uns einen Weg.«

Während sie mir durch das Labyrinth aus Fluren und Treppen folgt, überlege ich krampfhaft, über was ich mich mit Paulina unterhalten könnte. In Small Talk war ich nie sonderlich gut. Mir liegt dieses belanglose Gelaber nicht. Da schalte ich selbst auf Durchzug. Vielleicht geht es Paulina ja genauso. Vielleicht spart sie die wenigen Worte, die über ihre Lippen kommen, ja für die wichtigen Dinge auf. Für Dinge, die es wert sind, dass wir darüber reden. Und nicht solche Belanglosigkeiten wie das Wetter oder das Essen.

Mein Blick huscht immer wieder zu dem braunhaarigen Mädchen hinüber. Ich mag ihre warmen Augen, das dunkelbraune Haar. Ich mag die Art, wie sie ihre Lippen verzieht, wenn sie leise, aber so unendlich ehrlich lächelt. Wie jetzt. Was wohl gerade in ihrem Kopf vorgeht? Dort scheint nie Stillstand zu herrschen. Ich würde zu gern einen kleinen Blick hinter diese glatte Stirn werfen und herausfinden, welche Filme darin ablaufen. Als Autorin wird sie vermutlich eine blühende Fantasie haben.

Paulina räuspert sich und aus den Augenwinkeln schaut sie mich wissend an. Ich fühle mich ertappt und drehe meinen Kopf schnell weg, gebe vor, ich würde auf die Treppenstufen vor uns starren.

»Wir sind gleich da«, murmele ich und nehme zwei Stufen auf einmal, um etwas Abstand zwischen Paulina und mich zu bringen.

Als wir im Dachgeschoss des alten Klosters ankommen, werde ich immer unsicherer. Was habe ich mir nur dabei gedacht?

Ich zücke meinen Generalschlüssel und schließe die unscheinbare Tür auf, die in einen riesigen Raum führt. Als ich ihn entdeckt habe, war er vollgestellt mit alten Möbeln – Schreibtischen, Regalen, abgewetzten Betten, Matratzen. Dinge, die in der AcA wahrscheinlich niemals wiederverwendet werden würden. Ich habe Elio überzeugt, den Raum zu entrümpeln. Herausgekommen ist eine Oase, die einen tollen Blick auf die unterhalb der Anhöhe liegende Kleinstadt bietet.

»Hier.« Ich räuspere mich und bedeutet Paulina, dass sie eintreten soll. Schnell gehe ich zu der Lichterkette, die ich über die schweren alten Holzbalken geschlungen habe.

Paulina bleibt mit offenem Mund und großen Augen in der Tür stehen. Ihr Blick gleitet über das riesige Zimmer.

»Ich dachte … na ja, es ist etwas gemütlicher als das Schreibzimmer unten. Du könntest … Wenn du willst, kannst du hier schreiben.«

Als hätte sie meine Worte gar nicht wahrgenommen, läuft sie los. Andächtig nimmt sie das spärlich eingerichtete Zimmer in allen Einzelheiten wahr. Die Sachen habe ich überall in der Akademie zusammengesucht. Dinge, die in den unterschiedlichsten Räumen zwischengelagert waren.

Einen kleinen Schreibtisch habe ich vor eines der Fenster gestellt, weil ich inzwischen mitbekommen habe, dass Paulina gern am Tisch arbeitet, ihr Blick aber immer wieder nach draußen gleitet.

Paulina bleibt vor einer Zeichnung stehen, die ich für sie angefertigt und an die Wand gepinnt habe. Sie schaut kurz zu mir und lächelt mich an.

»Danijel«, haucht sie und streicht über das Bild. »Woher weißt du, wie ich ihn mir vorstelle?«

Ich zucke mit den Schultern, habe keine Antwort auf ihre Frage. Die Bilder sind einfach in meinem Kopf, sie entstehen ganz von allein mit den Worten, die Paulina mir zum Lesen gibt.

Als Paulina vor der hölzernen Schaukel steht, dreht sie sich zu mir um und grinst breit.

Ich räuspere mich. Ob sie mich für albern hält? Ich habe das Ding in einem der Schuppen gefunden und dachte sofort an Paulina. Irgendwie kann ich mir gut vorstellen, dass es Paulinas Fantasie beflügelt, hier mit Blick auf die Weite durch die Lüfte zu schweben.

Mit leuchtenden Augen setzt sie sich auf das graue Holz. Zaghaft schwingt sie hin und her, die Beine in Bewegung, den Blick auf mich geheftet.

»Ich weiß nicht, was ich sagen soll. Danke.«

Ich laufe zu ihr, nehme ihr die Tasche mit dem Laptop ab und lege sie auf den Tisch.

»Du kannst immer hierherkommen, wenn du Lust dazu hast, ja?«

Paulina nickt. Auf ihrem Gesicht liegt wieder dieser kindlich neugierige Ausdruck, den ich so mag. Sie scheint die Welt mit anderen Augen zu sehen.

»Vicky ... wenn du mir ein bisschen mehr von ihr erzählst, dann kann ich auch ein Bild von ihr zeichnen.«

Ich lasse mich auf die Matratze sinken, die ich mit ein paar Decken und Kissen zu einer gemütlichen Lümmelecke umgestaltet habe. Schnell knipse ich das warme Licht einer alten Nachttischlampe an, die ich auf ein kleines Regal gestellt habe. Der Lampenschirm ist so hässlich, dass er schon wieder etwas hat. Jedenfalls wird mir das Licht gute Dienste leisten, wenn ich hier sitze und zeichne.

Im Gegensatz zu Paulina arbeite ich nicht so gern am Tisch. Ich mag es gemütlich und habe schon früh begonnen, in den unmöglichsten Positionen zu zeichnen. Vielleicht war das Sprayen dann nur der nächste Schritt, eine neue Perspektive einzunehmen.

Paulina hievt sich von der Schaukel hoch und läuft leichtfüßig über den abgetretenen Teppich, den ich Elio abgeschwatzt habe und der seine besten Tage hinter sich hat. An einigen Stellen ist der Flor des orientalischen Musters bereits so abgewetzt, dass man die darunterliegenden Fasern deutlich sieht. Aber was Besseres war auf die Schnelle nicht aufzutreiben gewesen.

Sie läuft zum Tisch, schnappt sich ihre Tasche und kommt zu mir rüber. Ich schlucke und rutsche etwas zur Seite. Ohne viel Aufhebens setzt sich Paulina neben mich und ich nehme dankbar den Abstand wahr, den sie zwischen uns lässt. Es ist nicht so, dass ich ihre Nähe nicht mag. Aber ich kann nicht klar denken, wenn ich ihre Wärme spüre und ihr Geruch in meine Nase dringt.

Unwillkürlich rücke ich noch ein paar Zentimeter von ihr ab, winkle meine Beine zum Schneidersitz an und drehe mich so, dass ich sie sehen kann. Paulina kramt währenddessen ihren Laptop hervor und öffnet ihn.

»Ich könnte dir etwas von Vicky vorlesen, wenn du magst.« Sie räuspert sich und klingt dabei so zaghaft und abwartend, dass ich sie zu gern in den Arm nehmen würde. Warum nur macht ihr das Sprechen so große Probleme? Aber vielleicht braucht es dafür auch gar keine Erklärung. Manche Dinge sind einfach, wie sie sind.

»Wenn du möchtest«, antworte ich leise. Keinesfalls will ich sie zu etwas drängen, obwohl ich darauf brenne, ihrer Stimme zu lauschen und mehr über die Heldin ihrer Geschichte zu erfahren.

»Lesen fällt mir leichter als sprechen. Da sind die Worte vorgegeben.«

Ich nicke verständnisvoll, denn ich weiß einfach nicht, was ich darauf antworten könnte. Sprechen war für mich nie ein Problem. Es ist nicht ganz einfach nachzufühlen, was in Paulina vorgeht.

»Okay.« Wieder räuspert sie sich, setzt sich aufrecht hin und mir ist, als würde sie ein paar Mal tief ein- und ausatmen.

In der Zwischenzeit lasse ich mich nach hinten sinken, mache es mir in den Kissenbergen gemütlich und verschränke die Arme hinter dem Kopf. Wie kann ich es Paulina nur leichter machen? Vielleicht hilft es ihr, wenn ich entspanne und ihr nicht zu erwartungsvoll an den Lippen klebe.

Lippen. Bei dem Gedanken huscht mein Blick über diesen schön geschwungenen Mund. Wie weich er wohl ist? Wie warm? Schnell wende ich mich ab, denn ich fürchte, mir könnte die Frage, wie es wohl sein würde, Paulina zu küssen, ins Gesicht geschrieben stehen. Außerdem: Wie komme ich denn auf diesen Gedanken? Das Mädchen gefällt mir, aber …

Verwirrt von meinen Gefühlen rutsche ich auf der Matratze hin und her. Plötzlich ist mir viel zu heiß, dabei hat Paulina noch nicht einmal angefangen zu lesen.

Dennoch springe ich auf und eile zu einem der Fenster.

»Ich … du hast hoffentlich nichts dagegen … Luft«, stammle ich atemlos und reiße das kleine Dachfenster auf. Gierig sauge ich die frische Herbstluft auf, die vom Regen geschwängert ist und mir augenblicklich eine Gänsehaut über den Körper jagt.

Ich sehe, wie Paulina an ihrem Pulli zupft und daran riecht. Shit! Auch das noch. Jetzt denkt Paulina sicher, ich veranstalte ihretwegen diesen Affenzirkus. Tue ich ja auch. Dennoch ist es anders, als sie sicher denkt.

»Elio … experimentiert gerade mit Chili. Schätze, er hat diesmal ein bisschen viel in die Tomatensoße gekippt.« Sie zieht skeptisch die Augenbrauen zusammen. »Bestimmt rieche ich auch nach Knoblauch. Vielleicht … Ich glaube, es ist besser, wenn ich hier sitzen bleibe.«

Schnell ziehe ich mir einen der abgewetzten Sessel zum offenen Fenster und setze mich darauf. Noch immer liegt Paulinas kritischer Blick auf mir.

»Bin bereit«, sage ich daher schließlich und räuspere mich.

»Okay.« Endlich lässt Paulina den Blickkontakt abreißen und schaut auf ihren Bildschirm. Ich atme geräuschlos aus und versuche, das Chaos in meinem Kopf in den Griff zu bekommen.

»Okay, die Szene ist aus Danijels Sicht geschrieben.«

Sie legt noch eine Pause ein und als sie endlich beginnt, halte ich vor lauter Anspannung den Atem an.

»Danijel schob sich den letzten Krümel eines Schokoladen-Donuts in den Mund und schleckte genüsslich seine Finger ab. Endlich konnte er wieder wie ein ganz normaler Sterblicher umherlaufen und all die Dinge tun, die er schmerzlich vermisste, seit ihn der dunkle Fürst auf seine Seite gezogen hatte. Die Momente, die er auf der Erde verbringen konnte, waren die besten. Ihm fehlte das Essen in der Zwischenwelt. Der Genuss. Deshalb hatte er sich auch diesen Ort ausgewählt, um Vicky aus nächster Nähe zu betrachten. In ihrer Akte stand, dass das *Lemon* ihr Lieblingscafé war und sie sich hier öfter mit ihren Freundinnen traf. Sein Blick huschte immer wieder zu dem gläsernen Eingang.«

Paulina hebt den Blick und scheint zu kontrollieren, ob ich ihr noch zuhöre. Und wie ich das tue. Ich lächle sie an, nicke und bedeute ihr weiterzulesen.

»Und endlich kam sie, umringt von drei anderen Mädels, in den Innenraum des Cafés. Ihr Lachen drang bis zu Danijel und seine Finger schlossen sich automatisch fester um die Kaffeetasse. Mit Argusaugen verfolgte er jede ihrer Bewegungen. Der wippende Gang, das freudige Schlenkern ihrer Arme, die selbstbewusste Haltung ihrer Schultern. Sie ging aufrecht, ihre Augen leuchteten, die Haare glänzten. Normalerweise genügte ein Blick und seine Strategie stand fest. Er war gut darin, die Schwachstellen von Menschen herauszufinden. Deshalb schickte ihn der dunkle Fürst bei besonders kniffeligen Fällen los. Und Vicky war definitiv einer der schwierigeren Aufträge. Aber er würde ihre Achillesferse finden. Jeder Mensch war verwundbar. Er müsste nur Geduld haben, dann würde er auch herausfinden, wie er Vicky davon überzeugen konnte, ihrem Leben ein Ende zu setzen. Einem Leben, dass sie vielleicht bis zu diesem Moment für lebenswert hielt.«

Paulinas Stimme hängt in dem geräumigen Dachzimmer und füllt es aus. Sie ist so viel kräftiger, klarer, als wenn sie mit mir spricht. Ich brauchte einen Augenblick, um wieder in der Realität zu landen, als Paulina ihre Lesung beendet hatte. Mehr – ich will mehr erfahren von der düsteren Geschichte, will wissen, wie Danijel dieses lebensfrohe Mädchen auf seine Seite ziehen wird. Was ist das für eine Zwischenwelt? Und wer ist der dunkle Fürst?

»Es ist noch ... na ja, es ist ziemlich roh. Ich muss da noch mal drübergehen.« Paulinas Erläuterung klingt fast wie eine Entschuldigung. Sie schaut betreten auf den Laptop und wartet offensichtlich darauf, dass ich reagiere.

Sag etwas, Adrian, los! »Ich ... wow ... das ist ... Ich würde gern mehr hören.« Ich schüttle schier unmerklich den Kopf. Dieses Rumgestammel bestärkt sie sicher nicht darin, mir mehr vorzulesen. Und als hätte ich es geahnt, klappt sie ihren Computer zu.

»Ich … es ist spät, ich sollte langsam ins Bett.« Schon packt sie ihren Laptop in die Tasche. Dann hält sie plötzlich inne. »Danke für … na … für das hier alles. So etwas hat noch nie jemand für mich gemacht.« Ihr Mundwinkel zuckt schüchtern, ihre Wangen haben einen zarten Rosaton angenommen, was ihr wirklich gut steht.

»Wir können uns ja ab jetzt abends hier treffen«, schlage ich schnell vor und merke erst, als ich den Satz gesagt habe, dass ich mal wieder viel zu forsch vorgehe. Als wäre es selbstverständlich, dass wir von nun an jeden Abend zusammen verbringen. Paulina muss auch denken, ich wäre megaverzweifelt.

»Gern.«

Dieses eine zarte Wort lässt mich erleichtert ausatmen. Doch plötzlich ist die Nervosität wieder da, denn mir ist allzu bewusst, was das bedeutet: Ich werde Zeit mit Paulina verbringen. Allein.

Kapitel 15: Schauspielerei

Paulina

Der Hengst hat uns alle zusammengetrommelt und selbst Dean hat sich aus seinem Sitzsack geschält, um unserem Prof für kreatives Schreiben den nötigen Respekt zu schenken. Im Kreis sitzen und stehen wir um unseren Lehrer herum. Der Zeitpunkt, dass er sich Gehör verschafft, ist ungewöhnlich. Normalerweise geht er zum Ende der Unterrichtszeit zu einzelnen Studenten, um punktuell an Texten zu arbeiten. Aber heute scheint er noch etwas auf dem Herzen zu haben.

Er räuspert sich, nimmt die dick umrandete Brille ab und dreht sie gedankenversunken in den Händen. Das tut er oft und so vermute ich, dass er sie wohl eher trägt, weil es für einen Schreiberling dazugehört und nicht, weil er sie tatsächlich benötigt.

»In diesem Semester haben wir uns eine Herausforderung für euch überlegt.«

Ein Stöhnen geht durch die Reihen und auch ich spüre das unangenehme Ziehen in meiner Bauchgegend, denn wenn Mattheo von *Herausforderungen* spricht, gab es bislang immer böse Überraschungen.

»Wir werden vor den Weihnachtsferien ein kleines Festival auf dem Campus veranstalten. Es wird öffentlich sein und da wir hier so viele kreative Köpfe sitzen haben, dachten wir, es wäre ganz spannend, die Rollen zu tauschen.«

Ich höre Dean neben mir ungläubig schnauben, während ich immer kleiner werde. Rollen tauschen … Das hört sich danach an, als sollten wir aus unseren bekannten Mustern gerissen werden. Etwas, das selbst für alle anderen schwierig ist. Für mich grenzt es allerdings an Horror. Ich schlucke und warte angespannt auf die Aufgabe, die Mattheo uns stellen wird.

»Es wird ein Theaterstück geben.« Kurzzeitig atme ich auf. Wahrscheinlich werden wir statt der Prosatexte ein Drehbuch schreiben. Etwas, das ich zwar noch nie getan habe, aber schon hinbekommen werde. Ein freudiges Lächeln legt sich auf meine Lippen und ich schaue gespannt zu Dean hoch. Der scheint die Kurve aber noch nicht bekommen zu haben.

»Die Aufgabe an euch sieht wie folgt aus: Ihr werdet für das Bühnenbild verantwortlich sein. Und ich will, dass es alles, was die Schule je gesehen hat, in den Schatten stellt. Werdet kreativ, sprengt die Normen, wachst über euch hinaus. Grenzen gibt es nicht und deshalb erwarte ich, dass ihr alles vergesst, was ihr im Grundstudium in Kunst gelernt habt.« Mattheo legt eine Kunstpause ein. »Was sagt ihr?«

Ich schaue mich im Klassenzimmer um und als hätte Mattheo einen Schalter umgelegt, weicht das erste Entsetzen einer Begeisterung, die ich nicht nachempfinden kann. Ausgerechnet Kunst! In keiner anderen Fachrichtung, die an der AcA unterrichtet wird, fühle ich mich unzulänglicher. Gut, schwieriger wäre wohl noch ein Platz im Orchester geworden. Da ich kein Instrument spiele, hätte ich wohl passen müssen.

»Ich werde euch in Kleingruppen einteilen, um Ideen und erste Entwürfe zu kreieren. Nach der Projektphase kippen wir eure Ergebnisse zusammen und entscheiden gemeinsam, welche wir davon umsetzen.«

Ich atme tief durch und spüre, wie der Druck nachlässt. Das hört sich nicht allzu schlimm an.

»Das soll allerdings kein Freibrief sein, sich zurückzulehnen und darauf zu hoffen, ein anderer würde das schon machen. Ich erwarte von jedem Einzelnen von euch vollen Einsatz!« Mattheo fixiert einige Kandidaten, die sich gern aus der Nummer rausziehen würden. Dann bleibt sein Blick an mir hängen und ich schlucke schwer, zwinge mich aber dazu, dem Drang wegzusehen zu widerstehen.

In einer rasenden Geschwindigkeit rattert er Namen herunter und bittet uns, uns während der verbleibenden Minuten in den Gruppen zusammenzufinden. Ich nehme gar nicht wahr, wie er mich erwähnt, und erwache erst aus meiner Parallelwelt, als mich Dean am Ellenbogen berührt und mich in eine Ecke zieht, in der bereits ein paar Leute auf dem Boden sitzen. Mein Blick huscht über die Köpfe, um mir einen Überblick zu verschaffen, mit wem ich zusammenarbeiten soll.

Da ist Lukas, ein ruhiger, recht introvertierter Kerl, mit dem ich bislang wenig zu tun hatte. Marit, die ein Faible für Pferdebücher hat und die besten Abenteuergeschichten spinnt. Und Melissa. Ich schlucke und drehe auf dem Absatz um.

»Was ist?«, raunt mir Dean zu und hindert mich daran, einfach davonzurennen, indem er sich vor mir aufbaut.

»Sie …«, flüstere ich mit zitternder Stimme.

Er folgt meinem Blick und zieht einen Mundwinkel hoch. »Komm schon, Paulina. So schlimm ist sie gar nicht.«

»Was?« Ich kann nicht glauben, dass ich das aus seinem Mund höre. Niemand auf dieser Schule ist bösartiger. Niemand versprüht mehr Gift als diese Zicke. Wäre sie nicht die Nichte der Direktorin, wäre sie wegen ihrer Gemeinheiten sicher schon von der Schule geflogen. Zu Toni war sie gemein, weil sie es auf Vincent abgesehen hatte. Über Adrian verbreitet sie Lügen und über mich habe ich sie auch noch nie etwas Nettes sagen hören. »Sie ist ein Miststück, Dean! Du weißt, dass ich Kunst hasse. Meinst du ernsthaft, ich würde in ihrer Anwesenheit nur ein einziges Wort rausbringen? Wohlwissend, dass sie sich gleich über mich lustig macht?«

»So ist sie nicht.«

Ich schaue ihn verständnislos an. Ist er in den Semesterferien auf den Kopf geknallt? Anders kann ich mir diesen Kommentar nicht erklären.

Ich dränge mich an ihm vorbei, doch Dean hält mich am Oberarm fest.

»Hey, Kneifen gilt nicht. Du weißt, dass der Hengst keine Ausnahmen duldet. Außerdem …« Er zaubert ein unwiderstehliches Lächeln auf seine Lippen und zwinkert mir zu. »Du und ich … gegen uns hat niemand eine Chance. Komm schon, lass mich nicht betteln!«

Ich hasse es, wenn er mich mit diesem Hundeblick anschaut und ich dadurch keine Argumente mehr finde, um auf meinem Standpunkt zu beharren. Also seufze ich theatralisch, schlinge meine Arme fest um mich und drehe mich zu der Gruppe um, die sich bestens zu unterhalten scheint. Melissa ist voll in ihrem Element und gibt irgendeine Anekdote zum Besten. Affektiert wirft sie eine Strähne ihrer blonden Haare über die Schulter. Ihr Blick streift mich. Nur für einen winzigen Moment, aber der genügt, dass ich mich daran erinnere, mich von niemandem in so eine Ecke drängen zu lassen. Sie hat keine Macht über mich. Ich werde es nicht zulassen, dass ich mich durch sie unzulänglich fühle. Dean hat recht: Mattheo würde es nicht gefallen, wenn ich ihn bitten würde, in eine andere Gruppe wechseln zu dürfen. Ich habe schon zu oft seine Gutmütigkeit ausgenutzt.

***

Schäumend vor Wut stapfe ich in mein Zimmer und werfe mich aufs Bett. Dabei ignoriere ich Lees fragenden Blick und drücke mir das Kissen auf den Kopf. Abtauchen, flüchten, einen Moment alles um mich herum vergessen. Was früher so einfach war, bringt heute keine Linderung, denn ich bin um Erfahrungen reicher. Heute weiß ich, dass nichts anders ist, wenn ich nach dieser kleinen Auszeit zurück im Hier und Jetzt lande. Aber ich kann nicht anders, kann nicht aus meinem Muster ausbrechen und der Welt die Stirn bieten. Mit Melissa zusammenzuarbeiten ist die Hölle! Und Dean ... Argh! Ein wütender Schrei löst sich und dringt aus meiner Kehle. Ich hoffe nur, das Kissen verschluckt meinen Ausbruch, aber schon spüre ich, wie Lee an dem Kissen zerrt.

»Was. Ist. Los?« Mit schreckgeweiteten Augen steht sie vor meinem Bett. In der einen Hand das Kissen, die andere hilflos herumfuchtelnd. Lee ist es offensichtlich nicht gewohnt, dass ich auch mal austicke.

»Melissa!«, spucke ich nur aus und ernte ein erleichtertes Lachen meiner Freundin.

Ohne auf eine Einladung zu warten, lässt sie sich auf mein Bett plumpsen und macht es sich gemütlich.

»Was? Warum lachst du?«

»Na ja, ich will nicht böse sein, aber sich mit dir anzulegen ist selbst unter Melissas Niveau.«

»Na, danke schön!«, sage ich trotzig. »Wie darf ich das denn jetzt verstehen?« Dabei dachte ich, Lee ist meine Freundin. Ihre Worte verletzen mich und automatisch ziehe ich mich vor ihr zurück.

»Mensch, Mäuschen! Du bist wie ein kleiner zuckersüße Welpe. Dich zu verspotten ist ... Es ist ... Na ja, das geht halt einfach nicht. Und du musst mir recht geben, dass es Melissa im Grunde nur darum geht, sich wichtig zu machen und jemand anderen abzukanzeln, um sich selbst größer zu fühlen.«

Ich nicke, denn im Grunde weiß ich, dass die Schuldiva unter Minderwertigkeitskomplexen leidet. Wir alle haben ein besonderes Talent und das hat einer der Scouts der AcA entdeckt. Darum sind wir hier. Nias Begabung ist das Tanzen, niemand kann einem Stein besser Leben einhauchen als Lee und kein Auge bleibt trocken, wenn Toni Geige spielt. Melissas einziges Talent ist dagegen, eine Tante zu haben, die hier etwas zu sagen hat. In keinem der Studiengänge der AcA ist Melissa herausragend. Nirgends sticht sie hervor. Außer, dass sie allseits als Giftspritze bekannt ist.

»Was hat sie denn vom Stapel gelassen?«, will Lee wissen und macht sich auf eine Runde Klatsch und Tratsch gefasst. Lee liebt es, Melissa herauszufordern, und macht sich ab und an den Spaß, ihr ein paar Brocken hinzuwerfen, auf die sich Melissa gierig stürzt.

»Sie ... ach, egal«, wiegle ich ab, weil ich zu weit ausholen müsste.

»Ich habe Zeit.« Sie grinst mich an.

Zeit – das erinnert mich daran, dass ich verabredet bin. Wenn ich nachher nicht mit knurrendem Magen in dem ausgebauten Dachboden sitzen und mich mit Adrians Schokoriegeln über Wasser halten will, sollte ich noch dringend einen Abstecher in die Mensa machen. Ich seufze. Egal wie ich es drehe und wende, ich habe keine Möglichkeit, mich weiter zu verkriechen. Nicht, wenn ich Adrian nachher noch sehen möchte.

»Lass uns essen gehen, ich erzähl dir auf dem Weg alles.«

Während wir durch die Flure der AcA laufen, lasse ich das Gruppengespräch Revue passieren. Lee lauscht meinen Worten und je mehr ich über Deans Idee nachdenke, das Bühnenbild zu sprayen, desto irrationaler wird meine Wut auf Melissa.

»Ich weiß nicht, was dein Problem ist. An deiner Stelle hätte ich Adrian schon lange danach gefragt, was es mit dem Sprayen auf sich hat. Eine bessere Gelegenheit, etwas auszuprobieren, gibt es wohl nicht. Ich sag nur ›erstes Mal‹!«

Lee zwinkert mir zu und ja, sie hat recht. Aber genau das ist auch das Problem. Adrian interessiert sich so für mich und meine Schreiberei, dass ich voll und ganz darin aufgegangen bin. Nur wenn ich allein in meinem Bett lag, drängten sich die Fragen auf. Ich wollte alles übers Sprayen wissen, wollte ihn fragen, ob er mir zeigt, wie es geht. Aber nie habe ich mich getraut und jetzt ... Wenn ich auf Melissas Vorschlag eingehe und Adrian frage, ob er uns hilft, sieht es so aus, als erhoffte ich mir einen Vorteil. Dabei interessiert es mich wirklich, was es ihm bedeutet.

»Hätte Melissa das nur nicht vorgeschlagen«, jammere ich und nehme mir eines der Tabletts. Wieder spüre ich das Unbehagen, das sich tief in meinem Bauch ausgebreitet hat, als sie Adrian mit ihrer zuckersüßen Stimme ins Spiel gebracht hat. Als wäre er ein großer Künstler und ich die einzige Kontaktperson zu diesem Sternchen, bat sie mich, ihn nach Tipps zu fragen. Ein klares Nein kam mir natürlich nicht über die Lippen. Aus Angst, sie könnte das zum Anlass nehmen, weitere Lügen über Adrian zu verbreiten.

»Tja, manchmal brauchst du einen Arschtritt, meine liebe Paulina. Blöd, dass es ausgerechnet Melissa war, die diese Idee hatte. Ich muss zugeben, dass ich etwas neidisch auf ihren Einfall bin, denn damit wäre ich dir zu gern selbst auf die Nerven gegangen.«

Sie streckt mir die Zunge raus und erntet von mir einen Klaps gegen den Oberarm.

»Tja, wie gut, dass du nicht müde wirst, mir zu sagen, dass ich mich von Adrian fernhalten soll. Somit könnt ihr mir beide auf den Keks gehen und euch sogar noch gegenseitig an die Gurgel springen.« Ich verdrehe theatralisch die Augen.

***

Das flaue Gefühl in meinem Bauch bleibt und kann auch durch die leckere Gemüselasagne, die Mathilda heute gezaubert hat, nicht vertrieben werden.

Ich schlecke die letzten Krümel des Nachtischs von meinen Fingern und starre in eine unbestimmte Ferne. Meine Freundinnen kennen das inzwischen von mir und lassen mich meist in meinem Paralleluniversum gedanklich ungestört umherwandeln. Heute würde ich mich über Ablenkung freuen, denn immer wieder suche ich nach einer Ausrede, um Adrian nicht gegenübertreten zu müssen. Es ist feige, das ist mir klar. Und genau deshalb erlaube ich mir auch nicht tatsächlich von unserer Verabredung fernzubleiben. Zum Glück weiß er ja nicht, welche Aufgabe mir auferlegt wurde. Heute jedenfalls werde ich ihn nicht fragen. Vielleicht werde ich das nie tun. Melissa kann mich mal!

Bevor ich es mir anders überlege, stehe ich auf, verabschiede mich von meinen Freundinnen und räume mein Geschirr weg. Als ich sehe, dass Mathilda gerade Nachschub der leckeren Schokomuffins in der Auslage drapiert, trete ich an die Theke.

»Die sind so göttlich, Mathilda. Darf ich noch einen mitnehmen?«, bitte ich sie und freue mich schon auf Adrians Gesicht.

Mathilda lächelt mich dankbar an. Bei ihr habe ich mich sofort wohlgefühlt. Sie hatte etwas Mütterliches an sich und das liegt nicht nur an den Leckereien, die sie uns Studenten zu gern zusteckt.

»Nimm gleich zwei. Vielleicht findest du ja noch jemanden, dem du einen schenken kannst. Frisch schmecken sie doch am besten.«

Schon streckt sie mir zwei Küchlein entgegen. Widerstand ist zwecklos. So können wir schon ein kleines Picknick veranstalten.

Ich stürme die Treppe hoch, schnappe meine Laptoptasche und noch eine Flasche Wasser und begebe mich damit auf den Weg zu dem Zimmer unterm Dach, das Adrian zu meiner neuen Schreiboase auserkoren hat. Ich mag es, dass er sich so viel Mühe gegeben hat, mir einen Rückzugsort zu gestalten, an dem ich mich fallen lassen kann. An dem ich abtauchen und alles um mich herum vergessen kann, ohne Angst zu haben, gestört zu werden. Dabei ist es mir seltsam egal, dass Adrian jederzeit Zugang zu dieser Welt hat. Im Gegenteil. In seiner Gegenwart fühle ich mich sicher. Ich fühle mich glücklich.

Die Tür zur Schreiboase ist nur leicht angelehnt. Ich höre leises Klopfen und nehme an, Adrian werkelt darin herum. Mit klopfendem Herzen drücke ich die Tür auf und linse in das einladend beleuchtete Dachzimmer. Draußen ist es inzwischen dunkel, durch die Fenster sehe ich nur das Schwarz der Nacht.

»Hey, Paulina«, begrüßt mich Adrian und dreht sich kurz zu mir um. Den Hammer in der einen, eine weitere Lichterkette in der anderen Hand grinst er mich an. »Ich dachte, du könntest noch etwas Licht gebrauchen.«

Er deutet auf die Lichterkette, die wohl eher für Stimmung sorgen wird statt für eine helle Beleuchtung, nicke aber dankbar. Adrian ist so aufmerksam und achtet auf so viele Details. Und ich? Ich habe es bis heute nicht geschafft, tiefer in seine Welt abzutauchen. Ob er glaubt, dass ich mich nicht für ihn interessiere? Augenblicklich spüre ich schon wieder dieses dumpfe Gefühl in meinem Bauch und höre Melissas Stimme in meinem Kopf.

Um nicht weiter wie angewurzelt dazustehen, gehe ich auf Adrian zu und strecke ihm den Muffin entgegen.

»Hier. Für dich.«

»Mhm, sieht lecker aus. Selbst gemacht?« Adrian zwinkert mir zu, wohlwissend, dass Mathilda niemand in ihr heiliges Reich lässt.

»Selbst gemopst«, sage ich daher nur und spüre, wie sich meine Mundwinkel zu einem neckischen Grinsen hochschieben. Ich mag es, dass Adrian mir immer wieder die Gelegenheit gibt, aus mir herauszukommen. Langsam zeigt das Wirkung und das lässt mich lockerer werden. »Ich habe auch einen. Sollen wir …« Ich deute auf die Matratze, auf der wir gestern saßen, und vermeide es, in Adrians Gesicht zu schauen. »Wir könnten uns einen Film ansehen. Ich habe den Laptop dabei zum Streamen.«

Ich hoffe, Adrian hört nicht, wie viel Mut mich dieser Vorschlag kostet. Den ganzen Tag schon brenne ich darauf, an meiner Geschichte weiterzuschreiben. Aber noch mehr sehne ich mich danach, Adrian nahe zu sein.

Adrian wirkt von meinem Vorschlag völlig überrumpelt. Er schaut mich an, starr, als wüsste er nicht so recht, was er davon halten soll. Sein Blick geht mir tief und ich kann ihm nicht lange standhalten, bevor ich wegschaue und mich auf die Matratze setze. Nicht weil ich davon ausgehe, dass er meinen Vorschlag annimmt, sondern weil sie mir in diesem Moment als sicherer Hafen erscheint. Habe ich etwas Falsches gesagt? Bin ich zu weit gegangen? Will er vielleicht gar nicht mit mir befreundet sein und etwas gemeinsam machen? Vielleicht braucht er nur ein Alibi, um nicht in Elios Wohnung rumhängen zu müssen. Fragen wirbeln in meinem Kopf herum, bauen sich auf zu einer Mauer, die immer höher wird, immer dicker. Unüberwindbar.

Ich spüre, wie mein Herz pocht. Schnell, laut. Viel zu schnell, viel zu laut. Meine Hände sind ganz heiß, ich streife sie an meinen Oberschenkeln ab und meide weiter Adrians Blick. Was soll ich tun? Wie mich verhalten?

»Ich …« Ich höre es neben mir rascheln, dann gibt die Matratze unter Adrians Gewicht nach und es ist, als könnte ich seine Wärme spüren.

»Okay. Was schaust du denn gern?«

Als ich endlich spüre, wie die Anspannung nachlässt, versuche ich mich an einem Lächeln.

»Um ehrlich zu sein, schaue ich nicht so oft fern.« Meine Zeit stecke ich für gewöhnlich ins Schreiben oder lasse mich von Lee zu einem langen Spaziergang überreden. Auf der AcA gibt es kein ausgedehntes Freizeitprogramm. Ab und zu werden in den alten Stallungen Filme gezeigt. Die sind mir aber oft zu künstlerisch, zu abgehoben, sodass ich darauf verzichte.

»Ich bin auch nicht auf dem Laufenden, was Filme betrifft«, gibt Adrian zu. »Ich … na ja, wäre es für dich vielleicht okay, wenn wir noch ein bisschen rausgehen würden? Ich war den ganzen Tag im Keller und hab dort Elio geholfen alte Möbel auszuräumen. Frische Luft wäre jetzt echt Luxus.«

Ich hebe den Kopf und sehe ein neckisches Grinsen, das es mir schwer macht, klar zu denken. Also nicke ich einfach. Und lächle zurück.

Adrian hievt sich hoch und streckt mir die Hand entgegen. Ich starre darauf und brauche einen Moment, bevor ich sie zaghaft nehme und mir hochhelfen lasse. Wie gern würde ich noch einen weiteren Moment diese

Gefühle spüren, die mich seit dieser Berührung durchströmen. Das Ziehen in meinem Bauch. Und das Zittern meiner Knie. Es ist albern, dass mich diese kleine Geste aus dem Konzept bringt. Andererseits ist es aber auch wunderschön und ich genieße all diese Gefühle, die mich mit all ihrer Wucht durchströmen. Dennoch ziehe ich schnell meine Hand zurück, aus Angst, Adrian könnte mir zuvorkommen und dadurch einen Stich versetzen.

Unschlüssig schaue ich auf meine Tasche, in der mein Laptop liegt.

»Ich schließe ab«, bietet Adrian an und hält einen Schlüsselbund hoch, als könne er meine Gedanken lesen. Schon wieder spüre ich das Ziehen in meiner Mitte. Bitte, lass ihn nicht Gedanken lesen können! Das wäre ansonsten megapeinlich.

Schnell schiebe ich mich an ihm vorbei in den Flur und warte, bis er die Tür verriegelt hat. Schweigend laufen wir durch das Wirrwarr an Treppen und Fluren, bis wir endlich auf dem Innenhof stehen. Kälte schlägt mir entgegen und lässt mich die Schultern hochziehen. Ich vergrabe meine Hände in den Ärmeln meines kuscheligen Hoodies und versuche mich darauf zu konzentrieren, nicht zu zittern.

»Ganz schön kalt geworden«, murmelt Adrian neben mir.

Wir laufen los, steuern den alten Klostergarten am anderen Ende des Areals an, der durch seine wilde Schönheit etwas Magisches ausstrahlt. Ich bin gern in diesem Teil der Anlage. Hier kann ich durchatmen.

»Als Kind hätte ich mir so sehr einen Garten gewünscht«, bricht Adrian das Schweigen.

Jedes seiner Worte verflüchtigt sich in dünne Nebelschwaden. Und doch kann die Nacht die Wehmut nicht davontragen, die in diesem Satz mitschwingt.

»Umso schöner, dass du ihn jetzt hast«, versuche ich seinen Blick auf die Gegenwart zu lenken. »Mhm, sag mal ...« Ich atme tief durch und bleibe stehen. »Toni und Vincent geben morgen eine kleine Party. Vincent ist –«

»Du meinst Vincent de Breune?«

»Du kennst ihn?« Irgendwie erstaunt mich das, denn Vincent ist zwar der Sohn des Schulleiters, aber seit diesem Semester wieder fast normaler Student. Nach Tonis Unfall im Sommer hat er beschlossen, seinen Sonderstatus als Scout aufzugeben und sich wieder an sein Instrument – das Klavier – zu wagen.

»Nein, nicht persönlich«, wiegelt Adrian ab und klingt wenig interessiert.

»Also morgen ... Du könntest ein paar Leute kennenlernen. Dann müsstest du nicht immer mit mir abhängen.« Ich versuche es keck klingen zu lassen und schicke ein Lachen hinterher. Aber es schmeckt bitter.

Adrian bleibt stehen und schaut mich an. Er zieht einen Mundwinkel hoch und grinst schief. Amüsiert er sich etwa über mich?

»Was, wenn ich gern mit dir abhänge?«

Ich starre ihn an, will seine Worte verstehen, aber sie ergeben keinen Sinn. Vicky. Was würde Vicky darauf antworten, überlege ich verzweifelt.

»Auch gut, dann hast du morgen eine weitere Gelegenheit dazu.«

Ich staune selbst, wie fest meine Stimme klingt. So, als wäre es keine große Sache. Das ist es aber, denn innerlich fühle ich mich lange nicht so aufgeräumt, wie es den Anschein macht. Ich bin durcheinander und sicher, ein anderer hätte mich ins Schweigen getrieben mit diesem forschen Spruch. Was hat Adrian nur an sich, dass er es immer wieder schafft, meinen Mutismus auszutricksen?

Kapitel 16: Neues

Adrian

Je näher diese Party rückt, desto überzeugter bin ich davon, dass es keine gute Idee ist, dort heute aufzukreuzen. Ich hatte schon die eine oder andere Begegnung mit den Studenten, allen voran mit Dean, der mich wie der letzte Abschaum behandelt. Meine Geschichte hat inzwischen die Runde gemacht und alle scheinen zu wissen, dass ich einen Fehler begangen habe. Einen, der mich mein bisheriges Leben gekostet und hierhergebracht hat.

Aber da ist auch Paulina, die mich ganz ohne Vorurteile betrachtet. Die nicht nachbohrt, nicht fragt, der meine Vergangenheit völlig egal zu sein scheint. Ich mag es, dass dieses Mädchen in einer komplett anderen Welt lebt, in der offensichtlich andere Maßstäbe gelten. Und daran versuche ich mich festzuhalten, will die Chance nutzen, die sie mir bietet.

»Wo gehen wir hin?«, will ich wissen.

Paulina hat sich in eine dicke Jacke gemummelt, sich den Schal über die Nase gezogen und sieht aus, als würde sie sich auf einen langen Weg einstellen. Dabei dachte ich, die Party findet auf dem Akademiegelände statt.

»In den tiefen, dunklen Wald«, sagt Paulina, als wäre sie die Sprecherin eines Märchenhörspiels. Sie grinst mich an und nimmt mir damit meine Zweifel. Wenn es für Paulina okay ist, dass ich ihre Freunde kennenlerne, sollte es das für mich auch sein. Entschlossen straffe ich die Schultern und laufe, die Hände in den Hosentaschen vergraben, neben Paulina her.

»Soll ich dich jetzt Gretel nennen? Brotkrumen habe ich aber keine dabei!«

Eigentlich sollte ich mich auf dem Gelände inzwischen auskennen, aber die Arbeit in der Schule und dem Schulgarten nimmt mich so ein, dass ich das weitläufige Areal noch nicht ausgiebig erkunden konnte.

»O nein, dann werden wir niemals wieder den Weg zurückfinden?« Sie schlägt sich gespielt die Hände vor den Mund und kichert.

Wie offen sie inzwischen ist, wenn wir allein sind. Sie wirkt fast schon gelöst. Ihre Schüchternheit tritt immer mehr in den Hintergrund.

Wir laufen von dem mit Kies aufgeschütteten Vorplatz des ehemaligen Stifts auf ein kleines Wäldchen zu, in dem ich bisher nur einmal war. Er ist dicht bewachsen mit hohen, alten Tannen und wir könnten auch in Kanada sein, zumindest stelle ich es mir dort so vor.

»Ich würde dir ja anbieten dich zu retten, aber ... Na ja, ich hoffe, du erwartest nicht, dass ich eine geheime Superkraft habe. Da müsste ich dich bitter enttäuschen.«

»Verdammt!« Sie reckt den Kopf. »Dann muss ich das wohl für uns übernehmen.«

»Ich mag starke Heldinnen«, gebe ich zu und meine die Worte seltsam ernst. Paulina mag auf den ersten Blick schüchtern und zerbrechlich wirken. Ihr Mutismus spielt in diesen Eindruck rein. Aber wenn man genauer hinschaut, erkennt man eine Stärke, die ich bewundere. Denn Paulina kämpft gegen die Eigenheiten an, die ihr die Natur zugespielt hat. Sie nimmt es nicht hin, dass eine Krankheit sie ins Abseits bugsieren will, und stemmt sich dagegen. Erfolgreich, wie ich finde.

»Da vorn ist es«, murmelt Paulina und geht mit keiner Silbe auf mein Kompliment ein. Aber auch das ist okay. Irgendwann wird sie so weit sein, selbst zu erkennen, wie großartig sie ist. Und bis dahin werde ich es eben übernehmen, ihr ab und zu vor Augen zu führen, was sie schon alles erreicht hat.

Wir stehen vor einem der ultramodernen Betonbauten, die aussehen, als wären sie extra für einen Architekturwettbewerb entworfen worden. Sie sind schlicht quadratisch, ohne viel Schnickschnack. Eine nackte Rohbetonfassade, die von riesigen Fensterfronten unterbrochen wird. Automatisch überlege ich, wie sich darauf eines meiner Pieces machen würde. Efeuranken könnten hier gut wirken. Oder ein Alien, der die Mauer aufreißt.

»Dann lass uns mal die Party rocken«, lenke ich mich ab, bevor mein Gehirn die komplette Fassade auseinandernimmt und es mir in den Fingern kribbelt, bis ich etwas zu Papier gebracht habe. Seltsam, dieses Gefühl habe ich schon eine Ewigkeit nicht mehr verspürt.

Ich lasse Paulina den Vortritt und stehe dicht hinter ihr, als sie klingelt. Aus dem Inneren des hell erleuchteten Betonklotzes dringt dumpfes Gewummer. Immerhin scheint es keiner dieser nervtötenden Spieleabende zu werden. Eine Party mit Musik – damit kann ich leben.

Ich presse meine Lippen fest aufeinander, bereit, die Vorurteile zu ertragen, die mich gleich treffen werden. Paulina zuliebe werde ich mich zusammenreißen. Werde nicht den harten Kerl rauskehren, der ich jahrelang sein musste. Ich werde versuchen ich selbst zu sein – so, wie Paulina mich tatsächlich sieht. Und offensichtlich voll und ganz akzeptiert.

»Hey, da seid ihr ja.« Ein groß gewachsener Kerl mit dunklen verwuschelten Haaren schlingt freundschaftlich den Arm um Paulina und zieht sie in eine kurze Umarmung. Dann wendet sich der Typ an mich und hält mir seine Hand zum Einschlagen entgegen. »Ich bin Vincent und du musst Adrian sein. Kommt rein!«

Ich warte darauf, dass der Kerl mich irgendwie beiseite nimmt und mich ermahnt, dass ich keinen Ärger machen soll. Schließlich ist er der Sohn vom Chef und wird sich sicher auch so aufspielen. Aber nichts dergleichen geschieht. Er lächelt uns einladend an, tritt beiseite und gibt den Blick auf ein riesiges Zimmer frei, in dem bereits eine Menge Leute mit Getränken in der Hand stehen und sich unterhalten – sofern das bei der lauten Musik überhaupt möglich ist.

Die Atmosphäre ist locker und ich entspanne mich etwas.

»Getränke sind in der Küche, bedient euch einfach. Paulina kennt sich hier ja aus. Und wenn was fehlt, dann melde dich, ja?« Er legt mir eine Hand auf die Schulter, drückt kurz zu und verschwindet dann schon in der Menge.

Paulina zieht mich am Ärmel und bugsiert mich ins Innere des Hauses.

Ihre Jacke wirft sie einfach auf einen Haufen nahe der Tür und schaut sich suchend um.

»Komm, wir gucken mal, wo die anderen sind.«

Ich verspüre kein großes Bedürfnis, Paulinas Freunde zu treffen. Diese Blondine hat neulich schon so seltsam auf mich reagiert. Ganz zu schweigen von Dean. Ich lasse mir das aber nicht anmerken, denn wie ich Paulina kenne, würde sie sonst sofort die Party verlassen. Und das nur meinetwegen, denn es macht ganz den Anschein, als würde sie sich auf den Abend freuen. Und wer weiß, vielleicht ist es ja tatsächlich eine Chance, neue Leute kennenzulernen. Vincent schien jedenfalls ganz nett zu sein.

Ich laufe Paulina hinterher, die ein paar Leute grüßt, und zwinge mir ein Lächeln auf die Lippen, obwohl ich die durchdringenden Blicke spüre. Ich bin ein Fremdkörper für sie, das merke ich ganz deutlich. Aber Außenseiter zu sein ist nichts Neues für mich, nur hatte ich gehofft, dass diese Rolle hinter mir liegt.

Der Raum wirkt wie ein Museum, eines der modernen Sorte. Vor die riesige Fensterfront sind weiße Vorhänge gezogen worden, auf die eine bunte Animation gebeamt wird. Im Rhythmus der Musik wabert farbiges Wasser auf der provisorischen Leinwand. Immer wieder fällt ein virtueller Tropfen auf das Wasser und bringt es so in Bewegung.

Wir schlängeln uns um ein glänzendes Klavier. Oder ist das ein Flügel? Sicher ist das Instrument megakostbar, denn keiner der Anwesenden hat ein Glas oder dergleichen darauf abgestellt.

»Ist das Vincent?«, frage ich Paulina und deute auf die großen schwarzweißen Bilder an der Wand, die einen Pianisten zeigen. Paulina nickt. »Ganz schön schräg, Bilder von sich selbst im eigenen Haus aufzuhängen. Muss seltsam sein, wenn sich alles um die Kunst dreht«, überlege ich laut.

Paulina bleibt wie angewurzelt stehen. Ihr Blick wandert zu den Bildern und es ist fast so, als würde sie sie zum ersten Mal sehen. Ich stelle mich neben sie und tue es ihr gleich. Wie ein Paar im Museum schießt es mir durch den Kopf und ich muss unwillkürlich grinsen.

»Na ja, wenn ich an einem Projekt schreibe, dann gibt es auch nur die

Geschichte und mich. Ich werde zu meinen Protagonisten, denke wie sie, fühle wie sie, erlebe dieselben Dinge wie sie. Bei Musikern ist das ähnlich. Sie tauchen ganz ab, leben in ihrer eigenen Welt. Bei Vincent war das eine ganze Zeit anders. Er konnte nicht mehr spielen und das hat ihn echt fertiggemacht. Ich schätze, deshalb hängen die Bilder da. Um ihn daran zu erinnern, wie wichtig ihm die Musik ist.«

»War er verletzt?« Was sollte es sonst für einen Grund geben, mit etwas aufzuhören, das einem wichtig ist?

»Nein. Er hatte einfach die Freude daran verloren. Da war etwas gewesen, das ihn gehemmt hat.«

Ich schlucke, denn augenblicklich muss ich daran denken, dass es mir mit dem Sprayen ganz ähnlich geht. Es ist nicht so, dass ich mich für ultrabegabt halte. Meine Ideen auf Beton zu bringen hat mir allerdings schon viel bedeutet. Doch seit dieser Sache mit dem Remke … Na ja, ich habe Angst vor dem, was das Sprayen mit mir macht. Ich mag es abzutauchen und ein Masterpiece wachsen zu sehen. Nein, ich liebe es! Verdammt. Aber dieses ganze Drumherum …

»Aber jetzt hat er Toni. Und mit ihr kam auch die Freude an der Musik zurück.«

Paulina steuert auf ein Grüppchen zu, das am Rande des überdimensionierten Wohnzimmers steht und sich über die Musik hinweg lautstark unterhält.

Als Paulina und ich näher treten, verstummt das blonde Mädchen mitten im Satz und starrt mich mit offenem Mund an. Offensichtlich hat Paulina ihre Freunde nicht vorgewarnt, dass ich ebenfalls aufkreuzen würde.

Ich zwinge mir ein Lächeln auf die Lippen und straffe die Schultern.

»Leute, das ist Adrian.« Paulinas Stimme zittert und ist viel zu leise, als dass sie alle damit erreichen könnte. Ich hebe die Hand zum Gruß und nehme mir fest vor, mir nicht anmerken zu lassen, wie unwohl ich mich gerade fühle. Ein bisschen ist es so, als wäre ich ein Stück Fleisch in der Auslage des Metzgers.

Als Erstes löst sich ein zierliches Mädchen mit raspelkurzen dunklen Haaren und bevor ich sie näher betrachten kann, schlingt sie schon die Arme um meinen Hals und zieht mich in eine Umarmung. Unbeholfen klopfe ich ihr auf den Rücken, dann löst sie sich schon und strahlt mich offen an.

»Hi, ich bin Nia. Paulina hat schon von dir erzählt. Endlich lerne ich dich auch mal kennen.«

Ich nicke nur und habe keinen Plan, wie ich mich verhalten soll.

Schon schiebt sich eine Rothaarige in mein Blickfeld und stellt sich als Toni vor. Sie wirkt deutlich schüchterner und zurückhaltender als Nia. Aber sie hat ein freundliches, ehrliches Lächeln und langsam entspanne ich etwas.

Nach und nach lerne ich Paulinas Freunde kennen, bis schließlich nur noch das blonde Mädchen übrig ist, das schon neulich so seltsam auf mich reagiert hat. Wie war noch mal ihr Name?

»Lee kennst du ja schon«, versucht Paulina zu vermitteln. Und tatsächlich tritt die Blondine einen Schritt vor, zögert und zieht schließlich unschlüssig die Schultern hoch. Ein unsicheres Lächeln huscht über die feinen Lippen, dann hebt sie resigniert die Arme und winkt mich quasi zu sich. Die anderen reagieren mit einem Lachen und klatschen Lee auf die Schulter. Ich lasse mich in die kurze Umarmung ziehen, was wohl einer Art Friedensabkommen gleichkommt.

»Wenn du ihr wehtust, bringe ich dich um!«, flüstert sie kaum hörbar, klopft mir kurz auf die Schulter und löst sich von mir. Danach wendet sie sich wieder an ihre Freunde und redet dort weiter, wo wir sie gerade unterbrochen haben. Seltsames Mädchen.

Ich lausche einige Zeit der Unterhaltung, versuche mich einzuklinken, merke aber bald, dass ich Schwierigkeiten habe, dem Thema zu folgen. Offensichtlich geht es gerade um irgendein Projekt, das sie auf der Akademie durchführen. Etwas, das meilenweit von meinem Alltag entfernt ist und mir vor Augen führt, was ich nicht habe. Was ich wohl auch niemals haben werde. Ein stinknormales Studentenleben.

»Ich geh uns mal was zu trinken organisieren«, sage ich zu Paulina und spüre, wie sich alles in ihr anspannt, als ich meine Hand kurz auf ihren Rücken lege. Schnell ziehe ich sie zurück. »Was möchtest du?«

Mit geröteten Wangen zuckt sie mit den Schultern.

»Wasser?« Es klingt wie eine Frage. Offensichtlich weiß sie selbst nicht so genau, was sie will. Diese Unentschlossenheit ist typisch für sie. Zumindest, wenn sie in eine Situation kommt, die sie verunsichert. Ich nicke und wühle mich anschließend durch die Menge.

Keinen blassen Schimmer, wo die Küche ist – ich vermute, sie liegt im Erdgeschoss. Also versuche ich mein Glück und gehe durch eine offen stehende Tür in der Rohbetonwand. Hier ist es gleich deutlich ruhiger und ich atme tief ein, weil ich unter all den Blicken das Gefühl hatte zu ersticken. Vielleicht bilde ich es mir ja auch nur ein, dass mich alle so seltsam anstarren. So, als wäre ich ein Parasit. Jemand, der es nicht wert ist, hier zu sein. Allerdings haben Paulinas Freunde mich ganz gut aufgenommen.

In dem langen Flur, der nur spärlich beleuchtet ist, befinden sich ein paar geschlossene Türen. Welche davon wohl in die Küche führt? Ich versuche mein Glück und drücke die erste Klinke herunter. Im Inneren des Raumes brennt Licht. Sachte schiebe ich die Tür auf und sehe hinein.

In dem Moment bleibt mein Blick an einem knutschenden Pärchen hängen, das mich offensichtlich noch nicht gehört hat. Amüsiert räuspere ich mich und wie erschreckte Teenager springen die beiden auseinander.

»Oh, du schon wieder«, sage ich resigniert, als ich Dean erkenne, der mich anstarrt, als wäre ich ein Geist. Langsam wird er zu meinem persönlichen Albtraum.

»Nein, nein, nein! Tu, was Dean!« Das Mädchen stupst den blonden Hünen ständig gegen den Oberarm und sieht ziemlich hysterisch aus.

Habe ich was verpasst?

»O Gott!«

»Beruhige dich, Mel! Ich regle das.« Er streift ihr sanft über die Wange und zaubert mir damit ein breites Grinsen ins Gesicht.

»Weiß Paulina davon? Ich dachte, du –«

Blondie schüttelt unmerklich den Kopf und schielt zu dem Mädchen, mit dem er bis gerade eben rumgemacht hat. Eine peinliche Stille hängt über uns, die nur vom dumpfen Wummern des Basses durchschnitten wird.

»O Gott«, quietscht das Mädchen noch einmal und schlägt sich die Hände vors Gesicht. Ununterbrochen schüttelt sie den Kopf und wiederholt die Worte wie ein Mantra. Ob der Herr da oben ihr aus dieser für sie offensichtlich peinlichen Situation helfen kann, wage ich allerdings zu bezweifeln.

»Komm!«

Dean packt mich am Oberarm und zieht mich zurück auf den Flur. Musik dringt durch die Tür, ein Song, der einen krassen Beat hat, aber das ist gerade nebensächlich.

»Es ist nicht so, wie es aussieht.« Er fährt sich unbeholfen durch seine blonden Haare und sieht mich mit einem seltsamen Ausdruck in den Augen an.

Ist er etwa stoned?

»Ach? Das ist es doch nie, oder?« Langsam beginnt mir dieses Spielchen Spaß zu machen. Ich lasse meine Augenbrauen hüpfen, wohlwissend, dass es ihn kirre machen wird, wenn ich ihn nicht ernst nehme.

Bis eben habe ich angenommen, Dean wäre mein Widersacher. Dass Paulina und Dean sich nahestehen, ist nicht zu übersehen. Obwohl ich ihn nie ernsthaft als Konkurrenz angesehen habe, verschafft es mir eine gewisse Genugtuung, nun Gewissheit zu haben, dass er keine Gefahr für mich darstellt. Dass er im Grunde nichts von Paulina will und lediglich als guter Freund besorgt um sie ist. Das darf er sein. Wäre ich an seiner Stelle wohl auch.

»Es ist kompliziert. Melissa und ich ... Na ja, sie will nicht, dass es jemand weiß. Also –«

»Kann ich gut verstehen.« Ich mustere den Kerl vor mir abschätzig. Er ist der Prototyp des Schwiegersohnes, während ich ... Okay, lassen wir das. Es würde nur meine Laune trüben und das wäre gerade extrem schade.

Er zieht geräuschvoll die Nase hoch und ich genieße es sehr, dass es ihm offensichtlich peinlich ist, dass ich ihn mit diesem Mädchen erwischt hab. »Weißt du, es ist mir so was von scheißegal, mit wem du rummachst. Von mir aus vögle dich durch die komplette Akademie. Aber Paulina ... Es ist nicht fair, dass du ihr etwas verheimlichst. Was soll das?«

Er schüttelt den Kopf und rauft sich die Haare, als hätte ich ihm eine unlösbare Aufgabe gestellt. Dann plötzlich hält er inne und schaut mich mit einem stechenden Blick aus seinen kalten blauen Augen an.

»Ja. Ja! Verdammt, ich weiß!« Wieder hält er inne und schaut zu Boden. Ein schräges Lächeln erscheint auf seinem Gesicht. »Aber Paulina ... na ja, sie wäre –«

»Was wäre ich?«

Entsetzt drehe ich mich um und sehe genau in Paulinas verwundertes Gesicht. Ihr Blick wandert zwischen Dean und mir hin und her. Offensichtlich versucht sie die Situation zu erfassen. Sicher denkt sie, wir geraten wieder aneinander. Ihretwegen. Wie recht sie doch hat.

Ich versuche mich an den Namen des Mädchens zu erinnern, um Paulina reinen Wein einzuschenken – und um Dean eins reinzuwürgen. Mel. Mel. Melina?

»Na ja, ich habe Adrian gerade gesagt, dass du sicher enttäuscht wärst, wenn er morgen nicht mit nach Berlin fahren würde.«

Was?

Mein Blick geht zu Dean, doch er lächelt Paulina wie ein treudoofer Dackel an.

»Oh.« Paulina wirkt plötzlich angespannt. »Du hast ihn gefragt?«

»Nia freut sich sicher, wenn noch einer mehr bei ihrem Flashmob mitmacht. Adrian könnte uns seine Graffitis zeigen und auf der Fahrt ein paar Tipps für das Bühnenbild geben. Du hast das doch mit ihm geklärt, Pauli, oder?«

»Ich ...« Sie schaut mich hilflos an und augenblicklich wird mein Herz ganz schwer. Die Augenbrauen, die sie so stark zusammenzieht, bilden eine tiefe Furche auf ihrer sonst glatten Stirn.

»Klar. Ich bin dabei«, beeile ich mich zu sagen, um sie aus dieser für sie offensichtlich blöden Situation zu befreien, und stelle mich neben sie. Wie gern würde ich sie jetzt berühren, den Kontakt herstellen und sie damit dazu bringen sich zu entspannen.

Unsicher linst sie zu mir hoch. »Ja? Sicher?«

Ich nicke und erst da dämmert mir, auf was ich mich da eingelassen habe. Berlin, Graffitis. Fuck!

Einzig Paulinas gelöste Miene lässt mich nicht zurückrudern. Ihre Züge entspannen sich und machen Platz für ein glückliches Lächeln. Berlin. Na, dann werde ich Paulina wohl meine Stadt zeigen.

»Super. Ich freue mich, dass du mitkommst. Das wird bestimmt lustig.«

Sie scheint nicht zu ahnen, was das für mich bedeutet. Für Paulina ist das wohl kein großes Ding, doch in meinem Kopf formen sich tausende Fragen. »Hast du die Küche noch nicht gefunden?«

»Ich habe Adrian gerade abgefangen. Meine Schuld.«

Das unschuldige Lächeln, das er Paulina zuwirft, würde ich ihm gern aus dem Gesicht schlagen. Er hat einfach etwas an sich, das mich aggressiv macht. Dabei sollte er mir egal sein, jetzt, da ich weiß, dass er Paulina nur etwas vorspielt und keine echte Konkurrenz darstellt. Paulinas Anwesenheit hält mich davon ab, grob zu werden.

Ich schaue meinen ehemaligen Widersacher fragend an. Er schüttelt nur kurz den Kopf und schaut nervös in Richtung Küche.

»Macht doch nichts. Die Küche ist gleich hier drin.« Paulina läuft schon los und ich folge ihr mit ein paar Schritten Abstand.

»Das kostet dich was!«, raune ich Dean im Vorbeigehen zu und lasse es mir nicht nehmen, ihm noch einen Rempler zu verpassen.

Kapitel 17: Party

Paulina

O nein, was macht die Zicke hier? Ich bleibe wie angewurzelt stehen, als ich Melissa in der Küche sehe, und nehme wie durch einen Nebel wahr, dass Adrian in mich reinstolpert. Normalerweise wäre ich tomatenrot angelaufen, weil ich plötzlich seine Hände auf meinen Hüften spüre. Etwas, das er noch nie getan hat. Aber ich fürchte, mir ist alle Farbe aus dem Gesicht gewichen.

»Oh, Miss Ich-spreche-kein-Wort«, höre ich unsere Akademiediva schon säuseln. Augenblicklich muss ich an die hässlichen Schwestern von Aschenbrödel denken. Nur dass Melissa nicht hässlich, sondern leider wunderschön ist. Ich seufze tonlos. Wie gern würde ich ihr meine Meinung sagen. Nur ein einziges Mal! Aber in Melissas Gegenwart bleibe ich stumm. Immer.

Ich spüre einen leichten Druck an meiner Hüfte. Adrian. Er ist da. Er ist bei mir.

»Melissa«, presse ich mühevoll hervor und spüre, wie meine Mundwinkel bei diesem winzigen Sieg über mich selbst zucken. Für Außenstehende mag das nichts Besonderes sein, aber ich versuche schon seit über einem Jahr, meinen Mutismus in ihrer Gegenwart zu bezwingen. Endlich habe ich es geschafft. Zumindest ein winziges bisschen.

Ich blicke über die Schulter direkt in Adrians dunkle Augen, die mich auffangen, die stolz schimmern und mir zeigen, dass er ahnt, welch großer Schritt mir gerade gelungen ist.

»Was willst du trinken?«, fragt er mich sanft und ignoriert dabei Melissa gekonnt. Etwas wehmütig nehme ich wahr, wie er seine Hände von meinem Körper löst und auf den Kühlschrank zugeht.

Offensichtlich findet Melissa nichts mehr, an dem sie rumnörgeln kann, und verlässt wortlos die Küche. Als mir bewusst wird, dass Adrian und ich nun allein sind, beschleunigt sich mein Herzschlag.

Nach einem kurzen Blick in den Kühlschrank hält Adrian eine Flasche hoch.

»Bier?«

Ich schüttle schnell den Kopf und laufe zu der Arbeitsplatte, um mir ein Glas Wasser zu holen. Ich kann jetzt schon nicht mehr klar denken. Wie sollte das dann mit Alkohol funktionieren?

Das Rauschen des Wassers übertönt für einen Moment die leise Ahnung der Musik. Zeit, um mich zu sammeln. Und zu beruhigen.

Meine Finger fest um das kühle Glas geschlungen, drehe ich mich langsam um. Adrian sitzt inzwischen auf der Arbeitsplatte, die Flasche Bier locker in der Hand. Wie schafft man es nur, in dieser Position absolut lässig und cool auszusehen? Ist es die gestraffte Haltung seiner Schultern? Dass er die Beine geöffnet hat und die Bierflasche mittig vor seinem besten Stück steht. Ich schlucke bei dem Gedanken, stürze in einem schnellen Schluck das Wasser hinunter und spüre schon, wie mir die Röte in den Kopf schießt.

»Berlin, also. Wie läuft das morgen ab?«

Adrian kommentiert es mit keiner Silbe, dass er mich beim Starren erwischt hat. Er schaut nur seltsam belustigt und ich schrumpfe innerlich auf Erbsengröße. Wie sollte ich ihm denn klarmachen, dass ich oft Menschen studiere? Dass ich mir ihre Position und Haltung genau anschaue und überlege, was es mit mir macht? Denn nur so kann ich meine Helden in den Geschichten lebendig gestalten. Show, don't tell! Ein Mantra, das ich früh von meinem Mentor Nathan übernommen habe.

Ich versuche mich auf Adrians Frage zu konzentrieren und ringe nach einer Antwort.

»Das ist so ein Studienprojekt von Nia. Sie will in Berlin einen Flashmob veranstalten. Es ist eine ganz einfache Choreografie, aber wenn genügend Leute mitmachen, wirkt sie echt richtig toll. Wir fahren mittags gemeinsam los. Vincent –«

»Äh, stopp. Habe ich das gerade richtig verstanden? Ich soll tanzen?«

Panik steht in Adrians Blick, seine Finger krallen sich an der Bierflasche fest und aus der ehemals lässigen Haltung ist etwas geworden, das an einen geprügelten Hund erinnert, der auf Krawall gebürstet ist. Würde ich ihn inzwischen nicht schon gut genug kennen, könnte ich in diesem Moment Angst bekommen, aber ich weiß, dass mir Adrian nichts tun würde. Niemals.

Also kichere ich und grinse ihn frech an. Unschlüssig ziehe ich die Schultern hoch. Wenn ich ihm die Wahrheit sage, wird er sicher nicht mitkommen.

»Du würdest Nia damit helfen. Und bei Lee Pluspunkte sammeln.«

Ich lege den Kopf schief, wie ich es schon so oft bei Schauspielerinnen in Filmen gesehen habe und hoffe, diese Geste bringt Adrian dazu klein beizugeben.

Doch er schüttelt den Kopf. »Auf gar keinen Fall! Berlin – meinetwegen. Ich brenne zwar nicht darauf, aber wenn es dir wichtig ist, komme ich mit. Nur tanzen werde ich ganz bestimmt nicht.«

»Wir werden sehen«, lenke ich ein und ziehe die Augenbrauen hoch. Nia hat es bisher bei jedem geschafft, ihn fürs Tanzen zu begeistern. Selbst Dean wird mit an Bord sein und, obwohl er zwei linke Füße hat, mitmachen.

»Warst du schon mal in Berlin?«

Ich starre auf Adrians Lippen, die sich um die Bierflasche schließen, und muss schon wieder den Blick abwenden. Der Kerl macht mich wirklich fertig! Wenn das so weitergeht, muss ich mir ernsthaft etwas überlegen. Ich räuspere mich und beschließe, dass es sicherer ist, wenn ich mich einfach neben ihn stelle. Dann muss ich ihn nicht die ganze Zeit anstarren. Vielleicht beruhigen sich dann ja diese zappelnden Viecher in meinem Bauch, die wie wild herumflattern.

»Berlin?«, stottere ich und versuche mich zu konzentrieren. »Als kleines Mädchen war ich mal dort. Aber meine Eltern haben schnell eingesehen, dass das nichts für mich ist.«

»Warum nicht?« Adrian klingt verständnislos.

Ich ziehe die Schultern hoch und ringe nach Worten. »Na ja, Unbekanntes ist ... Es war einfach too much für mich.« Die Lippen fest aufeinandergepresst starre ich die Fliesen an, zähle die Fugen, die wie Adern zwischen den Steinplatten verlaufen.

»Ich glaube, Berlin ist für jeden zu viel«, überlegt Adrian laut. »Ich hatte der Stadt auch nichts entgegenzusetzen.«

Ich linse zu Adrian, versuche aus seinen Worten schlau zu werden. Will er mich nur trösten und einfach etwas Nettes sagen?

Adrian sitzt gedankenversunken da. Nur einen kurzen Moment, aber der genügt, um mir tausend Fragen in den Kopf zu pflanzen. Adrian ist genauso vielschichtig, wie ich mir Danijel die ganze Zeit vorstelle. Man wird auf den ersten Blick einfach nicht schlau aus ihm.

»Du wirst Danijel immer ähnlicher«, murmle ich und ich meine damit nicht die Haltung und Körpersprache, die ich meinem Helden auf den Leib schreibe.

Noch immer hallt das dumpfe Wummern in Dauerschleife in den hinteren Teil des Hauses, in dem die Küche liegt. Ich mag es, dass wir gerade allein sind und keiner der anderen Gäste das Bedürfnis verspürt, sich etwas zu trinken zu holen. Aber wie lange werde ich wohl noch mit Adrian in dieser schillernden Seifenblase schweben können?

»Mhm. Du magst Danijel, oder?« Adrians Stimme klingt ganz ruhig. Sanft. Und ich schlucke unwillkürlich.

Mein Herzschlag beschleunigt sich. Ich nicke zaghaft und setze wieder das Glas an die Lippen. Leider ist es gleich leer und ich nehme daher nur einen winzigen Schluck, um meine staubtrockene Kehle zu befeuchten.

»Vielleicht werde ja nicht ich Danijel immer ähnlicher, sondern –« Adrian hält inne.

Ich spüre seinen Blick auf mir. Er durchbohrt mich, blickt in mich und in diesem Moment weiß ich, dass ihm klar ist, wie ich zu ihm stehe. Er ist Danijel. Danijel ist Adrian.

»Wir haben ein neues Projekt im Schauspielkurs. Im Frühjahr wird ein Stück aufgeführt und ich bin für das Bühnenbild eingeteilt.«

Ich muss es einfach versuchen, ihn abzulenken. Die Situation ist mir viel zu peinlich. Und außerdem würde ich wohl ansonsten an Sauerstoffmangel sterben. Ob es albern ist, jetzt das Fenster zu öffnen?

»Ich dachte, du studierst kreatives Schreiben?«

Adrian blinzelt zwei-, dreimal. Dann scheint er sich von meinem plötzlichen Themenwechsel erholt zu haben.

»Na ja, wir sollen uns eben auch in anderen Fachrichtungen austoben.« Er nickt und ich beiße mir unwillkürlich auf die Unterlippe. *Jetzt! Mach! Schon!* »Jedenfalls ...« Ich blicke zu Boden und meine Finger schließen sich fester um das leere Glas.

»Ja?«

Ich zucke kurz zurück, als ich Adrians Finger unter meinem Kinn spüre. Mit einem sanften Druck bedeutet er mir aufzuschauen, *ihn* anzuschauen. Alles in mir sträubt sich, dabei wünsche ich es mir so sehr.

Meine Haut brennt unter seiner Berührung und doch gebe ich nach. Adrians Blick ist warm. Und sanft. Und ich entspanne etwas, weil nichts in seinen Augen bedrohlich ist. Es ist Adrian. Ihm kann ich vertrauen!

»Na ja, die anderen ... Ich soll dich fragen, ob ...« Ich bringe die Worte einfach nicht über die Lippen.

Adrian lehnt sich zurück, stützt die Hände samt Bierflasche hinter seinem Rücken ab und sieht dabei so cool aus, dass ich mir gedanklich die Pose für Danijel notiere. »Das meinte Dean mit dieser Andeutung auf die Graffitis. Jetzt wird mir einiges klar.« Er löst sich aus seiner Haltung, wuschelt sich einmal durch die braunen Haare und grinst mich dann schief an. Mein Herz stolpert und der erste Drang, einfach wegzurennen, ist schier unbändig.

»Mensch, warum sprichst du denn nicht mit mir? Ich meine, klar, ich weiß, dass du dich damit schwertust. Aber ... ich dachte, du hättest inzwischen etwas mehr Vertrauen.«

Vielleicht wäre wegrennen ja tatsächlich eine gute Idee. Einfach umdrehen, fliehen. Vor meinem Mutismus und all den blöden Situationen, in die er mich zwingt. Aber das bin ich nicht. Ich gebe nicht auf. Niemals.

Also straffe ich die Schultern und atme ein paarmal ein und aus. Dann schenke ich Adrian einen zerknirschten Blick. Hilflos hebe ich die Schultern und lasse sie wieder sinken.

»Ich wollte nie wieder sprayen. Ernsthaft. Obwohl es mir so sehr fehlt. Aber, ey, wie es aussieht, kann ich dir nichts abschlagen.« Adrian lacht und klingt nicht danach, als wäre er sauer. Er stupst mich kurz an der Nase an und beschert mir den nächsten Herzkasper, während er seelenruhig an seinem Bier nippt.

Ich lehne mich wieder an die Arbeitsplatte, kann das Grinsen, das meine Mundwinkel so dämlich nach oben schiebt, einfach nicht unterdrücken. Wie so oft bleibe ich ihm einen coolen Spruch schuldig. Vermutlich erwartet Adrian auch keine Antwort. Schließlich kennt er mich. Und offensichtlich mag er mich. Trotz allem. Oder vielleicht ja auch wegen allem.

***

»Berlin, Berlin, wir fahren nach Berlin«, flötet Lee in Dauerschleife und zieht das zehnte Outfit aus ihrem Schrank. Unser Zimmer sieht aus, als hätte eine Bombe eingeschlagen. Der Boden ist mit Stoff bedeckt und Lee hat noch immer nicht das passende Ensemble gefunden.

Ich ziehe meine Beine an und bringe meinen Laptop in Sicherheit, als der nächste Schwung Kleider in meine Richtung fliegt.

»Hey, pass auf!« In allerletzter Sekunde fange ich den kleinen Speckstein-Engel auf, der mich zu Danijel inspiriert hat. Und der seitdem auf meinem Nachttisch Wache hält. Unzählige Male schon habe ich ihn im Mondlicht betrachtet. Nachts, wenn im Zimmer nur Lees regelmäßiger Atem zu hören gewesen ist. Anfangs haben sich meine Gedanken zu Danijels Geschichte geformt. Ich konnte ihn sehen, fühlen, riechen. Obwohl die Skulptur nur aus Stein ist, wurde er echt. In meinen Gedanken.

Aber in den letzten Tagen hat sich etwas verändert. Wenn ich nun nachts wach liege und diese Skulptur betrachte, ist es nicht Danijel, der in meinem Kopfkino die Hauptrolle spielt. Es ist Adrian und die Aussicht, dass ich heute den ganzen Tag mit ihm verbringen werde, macht mich nervös.

»Willst du dich nicht langsam fertig machen?«

Ich schaue an mir hinunter. Vielleicht wäre es ein guter Zeitpunkt, um mich etwas aufzuhübschen. Nur, was zieht man zu so einem Anlass an?

Schließlich will ich nicht, dass Adrian denkt, ich hätte mich aufgebrezelt. Seinetwegen.

»Ich weiß nicht, was ich anziehen soll«, gebe ich ehrlich zu und schaue Lee Hilfe suchend an. Sie hat die Begabung, immer zu dem genau richtigen Outfit zu greifen, etwas, das mir selten gelingt. Dabei lege ich auch gar keinen Wert darauf, besonders hübsch auszusehen. Nur eben passend, damit ich nicht aus dem Rahmen plumpse und auffalle.

Heute allerdings sieht die Sache etwas anders aus. Da gibt es nämlich jemanden, der mich sieht. Und das gefällt mir – so ungewohnt das für mich ist.

»Irgendwas Bequemes«, rät mir Lee. »Schließlich fahren wir eine halbe Ewigkeit mit dem Auto. Und dann müssen wir noch tanzen.«

»Wir fahren knapp zwei Stunden«, beruhige ich sie und stelle mir gerade vor, wie ich mit Trainingshose und Schlabbershirt vor Adrian trete, und schüttle entschlossen den Kopf.

Lee hält plötzlich inne und grinst verschlagen. »Kann es sein, dass ein gewisser Adrian heute mit nach Berlin fährt?«

Ich zucke mit den Schultern, beiße mir auf die Unterlippe und hoffe, dass ich nicht knallrot anlaufe. »Ich mein ja nur ... du hast dir noch nie Gedanken über deine Klamotten gemacht.«

»Das stimmt gar nicht!«, maule ich und gebe vor, einen Fussel von der Danijel-Skulptur zu wischen.

»Aaaargh, erzähl, was läuft da zwischen dir und dem AcA-Bad-Boy?«

Ich spüre, wie die Matratze nachgibt, und als ich aufsehe, bestätigt sich meine Vermutung: Lee sitzt auf meinem Bett und hat offensichtlich jegliches Interesse verloren, sich für unseren Ausflug herzurichten.

»Adrian ist kein Bad-Boy«, murmle ich. »Er ist nett, weißt du?«

»Nett«, echot Lee und klingt entrüstet. »Nette Kerle sind so was von lahm. Komm schon, gib mir etwas zum Schwärmen, dann bin ich auch ruhig.«

»Du und ruhig? Nee, darauf falle ich nicht rein. Mach dir doch einfach die Mühe, Adrian kennenzulernen. Heute hast du die Gelegenheit dazu.« Ich schaue sie herausfordernd an, denn nicht nur ich weiß, dass es Lees Achillesferse ist. Sie steckt Menschen einfach viel zu schnell in Schubladen und beteuert, dass sie selbst diese anerzogene Eigenschaft hasst wie die Pest.

Sie überlegt einen Moment, nickt und steht schon auf. Erst glaube ich, ich hätte sie mit meinem Kommentar verletzt, doch dann dreht sie sich zu mir um und grinst frech.

»Okay, aber beklag dich dann nicht, wenn ich ihn dir ausspanne!« Sie streckt mir ihre Zunge raus, läuft leichtfüßig zu ihrem Kleiderschrank und wühlt darin herum. Triumphierend hält sie eine glänzende Lederleggings hoch und ein schwarzes Glitzertop. Das Outfit ist absolut atemberaubend und perfekt – wenn man sich vorgenommen hat, bei einem Klubabend unzählige Kerle aufzureißen. Aber sicher nicht für einen Ausflug an einem schmuddelig grauen Herbsttag in die Hauptstadt – mit Tanzeinlage.

»Sicher, dass du das anziehen willst?« Argwöhnisch ziehe ich die Augenbrauen zusammen. Ich werde wohl doch lieber bei Jeans und Pulli und einer dicken Jacke bleiben.

»Ich dachte ja eher, dass es perfekt für dich wäre. Wenn Adrian dich so sieht …« Das ist der Moment, in dem es aus Lee rausplatzt und sie schallend lacht. Mit dem Finger zeigt sie auf mich und schüttelt sich. »Du hättest mal dein Gesicht sehen sollen, Pauli!«

Ich rolle mit den Augen. Haha, selten so gelacht. Aber dann muss ich doch kichern, da diese Klamotten so überhaupt gar nicht zu mir passen, dass sie sicher wie ein Fastnachtskostüm an mir ausgesehen hätten.

»Hier, probiere das mal an. Das steht dir bestimmt super.« Wieder fliegt ein Schwung Klamotten in meine Richtung und diesmal ist die Auswahl eher nach meinem Geschmack. Ich halte eine Sweathose hoch, die ich schon öfter an Lee bewundert habe, da sie ultrabequem wirkt, aber dennoch weit davon entfernt ist, wie eine schnöde Jogginghose auszusehen. Dazu hat sie einen schwarzen Pulli ausgewählt, der nicht nur einen wunderschönen U-Boot-Ausschnitt hat und seidig schimmert, er fasst sich auch noch so weich an, dass ich augenblicklich mein Gesicht darin vergrabe.

»Oh, ist der weich!«, schwärme ich.

»Kaschmir-Seide, also versau ihn nicht.« Sie zwinkert mir zu und entschärft damit ihren spitzen Kommentar. Ich weiß, dass sie niemals sauer ist, wenn etwas von ihren Sachen versehentlich kaputtgeht. Materielles bedeutet Lee offensichtlich nichts. Vielleicht liegt es daran, dass sie alles immer im Überfluss hatte. »Ich will ja, dass sich dein Traumprinz an dich kuscheln kann.«

Ihre Augen schimmern glücklich und fast ist es so, als hätte ich ihr in ebendiesem Moment eröffnet, dass ich heiraten würde und sie Trauzeugin wird. Fehlt nur noch, dass sie sich eine Träne aus den Augenwinkeln wischt.

»Seid ihr fertig?« Nia steckt ihren Kopf durch den Türrahmen und schaut uns erwartungsvoll an.

»Gleich.« Lee dreht sich panisch in ihrem selbst fabrizierten Chaos und pflückt willkürlich irgendwelche Klamotten zusammen. »Wir müssen Paulina noch aufhübschen, sie hat ein Date.«

»Was? Nein! Äh, kein Date. Nicht aufhübschen«, stammle ich und schaue Hilfe suchend zu Nia.

»Du hast ein Date? Mit wem? Dean?« Nia lässt sich auf mein Bett sinken und schaut mich fassungslos an.

Als wäre es so etwas Ungewöhnliches, dass ich ein Date hätte – wenn es denn so wäre.

»Nein. Nicht. Dean!« Langsam wird es mir zu bunt. Ich springe aus dem Bett, presse die Klamotten von Lee an mich und krame in meinem Schrank nach frischer Unterwäsche. »Ich geh mich anziehen.«

Als die Zimmertür ins Schloss knallt und ich in Toni reinrenne, schnappe ich nach Luft.

»Paulina, was ist los?«

Toni hat bereits ihre dicke Winterjacke angezogen und einen schwarzen Schal um ihren Hals geschlungen. Vielleicht sollte ich mich wirklich beeilen.

Ich verdrehe die Augen, wedle in Richtung Tür und schüttle schließlich den Kopf.

»Lee will aus mir eine Barbiepuppe machen, weil sie glaubt, Adrian und ich haben ein Date.« So, jetzt ist es raus und ich kann es immer noch nicht fassen, wie sie sich gerade aufführt.

»Und? Hast du ein Date?«

»Was? Nein!« Ich schlucke, schüttle den Kopf, bis mir schwindelig ist, und lasse ihn anschließend in den Nacken sinken. »Ich weiß nicht. Adrian ... na ja, zumindest fährt er mit nach Berlin. Dean hat ihn eingeladen.«

»Dean? Ich dachte, er ... und du ...«

»Nein!« Warum fängt Toni jetzt auch noch damit an? »Zwischen Dean und mir läuft nichts.«

»Okay.« Toni zuckt mit den Schultern. »Und wo genau liegt jetzt das Problem?«

»Das Problem? Das Problem ... Na ja, in fünf Minuten fahren wir los und ich habe noch immer meinen Schlafanzug an und ein Vogelnest auf dem Kopf und ...«

Toni lacht und legt mir ihre Hände auf die Schultern.

»Soll ich dir helfen?«

»Beim Anziehen?«, quietsche ich. Was ist das denn für ein Vorschlag?

»Nein, du Schaf! Dich zurechtzumachen.«

»Aber keine Barbie.« Ich hebe drohend den Zeigefinger und spüre, wie die Anspannung in mir etwas erträglicher wird. Ich weiß, dass Toni nichts von diesen aufgestylten Tussis hält.

»Versprochen. Und jetzt: husch, husch!«

Ich drücke ihr einen schnellen Kuss auf die Wange, eile in den Waschraum und ziehe mich in Windeseile um. Der Pulli schmiegt sich perfekt an meinen Körper und ich überlege mir bereits, wie ich Lee dieses Schmuckstück abschwatzen könnte.

In Rekordzeit legt mir Toni ein dezentes Make-up auf, das so natürlich aussieht, dass man erst auf den zweiten Blick sieht, dass ich überhaupt geschminkt bin.

»Ich mag deine Natürlichkeit«, sagt Toni mit einem verschmitzten Lächeln auf den Lippen, als sie mich aus dem Spiegel heraus anschaut. »Und jetzt los! Sonst warten alle auf uns.«

Plötzlich erstarre ich. Ich hasse es, zu spät zu kommen!

Kapitel 18: Berlin

Adrian

Vincent scheint echt ganz nett zu sein. Nachdem er sich bei Elio die Schlüssel für den Kleinbus geholt hat, standen wir längere Zeit vor dem Stift und haben uns unterhalten. Die meiste Zeit hat er mich über meine Graffitis gelöchert, weil Toni ihm wohl gesteckt hat, dass ich Talent habe. Ich konnte ihm aber ziemlich schnell klarmachen, dass ich kein Interesse daran habe, von ihm gescoutet zu werden. Und spätestens, als ich ihm erklärt habe, dass ich eh nicht mehr spraye, hat er aufgegeben. Das wissende Lächeln hat mich dennoch irritiert.

»Ich gehe mal schauen, wo die Mädels stecken«, sagt er schließlich nach einem Blick auf seine Uhr und lässt mich am Bus zurück. Ich zücke mein Handy und scrolle durch die Nachrichten. Seit ich die meisten Kontakte von meinem Smartphone geschmissen habe, ist mein digitales Leben ziemlich öde geworden. Einzig Paulinas Nachrichten lassen das Ding ab und zu aufleben. Ich liebe es, spät abends ihre Textausschnitte zu lesen, Bilder in meinem Kopf entstehen zu lassen und sie anschließend aufs Papier zu bringen. Auf meinem Schreibtisch stapeln sich inzwischen unzählige Zeichnungen von Vicky und Danijel.

»Hey, cool. Männliche Unterstützung!«

Ich schaue hoch und mache kein Geheimnis draus, dass ich von Deans Auftauchen nicht sonderlich begeistert bin. Mit in den Jackentaschen vergrabenen Händen schlurft er auf mich zu und grinst mich an, als wären wir Best Buddys. Habe ich was verpasst? »Hat dir Nia schon die Choreografie beigebracht? Ich komme bei der einen Stelle mit der Drehung echt immer raus!« Er stöhnt theatralisch und lehnt sich neben mir an den Van. »Und, hast du's drauf?«

»Ich werde nicht tanzen«, brumme ich und rücke etwas von ihm ab. Glaubt er etwa, weil ich ihm beim Knutschen erwischt habe, verbindet uns jetzt ein unsichtbares Band? Sicher nicht. »Wo ist deine Freundin?«

»Meine ... was? Melissa ist nicht –«

»Ja, schon klar! Aber weißt du, wenn du sie magst, solltest du sie vor deinen Freunden wirklich nicht verheimlichen. Das ist nicht fair ihr gegenüber. Und deinen Leuten gegenüber auch nicht.«

Warum gebe ich diesem Typen überhaupt Tipps? Ich kann nicht gerade von mir behaupten, besonders viel Erfahrung mit Freunden zu haben. Calli, Zao und Co. Rückblickend weiß ich noch nicht einmal, ob ich die Gang überhaupt als Freunde bezeichnen möchte. Besteht eine Freundschaft nicht aus mehr, als gemeinsam um die Häuser zu ziehen, zu saufen und fremde Häuser zu besprühen?

»Bist du aus 'ner Fabrik für Abreißblattkalender ausgebüchst?« Dean kneift verständnislos die Augenbrauen zusammen. »Du hast keine Ahnung, wer Melissa ist. Und was für einen Ruf sie hat.«

»Tja, wenn ihr Ruf das Wichtigste ist ... dann solltest du dir gut überlegen, ob sie es wert ist, flachgelegt zu werden.«

»Psst, die Mädels kommen. Kein Wort zu Paulina.« Dean boxt mich unvermittelt in den Magen und ich spanne viel zu spät die Bauchmuskeln an und spüre einen dumpfen Schlag. Er lässt mich einfach stehen und geht schon ein paar Schritte auf die Gruppe junger Frauen zu, die durch den großen steinernen Torbogen treten, über dem die goldenen Engelstatuen thronen.

Mein Blick bleibt an Paulina hängen, die irgendwie anders aussieht als sonst. Ich brauche einen kleinen Augenblick, bis ich ausmachen kann, was es ist. Aber es liegt nicht daran, dass sie statt der obligatorischen Jeans eine stylishe Sweathose trägt. Und statt des unförmigen Strickpullovers ein Exemplar, das eng anliegt und einen sexy Ausschnitt hat, der ihr neckisch über die Schulter rutscht. Es ist das Strahlen in den Augen, das intensiver ist. Das tiefer geht und mich durcheinanderbringt.

»Pauli, wow, du siehst hammermäßig aus!«, kommt mir Dean zuvor und schlingt zur Begrüßung die Arme um sie.

Na toll! Wenn ich ihr jetzt ein Kompliment mache, wird sich das nur wie eine lahme Wiederholung dessen anhören, was der blonde Wikinger-Verschnitt gerade so lautstark rumposaunt hat.

Als sich die beiden aus der kurzen Umarmung lösen, sehe ich, dass Paulina rot angelaufen ist. Sicher ist ihr die Aufmerksamkeit zu viel. Obwohl sie hier nur von ihren Freunden umgeben ist, scheint sie nicht gern im Mittelpunkt zu stehen.

»Moin!«, wirft Lee lautstark in die Runde. »Kann's endlich losgehen?«

Sie stiefelt mit einem breiten Grinsen an mir vorbei und öffnet die Schiebetür des Kleinbusses.

Aus dem Augenwinkel nehme ich wahr, dass Paulina die Arme fest um sich schlingt. Dean redet immer noch auf sie ein, doch sie schaut einfach an ihm vorbei. Ein leises Lächeln zupft an ihren Lippen, als sich unsere Blicke begegnen. Dann läuft sie los und lässt den Kerl einfach stehen.

»Hey, du bist tatsächlich da«, sagt sie leise.

Aus der Nähe sieht sie noch hübscher aus. Ich mag ihre Natürlichkeit. Und auch heute klebt keine dicke Schicht Make-up auf ihrer Haut. Lediglich ihre Wimpern wirken etwas dichter, etwas länger und ihre Lippen schimmern einladend. Ich schlucke. Und kann meinen Blick kaum von ihnen lösen. »Adrian?«

»Äh ja, ich bin da.« Was gebe ich da für einen Schwachsinn von mir? Ich schüttle kurz den Kopf und bedeute Paulina, in den Kleinbus zu steigen. Als wäre es selbstverständlich, setze ich mich zu Paulina auf die hinterste Bank und nehme etwas wehmütig wahr, dass sich Dean den Platz vor Paulina krallt und über die Lehne hinweg weiter auf sie einlabert.

Wir fahren los und entgegen meiner Hoffnung wird der Kerl nicht müde, irgendwelche lahmen Anekdoten von seinem Agenten auszuplaudern.

Paulina – höflich, wie sie ist – lächelt ihn schmal an und nickt ab und zu. Aber ich spüre ihre Anspannung. Sie strahlt förmlich auf mich ab, obwohl ich peinlich genau darauf achte, sie nicht zu berühren.

Irgendwann krame ich mein Handy raus und wickle die Kopfhörer ab.

Zum Glück habe ich mich heute Morgen gegen die Bügelkopfhörer entschieden, die zwar einen besseren Sound machen, die ich aber unmöglich mit Paulina teilen könnte.

»Willst du Musik hören?« Ich strecke ihr einen Ohrstöpsel hin und nehme wahr, wie sich ihre Miene aufhellt. Schon greift sie nach dem Kopfhörer und für einen winzigen Moment berühren sich unsere Finger. Schnell zucke ich zurück und überlasse das Kabel Paulina.

»Was hörst du so?«

Paulina zuckt mit den Schultern. »Eigentlich alles. Wir könnten was von Vincent hören zur Einstimmung.«

»Wincent Weiss?«, versichere ich mich. Deutsche Songs habe ich kaum in meiner Playlist. Vielleicht liegt es daran, dass sie einen schlechten Ruf haben und als uncool gelten.

»Ne. Vince Vice.« Paulina grinst schelmisch und fuchtelt in Richtung des Fahrers.

»Sag bloß, du kennst Vince Vice nicht?« Dean lacht mich aus und klopft sich auf die Schenkel, als hätte ich einen megalustigen Witz gerissen. Da dämmert es mir, dass ich ja schon bei der Party im *Bunker* war, auf der Vince Vice aufgelegt hat. Mein Blick schweift in die Fahrerkabine. Vincent. Vince Vice. Da macht es Klick und für einen winzigen Augenblick fühle ich mich echt doof. Aber vielleicht passiert das, wenn man zu jeder Tages- und Nachtzeit von seinem Onkel mit Italo-Pop beschallt wird.

»Vince Vice ... Klar kenne ich Vincents Sachen«, verteidige ich mich und schaue Dean herausfordernd an.

Paulina tätschelt mir beruhigend den Unterarm. »Wir hören einfach das, was du als Letztes gehört hast. Drück einfach auf Play.«

»Na toll!«, mault Dean, als sie sich demonstrativ den Stöpsel ins Ohr friemelt. »Danke fürs Gespräch.«

Endlich dreht er sich um und fängt augenblicklich an, Lee, die neben ihm sitzt, in Beschlag zu nehmen. Mein Mitleid hält sich in Grenzen.

Ich entsperre mein Display und versuche mich daran zu erinnern, welches Stück ich als Letztes abgespielt habe. Erfolglos.

»Billie Eilish. Der Herr hat Geschmack«, kommentiert Paulina, die wohl schneller das Cover der aktuellen Platte erkannt hat.

»Ich mag ihre Musik. Sie ist so unberechenbar.«

»Ja, die Vielseitigkeit ist echt der Hammer. Das, was sie tut, ist superkreativ«, pflichtet mir Paulina bei. »Was hörst du sonst so?«

Ich überlege einen Moment, versuche selbst eine Erklärung für das zu finden, was mir gefällt.

»Alles irgendwie. Es kommt auf meine Stimmung an. Manchmal mag ich den harten Beat von Eminem. An anderen Tagen höre ich auch alte Klassiker von Aretha Franklin. Nicht lachen«, mahne ich und entlocke ihr ein leises Kichern. »Ernsthaft, das ist gute Musik.«

»Habe nichts anderes behauptet. Aber die Vorstellung, dass ein Kerl wie du –« Sie hält inne und zieht ihre Unterlippe zwischen die Zähne.

»Ein Kerl wie ich?«, hake ich nach und bemühe mich, nicht allzu sehr auf ihre rosa geschminkten Lippen zu starren.

»Na ja, du gibst dich immer so hart.«

Ich seufze und ziehe die Augenbrauen hoch. »Inzwischen solltest du mich besser kennen.«

»Das schon, aber ... Na ja, dein Musikgeschmack überrascht mich eben. *Du* überrascht mich.«

»Ich hoffe, Überraschungen sind gut. Erzähl, was magst du für Musik? Wer ist deine absolute Lieblingsband?« Ich mache es mir auf dem Polster bequem und drehe mich so, dass ich Paulina sehe. Die Musik plätschert in angenehmer Lautstärke dahin.

»Mhm, derzeit mag ich J.R. Richards ganz gern. Ist vielleicht etwas Old School, aber ich mag es, wenn Rocker Balladen singen und das hat er definitiv drauf.«

»Sagt mir gar nichts. Hast du etwas von ihm dabei?«

Sie kramt schon ihr Handy raus und sucht einen Song. Ich stöpsle den Kopfhörer um und gemeinsam tauchen wir in der Musik ab, die Paulina offensichtlich etwas bedeutet.

»Der Song hat Seele«, pflichte ich ihr bei und genieße die Zeit, die wir gemeinsam in diesem Bus verbringen, uns über Musik unterhalten und immer wieder feststellen, wie ähnlich unsere Geschmäcker sind. Paulina ist nicht festgefahren, kennt sich aus und lässt sich auch für Neues begeistern. Abwechselnd spielen wir uns Songs vor, die eine ganz eigene, eine besondere Bedeutung für uns haben. Und obwohl ich in diesen Berlin-Ausflug etwas widerwillig hineingeschlittert bin, beginne ich die Tatsache zu genießen, heute so viel Zeit mit Paulina verbringen zu können.

***

Die Zeit verfliegt rasend schnell und etwas wehmütig nehme ich wahr, wie die ersten Häuser Berlins die nahende Ankunft auf dem Alexanderplatz ankündigen. Es fühlt sich seltsam an, wieder daheim zu sein. *Daheim.* Trifft es das überhaupt? Ein Zuhause sollte man mit einem guten Gefühl verbinden. Mit Geborgenheit. Geliebtsein. Ich möchte meiner Mutter wirklich nicht absprechen, dass sie mich liebt. Das tut sie sicher, nur ist es ihr zuletzt schwergefallen, mir das auch zu zeigen. Schnell wische ich die Erinnerungen an die letzten Monate in dieser Stadt beiseite.

»Wie sieht denn der Plan für heute aus?«, frage ich Paulina.

»Ich brauche erst mal was zu essen«, klinkt sich Dean ein und dreht sich zu uns um. »Du als Local weißt sicher, wo es die beste Currywurst gibt.«

Unwillkürlich verdrehe ich die Augen, denn den meisten Touris kommt immer nur eines in den Sinn, wenn sie in Berlin etwas essen wollen: Currywurst.

»Ku'damm«, gebe ich gelangweilt Auskunft, wie ich es immer getan habe, wenn mich auf der Straße jemand angequatscht und nach Tipps gefragt hat. »*Bier's,* Ku'damm 195.«

»O nö! Keine Currywurst!«, mault Lee. »Hier gibt es so geiles Zeugs, dann muss ich mir doch nicht so eine Pampe reinziehen.«

»Rede nicht so von dem kulinarischen Highlight Berlins«, rügt Dean sie und wuschelt ihr durch die blonden glatten Haare, die augenblicklich ziemlich zerzaust aussehen. Lee quietscht und versucht Deans Hände abzuwehren.

»Okay, keine Currywurst. Andere Vorschläge, Local Hero?«

Ich gehe in Gedanken all die Möglichkeiten durch, die sich rund um den Alex ranken. In den meisten Lokalen war ich selbst noch nie, denn ich habe mich in anderen Teilen Berlins rumgetrieben.

»Wie wäre es mit dem *Alles ist anders?*«, schlägt Nia vor und löst damit ein aufgeregtes Gemurmel aus, das im Inneren des Kleinbusses hallt. Offensichtlich stößt ihr Vorschlag auf Zustimmung und ich krame hektisch in meinem Kopf, ob ich jemals von einem Laden mit diesem Namen gehört habe. Sicher ist es eines dieser Restaurants, in denen Künstler ein- und ausgehen. Nichts, wo sich die Unterschicht Berlins hin verirrt.

Schon zücke ich mein Smartphone, um nachzuschauen, in welcher Ecke der vorgeschlagene Laden liegt.

»Ist sogar in der Nähe vom Alex«, murmle ich und lotse Vincent durch die Straßen, bis er einen Parkplatz findet.

Es ist ein seltsames Gefühl, den Asphalt zu betreten. Die Luft zu atmen, die mir zuletzt zu schwer erschienen war. Lärm dringt an meine Ohren. Das Hupen von Autos, das ohrenbetäubende Geräusch eines Presslufthammers, das Schreien irgendwelcher Menschen. Ich kann Paulinas Anspannung förmlich spüren und erinnere mich daran, dass ihr der Großstadttrubel schnell zu viel wird. Ich schenke ihr ein aufmunterndes Lächeln. Wie gern würde ich einfach nach ihrer Hand greifen, ihr zeigen, dass ich da bin. Dass ich auf sie aufpasse. Hier, in meiner Stadt.

»Hereinspaziert.« Als wäre Vincent der Gastgeber, hält er die unscheinbare Glastür auf, über der ein simples schwarzes Schild mit weißem Aufdruck hängt: *Alles ist anders.*

Ich lasse die Meute vorgehen und drücke mich nach Paulina in den Raum, der ganz anders aussieht, als ich mir eine hippe Künstlerlocation vorgestellt habe.

Überall an den Wänden hängen Spiegel in allen erdenklichen Größen und Formen. Scheinbar willkürlich zusammengewürfelt ergeben sie ein überdimensioniertes Spiegellabyrinth, das es unmöglich macht, die wahre Größe des Lokals auszumachen. Dabei sind die Spiegel offensichtlich Überbleibsel aus längst vergangenen Zeiten, teils schon etwas blind, die Rahmen abgeschabt oder angeschlagen.

Die Gruppe steuert einen Tisch am Ende des Raumes an. Der schwere, quadratische Tisch aus dunklem Holz hat ebenfalls seine besten Tage hinter sich. Um ihn herum gruppieren sich Stühle in den buntesten Farben und außergewöhnlichsten Formen. Ich halte mich weiter an Paulina, denn sie ist es, wegen der ich hier bin. Ich möchte nicht an ihr kleben, aber die anderen interessieren mich nicht.

Wie erwartet sichert sich Dean den Platz an Paulinas anderer Seite und quatscht sie sogleich wieder voll. Ich widme mich der Speisekarte und bin froh, dass ich Elios großzügige Spende heute Morgen nicht ausgeschlagen habe. Als ich ihm beim Frühstück in einem Nebensatz eröffnet habe, dass ich mit ein paar der Studenten einen Ausflug nach Berlin machen würde, habe ich mit einer Moralpredigt gerechnet. Stattdessen lief er ins Wohnzimmer und kam mit ein paar Scheinen zurück, die er mir entgegenstreckte. Es sei nur fair, dass ich etwas Taschengeld bekäme, da ich ihm so tatkräftig helfen würde.

Wir bestellen unser Essen und ich lasse mich von Vincent in eine Unterhaltung über das Stift und dessen Zustand, die Schule und Berlin verwickeln. Er ist gut darin, Small Talk zu halten – etwas, das mir eher schwerfällt. Zumindest mit einem weltgewandten Kerl wie Vincent. Er lässt es sich nicht anmerken, dass es sicher bessere Gesprächspartner gibt als ein Berliner Unterschichtkind. Er stellt Fragen, hakt interessiert nach und gibt mir nicht eine Sekunde das Gefühl, nicht dazuzugehören.

Als das Essen kommt, entsteht ein riesiger Krach und die Gruppe zieht die Aufmerksamkeit der anderen Gäste auf sich. Einige lachen, weil sie etwas völlig anderes aufgetischt bekommen als das, was sie bestellt haben. Dabei stand es ja in der Speisekarte, dass sich die Küche vorbehält, Überraschungen zu servieren. Etwas Neues zu wagen, anders zu sein. Den Standpunkt zu ändern. Das alles zählt offensichtlich zur Firmenphilosophie von *Alles ist anders*.

Bestellt hatte ich ein Schweinesteak mit Kartoffeln. Nun finde ich vor mir eine blaue Tonschüssel, in deren Innerem buntes Grillgemüse kunstvoll über einem Berg Risotto drapiert ist.

»Und für die Lady: ein Burger deluxe. Mit den besten Empfehlungen des Küchenchefs.« Vor Paulina wird ein riesiger weißer Teller abgestellt, auf dem ein schwarzer Burger thront, in dessen Mitte ein weißes Fischfilet glänzt. Garniert mit einer schwarzen zähflüssigen Soße, die im Licht des Kronleuchters edel glänzt.

Paulina sieht entsetzt aus und ich frage mich, ob es an der ungewohnten Umgebung liegt oder daran, dass ein paar andere Gäste neugierig unsere Reaktionen auf das Essen beäugen.

»Äh, Paulina ... du hast jetzt aber keinen Fisch bestellt?« Lee klingt entsetzt und schaut angeekelt auf Paulinas Teller.

»Ich? Bist du irre?« Paulinas Stimme überschlägt sich. Noch immer starrt sie auf das Essen, als würde der tote Fisch in seiner vollen Pracht inklusive Kopf und Schuppen vor ihr liegen.

Offensichtlich hat keiner von uns das serviert bekommen, was er bestellt hat. Schöne Überraschung.

Ich räuspere mich, schnappe mir schnell den Teller und schiebe meine Schüssel Risotto zu ihr rüber.

»Ich liebe Fisch! Hoffe, du hast nichts dagegen, wenn wir tauschen. Aber von dem bisschen Gemüse werde ich nicht satt.«

Das ist zwar glatt gelogen, denn Fisch konnte ich noch nie etwas abgewinnen, aber Paulinas dankbares Lächeln ist Entschädigung genug. Es ist nicht das erste Mal, dass ich etwas runterwürge, um satt zu werden.

»Oh, ein Gentleman«, höre ich Blondie und bemerke, wie Paulina Lee die Zunge rausstreckt. »Danke, Adrian, sonst hätte ich mich opfern müssen und Fisch ... Boah, das geht gar nicht! Aber Paulina hätten wir sonst in der nächsten Notaufnahme abliefern können.«

Irritiert sehe ich Paulina an. »Du bist allergisch gegen Fisch?«

Ihre schokobraunen Augen wirken in diesem Moment riesig. Der Schock ist ihr noch immer anzusehen. Sie nickt mechanisch. Hinter ihr drängt sich Deans breit grinsendes Gesicht in mein Blickfeld.

»Tja, das nenn ich mal ein Eigentor. Das bedeutet dann wohl Knutschverbot für heute. 'nen Guten!« Er lacht und stopft sich schon die erste Gabel eines undefinierbaren Breis in den Mund.

»Danke«, murmelt Paulina und stochert in der blauen Schüssel rum. »Das hättest du nicht tun müssen.« Ihre Wangen sind feuerrot.

Dean und seine blöden Sprüche!

»Schon okay«, murmle ich und weiß bereits in diesem Moment, dass bislang kein Fisch einen Beigeschmack gehabt hat, der bitterer war als dieser. Chance vertan!

***

»Bleibt es dabei, Paulina? Machst du mit?« Nia wirkt mit einem Schlag nervös, als wir auf den großen Platz vor dem Berliner Fernsehturm treten. Ich mag es nicht, abends hier zu sein, und kann ihre Stimmung daher gut nachfühlen. Auch ich fühle mich unwohl.

»Ich lass dich nicht im Stich«, murmelt Paulina und richtet den Blick zu Boden. Sie wirkt, als würde man sie vor das oberste Gericht zerren. Warum tut sie sich das nur an, wenn es sie so offensichtlich überfordert?

»Was ist mit dir, Adrian?«

»Was?«

»Na, machst du mit beim Flashmob? Ist ganz leicht. Du tust einfach das Gleiche wie Paulina und Dean.« Die kleine Schwarzhaarige schaut zu mir auf. Sie ist einen guten Kopf kleiner als ich, ihre Energie springt aus jeder Pore ihres ebenmäßigen Gesichts. Die Hände hat sie in den langen Ärmeln ihres schwarzen Pullis vergraben, als wäre sie unsicher. Aber vermutlich ist ihr einfach nur kalt. Während sie zu mir hochschaut und auf meine Antwort wartet, lässt sie ihren rechten Fuß kreisen.

»Nein, ich … Das ist nichts für mich.«

Nias Mundwinkel zuckt amüsiert, sie legt mir beschwichtigend eine Hand auf den Unterarm und tätschelt ihn.

»Vincent. Ich habe einen Kameramann für dich. Erklär ihm alles.«

Ich hatte mit mehr Widerstand der quirligen Tänzerin gerechnet, aber offensichtlich hat sie an anderer Stelle Verwendung für mich. Mir soll's recht sein – lieber filme ich, als dass ich mich *vor* der Kamera zum Affen mache.

»Bis später«, murmelt Paulina und lässt mich mit dem Sohn des AcA-Chefs einfach stehen. Ich schaue der kleinen Truppe nach, wie sie sich einige Meter entfernt zu einem Kreis zusammenrauft und offensichtlich noch einmal den Ablauf bespricht.

»Komm, wir bauen die Technik auf.« Während wir zahlreiche Koffer aus dem Bus holen und mitten auf dem Alexanderplatz ein Mischpult und Lautsprecher aufstellen, bekomme ich Paulina nicht mehr zu Gesicht.

Immer wieder scanne ich die Leute, die an uns vorüberlaufen und uns misstrauisch beäugen. Berlin Alexanderplatz – nicht gerade der sicherste Ort der Hauptstadt. Warum sich Nia ausgerechnet diese Location für ihren Flashmob ausgesucht hat, bleibt mir ein Rätsel. Vermutlich weil es auch der belebteste Platz ist.

Unwillkürlich ziehe ich die Kapuze meines Hoodies über. Nicht weil mir der eisige Wind, der hier in der Stadt im Herbst pfeift, in die Knochen kriecht. Ich fühle mich sicherer, wenn ich den warmen Stoff in meinem Nacken spüre, wenn ich untertauchen kann vor unerwünschten Blicken. Was, wenn sich doch jemand meiner alten Gang hierher verirrt?

Unter der Weltzeituhr lungern ein paar Gestalten herum, die mir ein Grummeln im Bauch bescheren. Aber vielleicht mache ich mir einfach zu viele Gedanken.

»Hier.« Vincent drückt mir eine GoPro in die Hand und erklärt mir, worauf es Nia bei den Aufnahmen ankommt.

Es dauert noch eine Weile, bis die Studenten der AcA wieder in Sichtweite treten. Nicht als Gruppe, wie ich erwartet habe, sondern so, als wären sie normale Passanten. Paulina klebt schon wieder mit Dean zusammen, wie ich genervt wahrnehme. Vielleicht hätte ich ihm die Kamera in die Hand drücken sollen. Dann könnte ich jetzt mit Paulina herumalbern und sie zum Lachen bringen.

Vincent nickt mir zu – das Zeichen, dass es jetzt losgeht. Ich schalte die Kamera an und warte gespannt darauf, dass etwas passiert. Als Erstes löst sich Nia aus dem Strom der abendlichen Passanten und beginnt ihren Körper zu einem stummen Lied zu bewegen. Ich staune nicht schlecht, welche grazile Bewegungen das kleine Persönchen draufhat. Die Umstehenden halten inne, betrachten die Frau, die sich in einer stummen Melodie verliert.

Wie auf Kommando setzt die Musik ein. Ich halte weiter auf Nia, filme ihren Tanz, der die Menschen in ihren Bann zieht, die eilig über den Platz huschen wollten. Ein Halbkreis bildet sich um die Tänzerin, die allein mit ihrem Körper eine Geschichte erzählt. Die Stärke ausdrückt. Und eine zarte Verletzlichkeit, die mich unwillkürlich berührt.

Dann kommt eine zweite Person dazu, reiht sich mühelos in Nias Bewegungen ein, kopiert sie, imitiert sie, interpretiert sie neu. Es ist ein Einklang der Körper, jeder für sich, zusammen eins. Immer mehr Menschen strömen auf die beiden zu, klinken sich in die Choreografie ein, die zwar einfache Schrittabfolgen beinhaltet, die aber in seiner Gesamtheit wie ein Kunstwerk wirkt.

Ich zoome ran, filme die Gesichter im Close-up. Fange die Emotionen ein, die so vielfältig und überwältigend sind, dass ich schlucken muss. Mein Blick fällt auf Paulina, die inzwischen Teil der Crew ist und sich mühelos in die Schrittabfolge einfindet, als würde sie nie etwas anderes tun. Wie Zahnrädchen greifen die Gesten der Tänzer ineinander, die Arme und Beine berühren sich immer wieder, lösen sich, wenden sich ab und einem anderen Tänzer zu. Es sieht so einfach aus, eingespielt. Imitieren sie ein Uhrwerk? Das perfekte Funktionieren einer Gemeinschaft? Immer mehr Menschen stoßen dazu, Leute, die ganz intuitiv zu einem Teil des Projektes werden, da sie genau zu wissen scheinen, wo ihr Platz ist. Wo sie gebraucht werden, um die Abfolge durch die Reihen zu tragen. Weiter. Immer weiter.

Ich muss mich daran erinnern, dass ich eine Aufgabe habe, dass auch ich Teil des Ganzen bin. Langsam, um das Bild nicht zu verwackeln, setze ich einen Fuß hinter den anderen, gehe in die Totale, fange die gesamte Schönheit des Moments ein.

Als die Musik wie in sanften Wellen abebbt und die Crew bewegungslos in der letzten Pose verharrt, brauchen die umstehenden Menschen einen

Augenblick, um aus der Trance aufzuwachen und in der Realität aufzuschlagen. Erst zögernd, dann immer enthusiastischer klatschen sie Beifall und jubeln. Ich fange die Emotionen ein, halte auf die Zuschauer und als sich die Tänzer mit einem glücklichen Lächeln auf den Lippen lösen, schalte ich die Kamera aus.

Kapitel 19: Alte Bekannte

Adrian

»Kennst du einen coolen Klub?« Nia hüpft wie ein Aufziehmännchen vor mir her. Sie wirkt, als wäre sie auf Dope. Die Erleichterung über ihren gelungenen Coup ist ihr deutlich anzumerken.

»Mhm, hier in der Nähe?« Ich überlege krampfhaft, welcher Schuppen etwas für die Studenten der AcA sein könnte.

»Ich habe mal in der *Beat Box* aufgelegt. Der ist zwar etwas weiter weg von hier, aber …«, grätscht Vincent dazwischen und legt einen Arm auf meine Schulter, was mir seltsam unangenehm ist. Warum tun die Leute immer einen auf Kumpel, wenn man mal ein paar Stunden miteinander unterwegs war?

»Abgemacht.« Nia reichen wohl die spärlichen Informationen. Sie hakt sich bei Lee und Toni unter und zieht ihre Freundinnen schon von uns weg.

»Äh, Mädels, hier geht's lang.« Vincent deutet mit einem breiten Grinsen über seine Schulter.

»Das war echt krass! Hätte ich echt nicht erwartet. Und du … du warst verdammt gut«, sage ich zu Paulina, während wir in Richtung Bus laufen. Jeder von uns hat sich etwas vom Equipment geschnappt, Paulina krallt ihr kleinen Hände um die schwarzen Metallträger, auf denen gerade noch eine der Boxen befestigt waren. Vincent hat mir sein Mischpult anvertraut, das sicher verpackt in einem Alukoffer einiges wiegt.

»Nia ist eine gute Lehrerin«, wiegelt Paulina ab, ihr scheint mein Kompliment dennoch zu gefallen.

»Und du eine gute Schülerin.«

»Ich hätte es dir auch beibringen können.«

»Argh, du weißt doch … Tanzen ist nicht so meins.« Ich ziehe einen Mundwinkel hoch und erinnere mich an das letzte Mal, als ich Paulina im Tanzsaal überrascht habe. Augenblicklich beginnt alles an mir zu prickeln und ich lade schnell das Mischpult in den Kofferraum des Busses.

»Aber in den Klub kommst du mit?«

Betreten schaue ich auf den Boden, kratze mit der Sohle über einen Fleck auf dem Asphalt, der wohl von einem Kaugummi stammt, der sich in den letzten Jahren mit dem Bodenbelag vereint hat. Es ist mir peinlich, dass ich nicht mitgehen kann. Früher hätte ich mich einen Dreck um die Regeln gekümmert. Aber jetzt, so kurz vor dem Ziel, will ich es nicht verkacken. Ich will Elio nicht enttäuschen.

»Ich kann nicht«, murmle ich und schaue mich schnell um, ob die anderen in der Nähe sind. »Ich bin noch nicht achtzehn.«

»Was?«, platzt es aus Paulina raus. »Aber –«

»Glaubst du etwa, ich bin freiwillig in Lieberose? Das ist nur ein Deal bis zu meinem Geburtstag.« Ich verschweige ihr, dass mir Elio bereits angeboten hat, bleiben zu können, so lange ich möchte. Und bis ich einen anderen Plan habe, werde ich das auch tun.

»Oh.«

»Du kannst mich ja anrufen, wenn ihr loswollt. Ich komme dann einfach zur *Beat Box*, okay?«

Ich überlege schon, was ich mit meiner Zeit anfangen könnte. Ich könnte mich bei Calli melden. Schnell wische ich den Gedanken beiseite, es wäre fatal, ihn jetzt wiederzusehen. Die Gefahr, in alte Muster abzurutschen, ist zu groß. Nein, ich werde einfach irgendwo warten.

Paulina schüttelt entschlossen den Kopf. »Ich bleib bei dir, ja? Du könntest mir Berlin zeigen, deine Street Arts.«

Tausend Argumente, die gegen Paulinas Vorschlag sprechen, wirbeln in meinem Kopf umher. Allen voran, dass es zu gefährlich ist, nachts in Berlin auf den Straßen herumzulungern. Aber da ist auch die Aussicht darauf, Zeit mit ihr zu verbringen. Zeit zu zweit.

Für Paulina scheint es abgemacht zu sein. Schnell läuft sie zu Toni, die bereits auf dem Beifahrersitz Platz genommen hat, und gibt ihr Bescheid. Die anderen steigen auch schon in den Bus und warten nur darauf, dass wir uns zu ihnen gesellen. Doch Paulina schließt die Schiebetür von außen, klopft einmal ans Fenster und winkt ihren Freunden zu.

Allein. Wir sind allein! Kurz flackert Panik in mir auf, mischt sich mit der Freude, ein paar ungestörte Stunden mit diesem Mädchen zu verbringen, das so anders ist als andere.

»Komm, ich zeig dir was!« Ich vergrabe meine Hände tief in meinen Hosentaschen und bedeute Paulina mir zu folgen.

***

Wir schlendern durch die Straßen Berlins. Meine Sinne sind dabei aufs Äußerste gespannt, immer bereit, vor Paulina zu springen und sie vor pöbelnden Typen zu beschützen. Ich zeige ihr ein paar der Sehenswürdigkeiten der Hauptstadt, die zu jeder Touri-Tour dazugehören. Dann stehen wir vor der Fassade eines Hochhauses, das über und über mit Farbe besprüht ist. Es ist kein einheitliches Graffiti, eher ein Potpourri unterschiedlicher Stile. Aber es sprüht vor Leben, vor Farbe. Vor Einfallsreichtum. Alles an dieser Fassade schreit danach, aus dem üblichen Alltagstrott zu fallen. Grenzen aufzuweichen und sich zu verlieren in einer Welt, die so viel mehr zu bieten hat als betongraue Wände.

»Wow! Ist das …?« Paulina wendet sich mit leuchtenden Augen zu mir um. »Ist das von dir?«

Schnell schüttle ich den Kopf. Eines der Bilder, die im Zentrum des Kunstwerkes stehen, zeigt den Kopf eines Jungen, aus dessen Schädel eine bunte Welt entspringt. Elemente, die mich inspiriert haben, die meine Fantasie beflügelt und mich dazu verleitet haben, meine ersten Cans zu kaufen.

»Nein, aber es ist der Grund, warum ich mit dem Sprayen angefangen habe.« Ich erinnere mich noch daran, wie ich hier eher zufällig vorbeikam. Wie mich die Größe und die Kreativität der Concept Wall umgehauen haben. Noch heute spüre ich das Kribbeln, das mich durchströmte, die Neugier und den unbändigen Wunsch, irgendwann ebenso große Kunst zu erschaffen wie diese Sprayer.

»Es ist wahnsinnig schön!« Paulinas Blick ist neugierig. »Zeigst du mir eines deiner Graffitis?« Das Braun ihrer Augen ist so warm und rein und schenkt mir ein behagliches Gefühl. Dennoch ziehe ich unsicher die Schultern hoch und schaue schnell weg.

»Die Szene ist schnelllebig. Wahrscheinlich sind sie alle schon lange überdeckt.« Ich weiß selbst nicht, warum es mir unangenehm ist, Paulina diese Seite meines Lebens zu zeigen. Sie gehört zu mir. Auch wenn ich mir ab und zu eine Delete-Taste sehnlich gewünscht habe, um manche Kapitel unwiederbringlich aus meinem Leben zu löschen. Wie die Sache mit dem Remke. Dann wird mir klar, dass es an meinem Zuhause liegt. Ich möchte nicht, dass sie sieht, in welchen Verhältnissen ich aufgewachsen bin. In welchem Slum, in dem die Hausfassaden von Gewalt und Armut erzählen.

»Wir könnten nachschauen.«

Ich seufze. »Ich war meistens in anderen Teilen der Stadt unterwegs. Das ist zu weit weg.«

»Gibt es in Berlin keine Straßenbahnen? Busse? U-Bahnen?« Sie grinst, als hätte sie mich damit komplett überzeugt.

Auf gar keinen Fall kann ich Paulina um diese Uhrzeit mit in den Wedding nehmen. Besonders nicht in die Ecken, in denen ich für gewöhnlich gesprayt habe. Selbst Einheimische gehen dort nachts mit einem unguten Gefühl auf die Straße. So stark sich Paulina auch gibt, aber sich gegenüber der Berliner Getto-Typen zu behaupten will ich ihr nicht zumuten. Außerdem möchte ich keinen meiner alten Kumpels treffen.

»Ich habe eine andere Idee«, sage ich daher schnell und lotse sie zur Museumsinsel.

Wir haben Glück, der 100er-Bus fährt gerade vor und ich löse für Paulina und mich eine Tageskarte. Schließlich haben wir einige Zeit, die wir verbummeln müssen, und hier im Bus kann ich Paulina eine Stadtführung geben, ohne sie den Gefahren des nächtlichen Berlins auszusetzen.

Aus alter Gewohnheit steuere ich die Rückbank an und setze mich in die Mitte, Paulina daneben. Sie wirkt etwas müde, die Anspannung, die den ganzen Tag über in ihrem schmalen Körper saß, zollt ihren Tribut.

Dennoch lauscht sie interessiert meinen Ausführungen über die Sehenswürdigkeiten von Berlin. Wir passieren das Brandenburger Tor, werfen einen Blick auf den Reichstag und fahren am Schloss Bellevue vorbei in Richtung Siegessäule. Paulina klebt förmlich an der Scheibe und kommt aus dem Staunen nicht mehr raus.

Obwohl es schon spät ist, sind unzählige Autos unterwegs und schieben sich dicht gedrängt durch die Straßen. Lichter blitzen auf, Hupen dröhnen in der Nacht.

Weiter geht es in Richtung Breitscheidplatz und danach zum Ku'damm. Kurz überlege ich, ob ich Paulina nicht doch noch eine Currywurst im *Bier's* spendieren soll, verwerfe die Idee aber wieder, als Paulina vergeblich versucht ein Gähnen zu unterdrücken.

Ich entscheide mich dafür, mit ihr weiter bis zum Bahnhof Zoo zu fahren und einfach sitzen zu bleiben, bis der Bus zurück zum Alex fährt.

Der Fahrer stellt den Motor aus, schaltet das Standlicht an und lässt die restlichen Fahrgäste aussteigen.

»Müde?«, frage ich Paulina, als wir allein im Bus sitzen und darauf warten, dass er weiterfährt. Das Licht ist grauenvoll und blendet mich unangenehm. Schnell ziehe ich mir die Kapuze tief ins Gesicht, um mich davor zu schützen.

»Mhm, ein bisschen«, gibt Paulina zu und gähnt erneut. Ich strecke meinen Arm aus und lege ihn sanft um ihre Schulter. Aufdringlich sein will ich natürlich nicht. Aber ich hoffe, sie nimmt das Angebot an, es sich etwas bequemer zu machen. Kurz spannen sich ihre Muskeln an, als ich sie sanft zu mir ziehe, doch dann lehnt sie ihren Kopf an meine Schulter und erstaunt nehme ich wahr, dass er perfekt in die Kuhle unterhalb meines Schlüsselbeines passt. Langsam lehne ich meine Wange an ihren Kopf und spüre, wie ein Lächeln über meinen Mund zieht. Der zarte Duft ihrer Haare, der mir mit voller Wucht in die Nase dringt, macht mich schwindelig und ich schließe unwillkürlich die Augen. Paulina so nahe zu sein fühlt sich verdammt gut an.

Wir sitzen einfach nur da und doch fühlt es sich so besonders an. Anders.

Und ich weiß, dass wir in dem Moment, als der Busfahrer den Motor startet und anfährt, die Just-Friends-Zone verlassen.

Nervosität durchströmt mich und dennoch entspanne ich mich nach und nach und lasse mich durch das Rattern des Motors und das Geschaukel des Busses in eine Zwischenwelt katapultieren, die so angenehm und friedlich ist, dass ich fast vergesse, wo ich mich befinde. Paulina und ich. Hier. Jetzt. Das ist alles, was zählt.

Eine zaghafte Berührung an meiner Hand lässt mich aufschrecken. Doch als ich sehe, dass es Paulina ist, die ihre schmalen Finger zwischen meine schiebt und sie miteinander verwebt, als wäre es das Normalste auf der Welt, lehne ich mich wieder zurück. Es fühlt sich richtig an, ihre Hand zu halten, mit ihr zu verschmelzen, als gehörten wir zusammen. Perfekt. Für den Moment.

Mit ihr an meiner Seite verliert die Vergangenheit ihre Bedeutung. Mir gelingt der Blick in eine Zukunft, die nicht geprägt ist von Dunkelheit und Trübsinn. Sie ist hell und zum ersten Mal seit einer Ewigkeit erlaube ich mir, einfach nur glücklich zu sein.

Sanft streift mein Daumen über ihren kühlen Handrücken. Zaghaft, um sie nicht zu verschrecken. Wie viel Überwindung es sie wohl gekostet hat, diesen Schritt zu tun? Ich habe es mir gewünscht, dass sie die Initiative ergreift, und meine Geduld wurde belohnt.

Aneinandergelehnt, die Finger eng miteinander verschränkt, fahren wir durch die Nacht. Wir bleiben einfach sitzen, genießen die Minuten, in denen wir nichts anderes tun, als da zu sein. Für den anderen.

Schweigen kann bedrückend sein. Manchmal hat man sich einfach nichts zu sagen. Oder die Worte, die einem nicht über die Lippen kommen, haben so viel Gewicht, dass man ihre Wirkung scheut. Mit Paulina ist es anders. Die Ruhe, die uns umgibt, ist voller Vertrauen. Voller Gewissheit, dass wir keine Worte brauchen, um uns zu verstehen.

Paulinas Atem geht regelmäßig und vielleicht ist sie sogar eingenickt. Ich schließe ebenfalls die Augen, lasse es zu, dass meine Gedanken davontriften. Dabei ist es Paulina, die sich in meine Gedanken schleicht. Ihr scheuer Blick, das sanfte Lächeln, das so echt ist und mich mit einem Gefühl erfüllt, das ich nicht benennen kann. Noch nicht, denn es ist so neu und unbekannt und es fühlt sich nicht richtig an, ihm bereits jetzt einen Stempel aufzudrücken und mit all den Erwartungen im Keim zu ersticken.

»Ey, Neo! Krass, was macht du hier, Bro?«

Ich zucke zusammen, als etwas Hartes gegen meine Schuhe stößt, und taumle aus meinem schlafähnlichen Zustand zurück in die Realität. Vor mir steht Calli, breit grinsend, das Cap tief in die Stirn gezogen, die Kapuze seines obligatorischen Hoodies darüber. Mein erster Impuls ist, Paulina meine Hand zu entziehen und mich aus der Umarmung zu lösen.

Bevor ich auch nur aufrecht sitzen und reagieren kann, sitzt Selina auf meinem Schoß. Obwohl wir uns nicht mehr berühren, spüre ich deutlich, wie sich Paulina neben mir versteift. Ich wende mich ihr zu. Sie wirkt komplett erstarrt, als hätte jemand die Pause-Taste gedrückt und damit ihren Körper eingefroren. Ihre Augen aufgerissen, ihr Mund zu einem schmalen Strich zusammengepresst. Ihr Blick gehetzt, als wäre sie auf der Flucht.

Panik steigt in mir auf, denn ich weiß absolut nicht, wie ich mich verhalten soll. Calli, Selina und Paulina – eine explosive Mischung.

Zuerst schiebe ich Selina unsanft von mir, die diese Geste mit einem Murren quittiert. Bestimmt greife ich wieder nach Paulinas Hand. Ihre Haut fühlt sich plötzlich eiskalt an, aber sie lässt es zu, dass ich meine Finger mit ihren verschränke.

»Was' los, Mann? Hast du mich nicht vermisst? Warum hast du dich nicht gemeldet?«, mault Selina und schürzt ihre pink geschminkten Lippen zu einem Schmollmund. Ihr Blick flackert feindselig zu Paulina. »Wegen der da?«

»Calli?! Was macht ihr in dieser Gegend?«, versuche ich Zeit zu schinden. Selina ignoriere ich einfach, wie ich es schon oft getan habe.

Calli schaut sich um und scheint abzuchecken, ob in der Nähe jemand sitzt, der unsere Unterhaltung belauschen könnte.

»Wir haben nur einen Spot ausgekundschaftet.«

»Hier? Am Lützowplatz?«, frage ich entgeistert.

Calli grinst nur dreckig, die Vorfreude ist ihm ins Gesicht geschrieben.

»Du Aerosol-Junkie.«

Ein herzhaftes Lachen ertönt von ihm. Der Bus ruckelt etwas, als die Ampel wieder auf Grün springt und er losfährt. Selina krallt sich an Calli fest und spießt mich mit einem Blick aus ihren eisblauen Augen auf.

»Hey, ich bin Calli, ein alter Kumpel von Neo.« Calli baut sich vor Paulina auf und streckt ihr die Hand hin. Man kann über ihn sagen, was er will, aber gewisse Anstandsregeln hat er immer für wichtig gehalten.

Ich seufze und wische mir mit der freien Hand über die Augen.

»Das ist Paulina. Paulina, das sind Calli und Selina«, stelle ich die beiden Personen vor, die so eng mit meiner Vergangenheit verknüpft sind, dass es mir einen dumpfen Schlag in die Magengegend versetzt, sie hier und heute erneut anzutreffen.

Calli werfe ich ein versöhnliches Lächeln zu und hoffe, er belässt es dabei. Ich erwarte nicht, dass sich Paulina regt. Neues verschreckt sie. Unser erstes Zusammentreffen kommt mir in den Sinn. Und plötzlich hat in meinem Kopf nur noch eine Frage Platz: Wie kann ich Calli und Selina schnellstmöglich loswerden?

»Kriegt deine neue Braut die Fresse nicht auf, oder ist sie sich zu fein, um mit uns zu reden?« Calli baut sich vor Paulina auf, breitbeinig, als wäre das zierliche Mädchen eine Bedrohung. Seine Augen hat er zu Schlitzen zusammengekniffen.

»Ist wohl was Besseres ... Bitch.«

Wie in einem schlechten Film bläst Selina einen Kaugummi zu einer Blase auf und lässt sie geräuschvoll platzen.

»Selina!«, weise ich meine Ex scharf zurecht.

Ihr Gesicht ist hasserfüllt und ich frage mich, was ich jemals an ihr gefunden habe, um sie so nahe an mich ranzulassen.

»Was denn? Sie ist 'n Opfer!«

»Das reicht, Sel!«, weise ich sie scharf zurecht. »Hör zu, Calli! Es ist alles cool zwischen uns, aber ich will keinen Ärger. Also hau ab, bevor uns jemand zusammen sieht«, versuche ich an die Vernunft meines ehemaligen Kumpels zu appellieren.

»Bist du bescheuert, Bro? Chill mal!« Er schaut mich verständnislos an, dann schnellt sein Blick zurück zu Paulina und als würde ihm etwas dämmern, nickt er. »Okay, Mann. Alles klar. Schon kapiert. Bald hast du's geschafft. Halt noch 'n bisschen durch, dann holen wir dich raus!«

Ich brauche einen Moment, um zu verstehen, dass er auf meinen Geburtstag und damit die nahende Volljährigkeit anspielt. Im November endet die Vormundschaft meines Onkels und damit auch der Zwangsaufenthalt in Lieberose. Dann bin ich frei – und kann tun und lassen, was ich will. Mein ursprüngliches Vorhaben kommt mir in den Sinn, bereits in der Nacht auf meinen Geburtstag abzuhauen und mit Calli durchzubrennen.

Ihn im Glauben zu lassen, dass sich daran nichts geändert hat, ist meine Chance, ihn schnell loszuwerden. Also nicke ich einfach, als wäre es abgemachte Sache.

»Jetzt verschwinde.« Ich halte Calli die Faust entgegen, gegen die er zur Verabschiedung kurz seine stößt.

»Bis bald, Bro!« Er zwinkert mir zu, legt einen Arm um Selina und drückt ihr einen filmreifen Kuss auf die Lippen. Selina reagiert sofort auf diese Einladung und versinkt mit meinem Kumpel in eine wilde Knutscherei, die bald schon die Genre-Grenzen gehörig in Richtung billigen Porno verschiebt. Ich schüttle den Kopf. Nicht weil es mich stört, dass die beiden miteinander rummachen. Sondern weil es mir vor Augen führt, was für ein Leben ich noch vor wenigen Wochen geführt habe. Ich habe mich eingefügt, ohne jemals hineinzupassen, habe mich arrangiert, ohne dazuzugehören.

»Keine Sorge, Neo. Ich borg sie mir nur aus, bis du zurück bist.«

Mit diesen Worten steigen die beiden aus dem Bus. Selinas albernes Gekicher verflüchtigt sich in der Berliner Nacht. Zurück bleibt diese seltsame Stimmung, die wie eine Dunstglocke über Paulina und mir hängt.

Ich habe früh gelernt, dass Glück ein flüchtiges Gefühl ist. Sich darauf zu verlassen kann schmerzhaft sein. Das habe ich immer und immer wieder erfahren und sollte es inzwischen besser wissen. Aber dieses eine Mal will ich es so unbedingt festhalten. Bin nicht bereit, dieses wohlige Gefühl loszulassen, das mich vor Callis und Selinas Auftauchen durchströmt hat.

Einatmen, ausatmen. Kämpfen. Ich drehe mich ganz langsam zu Paulina, die noch immer wie versteinert dasitzt, den Blick in eine unbestimmte Ferne gerichtet, als wäre sie ganz weit weg, ihr Körper eine leere Hülle.

»Es tut mir so leid«, flüstere ich und streiche sanft über Paulinas Handrücken. »Ich meine, die beiden … Ich weiß echt nicht, wie ich das Verhalten entschuldigen soll. Ich wollte nicht …«

Paulina starrt weiter in eine unbestimmte Ferne. Weg – ich hoffe, sie ist ganz weit weg und hat nichts davon mitbekommen, was meine Leute gesagt haben. Die Unverschämtheit ist kaum zu überbieten. Ich wünschte, ich könnte etwas tun, damit sich Paulina besser fühlt. Etwas, dass die Beleidigungen meiner sogenannten Freunde ungeschehen machen könnte. Ich schäme mich und leide zeitgleich mit Paulina. Meinen Arm lege ich wieder über ihre Schulter, ziehe sie zurück in die Umarmung, aus der wir so unsanft gerissen wurden. Sie fühlt sich steif an, widerwillig lehnt sie sich an mich und ich schlucke schwer.

»Calli und Selina sind alte Freunde von mir. Ich habe mit ihnen abgehangen, bis mich Elio nach Lieberose geholt hat. Bitter, oder? Gott, ich hoffe, dass ich damals nicht so beschissen drauf war.« Von Paulina fehlt weiter jede Reaktion. »Ich bin da«, flüstere ich daher. »Ich bin da.«

Nach einer Weile, die wir schweigend im Bus saßen, räuspere ich mich. »Ich habe recherchiert. Über Mutismus«, gebe ich zu und hoffe, es klingt nicht so, als hätte ich nach irgendeiner Krankheit gegoogelt. »Ich wollte wissen, wie ich dir helfen kann. Aber wirklich schlau bin ich aus all den Tipps nichts geworden. Vielleicht hast du eine Antwort für mich?«, versuche ich mein Glück. »Ich meine, das war schon echt unterste Schublade von Calli und Selina und ich würde das gern wiedergutmachen.«

Es dauert einen Moment, bis ich spüre, dass Leben in Paulinas Körper zurückkehrt. Ein, zwei Mal atmet sie tief ein und wieder aus. Ich spüre, wie mit dem Atem die Anspannung aus ihrem Körper weicht. Nur ein bisschen, aber das ist dennoch gut, denn ansonsten wäre sie sicher irgendwann explodiert. Sie rutscht auf ihrem Sitz herum und streicht sanft über meinen Handrücken.

»Du bist bei mir. Das ist alles, was zählt.« Ihre Stimme klingt brüchig, fast so, als hätte sie sie eine Ewigkeit nicht mehr genutzt. Ihre Worte berühren mich tief. Ich ziehe sie noch enger an mich, atme ihren Duft ein und hoffe so sehr, dass sie sich entspannt.

»Weißt du was? Ich habe dich vorhin belogen.« Unwillkürlich muss ich lachen, weil mir meine Gedanken gerade so absurd vorkommen. »Ich mag gar keinen Fisch. Und jetzt ... jetzt kann ich dich nicht einmal küssen. Ich Volldepp!« Vielleicht ist es ja völlig unpassend, dass sich gerade jetzt der Wunsch, Paulina nahe zu sein, so mächtig anfühlt. Aber ich kann nichts dagegen tun.

Immerhin entlocke ich Paulina damit ein leises Kichern.

»Eigentlich sollte ich sauer sein, dass du mich anlügst. Aber ... hey, ich bin echt erleichtert, dass du kein Fisch-Freak bist. Das –« Ein leises Lächeln zupft an ihren Mundwinkeln. »Das macht vieles einfacher.«

Ehe ich es mir versehe, hebt Paulina ihren Kopf und haucht mir einen Kuss auf die Wange. Es ist ein flüchtiger Moment, dann hat sie ihren Kopf schon wieder an meine Schulter gebettet. Nur das Prickeln auf meiner Wange ist Zeuge dieses Wunders, das mir ein Tor zur Zukunft öffnet. Eine Zukunft, die ich mit Paulina haben möchte.

Kapitel 20: Wiedersehen

Paulina

Meine Finger zittern, als ich die Hand um die kalte Türklinke lege. Seit wir aus Berlin zurückgekehrt sind, habe ich meiner Verabredung mit Adrian entgegengefiebert – und sie dennoch immer wieder verschoben. Tausend Mal habe ich mir unser Wiedersehen vorgestellt. Habe mir unzählige Varianten ausgedacht, wie es wohl sein würde, ihm heute gegenüberzutreten. In Slow-Mo und in Farbe. Mit und ohne Ton.

Ich bin sogar so nervös gewesen, dass ich gestern eine Hausarbeit für den Schreibkurs vorgeschoben habe, um ein Treffen weiter hinauszuzögern. Besser geworden ist meine Verfassung leider nicht – im Gegenteil. Mattheo Cavallo hat dazu beigetragen, dass mir jetzt übel ist und ich mehr als einmal überlegt habe, Adrian einfach eine Nachricht zu schicken.

»Wolltest du zu mir?«

Erschrocken schaue ich über meine Schulter und direkt in Adrians dunkle Augen, die amüsiert funkeln. Ich lasse meine Hand sinken, sacke in mich zusammen und seufze. Zu flüchten ist damit auch ausgeschlossen, mein Schicksal scheint besiegelt.

»Hey«, sage ich leise, weil ich nicht weiß, wie ich mich ihm gegenüber verhalten soll. Wir haben uns noch nicht einmal geküsst und das bisschen Händchenhalten zählt wohl kaum. Oder?

»Selber hey.«

Ich starre Adrian einfach an. Mit klopfendem Herzen und diesem Ziehen im Bauch, das unmöglich gesund sein kann. Er grinst so süß und scheint bester Laune zu sein.

»Und? Sollen wir reingehen? Oder störe ich dich hier beim … Wurzeln schlagen?«

Adrian hat seine Hände in den Hosentaschen vergraben und wippt auf seinen Füßen vor und zurück. Dabei sieht er so niedlich aus, dass ich ganz vergesse, was er gefragt hat.

»Ähm, ich … na ja.« Mein Kopf sinkt in den Nacken. »Mattheo, mein Prof für kreatives Schreiben, hatte gerade eine Hiobsbotschaft für mich. Das muss ich erst einmal verdauen.« Zumindest ist das ein Teil, der an meinem Zustand schuld ist.

»Okay. Dein Buch hat noch keinen Verlag gefunden?«, tippt Adrian.

»Nein. Das ist ja noch gar nicht fertig und ans Veröffentlichen denke ich noch lange nicht. Aber …« Schon allein beim Gedanken daran möchte ich heulen. Entschlossen drücke ich die Tür auf und gehe in das kleine Paradies, das Adrian für uns erschaffen hat. Noch sorgen lediglich das Mondlicht und die schwache Beleuchtung, die vom Flur in diesen Raum dringt, für etwas Helligkeit.

Adrian folgt mir und schaltet die Lichterketten an. Augenblicklich fällt ein Teil meines Unbehagens von mir ab.

»Aber?«, hakt Adrian schließlich nach, da ich ganz offensichtlich den Faden verloren habe.

Ich lege meine Laptop-Tasche auf dem kleinen Tisch vor dem Fenster ab und laufe unschlüssig hin und her, bleibe vor der Schaukel stehen und umschließe mit einer Hand die Seile, die sich rau und brüchig anfühlen.

»Mattheo hat mir vorhin eröffnet, dass wir alle im neuen Jahr lesen müssen.«

»Ich dachte, du liest eh ununterbrochen. Wenn du nicht schreibst …«

»Nein, nicht so. Lesen … vor Publikum.« Ich spüre, wie mein Magen wieder rebelliert. Es passt nicht zur Arbeitsweise der Akademie, dass sie mir diese Aufgabe aufbürden. Mattheo weiß, dass er mich damit überfordert. Nein, das stimmt nicht – er weiß, dass er mich fordert. Er hat es mir lange erklärt, dass er sich sicher ist und es mir zutraut, dass ich diesen Teil der Ausbildung meistern werde. Mir geht es da anders. Ich glaube an mich. Aber lesen. Vor

Publikum? Schnell stürme ich zu dem kleinen Fenster und reiße es auf. Luft! Ich brauche dringend Luft.

»Hey!«

Ich spüre, wie Adrian hinter mich tritt. Seine Hände liegen sanft auf meinen Oberarmen. Rhythmisch streicht er darüber. Sanft, zaghaft, als wüsste er nicht so recht, ob ich das mag. Tu ich. Nur sagen kann ich ihm das nicht. »Du könntest mit mir üben und mir weiter vorlesen. Du machst das großartig und ich werde einfach ein noch strengeres Publikum sein. Was sagst du? Vertraust du mir Vickys und Danijels Geschichte an? Mit allen schmutzigen Geheimnissen?«

Ruckartig drehe ich mich um und habe dabei ganz vergessen, dass Adrian direkt hinter mir – jetzt vor mir – steht. Ich schaue in diese dunklen Augen, die heute fast schwarz wirken, und halte unwillkürlich die Luft an. Doch lange geht das nicht gut, ich bin einfach zu durcheinander. Also schaue ich schnell weg und schiebe mich an ihm vorbei.

Als ich endlich genügend Abstand gewonnen habe, durchdenke ich Adrians Vorschlag und schüttle automatisch den Kopf. Ich spüre, wie mir die Röte in den Kopf schießt.

»O Gott, nein! Ich könnte dir niemals eine Sexszene vorlesen!«, platzt es aus mir heraus.

Adrian lehnt sich kess an den offenen Fensterrahmen. Das silberne Mondlicht lässt seine dunklen Haare glänzen.

»Du schreibst ... Sexszenen?« Er legt den Kopf schief, ein freches Lächeln stiehlt sich auf sein Gesicht. Wieder schüttle ich den Kopf und verberge mein Gesicht in den Händen.

»Nein. Ja. Herrgott, es ist eine Liebesgeschichte. Also ja, wenn sich die beiden dann irgendwann einmal geküsst haben, werden sie vermutlich auch Sex haben. Zufrieden?«

Adrian grinst weiter. »Liest du es mir vor?«

»Was?«, quietsche ich.

»Na, die Kussszene.«

»Die ... die ist ...« Ich hasse es, dass mich Adrian so in die Ecke drängt. »Die ist so grottenschlecht. Da muss ich erst noch tausendmal drübergehen«, gebe ich schließlich zu und sage damit sogar die Wahrheit. Ich bekomme das Prickeln einfach nicht hin und habe aus purer Verzweiflung bereits Varianten geschrieben, in denen sich Vicky in eine Vampirbraut verwandelt und den dunklen Todesengel blutig gebissen hat.

»Ich könnte dir helfen.«

»Wusste gar nicht, dass du neuerdings auch schreibst.«

Adrian schlendert auf mich zu und augenblicklich kribbelt es in meiner Magengegend.

»Ich habe viele Talente, schreiben gehört vermutlich nicht dazu. Aber du hast neulich gesagt, dass du alles fühlen musst, was du schreibst.« Sein Blick ist durchdringend.

Ich schlucke. »Und?«

»Ich würde mich – ganz uneigennützig, versteht sich – für Recherchezwecke zur Verfügung stellen.« Inzwischen steht Adrian nur noch eine Armlänge von mir entfernt und grinst mich breit an. Alles in mir kribbelt und zittert und ich fürchte, dass ich im nächsten Moment in eine Schockstarre verfalle. Oder doch davonlaufe.

»Das wäre … äh …« In meinem Kopf herrscht pures Chaos.

»Nett?«, hilft mir Adrian aus und verringert den Abstand zwischen uns.

Ich spüre wie durch eine Wattewolke, wie er die Arme um mich legt. Panik durchströmt mich, überflutet mich und erst als ich eine warme flügelzarte Berührung auf meinen Lippen spüre, fällt all die Anspannung mit einem Schlag von mir ab. Ich finde mich in einem Roman wieder, einem ganz und gar kitschigen Liebesroman.

Adrians Lippen sind weich, sein Kuss so sanft und zärtlich, dass ich alles um mich herum vergesse. Meine Angst, die Vorsicht, all meine Selbstzweifel spielen in diesem Augenblick keine Rolle. Ich spüre, wie ich mit jeder Berührung seiner Lippen, jeder winzigen Bewegung seiner Zunge eins werde mit ihm. Wie er mich fasziniert, tief berührt und besser zu kennen scheint als jeder andere Mensch auf diesem Planeten. Als würden wir den Tanz dieser Gefühle schon immer tanzen, umkreisen sich unsere Zungen, spielen miteinander und entlocken mir unzählige genüssliche Seufzer. Sekunden, Minuten, eine kleine Ewigkeit küssen wir uns. Und doch löst sich Adrian viel zu schnell.

»Ich …« Adrian räuspert sich, weil seine Stimme ganz rau klingt. »Ich bin gespannt, was du daraus machst, und hoffe, das …«, er fuchtelt mit der Hand herum, »hilft dir bei der Szene mit Vicky und Danijel.«

Er sieht irgendwie ganz genauso verwirrt aus, wie ich mich fühle. Betreten schaut er auf den Boden, ein kleines Lächeln zupft an seinen Mundwinkeln.

Sag etwas, Paulina, weise ich mich selbst zurecht und suche nach Worten. Doch bevor ich sie finde, macht sich mein Körper selbstständig. Ich trete auf Adrian zu, greife nach seinen Händen und schaue zu ihm auf.

»Ich … ich kann jetzt nicht schreiben«, gebe ich ehrlich zu. »Es gibt … Ich schätze, es gibt tausend und eine Art, wie Danijel Vicky küssen könnte und es könnte sicher nicht schaden, die eine oder andere Variante auszutesten.«

Mein Herz klopft mir bis zum Hals und ich hoffe, Adrian versteht meine Einladung, die einer Bitte gleicht, mich erneut zu küssen.

Endlich hebt er den Blick. Seine nahezu schwarzen Augen sind so rein und faszinierend, dass sie mich augenblicklich gefangen nehmen.

»Wie wäre es, wenn Vicky die Initiative ergreift und Danijel küsst? Vielleicht steht er auf starke Frauen, die wissen, was sie wollen.«

»Oh. Man sieht es Vicky vielleicht nicht an, aber sie ist ziemlich stark. Auf ihre Art«, murmle ich. Und ich weiß ziemlich genau, was Vicky jetzt tun würde.

Ich lasse mich auf Adrians Spiel ein, schlüpfe in Vickys Rolle und nehme mir, was ich mir so sehr wünsche.

Meine Arme schlinge ich um Adrians Nacken, ziehe ihn zu mir und schließe in dem Moment die Augen, als sich unsere Lippen berühren. Dieser Kuss ist so anders als der erste, noch leidenschaftlicher, noch intensiver und ich frage mich, wo das alles hinführen soll. Ich war noch nie der Typ für Superlative. Aber vielleicht habe ich dafür auch nur auf Adrian gewartet.

***

Ich bin froh, dass Lee die Schlafmaske über ihren Augen trägt, die ich ihr aufgrund meiner andauernden nächtlichen Schreibsessions irgendwann geschenkt habe. Sonst hätte sie das dümmliche Grinsen gesehen, das mir noch immer auf den Lippen klebt. Kurz gestatte ich mir, mich an die inzwischen geschlossene Tür unseres Zimmers zu lehnen und den Abend Revue passieren zu lassen. Meine Finger schnellen zu meinen Lippen, die sich etwas wund und geschwollen anfühlen, was allerdings alles andere als unangenehm ist. Im Gegenteil. Adrian hat mich geküsst. Er hat mich tatsächlich geküsst! Und es hat sich so unglaublich angefühlt. Noch immer möchte ich die Welt umarmen. Ich möchte Adrian umarmen. Immer und immer wieder. Und ich möchte ihn niemals wieder loslassen.

Bevor ich in meinen Kleinmädchenträumereien versinke, schnappe ich mir meinen Kulturbeutel und eile in den Waschraum, um mich für die Nacht fertig zu machen. An Schlaf ist allerdings noch lange nicht zu denken. Wie sollte ich auch bei dem Wirrwarr in meinem Inneren zur Ruhe kommen?

Aus dem Spiegel blickt mir ein unscheinbares Mädchen entgegen. Ein glückliches Mädchen, das aus jeder Pore strahlt. Ich mag das Lächeln, das mein Gesicht so anders aussehen lässt.

Wieder zurück in meinem Zimmer, knipse ich die kleine Nachttischleuchte an, die meine Seite des Zimmers mit schwachem warmem Licht erfüllt, und kuschle mich auf meinem Bett unter der Decke ein. Leise ziehe ich das Journal hervor, das mir Lee geschenkt hat, um meine ersten Male zu notieren.

In geschwungenen Lettern schreibe ich »küssen« hinein. Es ist nicht das erste Mal, dass ich einen Jungen geküsst habe. Aber noch nie hat es sich so echt angefühlt, so ehrlich und umfassend. Und diese Gefühle sind es wert, für immer und ewig festgehalten zu werden.

Mein Blick gleitet über das kleine Regalbrett, das sich an der Wand neben dem Bett befindet. Die schwarze Engelsfigur, die mich zu Danijel inspiriert und mich so oft an Adrian erinnert hat, fällt mir ins Auge. Sanft streiche ich über den glatten, kalten Stein und schlinge schließlich meine Hand fest um die Skulptur, um sie zu wärmen.

Ein leises Pling reißt mich aus meinen Gedanken. Mit einem Flattern im Bauch greife ich nach meinem Handy und werde nicht enttäuscht. Adrian.

Hey, noch wach? Ich hoffe, du schreibst an Vickys und Danijels Geschichte weiter. Wie hast du dich entschieden? Wird sie ihn küssen, oder andersherum?

Ich schnappe mir die Laptoptasche und öffne den Laptop, da ich lieber auf der Tastatur als auf dem Handy schreibe.

Mhm, romantischer wäre es, wenn Danijel sie küsst, moderner wohl die andere Variante.

Adrians Frage ist auf den ersten Blick vielleicht banal. Aber welche Botschaft möchte ich meinen Lesern denn mitgeben? Natürlich möchte ich aus Vicky eine starke, eine moderne Persönlichkeit machen, die mit beiden Beinen fest im Leben steht. Die weiß, was sie will und wie sie es bekommt. Aber ist es gleich antifeministisch, wenn sich ein Mädchen wünscht, von ihrem Angebeteten geküsst zu werden?

Schickst du mir das Ergebnis?

Schon schießt mir die Röte ins Gesicht, denn eines scheint Adrian durchaus klar zu sein: Die Gefühle, die ich Vicky zuschreiben werde, habe ich selbst verspürt. Es ist ein Blick in meine Seele und noch weiß ich nicht, ob ich bereit dazu bin.

Ich glaube nicht. Nein.

Ich starre auf den Bildschirm. Meine Worte klingen hart und spiegeln nichts von der Unsicherheit wider, die ich verspüre. Ich möchte Adrian so gern sagen und zeigen, was der Kuss mir bedeutet. Was er – Adrian – mir bedeutet. Aber es fühlt sich einfach viel zu groß an, um dafür Worte zu finden.

Tsss, küssen geht in Ordnung, aber darüber reden nicht?

Hätte Adrian dahinter kein lachendes Emoji gesetzt, könnte man glatt meinen, er wäre sauer. Ist er aber offensichtlich nicht. Ich atme erleichtert auf, doch bevor ich reagieren kann, trudelt die nächste Nachricht ein.

> Dann mache ich den Anfang: Dich zu küssen war das Beste, was ich in diesem Jahr getan habe. Das wurde allerdings gleich wieder getoppt, als du mich geküsst hast.

Ich starre auf diese Worte, die mich mit voller Wucht so unvorbereitet treffen. Tränen sammeln sich in meinen Augen, dabei ist das, was Adrian geschrieben hat, mit Abstand das Schönste, das mir je jemand gesagt hat. Sein unverhofftes Geständnis berührt mich tief. Und es nimmt so viel Druck, denn ein kleiner Teil von mir hat sich gefragt, was ich für Adrian überhaupt bin. Doch nun werden die Selbstzweifel kleiner. Wahrscheinlich werde ich immer mit ihnen leben müssen, sie sind ein Teil von mir. Aber Adrian schafft es mit seinen Worten, seinen Blicken, seinen Gesten, dass ich mich in einem anderen Licht sehe. Dass ich es zulassen kann, gemocht zu werden, ja vielleicht sogar geliebt zu werden.

Statt Adrian mit irgendwelchen Floskeln abzuspeisen, öffne ich mein Schreibprogramm, friemle mir die Ohrhörer in die Ohren und klicke meine Schreibmusik an. Kurz schließe ich die Augen, lasse all die Emotionen Revue passieren, die mich in den letzten Stunden wie ein Tsunami überflutet haben. Schon jetzt weiß ich, dass ich in dieser Nacht keinen Schlaf finden werde. Aber das nehme ich gern in Kauf, um diesen einen ersten Kuss von Adrian und mir für die Ewigkeit zu konservieren.

Kapitel 21: Charaktere

Adrian

Verschlafen klicke ich auf mein Handy, um den Wecker auszustellen. Draußen ist noch tiefste Nacht, dennoch ist es Zeit aufzustehen. Die Dunkelheit am Morgen ist etwas, das ich am Herbst hasse. Mein Blick bleibt an einer Nachricht von Paulina hängen. Nachdem ich ihr gestern so offen meine Gefühle geschrieben habe, habe ich lange auf eine Antwort gewartet. Vergeblich. Über dem Gedanken, dass ich sie mit meiner Offensive verschreckt habe, muss ich eingeschlafen sein.

Ich setze mich etwas aufrechter, wische mir mit der freien Hand über die Augen und entsperre das Display. Die Helligkeit sticht mir für einen kurzen Moment in den Augen. Etwas entfernt höre ich die Klospülung rauschen, Elios Hausschuhe klackern auf dem Boden, als er offensichtlich an meinem Zimmer vorbei in Richtung Küche läuft.

Paulinas Nachricht ist lang und so mache ich mich bereits darauf gefasst, dass sie mir ausschweifend erklärt, warum aus uns nicht werden kann.

> Vicky war keines dieser Mädchen, das sich romantischen Träumereien hingab. Zwar besaß auch sie ein Herz, das beim Anblick von Danijel heftig flatterte. Aber an die einzig wahre, an die ganz große Liebe, wie sie in Romanen oder Filmen beschrieben wurde, hatte sie nie zu glauben gewagt. Liebe, das war ein Gefühl, das durch Hormone erzeugt wurde. Ein chemischer Prozess, der zum Erhalt der Menschheit notwendig war. Bislang waren Beziehungen daher mehr ein netter Zeitvertreib gewesen, etwas, das dazugehörte, das Spaß machte. Etwas, das aber keine allzu große Rolle spielte, um sich in jeder freien Minute damit zu beschäftigten. Es gab

Wichtigeres. Umso mehr erstaunte sie die Heftigkeit, mit der ihr Körper auf jede noch so kleine Berührung Danijels reagierte. Ein versehentliches Streichen über ihren Finger, ein Knuffen in den Oberarm und Vicky konnte kaum mehr klar denken. Ihre Gedanken drehten sich nur noch darum, wann sie ihn endlich wiedersah, wann er sie wieder berühren würde. Sein Lächeln verfolgte sie in ihre Träume, der unergründliche Blick aus seinen grauen Augen begleitete sie überall hin, bohrte sich tief in ihr Inneres. Wie jetzt gerade. Er stand dicht vor ihr, die Arme um ihre Mitte geschlungen, als hätte er Angst, sie könnte es sich anders überlegen und abhauen. Vickys Herz raste, pumpte literweise Blut durch ihren Körper und mit ihm all die Hormone, die Danijels Nähe in ihr hervorriefen. Wie auf ein stilles Kommando schlossen beide ihre Augen, winzige Augenblicke dehnten sich zur kaum ertragbaren Unendlichkeit, bis Vicky endlich Danijels Atem auf ihren Lippen spürte. Warm und auch ein bisschen süß streifte er über ihren Mund und hinterließ nichts als eine übergroße Sehnsucht in Vicky. Dann endlich überbrückte Danijel die letzten Millimeter und mit einer Zärtlichkeit, die Vicky niemals für möglich gehalten hatte, legte er seine Lippen auf ihre. Langsam und mit einer unendlichen Ruhe strich Danijel über ihren Mund, hauchte zarte Küsse auf ihre Lippen. Als hätte er schon tausend Mal zuvor geküsst, forderte seine Zunge geschickt Einlass. Vicky seufzte genüsslich und ließ sich auf Danijels neckisches Spiel ein. Vicky hatte nie verstanden, was alle damit meinten, wenn sie sagten, dass ein einziger Kuss die Welt aus ihren Angeln heben konnte. Aber da hatte sie die Innigkeit noch nicht erlebt, mit der Danijel sie küsste, die Intensität, mit der er sie spüren ließ, was sie ihm bedeutete. Vicky zitterte und entschlossen zog sie Danijel enger in diesen Kuss, ließ nicht zu, dass er ihn beendete, bevor sie genug von ihm hatte. In ihr breitete sich eine Wärme aus, die die Macht hatte, sie zu verbrennen. Liebe, das wusste Vicky, konnte durchaus gefährlich werden. Sekunden vergingen, vielleicht Minuten, in denen sie sich küssten, wie Vicky noch niemals zuvor geküsst hatte, doch dann wurde ihr klar, dass es vermutlich niemals genügen würde, um ihren Durst nach Liebe zu stillen. Danijel und Vicky waren durch diesen Kuss für immer auf eine Art miteinander verbunden, die mit irdischen Worten nicht zu beschreiben war.

Ich starre auf die Buchstaben, lasse sie in mich dringen. Versuche ihre Bedeutung zu begreifen. Niemals zuvor hat ein Mädchen mir einen Blick in ihre Seele gewährt. Und niemals zuvor habe ich danach verlangt, denn das geht weit über das Körperliche hinaus. Es öffnet eine Tür, durch die ich bislang nicht gehen wollte, denn Vertrauen geschenkt zu bekommen, bedeutet Verantwortung zu haben. Ich schlucke, denn das Geschenk, das mir Paulina damit gemacht hat, ist mit nichts zu vergleichen.

Wow, ich könnte mich glatt in Vicky verlieben, wenn mein Herz nicht schon einer anderen gehören würde.

Ob Paulina dieses offene Liebesgeständnis verschrecken wird?

Sehen wir uns heute Abend?

Ich strecke mich noch einmal genüsslich in meinem Bett und kann nichts gegen das breite Grinsen tun, das wie von Zauberhand auf meinem Gesicht eingemeißelt zu sein scheint.

»Aufstehen, Adrian.« Elio pocht gegen meine Tür und schlurft wieder Richtung Küche davon. Ich höre die Kaffeemaschine gurgeln und nach ein paar Sekunden hüpft ein Toast geräuschvoll aus dem Toaster.

Ich würde noch viel lieber meinen Gedanken nachhängen, mit Paulina chatten, einfach blaumachen. Aber das kann ich meinem Onkel nicht antun. Ein anstrengender Tag wartet auf uns. Ein Zaun auf dem Gelände muss vor dem Winter erneuert werden.

Etwas traurig bin ich schon, dass mir Paulina nicht sofort antwortet, aber vielleicht ist sie ja bereits beim Frühstück. Oder ist in diesem Moment unter der Dusche. Ich schlucke und stehe schnell auf, bevor sich meine Gedanken selbstständig machen können, doch zu spät – eine eher kühle Dusche habe ich jetzt selbst dringend nötig.

Als ich in meinen Arbeitsklamotten am Frühstückstisch sitze und gerade in meinen dick mit Himbeermarmelade bestrichenen Toast beißen möchte, vibriert mein Handy. Endlich!

Bei mir wird es heute Abend später. Spüldienst! Ausrechnet heute ... Komm doch einfach dazu, wenn du mit allem fertig bist. Wir machen eine kleine Küchenparty, das wird lustig.

Na toll, mein Wiedersehen mit dem Mädchen meiner Träume habe ich mir anders vorgestellt. Etwas intimer vielleicht. Aber mit etwas Glück wird das nicht den ganzen Abend dauern.

Halte mir einen Platz frei.

»Mit wem schreibst du?«

Ich kenne die Frage zu gut. Bei meiner Mutter bedeutete sie immer Ärger, aber Elio klingt einfach nur interessiert. Ich unterdrücke ein Stöhnen, stehe stattdessen auf, um mir einen Kaffee einzugießen.

»Paulina. Hoffe, es ist okay, wenn ich mich mit ein paar der Studenten treffe. Sie haben mich eingeladen. Und keine Angst, ich gehe ihnen schon nicht auf die Nerven. Kaffee?«

Ich halte die Kanne hoch und warte auf Elios Reaktion. Er hält seine Tasse hoch und lässt sich nachfüllen.

»Mach nur. Mit Paulina scheinst du dich gut zu verstehen.«

»Sie ist nett.« Das ist die Untertreibung des Jahrtausends, aber ich will Elio nicht gleich auf die Nase binden, dass ich auf die Studentin stehe, die er offensichtlich auch ins Herz geschlossen hat.

»Das ist sie. Sei anständig zu ihr, ja? Ich will keine Beschwerden hören.« Er gibt mir einen gespielten Klaps auf den Hinterkopf und grinst wissend.

»Kannst dich auf mich verlassen.« Und in diesem Moment bin ich mir auch absolut sicher, dass ich mein Versprechen halten werde. »Also, sollen wir mal langsam starten, oder willst du weiter Reden schwingen, alter Mann?«

»Ich gebe dir gleich *alter Mann.*« Elio steht auf und hebt gespielt entrüstet den Zeigefinger. Ich lache und klopfe ihm freundschaftlich auf die Schulter. Mit Elio ist alles so viel unkomplizierter als mit meiner Mum. Und dennoch: Irgendwie vermisse ich sie.

***

Frisch geduscht und in Freizeitklamotten mache ich mich auf den Weg zum Küchentrakt. Ich habe für Mathilda schon oft etwas in ihrem Heiligtum repariert und mich von ihr mit selbst gemachten Köstlichkeiten verwöhnen lassen. Bereits von Weitem höre ich Musik, unter die sich lautstarkes Geschirrgeklapper mischt. Lachen dröhnt durch die dunklen Flure des Stifts.

Den ganzen Tag habe ich mich auf den Moment gefreut, Paulina endlich wiederzusehen, und dabei erfolgreich verdrängt, dass ihre Freunde auch dabei sein werden. Shit, jetzt ist es zu spät, um aus Paulina herauszubekommen, ob sie das, was zwischen uns ist, geheim halten will.

Ich trete in die Tür und verschaffe mir einen Überblick. Dean ist nicht zu übersehen und scheinbar voll in seinem Element. Er brüllt in einem ohrenbetäubend schrägen Gesang die Lyrics des Liedes, das scheppernd aus dem Küchenradio dringt. Dabei benutzt er einen überdimensional großen Schneebesen als Mikroersatz. Warum der Kerl kreatives Schreiben und nicht Schauspiel studiert ist mir ein Rätsel. Vielleicht weil er im Textevortragen ebenso miserabel ist wie beim Singen?

Nia, Lee und Toni sind ebenfalls da. Zudem noch ein Kerl mit langen Haaren und Bandshirt, den ich noch nie gesehen habe, und eine Clique aus drei Mädchen, die etwas abseits der anderen stehen und sich offensichtlich für etwas Besseres halten. Beim näheren Hinschauen erkenne ich den Barbie-Verschnitt, mit dem Dean auf Vincents Party rumgemacht hat. Das könnte lustig werden.

»Hey«, mache ich mich bemerkbar und trete in die Küche. »Ist Paulina nicht da?«

»Neo, mein Freund. Tritt ein, bring Glück … Na, lassen wir das.« Dean springt auf mich zu und legt einen Arm um meine Schulter.

»Und hier, meine Damen und Herren, haben wir den berühmt-berüchtigten Street-Art-Künstler Schrägstrich Schulabbrecher Schrägstrich Beinahe-Knastbruder Adrian. Besser bekannt als Neo! Applaus, Applaus, Applaus!«

Ich weiß, ich sollte den Spaß einfach mitmachen. Weghören, seine Provokation einfach auf sich beruhen lassen, aber mein Körper spannt sich ohne mein Zutun an. Meine Fäuste ballen sich und meine Kiefer pressen sich so fest aufeinander, dass ich beinahe einen Krampf kriege.

»Sag, wie lebt es sich im Paradies?«

Er hält mir den Schneebesen unters Kinn, als erwartete er ernsthaft eine Antwort. Alle Augen sind auf uns gerichtet, ich kann es förmlich spüren, dass alle angespannt sind und auf eine Reaktion warten. Dean nervt. Aber ich will auch keinen Ärger machen.

Also zucke ich mit den Schultern. »Ganz okay.«

»Okay, okay, okay!« Wie ein Showmaster auf Koks legt Dean eine gekonnte Pirouette hin. Lee lacht und hakt sich bei mir unter.

»Dean, du hast echt einen an der Waffel!« Das blonde Mädchen schaut amüsiert zu mir auf und verdreht die Augen. »Paulina ist nebenan und räumt gerade die Regale ein. Komm, ich bring dich zu ihr.«

Ich ringe mir ein halbherziges Lächeln ab und nicke.

»Danke, ich kenne den Weg.« Schneller, als Lee reagieren kann, löse ich mich von ihr und stapfe entschlossenen Schrittes auf den Nebenraum zu.

Der Vorratsraum liegt fast im Dunkeln. Nur durch die Oberlichter dringt schwaches Licht herein. Ich brauche einen Augenblick, bis ich Paulina endlich erspähe, und jetzt, wo ich mit ihr allein bin, finde ich keine Antwort auf die Frage, wie ich sie begrüßen soll.

»Hey«, sage ich daher und vergrabe meine Hände tief in den Hosentaschen.

Paulina erschrickt und wirft ein paar Konservendosen um, die begleitet von einem lauten Scheppern auf die abgetretenen Fliesen knallen.

»Adrian! Du hast mich erschreckt.« Sie steht auf und presst sich die Hände vor die Brust, als würde sie nach Atem ringen. Ein unwiderstehliches Lächeln stiehlt sich auf ihr Gesicht. Es ist so schüchtern und echt und süß, dass ich dem Wunsch, sie jetzt sofort zu küssen, kaum widerstehen kann.

In zwei schnellen Schritten stehe ich so dicht vor ihr, dass sie ihr Kinn heben muss, um mich anzusehen. Langsam lege ich meine Hände auf ihren Oberarm, lasse sie nach unten gleiten und umfasse sanft ihre Taille. Ich spüre die Anspannung in ihrem Körper, Röte schießt ihr in den Kopf und es ist, als könnte ich das lautstarke Pochen ihres Herzens hören, was natürlich Quatsch ist. Wahrscheinlich ist es ja auch mein Blut, das in den Ohren rauscht, denn ja, verdammt, ich bin auch nervös.

»Wie war dein Tag?«, frage ich leise und ertappe mich selbst dabei, wie ich auf ihre Lippen starre. Schnell schaue ich etwas höher in das warme Braun ihrer Augen.

»Ganz okay.« Sie schlägt die Lider nieder, als wäre ihr die Situation unendlich peinlich.

Ist es normal, dass man sich so fühlt? So durcheinander? Einerseits fiebere ich schon den ganzen Tag diesem Moment entgegen, doch jetzt, jetzt weiß ich einfach nicht, wie ich mich verhalten soll.

Zaghaft lege ich eine Hand unter ihr Kinn und zwinge sie so, zu mir hochzuschauen. Ich lächle sie an. Sanft, um ihr zu bedeuten, dass alles okay ist.

Dann schließe ich meine Augen und als ich endlich Paulinas Lippen auf meinen spüre, ist meine Zurückhaltung vergessen, meine Unsicherheit verflogen. Zurück bleibt dieses Gefühl, von dem ich schon gestern nicht genug bekommen konnte.

»Ahh, ihr seid so niedlich.«

Als hätten wir uns verbrannt, reißen wir uns ruckartig voneinander los. Mein Blick geht zur Tür, durch die ich vor wenigen Augenblicken getreten bin, und erspähe Paulinas Freunde, die wie Zaungäste im Türrahmen stehen und uns grinsend beobachten.

Lee klatscht begeistert in die Hände, Nia und Toni schlagen zum High Five ein und Dean reckt den Daumen.

Doch Paulina scheint die Situation so peinlich zu sein, dass sie die Hände vors Gesicht nimmt. Ich ziehe sie in eine Umarmung und lache, weil ich keine Ahnung habe, was ich sonst tun soll. Und weil ich glücklich bin. Verdammt glücklich sogar.

»Tja, offensichtlich sind wir beide nicht so begabt im Versteckspielen wie andere.« Ich suche absichtlich Deans Blick und wie gewollt, verfehlt es seine

Wirkung nicht. Das Lächeln gefriert ihm auf den Lippen und er schaut betreten weg.

»Kommt, Leute, gönnen wir dem jungen Glück etwas Privatsphäre. In der Küche wartet Arbeit auf uns.«

Mit diesen Worten dreht er sich rum und die anderen folgen ihm. Außer Lee, die wie Anna aus der Eiskönigin im Durchgang steht und uns entzückt anschaut. Ich ziehe herausfordernd die Augenbrauen hoch und als wäre das ihr Zeichen, erwacht sie aus ihrer Mädchen-Traumblase, reckt einmal die Daumen und rauscht dann ab.

Noch immer verkriecht sich Paulina an meiner Brust. Ich hauche ihr einen Kuss auf den Kopf und streiche ihr sanft über den Rücken.

»Komm, lass uns verschwinden.«

Ich löse mich von Paulina, ziehe sie zum Hinterausgang des Lagerraumes, der für gewöhnlich verschlossen ist, weil er direkt ins Freie führt. Aber wozu habe ich einen Generalschlüssel, wenn nicht für solche Notfälle?

Ich öffne die Tür, lasse Paulina durchtreten und schließe danach gewissenhaft wieder ab. Frische Luft schlägt uns entgegen, als wir Hand in Hand auf den dunklen Hinterhof laufen, auf den sich normalweise nur Angestellte der Akademie oder Lieferanten verirren.

»Was für eine wunderschöne klare Nacht«, sagt Paulina, die entzückt in den Sternenhimmel schaut. Hier in der Einöde wirken die Nacht dunkler und die Sterne intensiver als in der Stadt. Ich war im Dunkeln unterwegs und habe dennoch viel zu selten die Schönheit des Himmels bewundert.

»Ich habe eine Idee«, sage ich mehr zu mir selbst, laufe los und ziehe Paulina hinter mir her. Aus den alten Stallungen hole ich uns einen Schwung Decken und lotse Paulina zu einer windgeschützten Lichtung, die ich neulich beim Rasenmähen entdeckt habe. Dort breite ich eine der Decken aus und deute theatralisch auf das provisorische Lager.

»Et voilà, Madame.«

Paulina kichert, setzt sich aber mit angewinkelten Beinen auf die karierte Decke, als wäre sie eine feine Dame. Gentleman-like schüttle ich eine weitere Decke aus und werfe sie mit einem Schwung auf sie. Dann noch eine. Und noch eine. Vergeblich versucht sie sich zu wehren, doch schneller, als sie reagieren kann, habe ich mich ebenfalls auf den Boden geworfen und vereitle ihr Vorhaben, sich aus den Decken zu befreien.

Als sie völlig verstrubbelt und sichtlich außer Atem ihren Kopf unter den Stoffmassen hervorstreckt, werden wir beide schlagartig ruhig. Sanft strecke ich eine Hand aus und schiebe eine Strähne hinter ihr Ohr. Meine Finger berühren ihre Wange kaum und doch ist es, als würde ich fast verbrennen.

Ein Lächeln huscht über Paulinas Gesicht. Offen. Ehrlich und wunderschön.

»Hey«, bringe ich mühsam hervor. Das *Ich habe dich vermisst,* das mir auf der Zunge liegt, schlucke ich hinunter. Ich will Paulina nicht verschrecken. Noch weiß ich ja nicht, wie ernst es ihr ist. Vielleicht ist das zwischen uns ja für sie nur ein netter Zeitvertreib, ein Abenteuer, das sie –

Weiter komme ich mit meinen Gedanken nicht, denn plötzlich stürzt sich Paulina halb auf mich, ihre Lippen liegen im nächsten Augenblick auf meinen und ich kann nicht anders, als sie noch näher an mich zu ziehen, noch enger. Und sie zu küssen, küssen, küssen.

Es dauert einen in die Ewigkeit reichenden Moment, bis unsere Zärtlichkeiten ruhiger werden. Ich spüre, wie Paulina während des Küssens lächelt und das fühlt sich unendlich gut an.

Bevor uns von all der Küsserei schwindelig wird, löse ich mich von ihr, schaue in glückliche Augen, die im Sternenlicht schimmern. Der Wind zupft an ihren Haaren und das Mondlicht lässt ihre Haut blass und durchscheinend wirken. Aber sie so zu sehen, wie sie hier mitten im Klostergarten sitzt, mich anschaut, als würde sie mich wirklich *erkennen,* erfüllt mich mit so einem mächtigen Gefühl, dass ich schwer schlucken muss.

Bevor mich diese seltsamen neuen Gefühle überwältigen, schaue ich schnell weg und lasse mich auf den Rücken sinken. Mein Blick verliert sich in der Tiefe des Himmels. Und trotz der schieren Unendlichkeit kann ich keinen klaren Gedanken fassen.

»Puh, ich muss zugeben, das alles … überfordert mich gerade echt.« Ich atme geräuschvoll aus und verschränke die Arme hinter meinem Kopf. Paulina legt sich neben mich. Dicht genug, damit ich ihre Wärme spüren kann, und doch berührt sie mich nicht.

»Ich dachte, du und dieses Mädchen aus Berlin …«

»Selina?!«

»Ja. Ich dachte, du und sie …«

Ich seufze. Wie soll ich Paulina das, was zwischen Selina und mir lief, erklären?

»Ja, ich hatte was mit Selina. Aber das fühlt sich so weit weg an, verstehst du? Irgendwie finde ich das alles selbst absurd, wenn ich so zurückblicke. Aber als ich noch in Berlin war, war das mein Alltag. Mein Leben. Ich bin nicht stolz drauf, aber die Vergangenheit kann man nicht ändern.«

Paulina schweigt, wie sie es oft tut, wenn sie über etwas nachdenkt.

»Es ist schade, wenn du dich wegen deiner Vergangenheit entschuldigst«, sagst sie leise. »Das musst du nicht. Nicht bei mir.«

Ich weiß, dass sie es ernst meint. Vielleicht fühle ich mich deshalb in Paulinas Gegenwart so wohl, weil sie mich nicht verurteilt. Ihr scheint egal zu sein, wo ich herkomme, was ich getan habe. Und doch schäme ich mich, denn vor ein paar Monaten war ich noch ganz genau so wie Calli und Selina, habe Sprüche geklopft, Menschen angepöbelt, einfach weil wir es konnten. Weil uns langweilig war. Und weil wir wütend auf alle waren, die es besser getroffen hatten als wir. »Und der Typ … wart ihr eng befreundet?«

»Eigentlich hatte ich gehofft, dass du gar nicht so viel mitbekommen hast. Irgendwie war es von außen betrachtet so, als wäre bei dir ein Rollladen runtergegangen. Paulina out of order.« Ich weiß, es ist heikel, Paulina auf ihre Reaktion in Berlin anzusprechen. Aber ich möchte nicht, dass etwas zwischen uns steht.

Wieder versteift sie sich. Ich kann es fühlen, obwohl sie mich nicht berührt. Schnell greife ich nach ihrer Hand, möchte ihr zeigen, dass ich da bin. Dass wir zusammengehören, egal wie viel uns auch trennt.

»Es tut mir leid, dass du das mit anschauen musstest. Es muss seltsam wirken, wenn … Na ja, es fühlt sich so an, als würde mein Körper nicht mehr zu mir gehören. Mein Geist denkt sich dann lauter schlagfertige Kommentare aus, aber ich schaffe es einfach nicht, sie auszusprechen. Es ist ... es ist ... Na ja, in den meisten Situationen ist es wirklich besser geworden. Ich arbeite hart an mir, aber deine Leute, na ja. Es war nicht das erste Mal, dass ich solche Kommentare höre, also mach dir keine Gedanken.«

»Das war scheiße, da gibt es nichts schönzureden.«

Endlich kommt wieder etwas Bewegung in Paulinas Körper. Sie hebt ihren Kopf und kuschelt sich an meine Brust. Automatisch schlinge ich meinen Arm um ihre Schulter und streiche über ihren Oberarm. Ihr Atem streift über meine Brust, ich spüre die Wärme, die Nähe und erschaudere, weil es sich so gut anfühlt.

»Weißt du, die meisten Menschen haben Angst, wenn man anders auf sie reagiert, als sie es gewohnt sind. Dabei ist anders ja erst mal nicht besser. Und auch nicht schlechter. Es ist eben anders, ganz wertungsfrei. Dennoch fühlen sie sich bedroht, weil sie dann nicht wie immer reagieren können, weil sie sich auf ihr Gegenüber einstellen müssen. Viele können das einfach nicht. Oder wollen es nicht, wer weiß das schon. Jemanden in eine Schublade zu stecken, ihn niederzumachen und zu verspotten, statt mal genau hinzuschauen, scheint für viele einfacher zu sein.«

Ich schrumpfe innerlich zusammen. Weil ich mich schäme, dass ich so lange Teil dieser Welt war, dass ich selbst *so* war. Blind aus Wut. Neidisch auf alle, die es besser getroffen hatten als ich. Schnell ziehe ich Paulina enger an mich, sauge ihre Nähe auf, ihren ganz eigenen Duft und möchte mich entschuldigen für all die Dinge, die ich getan habe, weil ich es nicht besser wusste. Weil ich meinen Kopf ausgeknipst habe, aus Angst, ich könnte sonst sehen, dass ich auf einem absolut beschissenen Weg war. Einem Weg, der mir zu dem Zeitpunkt richtig erschien.

»Hör zu, Paulina. Bitte versprich mir, dass du es mir sagst, wenn ich dich mit irgendwas verletze, ja? Ich bin nicht wirklich gut darin, nett zu sein. Zumindest sagt das meine Mum. Ich ... ich habe eine Heidenangst, es zu verbocken.«

Ich atme geräuschvoll aus und merke erst jetzt, dass es genau *das* ist: Ich habe Schiss davor, all das, was sich in den letzten Monaten für mich aufgetan hat, wieder zu verlieren. Die AcA, Elio ... Paulina.

Die Kühle von Paulinas Fingern auf meiner Wange lässt mich zusammenzucken. Sie lächelt mich an und schon fühle ich mich besser.

»Ich muss dir – und deiner Mum – widersprechen«, sagt sie bestimmt. Ein zärtlicher Kuss landet auf meinen Lippen. »Du bist nett. Sehr sogar. Und wenn du jetzt mit diesem superdämlichen Spruch kommst, dass nett der kleine Bruder von scheiße ist, dann ... dann ...«

»Dann?«, hake ich amüsiert nach, da sie offensichtlich den Faden verloren hat.

»Dann bestrafe ich dich mit Kussentzug. Klappt bei Danijel auch jedes Mal, wenn er sich selbst in einem schlechteren Licht sieht, als andere ihn wahrnehmen.«

Ich strecke meine Hand nach Paulina aus, lege sie in ihren Nacken und ziehe sie zu mir.

»Vicky ist ganz schön clever.« Ihre Lippen schmecken so süß und sind so weich. »Und sie hat Danijel offensichtlich ganz schön im Griff.«

Kapitel 22: Überraschungen

Paulina
Der Schlafmangel macht sich langsam nicht nur durch mein ständiges Gähnen bemerkbar, ich habe auch so riesige Augenringe, dass ich Angst habe drüberzustolpern. Hab ich überhaupt geschlafen? Gerade jetzt in der Schwärze der Nacht würde ich Stein und Bein wetten, dass ich doch gerade erst eingeschlummert bin. Doch die Haaf ist gnadenlos: Der Frühsport fällt niemals aus. Selbst wenn man nicht mehr aufrecht gehen kann, zählt das nicht als Entschuldigung.

»Wie lange noch?«, frage ich Toni, die wie bei jeder Laufeinheit schweigend neben mir hertrabt und einen der Grundpfeiler der Akademie heroisch erträgt: Nur ein gesunder Körper kann kreativ sein. Deshalb scheuchen uns die Verantwortlichen der Akademie auch dreimal wöchentlich mitten in der Nacht aufs Stiftsgelände und zwingen – pardon, motivieren – uns zum frühmorgendlichen Joggen.

»Zu lange.« Toni bleibt stehen, legt ihre Hände auf den Knien ab und schnappt nach Luft. Man sollte meinen, unsere Kondition ist nach all den Einheiten besser. Aber ich glaube, es gibt einfach Menschen, denen liegt Ausdauersport nicht. Toni und ich scheinen dazuzugehören.

Ich nutze die kleine Verschnaufpause, um mich zu dehnen. Der Wind, der über das Stiftgelände fegt, ist frostig und so hüpfe ich ein paar Mal auf und ab, um nicht auszukühlen.

»Dean hat erzählt, dass bei euch im neuen Jahr eine öffentliche Lesung ansteht. Kommst du klar?«

Toni schaut mich durchdringend an.

»Ich schaffe das«, murmle ich und lasse meinen Fuß kreisen. »Adrian hilft mir. Wir lesen uns gegenseitig Texte vor.«

»Ah, das ist so süß.« Toni quietscht lautstark und wirft sich mir an den Hals. Ich bin mit ihrem plötzlichen Gefühlsausbruch maßlos überfordert. »Also du und Adrian … seid ihr jetzt zusammen?«

Ich stöhne.

»Muss man allem einen Stempel aufdrücken?«, frage ich genervt.

»Na ja, ich dachte, als Wort-Akrobatin hast du eine passende Bezeichnung parat für deinen …« Sie grinst mich breit an. »… Freund?!«

Ich gebe ihr einen Klaps auf den Arm und spüre schon, wie mir wieder die Röte in die Wangen schießt. Hört das irgendwann einmal auf? Wie Pickel vielleicht, die man mit etwas Glück nach der Pubertät hinter sich lässt?

»Freund.« Ich kaue etwas widerwillig auf dem Wort herum. »Das klingt seltsam.«

Toni hakt sich bei mir unter und lehnt ihren Kopf auf meiner Schulter an.

»Ich weiß, was du meinst. Ging mir mit Vincent auch so. Hör mal, Paulina.« Toni druckst rum und beißt sich auf die Unterlippe. »Über Vincent wurde auch viel Klatsch und Tratsch verbreitet und jeder wusste es besser … Du wirst Adrian besser kennen als jeder andere hier auf der Akademie. Und ich vertraue da absolut auf dein Bauchgefühl. Aber ich hoffe, du weißt, dass du immer und mit allem zu mir kommen kannst, ja?«

Ich schlucke und nicke. Toni ist ganz anders als Lee und genau das schätze ich an ihr.

»Gott, jetzt höre ich mich schon wie eine alte Trulla an, die Ratschläge erteilt! Vergiss das ganz schnell wieder und mach deine eigenen Erfahrungen! Und falls es doch mal Tränen gibt, weißt du, wo es eine Schulter zum Anlehnen gibt, ja?«

Sie nimmt mich in den Arm und drückt mich einmal kurz.

»Und jetzt lass uns schnell weiterlaufen, sonst sind die anderen schon mit frühstücken fertig, bevor wir überhaupt zurück im Gebäude sind.«

Während wir schweigend dem Tagesanbruch entgegentraben, hallen

Tonis Worte in meinem Inneren nach. Freund. Tränen. Ich war so damit beschäftigt, nervös zu sein, gespannt zu sein, dass ich völlig aus den Augen verloren habe, welche Gefahr eine Beziehung birgt. Ich bin nicht naiv, glaube ich zumindest. Aber bei all den rosaroten Zuckerwolken, die seit Tagen in meinem Gehirn kleben, kam mir nie in den Sinn, dass mich Adrian verletzen könnte. Dabei sollte ich doch wissen, dass Liebe zwei Seiten hat. Das habe ich ja sogar Vicky klargemacht.

Schnell presse ich die Lippen aufeinander, möchte nicht zulassen, dass sich Zweifel in mir festfressen, dass ich Schatten sehe, wo das Licht gerade so hell scheint. Ich sollte vorsichtig sein, das ja, aber nicht ängstlich. Denn das war ich so viele Jahre in meinem Leben und wenn ich eines gelernt habe, dann dass Angst kein besonders guter Begleiter ist.

***

Wie befürchtet sind die anderen bereits beim Frühstück. Immerhin habe ich so den Waschraum mit Toni allein und wir machen uns einen Spaß und singen kitschige Weihnachtslieder, obwohl das Fest der Liebe noch Wochen entfernt ist. Ich mag es, dass Toni genau wie ich nicht in allen Fachrichtungen, die die AcA unterrichtet, ein Überflieger ist. Ihr Gesang hört sich mindestens genauso schräg an wie meiner. Aber Spaß haben wir trotzdem.

»Was steht bei dir gleich an?«, fragt Toni, während sie ein leichtes Tages-Make-up auflegt.

Ich habe gerade den Mund voller Zahnpasta und bringe nicht mehr als ein kaum verständliches »Glück« hervor. Aber Tonis Reaktion nach hat sie verstanden. Bis ich nach Lieberose gekommen bin, hätte ich es niemals für möglich gehalten, dass es Studienfächer wie beispielsweise *Glück* oder *Zukunft* oder *Werte* gibt. Aber hier läuft so manches anders und nicht nur deshalb liebe ich es, hier zu studieren.

In *Glück* habe ich mir schon oft die Frage gestellt, was das Leben wirklich lebenswert macht. Und nie sind mir materielle Dinge in den Sinn gekommen. Ohne Luxus kann ich leben, aber ohne Menschen, die ich liebe, die mich lieben, nicht.

Ein leises Kribbeln durchströmt mich bei dem Gedanken. Plötzlich ist da ein weiterer Mensch, den ich mag. Ein Kerl, der mir wichtig ist. In Adrians Nähe fühle ich mich glücklich. Ich habe keine Idee, wie er es anstellt, aber ich fühle mich plötzlich vollständig, so, als hätte all die Jahre ein Teil von mir gefehlt.

Ich spüle schnell meinen Mund aus und bedeute Toni, dass ich meinen Waschbeutel zurück ins Zimmer bringe. Wie an jedem anderen Tag verzichte ich auf Make-up. Im Zimmer verstaue ich schnell meine Sachen und werfe einen Blick auf mein Handy, in der Hoffnung, dass Adrian mir geschrieben hat. Doch Fehlanzeige. Bestimmt frühstückt er noch. Bei dem Gedanken knurrt mein Magen.

»Ich geh schon mal vor«, rufe ich Toni zu, die noch immer im Waschraum ist, und hüpfe die Treppen hinunter. Um diese Uhrzeit ist wenig los und so verselbstständigen sich meine Gedanken. Normalerweise tauche ich in solchen Momenten in meine aktuelle Geschichte ab. Aber seit ich Adrian kenne, spielt er allzu oft die Hauptrolle in meinem Kopfkino. In Momenten wie diesen wird mir schmerzlich bewusst, wie lange so ein Akademietag doch ist. Es gibt kaum Gelegenheiten, sich mit Adrian zu treffen. In Gedanken gehe ich meinen Stundenplan durch, suche nach einer Gelegenheit, wie ich Adrian heute noch vor dem Abend sehen könnte. Vielleicht wenn ich die Mittagspause nutze – ich könnte ihm eine Nachricht schicken.

»Hey.«

Bevor ich überhaupt nur ansatzweise erfasse, was gerade geschieht, finde ich mich in Adrians Armen wieder. Sein Duft dringt in meine Nase, seine Lippen landen auf meinem Mund. Ich lächle und kichere und kann gar nicht genug von dieser Überraschung bekommen.

Meine Hände vergrabe ich in seinen Haaren. Eine kaum zu stillende Sehnsucht schiebt die Müdigkeit, die ich nach der Laufeinheit in jedem Muskel gespürt habe, beiseite. Das Gefühl, das mich durchströmt, ist so frisch und unverbraucht und füllt mich mit so viel Energie, wie ich wohl an einem einzigen Tag nicht verbrauchen kann.

»Wow«, entfährt es mir, als sich Adrian von mir löst und mit einem niedlichen Grinsen auf den Lippen zu mir hinunterschaut. »Womit habe ich das verdient?«

Adrian scheint zu überlegen und blickt fragend zur Decke.

»Mhm, das weiß ich eigentlich auch nicht.«

Ich gebe ihm einen Klaps auf den Bauch und er lacht und zieht mich noch enger an sich.

»Ich hab dich vermisst. Und dachte, ich leiste dir heute beim Frühstück Gesellschaft.«

»Oh.« Meine Augen weiten sich und ich schaue mich nach einem unsichtbaren Elf um, der mir meine Wünsche so schnell erfüllt. »Das ... das ...« Statt weiter nach Worten zu ringen, küsse ich ihn und kann nicht verhindern, dass sich glückliche Gluckser in Adrians Mund verfangen.

Hand in Hand laufen wir in den Essenssaal und erst als ich in die ersten fassungslosen Gesichter blicke, wird mir klar, dass ich mit diesem Auftritt meine Beziehung zu Adrian öffentlich gemacht habe. Adrian, der Schulabbrecher. Adrian, der Bad-Boy-Neffe des Hausmeisters.

Adrian scheint von den Blicken nichts mitzubekommen und fragt mich nach meinem Stundenplan. Unwillkürlich kralle ich meine Finger fester um seine Hand und zerre ihn zur Essensausgabe. Mechanisch lade ich mein Tablett voll und lasse mir schließlich einen Milchkaffee aus dem Automaten ein.

»Alles okay?«, flüstert mir Adrian ins Ohr.

Ich zucke zusammen. Er ist mir so nah, viel zu nah, als dass man es unter normaler Freundschaft verbuchen könnte.

Aber die Aufmerksamkeit der Studenten ist inzwischen wieder abgeflaut, es herrscht das übliche Frühstücksgeklapper und ich entspanne mich etwas.

»Mhm, sollen wir uns zu Nia und Lee setzen?«

»Klar.« Er folgt mir und stellt sein Tablett neben meinem ab. »Guten Morgen, ihr zwei.«

Lee klappt für einen Moment der Mund auf. Dann scheint sie sich darauf zu besinnen, dass es dämlich aussieht, und räuspert sich schnell. »Morgen, Adrian. Dich hab ich hier noch nie gesehen.«

Adrian setzt sich, als wäre es das Normalste der Welt, dass er uns heute Gesellschaft leistet. Er zuckt mit den Schultern.

»Hatte keine Lust auf Elios Italo-Pop.« Er zwinkert mir zu und legt eine Hand auf meinen Oberschenkel. Alles in mir prickelt und ich weiß einfach nicht, wie ich mich verhalten soll.

Vicky! Was würde Vicky tun?

»Da würde ich auch streiken«, höre ich Nia. »Wir geben dir jederzeit Asyl.«

»Großzügig!«

Adrians Hand zieht mit seinem Daumen rhythmische Kreise über meinen Oberschenkel. Wie soll ich mich denn da konzentrieren? Mechanisch kralle ich meine Hände um den Kaffee und trinke in gierigen Schlucken das Wundermittel. Vielleicht hilft es mir, wacher zu werden.

»Und, was steht heute auf dem Plan?«, will Lee wissen.

Keine ungewöhnliche Frage, da wir alle in unterschiedlichen Fachbereichen sind und das Grundstudium hinter uns haben. Doch diesmal richtet sie ihre Frage an Adrian.

»Mhm, ich werde wohl Elio zur Hand gehen und wollte dann noch eine Überraschung für Paulina vorbereiten.«

Mein Blick fällt auf ihn, doch er grinst Lee nur verschwörerisch an und beachtet mich nicht. In meinem Kopf rattert es bereits und ich überlege, was Adrian jetzt schon wieder vorhat. Ich liebe und hasse Überraschungen gleichermaßen. Das Prickeln ist umwerfend – aber allzu oft wird es von der Angst betäubt, dass ich nicht angemessen auf die Überraschung reagieren könnte.

»Du musst bis heute Abend warten, egal wie süß du mich anschaust«, flüstert Adrian gerade so laut, dass ich es noch hören kann. Mit einem breiten Grinsen auf den Lippen haucht er mir einen Kuss auf den Mund.

Ich schmecke die Marmelade, von der er gerade genascht hat, und lecke kurz über meine Lippen. Wieder ziehen sich meine Mundwinkel wie von Zauberhand hoch. Es hat keinen Zweck, es zu leugnen, ich bin bis über beide Ohren in Adrian verknallt. Und das wird spätestens jetzt auch jeder sehen.

Schnell straffe ich die Schultern. Es ist nicht richtig, dass ich mich schäme.

Nicht wegen Adrian. Er ist ein toller Kerl. Ein Junge, der Pech gehabt hat und auf die schiefe Bahn geraten ist – wobei ich noch immer keine Details seiner Vorgeschichte weiß. Die verschweigt er nämlich gekonnt. Aber auch das ist mir egal, denn die Vergangenheit kann man ohnehin nicht ändern. Man kann aber alles dafür tun, dass die Zukunft anders verläuft, besser. Und daran habe ich absolut keinen Zweifel, wenn ich Adrian anschaue.

Immer wieder huschen seine Blicke zu mir, während er sich mit Nia und Lee unterhält, als würden sie sich schon seit Ewigkeiten kennen. Inzwischen ist auch Toni zu uns gestoßen und würgt schweigend ihr Frühstück runter. Der Hallo-wach-Effekt hat sie ganz offensichtlich noch nicht ereilt.

Als wir unsere Tabletts wegräumen und aus dem Essenssaal treten, hält mich Adrian schließlich zurück.

»Musst du los, oder hast du noch ein paar Minuten?«

Sein Lächeln ist zu süß. Er nickt in Richtung Ausgang. Dort, in dem kleinen Innenhof, befindet sich ein kleiner Rosengarten.

Hand in Hand schlendern wir an die frische Luft. Ich ziehe die Schultern hoch, als die Kälte durch mein Sweatshirt dringt, und kuschle mich enger an Adrian.

»Wie soll ich nur den Tag überstehen?« Adrians Kopf sinkt in den Nacken. »Hast du einen Tipp?«

»Dasselbe wollte ich dich fragen. Wir könnten den Unterricht schwänzen.«

»*Du* könntest schwänzen ... Aber ich kann Elio unmöglich allein schuften lassen. Er ist ein alter Mann.«

Ich kichere, weil Elio als Mittvierziger weit davon entfernt ist, alt zu sein.

»Wir könnten uns in der Mittagspause tre –« Mitten im Satz unterbricht mich Matt Belamys Gitarrenintro von Cydonia, das ich als Klingelton für wichtige Kontakte eingestellt habe. »Oh, sorry, da muss ich ran.«

Ein Blick aufs Display und mein Herz rast. Was will Nathan denn von mir? Um diese Uhrzeit.

»Hey, Nathan«, begrüße ich den Bestsellerautor. Mit keinem anderen Erwachsenen arbeite ich intensiver zusammen, zu keinem habe ich mehr Vertrauen. Nicht einmal zu Mattheo.

»Paulina! Entschuldige, dass ich dich störe. Ich hoffe, du bist noch nicht im Unterricht.«

Mein Blick springt zu Adrian. Ich lächle ihn versöhnlich an, drehe mich um und gehe ein paar Schritte von ihm weg. Nicht weil ich Geheimnisse vor ihm habe. Aber ich telefoniere generell nicht gern. Insbesondere nicht vor Publikum.

»Passt schon«, antworte ich knapp und überlege fieberhaft, warum er anruft.

»Hör zu, die neuen Texte, die du mir geschickt hast –«

»Von Vicky und Danijel?« Mein Puls beginnt zu stolpern. Wir sprechen oft und lange über meine Texte. Er ist einer meiner größten Fans – und mein schärfster Kritiker.

»Ich mag sie.«

Mit einem tiefen Seufzer weicht alle Atemluft aus mir und ich setze mich auf die alte Holzbank nahe dem Springbrunnen. Mein Blick huscht zu Adrian, der sich an die Mauer gelehnt hat und auf sein Smartphone starrt. Ich mag es, dass er mir die Freiheit lässt, in Ruhe zu telefonieren. In seiner Nähe hätte ich keine Chance, mich auf das Gespräch zu konzentrieren.

»Ich arbeite auch echt gern mit den beiden.«

»Das spürt man. Und deshalb ... ich weiß, ich hätte, dich das vorher fragen sollen, aber es hat sich gestern ganz spontan ergeben. Ich habe meinem Agenten von dir erzählt und ihm ein paar Texte zum Lesen gegeben.«

Ich schnappe hörbar nach Luft. Meine Hand krallt sich in das feuchte Holz.

»Er möchte dich gern kennenlernen, was sagst du?«

Mein Mund klappt auf. Und wieder zu. In meinem Kopf schwirren die Worte wie Fliegen herum. Ich nuschle etwas Unverständliches und auf mich prasseln tausende Informationen ein.

Als ich auflege, frage ich mich augenblicklich, ob ich das gerade geträumt habe.

»Alles okay, Paulina? Du bist so ... blass.«

Adrians Stimme dringt wie durch eine dicke Watteschicht zu mir durch. Mechanisch nicke ich und schüttle gleichzeitig den Kopf.

»Nathan ... er hat ... ich soll ... in Hamburg ...«

Adrian setzt sich neben mich, ich spüre die Hitze seiner Hand, die auf meinem Oberschenkel liegt und rhythmisch darüberstreicht.

»Noch mal ganz langsam von vorn. Wer ist Nathan? Muss ich eifersüchtig sein?«

Mein Blick schnellt hoch und ich schaue entsetzt in Adrians Gesicht. Er grinst breit und wollte mich offensichtlich nur necken. Ich entspanne mich etwas, kann mir beim Gedanken an Nathan und mich ein Lachen nicht verkneifen.

»Nathan ist mindestens hundert Jahre alt!«, sage ich empört.

»Und? Es gibt ältere Herren, die stehen auf so junges Gemüse wie dich.« Er stupst mich in die Seite. An diese Neckereien könnte ich mich wirklich gewöhnen. Es fühlt sich so leicht und unbeschwert an.

»Nathan ist mein Mentor«, stelle ich klar. »Er will, dass ich nach Hamburg komme und seinen Agenten kennenlerne.« Es hört sich absolut surreal an. Dean wird ausrasten!

»Paulina, das ist ... wow! Das hört sich gut an, oder? Ich habe zwar keine Ahnung von Büchern und so, aber ... ein Agent. Das klingt irgendwie groß.«

»Viel zu groß«, flüstere ich und zittere unwillkürlich. Ein Agent! Ein *fremder* Mensch! Und ich werde mit ihm reden müssen. Über mich. Meine Geschichten. Mir ist schlecht!

»Hamburg also. Wann geht's los?« Adrian klingt plötzlich nicht mehr ganz so begeistert. Ich schaue ihn an. Er lächelt, doch es wirkt gezwungen. Plötzlich wird mir klar, was eine Reise nach Hamburg zudem bedeutet: Ich kann Adrian nicht sehen!

»Nächste Woche Donnerstag soll ich nach Hamburg fahren. Und am Freitag ist der Termin mit dem Agenten. O mein Gott! Ich bin so aufgeregt. Er hat einen Ausschnitt aus Vicky und Danijel gelesen! Und jetzt will mich der Agent von Nathan Fritzsche kennenlernen! Nathan Fritzsche!« Ich quietsche die letzten Worte regelrecht, weil ich mein Glück noch immer nicht fassen kann, doch Adrian wirkt seltsam bedrückt. »Was ist los?«

»Ach nichts, es ist ...« Er lächelt mich schwach an. »Na ja, am Donnerstag habe ich Geburtstag. Ich dachte, wir …« Er winkt ab. »Aber das mit dem Agenten ist wichtiger! Ich freue mich für dich, Paulina. Das klingt nach einer Megachance.«

»Das ist es.« In meinem Kopf rattert es schon, wie ich das geradebiegen kann. Unmöglich kann ich Adrian an seinem Geburtstag allein lassen. Außer mir kennt er hier ja kaum jemanden. Elio, klar. Aber den achtzehnten Geburtstag mit seinem Onkel zu feiern ist irgendwie … traurig. »Ich ruf Nathan noch mal an, sicher kann man den Termin verschieben.«

»Tu das nicht, Paulina! Ehrlich, das wäre bescheuert, wenn du so eine Chance sausen lassen würdest.«

Er zieht mich an sich und haucht mir einen Kuss auf die Haare. Inzwischen bin ich ziemlich durchgefroren. Von oben dringt die kühle Luft durch meine Klamotten, von unten die Feuchte des Holzes.

»Ich habe eine Idee! Wir könnten reinfeiern. Und ich sage Nathan einfach, dass ich erst gegen Abend in Hamburg aufschlage. Von hier sind es keine fünf Stunden. Da muss ich ja nicht mitten in der Nacht losfahren. Wir hätten also ewig Zeit.«

Adrian scheint meinen Vorschlag zu durchdenken. Endlich hellt sich seine Miene wieder auf.

»War das etwa ein Angebot? Du willst die Nacht mit mir verbringen?«

Im ersten Moment weiß ich nicht, ob ich kreidebleich werde oder doch knallrot. Schließlich entscheide ich mich dazu, einfach die Hände vors Gesicht zu schlagen, und lache.

»Gott, Adrian! Du machst mich fertig.«

»War das ein Ja?«

Ich schüttle den Kopf, mein Grinsen ist aber so breit, dass ich Angst habe, es könnte gefrieren und für immer und ewig festgetackert sein.

Ich spüre Adrians Arm, der mich sanft in eine Umarmung zieht.

»Lass dich nicht ärgern. Wir haben unendlich viel Zeit. Das weißt du, das weiß ich. Aber ich fände es dennoch schön, wenn wir die Nacht gemeinsam verbringen könnten. Ohne Erwartungen, einfach du und ich, was sagst du?«

Ich nicke zaghaft und lasse die Hände sinken. Adrians Blick ist einladend und warm und so schlinge ich schnell die Arme um seinen Hals und presse meine Lippen auf seine.

»Ich habe das ernst gemeint«, hauche ich atemlos zwischen zwei Küssen. »Du machst mich wirklich fertig.«

»Ich hoffe auf eine gute Art.«

»Auf die beste!«

Kapitel 23: Sichtweisen

Adrian

»Hier, zieh das an, damit dir nicht kalt wird.« Ich reiche Paulina meine Arbeitsjacke und werfe mir selbst den Fleecepulli über, den ich für gewöhnlich zum Arbeiten im Freien anhabe.

»Aber –«

»Kein Aber.« Ich grinse Paulina breit an und bedeute ihr zum wiederholten Mal, dass sie von mir keinen Tipp kriegen wird. Seit ich etwas von einer Überraschung erzählt habe, scheinen ihre Gedanken nur noch darum zu kreisen. »Steht dir.« Ich zupfe an dem Kragen der schweren Jacke herum, in der Paulina versinkt und seltsam verloren aussieht. »Komm!«

Bevor wir auf den Hof treten, binde ich ihr einen Schal vor die Augen. Ich möchte keine Erwartungen schüren, aber das Überraschungsmoment wird größer sein, wenn sie das Ergebnis aus einem bestimmten Winkel sieht.

Nebel wabert über die hoch gelegene Ebene des Geländes und schon bald kann man das Stiftsgebäude nur noch schemenhaft erahnen. Die feuchte Luft legt sich auf unsere Klamotten und ich ziehe unwillkürlich die Schultern hoch, als ich Paulina bis zu einer gut versteckten Stelle hinter den ehemaligen Stallungen führe.

Das Licht ist nicht optimal, wie ich etwas wehmütig wahrnehme. Daher ziehe ich das Handy hervor und knipse die Taschenlampe an.

Paulina zuckt zurück, als ich versehentlich ihre Wange berühre, um den Schal von ihren Augen zu ziehen.

»Bereit?«

Ich leuchte mit dem schwachen Schein der Handylampe auf die Betonmauer, die an einigen Stellen mit Efeu bewachsen ist.

Paulina blinzelt ein paar Mal, aber ich kann ihr ansehen, dass meine Überraschung gelungen ist. Mit vor Staunen offenem Mund tritt sie ein paar Meter darauf zu. Ich habe in den letzten Tagen in jeder freien Minute an diesem Werk gearbeitet. Lee hat mir das Material aus dem Kunstraum besorgt. Zwar musste ich mit den Caps etwas improvisieren, mit dem Ergebnis bin ich aber dennoch zufrieden.

»Wow, Adrian, das ist ...« Paulina beißt sich auf die Unterlippe und schaut zu mir hoch.

»Ich dachte, dich interessiert, was ich sehe, wenn ich dich anschaue.« Ich habe lange überlegt, wie ich Paulina deutlich machen kann, wie sehr sie mich fasziniert. Da ist ihre zarte natürliche Schönheit, die ich im Stil des Street-Art-Künstlers Banksy in Schwarz mittels Schablonentechnik auf die zuvor geweißte Wand gesprayt habe. Aber das, was Paulina ausmacht, ist weit mehr als ihre – zugegeben sehr hübsche – Hülle.

Diese unglaublich vielen Facetten, die ich sicher noch lange nicht alle erfasst habe, habe ich durch eine Fantasiewelt dargestellt, die Paulinas Ebenbild in den Händen hält. Ich habe Danijel und Vicky skizziert, aber auch den Drachen, von dem sie oft erzählt hat, bunte Bäume, das Kabinett der Träume, über das sie einmal eine Geschichte schreiben möchte. Und so vieles mehr, das ich mit Paulina in Verbindung bringe. Um diese Welt habe ich eine Lichterkette geschlungen, die in hellen Sternen auf all das niederscheint, was Paulina wichtig ist. Es wischt die Schatten weg, die Paulina selbst auch nie wahrzunehmen scheint, denn für sie ist alles gut statt böse, hell statt dunkel.

Immer wieder huscht mein Blick zu Paulina, die starr dasteht und das Bild vor sich aufzusaugen scheint. Lediglich ihre Augen bewegen sich in rasendem Tempo. Ein bisschen nervös macht es mich schon, dass sie nichts sagt. Aber ich möchte sie nicht drängen.

Irgendwann, als ich das Schweigen nicht länger aushalte, räuspere ich mich. »Du hattest mich neulich gebeten, euch bei dem Bühnenbild zu helfen. Wenn du Lust hast, zeige ich dir ein bisschen was.«

»Jetzt?«, quietscht Paulina. Ruckartig dreht sie sich zu mir um und wirkt, als hätte ich sie aus einem Tagtraum gerissen.

»Man sollte Gelegenheiten nutzen, wenn sie sich einem bieten, oder?«

Ich grinse breit und bin schon bereit, in die Scheune zu laufen, um die Tasche mit der Schutzausrüstung und den Sprühdosen zu holen, doch Paulina hält mich am Arm zurück.

»Ich bin nicht gut darin, Danke zu sagen«, haucht sie leise. Weiße Atemwolken vermischen sich mit dem Nebel, der schwer über dem Gelände der Akademie hängt. »Es … berührt mich tief, dass du so viel in mir siehst. Für die meisten bin ich unsichtbar. Aber du … ich habe das Gefühl, du bist der Erste, der genau hinschaut, der sich Mühe gibt, mich und das, was mich bewegt, zu verstehen.«

Ich schlucke und schenke ihr ein Lächeln. »Ich werde nie verstehen, dass andere so blind sind. Du bist wirklich großartig, Paulina. Ich –« plötzlich breche ich ab. Das, was ich sagen möchte, brennt so lichterloh in mir, aber es ist zu früh, viel zu früh, um auszusprechen, was sie mir tatsächlich bedeutet. Zu früh für sie. Und für mich, denn noch kann ich selbst nicht so ganz in Worte fassen, was dieses Mädchen für neue unbekannte Gefühle in mir wachruft. »Ich geh mal die Sachen holen«, sage ich daher schnell und laufe davon, bevor ich vor lauter Nervosität nicht mehr atmen kann.

In der Scheune warten die kleinen Katzen auf mich, die sich neugierig an dem Rucksack reiben, den ich vor dem Abendessen hier abgestellt habe. Schnell verteile ich ein paar Streicheleinheiten und gehe dann mit den Sachen zurück zu Paulina.

Sie wirkt fast unwirklich, wie sie sich als dunkle schemenhafte Gestalt im Nebel abhebt. Schwerelos, elfengleich, obwohl sie diese viel zu große Jacke trägt. Mein Herz wird ganz groß und ich spüre, dass es richtig ist, was ich hier tue. Dass ich Paulina einen Blick in meine Welt gebe. In meine Gedanken, meine Gefühle. Mein Leben.

»Hier.« Ich strecke Paulina eine der Atemmasken entgegen und als sie sie aufzieht, kann ich nicht anders, als daran herumzuzupfen. Nicht weil sie nicht perfekt sitzt, sondern weil ich das unbändige Bedürfnis habe, ihr nahe zu sein. Sie schlingt auch gleich die Arme um meine Mitte und an ihren Augen sehe ich, dass sie grinst.

»Jetzt fühl ich mich echt wie eine Gangsterbraut.« Sie kichert und zieht sich die Kapuze der Jacke tief ins Gesicht.

In meinem Magen macht sich ein dumpfes Gefühl breit. Natürlich möchte ich Paulina einen Gefallen tun, möchte ihr den Wunsch erfüllen, ihr bei der Projektarbeit zu helfen. Aber das Mädchen ist so rein, so unschuldig und passt einfach nicht in die Welt der Sprayer.

»Wir könnten eine Gang gründen und Lieberose etwas bunter machen«, schlägt sie vor, doch bei dem Vorschlag beschleunigt sich mein Puls. Auf die unangenehme Art. Ich liebte das Kribbeln, das mich durchströmte, wenn wir nachts ein Objekt ausgekundschaftet haben, wenn wir den Gebäuden ungefragt unsere Botschaft aufgedrückt haben. Aber jetzt ... Ich weiß, dass es falsch ist, sich an fremdem Eigentum zu vergehen, obwohl ich noch immer der Meinung bin, dass wir die Häuser und Mauern nur verschönert haben. Ein Dienst an der Gesellschaft. Aber Recht bleibt Recht. Und dagegen habe ich nun mal verstoßen und mir vieles verbaut. Diesen Fehler möchte ich nicht noch einmal begehen. Nie wieder.

»Lass uns erst mal mit der Wand hier anfangen«, murmle ich, ziehe mir selbst eine Maske über und lasse Paulina los, um die Caps auf die Dosen zu setzen.

»Weißt du, Adrian. Ich spüre, dass sich gerade alles in dir sträubt, mir das hier zu zeigen. Aber hey, du drehst mir gerade keinen Joint oder ziehst eine Spritze auf, um mir einen Schuss zu setzen, also entspann dich.«

»Weißt du eigentlich, wie hoch der Suchtfaktor beim Sprayen ist?« Ich seufze tief. »Graffitis sind die dunkle Seite der Kunst!«

»Dunkle Seite?« Paulina schüttelt verständnislos den Kopf. »Kunst kann niemals falsch sein, niemals böse. Sie kann uns Abgründe aufzeigen, auf Missstände aufmerksam machen. Sie kann Ausdruck einer verstörten Seele sein und auch ein Hilferuf. Aber Kunst ist nicht böse! Also ... wovor hast du Angst?«

Sie tritt nah an mich heran, legt ihre kleine Hand auf die Finger, die die schwarze Sprühfarbe umklammern. Ich spüre ein Zittern und möchte augenblicklich Paulina umarmen, bis mir klar wird, dass das Zittern von mir selbst ausgeht. Angst. Vielleicht heißt dieses Gefühl, das sich in mir breitmacht, tatsächlich so. Und vielleicht ist es an der Zeit, mich ihm zu stellen.

»Ich weiß es nicht, Paulina. Das Sprayen selbst ist es nicht, sonst hätte ich das Graffiti für dich nicht machen können.« Ich lache ungläubig auf. »Vielleicht ... na ja, ich schätze, ich mag nicht, was es mit mir macht. Ich will nicht ständig kurz davor sein, Gesetze zu brechen.«

»Die dunkle Seite der Kunst«, wiederholt Paulina und scheint über meine Worte nachzudenken. »Mhm, weißt du, du allein hast es in der Hand, was es mit dir macht. Du bist dem doch nicht willenlos ausgeliefert. Mach was draus, Adrian! Du bist gut und du könntest so viele Menschen mit deiner Kunst verzaubern.«

Ich schüttle schnell den Kopf. Früher ... da war genau das mein Ziel. Aber ich bin zu schwach. Was, wenn ich wieder abrutsche? Wenn ich der Versuchung nicht widerstehen kann, an den unmöglichsten Orten zu sprühen? Ich weiß, es fängt mit ganz kleinen Vergehen an, mit Verboten, die man sich zurechtbiegt. Und später macht es einem nichts mehr aus, Gesetze zu brechen und noch größere Dummheiten zu begehen.

»Was hast du denn dann vor? Willst du weiter Elio als Hausmeister helfen? Das Leben hat so viel mehr zu bieten, also verschwende es nicht.«

Mein Kopf sackt in den Nacken. Ich habe Paulina eine Freude machen wollen, indem ich etwas für sie gesprayt habe. Und nun hält sie mir Vorträge? Ernsthaft?

»Willst du jetzt sprayen? Ich muss dir das nicht zeigen. Du könntest auch einfach jemand aus dem Kunstkurs fragen.« Ich bemühe mich wirklich, nett zu klingen, aber selbst ich höre raus, wie genervt ich mich gerade fühle. Ich reiße mir die Maske vom Gesicht und Paulina tut es mir nach. Ihr Ausdruck ist bekümmert und sie legt den Kopf ein paar Millimeter schief.

»Es tut mir leid, Adrian. Ich wollte ... ich wollte dich nicht bedrängen. Es ist nur ... es fällt mir schwer, dabei zuzusehen, wie du dein Talent vergeudest.«

Ich zwinge mir ein Lächeln auf die Lippen. »Ich sagte ja schon: Ich habe einige Talente.« Mein Scherz kann Paulina offensichtlich nicht beruhigen. Sie schaut mich mit einem seltsamen Ausdruck in den Augen an, sodass mein Herz ganz schwer wird. Also atme ich einmal tief ein und wieder aus. »Hör mal, ich weiß, dass alle immer über die Zukunft reden wollen. Aber ich … na ja, ich bin gerade verdammt zufrieden mit der Gegenwart. Es wird irgendwann der Zeitpunkt kommen, an dem ich mich damit beschäftigen muss, wie es weitergeht. Aber der Moment ist nicht jetzt, okay?«

Paulina nickt, aber ich sehe ihr an, dass sie enttäuscht ist. Ich würde ihr gern sagen, dass ich nicht der Typ bin, der Luftschlösser baut. Denn das birgt die Gefahr enttäuschter Hoffnung. Hat sich erst einmal ein Wunsch im Herzen festgefressen, will man schließlich auch, dass er in Erfüllung geht – und ist maßlos enttäuscht, wenn es anders kommt.

Ich schüttle die Can, die Kugel knallt mit dem typisch metallenen Geräusch an die Dosenwand und vermischt im Inneren die Farbe. Ein Geräusch, das wie Musik in meinen Ohren klingt. Aber ich presse die Lippen fest aufeinander und strecke Paulina die Dose entgegen.

»Und jetzt?«

»Jetzt legst du einfach los!« Ich ziehe mir die Maske wieder über Mund und Nase und nicke in Richtung graue Wand. Es ist wichtig, die Scheu zu verlieren und erst einmal ein Gefühl für die Cans zu bekommen.

Gerade als Paulina anfangen möchte, höre ich Stimmen und lege ihr beruhigend eine Hand auf die Schulter. Fragend schaut sie zu mir hoch. Ich ziehe die Maske wieder runter und lege den Zeigefinger auf meine Lippen. Behutsam schiebe ich Paulina hinter einen Busch und hoffe, wir bleiben unentdeckt.

»Warum verstecken wir uns?«, flüstert sie.

Ich zucke mit den Schultern und ziehe ihr die Maske runter, weil sie so fremd damit aussieht.

»Alte Angewohnheiten.«

»Wer ist das?«

»Weiß nicht.«

Das Kichern kommt näher und ich kann inzwischen sagen, dass es ein

Kerl und ein Mädchen sein müssen. In das glockenhelle Lachen mischt sich ein sonores Brummen.

Da tritt auch schon ein Pärchen schemenhaft aus dem Schatten der alten Stallungen. Der Nebel erschwert die Sicht, aber die Umrisse ihrer dunklen Kleidung zeigen deutlich, dass die beiden wie Kletten aneinanderhängen. Sie küssen sich, kichern wieder und ich sehe, dass Paulina die Augen zusammenkneift und den Kopf schieflegt. Ich trete hinter sie, umschlinge ihren Bauch und lege meinen Kopf auf ihrem Scheitel ab.

»Oh, wow, schau mal, Melissa. Das war neulich noch nicht da.«

Der Kerl deutet auf mein Piece. Paulina versteift sich bei den Worten und schaut zu mir. Ich lächle sie an, bedeute ihr, dass alles okay ist.

»Dean«, flüstert sie und nickt in Richtung des Paares. »Was macht der mit Melissa?«

»Krass! Das muss von Adrian sein. Und Paulina hat er verdammt gut getroffen, findest du nicht?« Dean löst sich aus der Umarmung und nimmt mein Werk unter die Lupe.

Paulina und ich stehen durch die dichten Zweige des Strauchs geschützt im Dunkeln.

Das Mädchen stöhnt indes. Sie haben uns offensichtlich noch nicht entdeckt. »Gott, die schon wieder! Man könnte meinen, sie verfolgt mich überallhin! Paulina hier, Paulina da. Dabei dachte ich, ich hätte dich mal einen Abend für mich und nun schwärmst du schon wieder von Misses Mucksmäuschenstill.«

»Nenn sie nicht so«, sagt der Kerl sanft und tritt auf sie zu.

Paulinas Muskeln sind zum Zerreißen gespannt. Sicher fühlt sie sich, als wäre sie Zeuge eines Autounfalls. Man kann einfach nicht wegsehen, obwohl sich alles in einem dreht. Ich umschlinge sie fester, hauche sanfte Küsse auf ihren Hals, bereit, aus der schützenden Dunkelheit zu springen und *mein* Mädchen zu verteidigen.

»Wenn man dich so hört, könnte man glatt meinen, du bist eifersüchtig.« Die Stimme von Dean klingt wie Schmieröl. »Bist du?«

»Eifersüchtig? Auf Paulina?« Melissa lacht auf. Es klingt bitter und schon sackt ihr Kopf in den Nacken. »Gott, jeder liebt dieses Mädchen. Oder kennst du einen Einzigen hier auf dem Campus, der schlecht von ihr redet?«

»Dich ausgenommen, meinst du? Nein, Paulina ist halt auch eine absolut fantastische Seele. Ich möchte nicht, dass du fies zu ihr bist. Das hat sie nicht verdient, sie ist meine Freundin.«

Noch immer steht Paulina wie erstarrt da. Dicht an sie gepresst merke ich, dass sie zumindest atmet. Ich überlege fieberhaft, ob ich diese seltsame Situation auflösen muss. Aber etwas in mir sagt mir, dass ich noch warten sollte.

»Siehst du?! Wieder schwärmst du von ihr.« Das Mädchen, das Dean auch in Vincents Haus geküsst hatte, klingt traurig. Ihre Schultern hängen und ich nehme es ihr wirklich ab, dass sie enttäuscht ist. »Manchmal wünsche ich, ich wäre ein bisschen wie sie. So liebenswürdig und beliebt.«

Ich höre ein leises Schnauben und streiche sanft über Paulinas Arme, doch sie schüttelt den Kopf.

»Oh, du hast auch deine guten Seiten«, raunt Dean in dieser öligen Stimme, die wohl anziehend klingen soll. »Nur muss dir wohl noch jemand beibringen, diese auch anderen Menschen zu zeigen.«

Vielleicht möchte Dean nach diesem Satz Taten sprechen lassen, jedenfalls zieht er das blonde Mädchen in einen Kuss.

»Das könnte nicht schaden. Im Gegenzug bringe ich dir bei, manchmal etwas tougher zu sein.«

»Oh, ich kann tough sein.«

Das Mädchen kichert und ich kann es nicht verhindern, mit den Augen zu rollen.

»Ich würde dich ja dazu auffordern, mir das jetzt gleich zu zeigen. Aber Carla belagert sicher mein Zimmer.«

»Und bei mir ist Marvin da. Was meinst du, sollen wir schauen, ob Elio vergessen hat, den Schauspielraum abzuschließen?«

»Du meinst den Stall? Ernsthaft?! Gott, ich vermisse den Sommer so sehr, da hatten wir diese Probleme nicht.«

Ich habe definitiv genug gehört und räuspere mich lautstark, bevor sie schmutzige Details ausbreiten, die weder mich noch Paulina etwas angehen.

Paulina rammt mir ihren Ellenbogen in den Magen und schaut mich über ihre Schulter strafend an. Ohne auf ihre Gegenwehr zu achten, schiebe ich uns aus unserem schützenden Versteck und nehme mit Genugtuung wahr, wie die beiden anderen erschreckt voneinander weghüpfen.

»Ich könnte euch auch ein anderes Zimmer aufschließen.« Demonstrativ halte ich meinen Generalschlüssel hoch.

»Adrian?«, höre ich Dean erstaunt rufen.

»Paulina!«, kommt von Melissa, gefolgt von einem ungläubigen Stöhnen. Dean stupst sie in die Seite und schüttelt kaum merklich den Kopf.

»Wir haben gerade dein Graffiti bewundert«, plappert Dean, sichtlich mit der Situation überfordert, und wedelt in Richtung Wand. Sicherlich versucht er zu rekapitulieren, was wir gehört haben könnten.

»Du hast Paulina gut getroffen.« Melissa scheint sich schneller gefangen zu haben. »Nur ihre Nase ist etwas –«

»Mel!«

Melissa schaut kurz zu Dean. Einer ihrer Mundwinkel zuckt entschuldigend, dann wendet sie sich schon wieder uns zu.

»Na ja, in echt ist Paulina hübscher.« Sie räuspert sich, als hätte sie der Satz Mühe gekostet. Unsicher zuckt sie mit den Schultern und drängt sich in Deans Umarmung, der der stillen Aufforderung sofort nachkommt.

»Du … sie …«, stammelt Paulina ungläubig und schüttelt fassungslos den Kopf. »Warum?«

»Du kennst sie nicht, Paulina. Mel ist …« Sein Blick huscht kurz über das Mädchen, das er mit beiden Armen festhält. Ein Lächeln drängt sich auf seine Lippen. »Mel ist nicht so, wie du denkst.«

»Ist sie nicht?« Paulina holt tief Luft und ich spüre, wie viel Überwindung es sie kostet zu sprechen. »Wir sind Freunde, Dean! Ich hätte mich für dich gefreut, wenn du … Na ja, wenn du glücklich bist, bin ich es doch auch!«

Ihre Worte steigen in weißen Atemwolken in den nebligen Nachthimmel, verdunkeln sich, verflüchtigen sich. Doch bevor sie verschwinden, greift Dean mit Verzweiflung in der Stimme danach.

»Ich wusste nicht, wie –«

»Argh, sie tut es schon wieder! Warum kann sie nicht wütend sein? Sie hasst mich doch!« Melissa wirkt wie ein Biest und erinnert mich gerade stark an Selina.

Paulina ignoriert Melissa einfach und scheint in stummen Dialog mit Dean zu treten.

»Tja, wie es aussieht, kann man sich nicht aussuchen, in wen man sich verliebt.« Dean klingt resigniert. Er nickt mir zu, als wollte er mir damit bedeuten, dass er mit Paulinas Wahl ebenfalls nicht sonderlich glücklich ist.

»Und ganz offensichtlich sollte man hinter die Fassade eines Menschen schauen, bevor man urteilt.« Ich trete hinter Paulina vor und laufe auf Melissa zu. Mit einem Lächeln auf dem Gesicht strecke ich ihr die Hand entgegen. »Ich bin Adrian.«

Verwirrt schaut das blonde Mädchen zu mir hoch. Ich kann ihr ansehen, dass ihr ein blöder Spruch auf den Lippen liegt. Ihre Maske scheint zentimeterdick zu sein und sich im Laufe der Jahre wie eine zweite Haut über sie gelegt zu haben. Das schüchterne Lächeln, das sie mir schließlich zuwirft, erinnert mich daran, dass jeder Mensch eine ganz eigene Geschichte hat. Wir wissen nie, warum ein Mensch sich so gibt. Warum er tut, was anderen nur ein Kopfschütteln abringt.

»Hey«, sagt sie leise, drückt kurz meine Hand und schmiegt sich dann wieder an Dean. »Ich bin Melissa.«

»Okay, und da das jetzt geklärt ist … Ich wollte mit Paulina gerade etwas sprayen. Als Einstimmung auf diese Bühnenbildsache. Da bist du doch auch dabei, Dean, oder?«

»Und Melissa auch.« Dean nickt und scheint dankbar für den Themenwechsel zu sein.

»Wie wär's: Macht doch einfach mit!« Die beiden tauschen schweigend Blicke aus und nicken schließlich. Ich ziehe die Maske vom Hals und gebe sie Melissa. »Hier.«

Paulina steht noch immer etwas verloren da. Mit der Can in der Hand, der Maske überm Kinn und der übergroßen Jacke sieht sie ein bisschen wie eine Berliner Gettobraut aus, was mich zu einem breiten Lächeln verleitet. In zwei schnellen Schritten bin ich bei ihr, schlinge die Arme eng um sie und ziehe sie an mich.

»Gib ihr eine Chance! Dean scheint sie echt zu mögen.«

Sie nickt stumm, drückt ihre Lippen schnell auf meinen Mund. Dann zieht sie entschlossen die Maske hoch, schüttelt die Spraydose und tritt an die Mauer.

Bevor ich ihr weitere Anweisungen geben kann, drückt sie auf die Cap und sprayt ihn dicken Lettern ein einziges Wort auf das Grau des Betons: *Danke!*

Kapitel 24: Lesen

Paulina

Wie jeden Samstagmorgen habe ich es mir mit Toni im kleinen Aufenthaltsraum bequem gemacht, der uns Studenten als Wohnzimmer dient. Einige der Leute, die in der Nähe wohnen, sind zu ihren Familien gefahren. Andere nutzen das brillante Herbstwetter für einen ausgedehnten Ausflug.

Ich starre auf das Erstes-Mal-Journal, das mir Lee geschenkt hat, und versuche verzweifelt, es mit Worten zu füllen. *Meinen besten Freund beim Knutschen erwischt,* könnte ich schreiben. Die Gedanken, die mir in Bezug auf Melissa in den Sinn kommen, sind aber zu fies, als dass ich sie konservieren möchte. Ich schäme mich, dass ich nicht so aufgeschlossen bin wie Adrian und ihr eine Chance gebe. Natürlich freue ich mich für Dean, er wirkt glücklich und hat es mehr als verdient, jemanden an seiner Seite zu haben, der sein Herz zum Klingen bringt. Aber muss das ausgerechnet Melissa sein? Die Oberzicke, die kein gutes Haar an mir und meinen Freundinnen lässt? Adrian ist sich sicher, dass ihre oberflächliche und gehässige Art nur eine Art Schutzpanzer ist. Ich möchte ihm so gern glauben – aber da ist auch dieses Gefühl, das mich immer dann beschleicht, wenn ich an sie denke. Ich traue ihr nicht.

Toni müht sich indes mit ihrer Aufgabe für kreatives Schreiben ab. Vielleicht sollte ich ihr einfach anbieten, dass wir unsere Hefte tauschen. Mir eine neue Geschichte aus den Fingern zu schütteln, fiele mir deutlich leichter, als mir zu überlegen, über welche selbst gesetzte Grenze ich als Nächstes gehen möchte.

»Weißt du zufällig, ob Vincent heute nach Lieberose fährt?«, frage ich Toni und greife nach meinem Marzipantee. Obwohl Weihnachten noch ein paar Wochen entfernt ist, habe ich beschlossen, dass es Zeit ist, meine Lieblingsleckereien auszupacken und für etwas Stimmung zu sorgen.

»Brauchst du was von unten? Ich glaube, er ist schon unterwegs. Aber ich rufe ihn schnell an, dann kann er dir das ja mitbringen.«

Ich schüttle schnell den Kopf und schiebe den Gedanken, der mich gerade durchzuckt hat, beiseite.

»Ach nichts. Ich möchte Vincent nicht zur Last fallen. Außerdem ... es wäre peinlich, wenn er das kauft.«

»Ach, ich sag ihm einfach, er soll das für mich mitbringen, dann macht er das schon.«

Ich lache auf, stelle mir Vincents Gesicht vor, wenn Toni ihre Bitte formuliert, und winke schnell ab.

»Komm schon, Paulina. Vincent wird schon nicht tot umfallen, wenn er ein paar Tampons mitbringt. Welche Größe und Marke brauchst du? Dann schick ich ihm schnell eine Nachricht.«

»Lass gut sein, Toni. Es geht nicht um Tampons. Und mir ist es echt zu peinlich, Vincent darum zu bitten, Kondome mitzubringen.«

Tonis graublaue Augen purzeln fast aus ihren Höhlen und ich spüre, wie mir das Blut in den Kopf schießt und meine Haut sich in den glühendsten Rottönen färbt.

»Kondome? Äh, wie lange bist du noch mal mit Adrian zusammen? Meinst du nicht –«

»Reg dich wieder ab, Toni! Es ist doch nur so, dass Adrian nächsten Freitag Geburtstag hat und er hat sich gewünscht –«

»Er hat es sich *gewünscht*?« Toni quietscht entrüstet und steht plötzlich auf, als könnte das Thema unmöglich im Sitzen diskutiert werden. Ihre Hände vergräbt sie in den Ärmeln ihres schwarzen Longpullis, der extrem sexy aussieht, wie er ihr gerade neckisch über die Schulter rutscht. »Mensch, Pauli! Das ist nichts, was man mal eben zum Geburtstag verschenkt! Dazu sollte man wirklich bereit sein und es niemals nie machen, weil es von jemandem erwartet wird. Das erste Mal ist etwas Besonderes, etwas Kostbares!«

»Äh, Moment, du glaubst …« Ich lasse mich tiefer in das Sofa sinken und versuche zu verdauen, was Toni gerade von sich gibt. Zu Lee würde das passen, mich in diese Schublade zu stecken. Aber Toni?

»Verstehe. Das arme, gestörte Mädchen muss mit achtzehn natürlich noch Jungfrau sein. Aber ich verrate dir was: Hier geht es nicht um das *erste* Mal! Das habe ich schon mit sechzehn an einen Kerl verschwendet, der es lange nicht so verdient hatte, wie es Adrian verdient hätte.« Ich hole tief Luft, weil ich spüre, wie sehr mich Tonis Sichtweise aufregt. »Adrian und ich werden in seinen Geburtstag reinfeiern und da ich nicht weiß, was passieren wird, will ich vorbereitet sein. Denn mutistisch zu sein bedeutet nicht automatisch naiv zu sein.«

Es dauert einen Moment, in dem Toni wie ein begossener Pudel dasteht und sich nicht traut, mich anzuschauen. Doch dann, als hätte sie jemand mit einem Fingerschnippen aus der Hypnose zurückgeholt, sprintet sie auf mich zu, setzt sich neben mich aufs Sofa und schlingt die Arme um mich. Ihre Umarmung ist fest und raubt mir fast den Atem.

»Es tut mir so leid, Paulina! Ich hätte nicht … Ich wollte nur nicht, dass du einen Fehler machst. Und ich würde niemals denken, dass du naiv bist!«

Ich klopfe Toni auf den Rücken, doch ihre schraubzwingenartige Umarmung lässt mir keine Luft, um zu antworten. Erst als sie sich etwas von mir löst, schnappe ich wie ein Karpfen nach Luft.

»Sorry, ja?!« Sie schneidet eine Grimasse, die mich auflachen lässt. Mit dem Lachen verflüchtigt sich auch das blöde Gefühl in meinem Magen. Ich weiß ja, dass Toni nicht schlecht von mir denkt. Sie war von Anfang an eine Freundin, der ich mich nahe gefühlt habe. Eben weil wir in vielen Dingen gleich ticken.

»Du magst Adrian, oder?«

Ich nicke und wieder spüre ich, wie dieses breite Grinsen meine Mundwinkel hochzieht. »Sehr.«

»Ich glaube, er ist ein netter Kerl. Etwas verschlossen, aber solange er dich gut behandelt …«

»Das tut er.«

»Gut. Und wegen der Gummis … ich kann dir nachher welche geben, dann bist du für alle Fälle vorbereitet.«

»Danke«, flüstere ich heiser und nehme mir fest vor, in diesen Weihnachtsferien einen Termin beim Frauenarzt auszumachen. Die Pille wollte ich mir ohnehin schon seit einer Ewigkeit verschreiben lassen. Jetzt wäre ein guter Zeitpunkt, denn wenn es nach mir geht, werden Adrian und ich noch länger zusammen sein und der nächste Schritt ist dann nur eine Frage der Zeit. Vorfreude prickelt in meiner Mitte und ich räuspere mich schnell, um die Gedanken an Adrians Finger, die zärtlich über meine nackte Haut streichen, zu verdrängen. Herrgott! Bis heute haben wir uns nur geküsst. Innig geküsst. Wesentlich mehr ist nicht passiert. Leider.

»Sollen wir tauschen?« Ich greife nach meinem Journal und wedle damit verführerisch in Tonis Richtung. »Ich könnte dir eine kleine zauberhafte Geschichte schreiben.«

Toni schüttelt tadelnd den Kopf und grinst herausfordernd. »Kümmere du dich mal selbst um deine ersten Male. Einige sind da zwar schon abgehakt, aber es gibt noch so vieles zu entdecken in deinem jungen Leben. Und ich wüsste da schon wen, der dir dabei behilflich sein könnte, das eine oder andere auszuprobieren.« Sie wackelt mit den Augenbrauen und entlockt mir den nächsten Lacher. Die Wärme und das Prickeln in meinem Bauch bleiben. Und das fühlt sich wirklich schön an.

***

»Mit einem wehmütigen Ziehen im Magen betrachtete Danijel dieses Mädchen, das ihn langsam in die Verzweiflung trieb. Wie sollte er dieses Geschöpf, das nur Licht sah und keine Schatten, nur davon überzeugen, sich ihm und der Mission des dunklen Fürsten anzuschließen? Kein Fünkchen Hass war zu spüren, keine Verzweiflung, Wehmut, Trauer. Nichts! Mit seiner üblichen Strategie kam Danijel nicht weiter und das wusste er zu gut. Doch vor der letzten Geheimwaffe, die er besaß, scheute er sich. Denn sie würde nicht nur Vicky in den Abgrund reißen – auch er wäre danach verloren.

Der dunkle Fürst verlangte Opfer und Danijel war bislang nur allzu bereit dazu gewesen, diese auch zu bringen. Ohne Rücksicht auf Verluste. Ohne darauf zu achten, wie es ihm dabei ging. Was zählte, war die Mission, und von der war er vollends überzeugt gewesen. Doch seit er Vicky kennengelernt hatte, seit er einen Blick in ihre Seele geworfen hatte, die sie ihm so bereitwillig geöffnet hatte, war alles anders geworden. *Er* war anders geworden. Und es gab so viele unbeantwortete Fragen, so viele Ungereimtheiten, die ihn verunsicherten.

Sanft strich er eine Strähne ihrer blonden Haare aus dem ebenmäßigen Gesicht, zog mit den Fingerspitzen die zarte Linie ihrer Lippen nach und musste sich beherrschen, sie nicht zu küssen. Wieder. Denn dann würde er schwach werden und konnte sich unmöglich von ihr losreißen. Dabei wartete der Fürst in der Zwischenwelt auf ihn und wenn er ihm schon mit leeren Händen gegenübertreten musste, wollte er sich nicht auch noch verspäten.

›Bis später‹, hauchte er kaum hörbar und riss sich los.

Es würde wieder ein schöner Tag werden auf der Erde, voller Sonne, Wärme und den Gerüchen, die Danijel inzwischen nicht mehr missen wollte. Wie sollte er nur die Stunden in der muffigen Dunkelheit überstehen, die nach Tod und Verdammnis roch? Die dazu bestimmt war, einem jegliche Lebensfreude aus den Knochen zu wringen. Danijel seufzte.«

Ich halte inne, hebe den Kopf und versuche in Adrians Blick zu lesen, ob ich meinen Job gut gemacht habe. Inzwischen fällt es mir seltsam leicht, Adrian meine Texte vorzulesen, und ich habe Hoffnung, dass mir das bei meiner Lesung in der Öffentlichkeit tatsächlich helfen könnte.

»Was sagst du?«, frage ich zaghaft, da mich Adrian noch immer mit diesem eigentümlichen Ausdruck in den Augen anschaut.

Er räuspert sich, als müsse er erst Zeit schinden, um die richtigen Worte zu finden, die seinen Eindruck widerspiegeln, ohne mich zu verletzen.

»Ich könnte dir stundenlang zuhören. Und die Geschichte von Danijel und Vicky ... Wann darf ich sie ganz lesen?«

Ich boxe ihm gegen den Oberarm und kuschle mich schließlich so an ihn, dass mein Kopf in seinem Schoß liegt. Ich mag die Perspektive, auch wenn sein Gesicht dann quasi wie ein Planet an meinem Himmel über mir schwebt, was ziemlich seltsam ist.

»Du bist befangen.«

»Bin ich. Und vernarrt in dich und deine Gedanken, deine Geschichten ...« Mit einem zuckersüßen Grinsen beugt sich Adrian zu mir und bevor sich seine Lippen sanft auf meine legen, haucht er kaum hörbar. »Ich glaube, ich habe mich in dich verliebt.«

Ruckartig setze ich mich auf und unsere Köpfe knallen unsanft aufeinander.

»Ups. Sorry.« Ich reibe mir die Stirn und schüttle verwirrt den Kopf. Habe ich das gerade geträumt?

»Sorry, ich wollte dich nicht ...«, beeilt sich Adrian zu sagen. Er schüttelt den Kopf und lässt ihn schließlich gegen die Wand sacken. Sein Adamsapfel hüpft, als er schwer schluckt. »Doch ... natürlich will ich, dass du weißt, was ich für dich fühle.«

Plötzlich klingt er trotzig und ich weiß nicht, wie ich reagieren soll. Mein Herz pumpt literweise Blut durch seine Laufbahnen, ich kann es hören – es dröhnt in meinen Ohren, vermischt sich mit dem Echo der Worte, die ich eben zum ersten Mal in meinem Leben gehört habe: *Ich habe mich in dich verliebt!*

Ich schaue auf meine Hand, die irgendwie und irgendwann Adrians gefunden hat. Verschlungen zu einer Einheit zeigen sie mir deutlich, was das alles zu bedeuten hat: zusammen!

»Vicky hätte jetzt sicher einen coolen Spruch auf Lager«, sage ich mit einem Lächeln auf den Lippen. Vielleicht erwartet Adrian ja auch gar nicht, dass ich jetzt etwas sage. Er kennt mich. Er mag mich. So, wie ich bin. Manchmal stumm.

»Und Danijel würde genau passend darauf reagieren.«

»Jupp. Immer!«

»Scheißperfekte Welt in scheißperfekten Büchern.« Adrian hebt seinen Kopf und grinst mich an. Ob er sauer ist, dass ich so seltsam reagiere? Ich meine, warum kann ich ihm nicht einfach um den Hals fallen und ihm sagen, dass es mir ganz genauso geht?

Ich schmiege mich eng an ihn, lege meinen Kopf in die Kuhle unterhalb seines Schlüsselbeins und sauge seinen würzigen Geruch ein.

»Adrian?«, frage ich leise und beiße mir auf die Unterlippe.

»Mhm.«

»Ich glaube, mir hat noch nie jemand so etwas Schönes gesagt. Und wenn du mir etwas Zeit gibst, dann wird es mir ganz bestimmt auch gelingen, dir zu sagen, wie viel du mir bedeutest. Aber bis ich das schaffe, werde ich es wohl einfach zeigen müssen.«

Schon lege ich meine Hand auf seinen flachen Bauch. Als ich zu ihm hochschaue, blicke ich in glühende Augen. Im nächsten Moment verschmelzen unsere Lippen und der Kuss, den wir uns schenken, ist intensiver und leidenschaftlicher als jeder zuvor.

Ich weiß nicht genau, wie wir das angestellt haben, jedenfalls liegen wir bald auf der Matratze. Ich spüre Adrians angenehm kühle Finger auf meiner erhitzten Haut. Zaghaft fährt er über den nackten Streifen, den mein hochgerutschtes Shirt freigibt. Seine Finger ziehen eine Spur Gänsehaut hinter sich her und alles in und an mir prickelt, als bestünde mein Blut aus Champagner.

»Wir könnten heute hier übernachten. Als Generalprobe für meinen Geburtstag«, raunt Adrian und küsst die empfindliche Stelle an meinem Ohr.

Bei diesem Satz schießt mein Puls in die Höhe und ich drücke Adrian sanft von mir. Nicht weil mich die Aussicht, endlos viele Stunden mit Adrian zu verbringen, in Panik versetzt.

»Wie viel Uhr haben wir?«, frage ich atemlos und schiebe den Pulli über mein Handgelenk. »Shit! Wir sind spät dran.«

»Spät dran? Für was?« Adrian klingt verständnislos. Er macht es sich auf der Matratze gemütlich, stützt seinen Kopf in der Hand ab und sieht zum Dahinschmelzen aus.

»Oh, hab ich dir nicht von Tonis Konzert erzählt?«

»Nein?! Wann soll das sein?«

»In einer halben Stunde. Mist, ich muss mich noch umziehen.« Panisch springe ich auf und suche meine Sachen zusammen. Auf einem Bein hüpfend versuche ich in meine Sneakers zu schlüpfen.

»Wo soll das denn überhaupt sein?«

Ich verdrehe die Augen und stemme die Hände in die Hüften.

»Mhm, lass mal überlegen. Für was, glaubst du, musstest du heute Mittag den Marmorsaal bestuhlen und im Foyer Stehtische aufstellen?«

»Weiß nicht.« Adrian seufzt und scheint sich wenig für die hauseigene Veranstaltungsreihe zu interessieren. »Lustiger Ringelpiez mit Anfassen?«

Ich stöhne auf, greife nach seiner Hand und versuche ihn zum Aufstehen zu bewegen.

»Toni wird da gleich ein Violinenkonzert geben und Vincent begleitet sie auf dem Klavier.«

»Violine und Klavier. Hört sich nach mächtig viel Spaß an«, brummt Adrian und versucht seinerseits mich zu sich auf die Matratze zu ziehen.

»Ja, ist es! Toni und Vincent im Duett darf man sich nicht entgehen lassen. Und genau deshalb wirst du auch mitkommen.«

»Niemals! Ich … ich habe nichts anzuziehen.«

»Das ist eine lahme Ausrede. Niemand erwartet, dass du im Frack auftauchst. Also … Jeans und T-Shirt genügen. Falls du ein Hemd hast … Bingo!«

Plötzlich strauchle ich nach hinten, doch Adrian fängt mich geschickt auf und hält mich fest umarmt.

»Und du? Wirst du das kleine Schwarze anziehen?« Seine Augen haben wieder diesen funkelnden Glanz angenommen, der mich an ein hungriges Raubtier erinnert. Ich lache dennoch auf, da ich weiß, dass Adrian niemals Grenzen überschreiten und etwas gegen meinen Willen tun würde. Ich vertraue ihm.

»Hört sich nach ganz schön viel Klischee an.« Ich ziehe gespielt missmutig einen Mundwinkel hoch, obwohl ich das Geplänkel zwischen uns mag. Und es mir gefällt, dass er mich ganz offensichtlich anziehend findet.

»Manche Klischees können sehr reizvoll sein.« Er küsst mich schnell auf den Mund und knipst die Lichterkette über der Matratze aus. Als er vor mir steht, grinst er mich breit an und hebt seine Augenbrauen. »Also, was ist jetzt? Ich dachte, wir haben es eilig.«

Ich stehle mir noch einen Kuss. Wie gern würde ich jetzt hierbleiben. Mit Adrian. Die Zeit vergessen und ihn einfach weiterküssen.

Kapitel 25: Reinfeiern

Adrian
Den ganzen Tag schon trage ich dieses seltsame Gefühl mit mir herum. Geburtstage waren in den letzten Jahren nichts, worauf ich mich sonderlich gefreut habe. Wozu auch? Nichts unterschied diesen Tag von den anderen. Meine Mutter gab sich Mühe – das kann ich nicht bestreiten. Und obwohl ich mürrisch war, ließ sie es sich nicht nehmen, mir einen Geburtstagskuchen zu backen. Ihre oftmals praktischen Geschenke quittierte ich mit einem wenig euphorischen Brummen. Keine Ahnung, was sie hätte anders machen können. Rückblickend richtete sich mein Unmut wohl eher gegen meinen Vater. Da er nicht da war, musste meine Mutter dran glauben, was mir heute einen Stich versetzt. Vielleicht wäre alles anders gekommen, wenn ich mehr auf sie zugegangen wäre. Wenn wir unseren Schmerz geteilt hätten, statt ihn jeder für sich zu verarbeiten.

Ich starre auf mein Handy, überlege, ob ich ihr eine Nachricht schicken soll. Seit ich in Lieberose bin, habe ich mich nicht bei ihr gemeldet. Ich weiß, dass Elio regelmäßig mit ihr telefoniert, dass sie über mich sprechen. Aber sie lässt mir den Freiraum, wahrscheinlich aus Angst, ich könnte sie mit Vorwürfen überschütten. Aber vielleicht wird es Zeit, endlich selbst die Verantwortung für mein Handeln zu übernehmen. Schließlich werde ich in wenigen Stunden volljährig. Und dann endet auch die vorübergehende Vormundschaft von Elio.

In den letzten Tagen habe ich oft mit ihm über meine Zukunft gesprochen, habe Pläne mit ihm geschmiedet und beschlossen, dass ich weiter bei ihm bleiben und mithelfen möchte, das Stift in Ordnung zu halten. Fürs Erste. Elio hat mir nahegelegt, das Abi hier in einer Schule in der Nähe nachzuholen und dann meinen Traum vom Kunststudium in Angriff zu nehmen. Noch fühlt es sich absurd an, auch nur daran zu denken. Aber vielleicht brauche ich einfach noch etwas Zeit, um mich mit dem Gedanken zu befassen, dass ich meine Zukunft selbst in der Hand habe. Dass mein Leben nicht vorbei ist und ich tatsächlich eine zweite Chance bekomme.

Mein Handy vibriert und meißelt mir wieder dieses breite Grinsen ins Gesicht, als eine Nachricht von Paulina auf dem Display erscheint.

Ich freue mich auf dich!

Noch so etwas, das ich noch immer nicht fassen kann. Dass sich ein Mädchen wie Paulina für mich interessiert, will mir einfach nicht in den Kopf. Aber warum sollte ich nicht auch mal Glück haben?

Bleibt es beim Treffen zum Abendessen in der Mensa?

Ich wäre lieber mit Paulina allein, sehe aber ein, dass es praktischer ist, im Speisesaal zu essen. Danach haben wir unendlich viele Stunden in trauter Zweisamkeit.

Ich habe es vermieden, Pläne zu schmieden. Paulina versucht schon seit Tagen meine Neugier zu wecken, indem sie von einer Überraschung nach der anderen spricht. Dabei ist das allergrößte Geschenk doch, dass sie bei mir ist. Dass sie mir eine Chance gibt und an mich glaubt. Mir wird ganz warm, wenn ich an das wundersame Mädchen denke, das sich in mein Herz geschlichen hat. Nie hätte ich erwartet, dass es sich so großartig anfühlt, so intensiv für einen anderen Menschen zu empfinden. Schon allein beim Gedanken an Paulina hellt sich meine Stimmung auf. Immer!

Ich war so frei und habe uns einen Tisch auf deinen Namen reserviert. War gar nicht so einfach.

Ich grinse breit und höre den Schlüssel in der Haustür. Elio. Schnell tippe ich meine Antwort ein.

Verrückte Nudel! Freue mich auf dich! Muss jetzt Schluss machen, Elio kommt.

Gerade als ich das Handy wegpacken will, vibriert es erneut. Und auf dem Display erscheinen unzählige Emojis, denen Tränen aus den Augen schießen.

Du machst Schluss? Dabei habe ich so eine tolle Überraschung für dich! Also ich an deiner Stelle würde mir das noch mal gut überlegen ...

Ich schüttle den Kopf. Dass Paulina endlich lockerer wird, macht mich glücklich und ich kann es kaum erwarten, sie wiederzusehen, sie zu umarmen, festzuhalten, zu küssen und ... Stopp! Keine Pläne, weise ich mich selbst zurecht.

Ich schicke ihr ein küssendes Emoji und pfeffere dann das Handy aufs Bett.

»Hey, Feierabend?« Elio zieht sich gerade die schlammverschmierten Arbeitsschuhe aus und stellt sie auf das Abtropfbrett unter der Garderobe.

»Jupp. Ich springe schnell unter die Dusche.«

»Ich esse heute drüben in der Akademie, wenn es dir nichts ausmacht.« Ich versuche es möglichst beiläufig klingen zu lassen.

»Mach das. Viel Spaß. Und Grüße an Paulina.« Er zwinkert mir zu.

Da ich an seinem Blick ablesen kann, was er denkt, verschweige ich ihm lieber, dass ich die Nacht ebenfalls mit ihr verbringen werde. Auf dumme Sprüche kann ich verzichten, ebenso wie auf wertvolle Tipps oder gar die Ermahnung, an Verhütung zu denken.

***

Ich verkrieche mich tief in meinem Kapuzenpulli, als ich über den mit Kies aufgeschütteten Weg zum Haupteingang des ehemaligen Klosters laufe. Es sind nur ein paar Hundert Meter, aber die reichen, dass ich ins Frösteln komme. Die Abendluft ist feucht und kalt und kriecht mir durch die Kleidung. Ich hoffe, dass Paulina keinen Ausflug ins Freie geplant hat. Sonst werde ich mir noch eine dicke Winterjacke und eine Mütze holen müssen.

Paulina und die anderen warten bereits vor dem Speisesaal auf mich. Inzwischen ist es fast so, als gehörte ich zu der kleinen Clique, und auch die anderen Studenten scheinen sich daran gewöhnt zu haben, dass ich ab und zu mitesse. Die bohrenden Blicke, die Paulina jedes Mal zur Schockstarre veranlasst haben, sind weniger geworden.

»Hey, Sweety.« Ich küsse Paulina sanft. Nur kurz, damit die anderen nicht schon wieder anzügliche Bemerkungen machen.

»Hey!« Paulina strahlt über beide Ohren und ich stelle erfreut fest, dass sie sich extra für mich schick gemacht hat. Sie trägt wieder diesen irre weichen Pullover, den sie schon in Berlin anhatte und der ihr so verdammt gut steht. Ihre Augen glänzen wie flüssige Schokolade und ich muss mich schnell daran erinnern, dass wir nicht allein sind.

Ich räuspere mich, lege einen Arm um ihre Schulter und folge den anderen. Es empfängt uns das übliche Stimmengewirr und der köstliche Duft von Lasagne. Seit ich hier auf Lieberose bin, esse ich mindestens das Doppelte wie damals in Berlin. Wäre die körperliche Arbeit nicht, die mir Elio tagtäglich abverlangt, würde ich wie ein Hefekloß auseinandergehen.

Ich lade mein Tablett voll und als ich mir einen zweiten Nachtisch draufpacken möchte, schüttelt Paulina tadelnd den Kopf und stellt auch den ersten zurück in die Theke.

»Hey! Ich mag Schokopudding.« Demonstrativ greife ich wieder nach der Leckerei.

Paulina stöhnt. »Dann beschwer dich später nicht, wenn du nichts mehr runterbringst.«

Kurz überlege ich und gehe mit einem wehmütigen Blick am Pudding vorbei. Wie ich Paulina kenne, hat sie mit Mathilda eine Allianz geschmiedet und die von der Küchenchefin gezauberten Leckereien kann ich mir unmöglich entgehen lassen.

Ich genieße das zwanglose Herumalbern mit Paulinas Freunden, die sich über ihren Hochschulalltag austauschen und mir dabei dennoch nicht das Gefühl geben, mit meinem Job als Hausmeister Außenseiter zu sein. Immer wieder huscht mein Blick über Paulina und in mir macht sich ein wohliges Gefühl breit. Ist es, weil ich endlich hier angekommen bin? Weil ich Ruhe finde und dadurch all die Wut verschwunden ist, die jahrelang so lichterloh in mir gebrannt hat? Ich fühle mich wohl hier und kann es selbst kaum glauben, dass ich das denke. Noch vor ein paar Wochen habe ich mit Calli die wildesten Ausbruchsszenarien durchgespielt, als wäre die *Academy of Arts* eine Art Knast. Mein Entschluss, von hier abzuhauen, sobald ich achtzehn bin, stand felsenfest. Nun wäre es also so weit und ich denke nicht mal im Traum daran zu verschwinden. Kurz lache ich auf und schüttle schnell den Kopf, weil es mir selbst absurd vorkommt, jetzt darüber nachzudenken.

»Alles okay?«, fragt Paulina leise und legt mir ihre kleine Hand auf den Oberschenkel. Augenblicklich lande ich im Hier und Jetzt. Dem Ort und der Zeit, wo ich sein möchte.

Ich nicke und ziehe einen Mundwinkel zu einem schiefen Lächeln hoch. »Lass uns abhauen, ja?«

Paulina verabschiedet sich schnell von ihren Freunden und als wir unser Geschirr weggeräumt und aus dem Speisesaal getreten sind, klaue ich mir das, was ich gerade am meisten brauche: einen Kuss.

Paulina scheint von meinem Überfall etwas überfordert zu sein, aber bald entspannt sie sich und ihre Lippen bewegen sich im gleichen Takt zu einem schnellen Rhythmus, der in meinem Inneren tobt. Wenn sie wüsste, wie viel es mir bedeutet, dass sie den heutigen Abend und die Nacht mit mir verbringt.

»Du bist wunderschön«, raune ich und ziehe die Linie ihres linken Schlüsselbeins nach, über die der Pulli gerutscht ist.

»Schönheit liegt im Auge des Betrachters«, murmelt Paulina und hat dabei einen seltsamen Ausdruck in den Augen, als würde sie nicht zu mir, sondern zu sich selbst sprechen. »Ich muss dir die Augen verbinden.« Diese Worte richtet sie definitiv an mich, denn schon zieht sie ein Halstuch aus ihrer Gesäßtasche und grinst mich frech an.

»O nö.« Mein Murren ist nur gespielt. Ich überleg, wann sich jemals jemand so viel Mühe für eine Überraschung gegeben hat.

Kurz überschwemmen mich Kindheitserinnerungen. Als meine Welt noch in Ordnung war, feierten wir meinen Geburtstag immer mit unzähligen Luftballons, liebevoll ausgesuchten Geschenken und einer Menge Menschen, die sich in unserem Haus die Klinke in die Hände gaben. Mein Vater warf mich in die Lüfte, bis ... ja ... bis ich zu schwer wurde. Oder er die Schnauze voll von mir hatte und lieber seine anderen Kinder durch die Luft wirbelte.

Schnell zwinge ich mir ein Lächeln auf die Lippen und beuge mich zu Paulina runter.

»Krieg ich noch einen Kuss?« Ich schürze die Lippen und schließe die Augen. Kühler Stoff legt sich über mein Gesicht, Paulinas Finger streifen über meine Wange, als sie das Tuch verknotet hat. Dann spüre ich ihren Atem über meine Lippen streifen.

»Später.«

Ich schlucke, weil meine Lippen prickeln. Es sind nur wenige Millimeter, die sie von ihren entfernt sind, ich spüre sie, ich schmecke sie und doch übe ich mich in Geduld.

»So, jetzt bist du mir auf Gedeih und Verderb ausgeliefert.« Paulina klingt fröhlich. Sie schlingt einen Arm um meine Mitte und bedeutet mir loszulaufen. Zielstrebig lotst sie mich durch die Flure und schnell bin ich mir sicher, dass sie uns unters Dach zu unserem kleinen Paradies führt.

»Wozu der Aufwand, Sweety? Ich weiß doch, wo wir hingehen.«

»Psst.«

Schon öffnet sie die Tür.

»Wo hast du den Schlüssel her?«

»Ich habe gute Beziehungen.«

Die Tür lässt ein leises Klacken verlauten, als sie ins Schloss fällt. Ich schlucke. Soll ich mich gerade freuen? Irgendwie fühle ich mich aber auch unwohl. Ich mag es, dass sich Paulina so viel Mühe gibt, aber es ist ungewohnt, so im Mittelpunkt zu stehen.

»Bereit?«

»Nein«, gebe ich daher ehrlich zu und tippe mit einem Finger auf meine Lippen. Paulina scheint zu spüren, dass ich ihre Nähe gerade brauche, und schlingt die Arme um mich.

Meine Arme finden ihre Mitte und ich ziehe sie in eine enge Umarmung.

»Du bist das beste Geschenk, das ich mir wünschen kann«, raune ich mit rauer Stimme und beuge mich zu ihr.

»Warte, bis du den Rest siehst.«

Endlich treffen ihre Lippen auf meine und wir versinken in einem Kuss, der mich all die dumpfen Gefühle in meinem Inneren und die schmerzhaften Erinnerungen vergessen lässt.

Noch während wir uns küssen, löst Paulina das Tuch von meinen Augen und als ich mich bereit fühle, löse ich mich einige Millimeter von ihr. Als ich mit voller Wucht in der Kulisse von New York lande, schnappe ich unwillkürlich nach Luft. Überall sind mannshohe Hochhäuserattrappen aufgestellt. Ich sehe ein Bild von der Brooklyn Bridge, der Freiheitsstatue, dem Chrysler Building.

»Wow, Paulina. Woher?« Ich schaue mich um. Bei näherem Hinschauen sehe ich, dass viele der New Yorker Wahrzeichen mit berühmten Street Arts von Banksy verziert sind. »Woher weißt du das alles von mir?«

»Ich rede vielleicht nicht viel, aber dafür bin ich einsame Spitze im Zuhören. Ich dachte, du hast vielleicht Lust auf einen Spaziergang durch New York.« Sie hält mir ihre Hand hin und im ersten Moment muss ich zugeben, dass ich es seltsam finde, im Raum herumzulaufen, als wären wir in New York. Aber Paulina gibt sich so viel Mühe und so werfe ich meine Bedenken, ich könnte mich lächerlich machen, über Bord, greife nach ihren Fingern und mache mich mit ihr auf Entdeckungsreise.

»Im Frühjahr haben wir *Jim Carroll – In den Straßen von New York* als Theaterstück inszeniert. Die Kulisse habe ich mir nur ausgeliehen«, plappert Paulina und deutet auf etwas. »Ihh, eine Ratte, schnell weg.«

Sie kichert und drückt sich enger an mich, als hätte sie tatsächlich Angst vor dem Tier, das Banksy des Öfteren als Vorlage für eines seiner Kunstwerke dient. Ich bleibe stehen, betrachte das Bild und lege den Kopf schief, um Einzelheiten besser sehen zu können.

»Wie hast du das gemacht?« Ich habe ihr erst am vergangenen Wochenende ein paar Grundlagen gezeigt. Sie kann unmöglich schon so weit sein, Banksys Schablonentechnik so exakt zu kopieren.

»Bleibt mein Geheimnis. Immerhin bin ich in einer der angesehensten Talentschmieden für angehende Künstler.« Sie zwinkert mir zu und zieht mich weiter. »Oh, schau mal, eine Rooftop-Bar. Meinst du, die haben auch Apfelkuchen?«

Paulina bleibt vor dem kleinen Tisch stehen, den sie oft zum Schreiben nutzt. Jetzt ist er allerdings mit einer weißen Tischdecke und einem edlen Kerzenständer mit weißer Kerze dekoriert.

»Nimm Platz!« Sie deutet auf einen der beiden Stühle und verschwindet schon hinter einem der Bühnenelemente, das dem Iron Building nachempfunden ist. Ich lasse meinen Blick schweifen und kann noch immer nicht fassen, dass sich Paulina so viel Mühe gegeben hat.

»Ich hoffe, du magst Apple Pie. Keine Sorge – ist nicht selbst gebacken. Mathilda hat ihn nach einem original amerikanischen Rezept gemacht. Sahne?«

Sie stellt ein monstergroßes Stück des duftenden Kuchens vor mir ab und hält abwartend eine Sprühflasche über meinen Teller.

»Unbedingt«, krächze ich gerührt.

»Ich hätte dich gern nach New York entführt, aber so kurzfristig waren leider keine Flüge mehr zu bekommen.«

»Es ist perfekt!« Ich lächle dankbar und schaue mir wieder die Kulisse an, die so liebevoll arrangiert ist. »Wie hast du das geschafft?«

»Ach, ich hatte ein paar nette Helfer. Dean, Vincent … aber besonders Lee, die ist ja im Kunstzug und hat ein Händchen dafür.«

Ich nicke. »Sag ihnen bitte meinen herzlichen Dank!«

»Mach ich. Mhm, das ist köstlich!« Paulina verzieht verzückt das Gesicht, als sie sich ein Stück Apfelkuchen in den Mund schiebt. Genüsslich leckt sie sich über ihre Lippen und schließt die Augen, als wollte sie es mit allen Sinnen genießen. Ich starre sie an und nehme mir schließlich selbst etwas von dem Kuchen. Er ist süß und schmeckt nach Äpfeln, Zimt und Mandeln. Nach der großen weiten Welt, die ich so gern sehen will. Und nach einem Zuhause, in das ich dann zurückkehren kann.

Plötzlich springt Paulina auf und schaut sich suchend um.

»Was ist?«

»Muss nur schnell etwas notieren.« Endlich erspäht sie in einem Regal Stift und Papier, schnappt es sich und kritzelt etwas darauf.

»Was schreibst du auf?«, will ich neugierig wissen und genieße weiter den Nachtisch.

»Mhhm, hatte nur gerade einen guten Buchtitel im Kopf: *Liebe schmeckt nach Apfelkuchen*. Wie findest du ihn?«

Paulina setzt sich wieder zu mir und schaut mich erwartungsvoll an. Ihre Wangen glühen mit ihren Augen um die Wette.

»Äh, klingt ein bisschen kitschig, findest du nicht?« Ich ziehe die Augenbrauen hoch und grinse schief. Ein Klecks Sahne hat sich auf ihren Mundwinkel verirrt und ich frage mich, ob es unangebracht wäre, ihn wegzuküssen.

»Vielleicht hast du recht.« Paulina lacht auf und schüttelt den Kopf. »Schon verrückt ... wenn man verliebt ist, ist Kitsch plötzlich gar nicht mehr so schlimm.«

Wieder stopft sie sich ein Stück Kuchen in den Mund und schaut mich aus ihren schokobraunen Augen an.

Meine Mundwinkel zucken indes, weil ihr offensichtlich gar nicht bewusst ist, was gerade über ihre Lippen gekommen ist.

»Was?« Der Argwohn meldet sich nun doch und sie hebt fragend die Hände.

»Na, du hast gerade gesagt, dass du verliebt bist.«

Paulinas Mund verzieht sich zu einem stummen *Oh*. Als wollte sie das Gesagte ungeschehen machen, schlägt sie sich die Hände vor den Mund.

Ich lache. Nicht weil es mich verletzt, dass sie es nicht aussprechen möchte, sondern weil sie so niedlich ist.

»Hab ich das echt gesagt?«

Ich nicke und grinse sie herausfordernd an. Paulina zeigt mir auf so viele unterschiedlichen Arten, was ich ihr bedeute, da muss sie es mir nicht auch noch ständig sagen. Aber es macht mir großen Spaß, sie damit aufzuziehen.

Schließlich zuckt sie mit den Schultern und lässt die Hände sinken. Unbeholfen zieht sie einen Mundwinkel hoch. »Tja, wenn ich das so gesagt habe, wird es wohl stimmen.«

Ich strecke meine Hand über den Tisch aus und greife sanft nach ihren Fingern. Zärtlich streiche ich über ihren Handrücken und fast fühlt es sich so an, als wären wir tatsächlich in einer Bar über den Dächern New Yorks. Wir beide – in unserer ganz eigenen Welt.

»Danke.« Es gibt so vieles, das ich Paulina sagen möchte. Aber das Besondere an unserer Freundschaft ist, dass es dafür keine Worte braucht. Auch jetzt schaut sie mich mit diesem Ausdruck in den Augen an, der mir ganz tief geht und zeigt, dass sie weiß, wie es in mir aussieht. Ein leises Lächeln zupft an ihren Mundwinkeln.

Ihr Blick huscht zur Uhr an ihrem Handgelenk.

»Magst du noch etwas? Es wird Zeit ... der Film startet gleich.«

Ich beschließe das Spiel mitzuspielen. »Wir gehen ins Kino? Welcher Film läuft denn?«

»Wird nicht verraten. Wie ist dein Englisch? Sonst suche ich noch den Untertitel raus.«

Ich grinse breit und wackle mit den Augenbrauen. »Werde ich überhaupt etwas von dem Film mitbekommen?«

»Oh, glaub mir, den Film willst du sehen.« Sie steht auf und streckt mir die Hand entgegen. Bereitwillig lasse ich mir aufhelfen und mich durch die Miniatur-Hochhausschluchten von New York zur Matratze ziehen. Sie knipst die Lichterkette an und bedeutet mir Platz zu nehmen. »Wie willst du dein Popcorn? Stilecht amerikanisch mit Salz? Oder doch lieber gezuckert? Ich hätte auch Salted Caramell zur Auswahl.«

»Du bist echt der Hammer, Paulina! Ich nehme von allem etwas«, beschließe ich und mache es mir auf dem provisorischen Sofa gemütlich. Paulina kommt mit einem Armvoll der typischen rot-weiß gestreiften Kino-Popcorn-Schachteln zurück und drapiert sie vor der Matratze, dann karrt sie ihren

Laptop samt Ladekabel an, stellt ihn auf einem Hocker ab und klappt den Deckel auf.

Sie drückt ein paar Tasten und als der Film startet, lehnt sie sich zurück und gibt den Blick auf den Bildschirm frei. Ich schlucke, als ich den Filmtitel sehe: *Banksy does New York.* Tatsächlich passt der Streifen wie die Faust aufs Auge, Paulina hat gute Arbeit geleistet und den Abend perfekt durchgestylt. Dennoch macht sich ein dumpfes Gefühl in meinem Magen breit. Paulina sieht mir erwartungsvoll entgegen und ich lächle sie leise an. »Ich werde das Gefühl nicht los, dass du den Film aus einem bestimmten Grund ausgesucht hast.«

Auf keinen Fall will ich die Stimmung killen. Andererseits sollte Paulina spätestens seit unserer Sprayaktion im Klostergarten wissen, dass ich auf das Thema nicht sonderlich gut zu sprechen bin.

Paulina schlingt die Arme um mich, ihr Mund ist ganz nahe an meinem Hals. Ihr warmer Atem streift über meine Haut und Gänsehaut rieselt über meinen Rücken.

»Ich hatte gehofft, ich kann das Feuer in dir neu entfachen, indem ich dir zeige, dass es Kunst ist, die Menschen bewegt. Du hast so viel Talent, Adrian. Lass nicht zu, dass deine Zweifel deine Träume zerstören.« Sie atmet tief ein und zwingt sich ein Lächeln auf die Lippen. »Magst du etwas anderes schauen? *In den Straßen von New York* vielleicht? Der soll auch gut sein.«

»Nein, alles gut. Ich wollte mir schon immer seine New Yorker Schnitzeljagd genauer anschauen.« Ich ziehe sie in eine Umarmung und lehne mich mit ihr auf den Berg Kissen zurück. Unsere Lippen vereinen sich und für eine kleine Ewigkeit ist der Film vergessen.

»Ich mag es, dass du an mich glaubst«, gebe ich schließlich zu und streife eine Haarsträhne aus ihrem Gesicht. Sie wirkt zufrieden und schmiegt sich eng an mich.

»Banksy ist nicht einfach nur ein Sprayer. Seine Kunst hat auch immer eine Aussage«, kommentiert Paulina den Film und greift nach dem Popcorn.

Wo packt das zierliche Persönchen das alles hin?

»Willst du auch?«

Ich schüttle den Kopf. »Später, ich nasche grad lieber an was anderem.« Wieder stehle ich mir einen Kuss und schaffe es diesmal, Paulina noch länger von dem Film abzulenken.

Kurz zuckt sie zusammen, als ich mich endlich traue, meine Finger unter ihr Shirt zu schieben. Nur ein kleines Stückchen, aber ich möchte so gern ihre weiche Haut fühlen, die Wärme. Möchte ihr noch näher sein, als wir es ohnehin schon sind. Sie protestiert nicht, als ich sanfte Striche auf ihre Hüfte zeichne und meine Finger auf Erkundungstour gehen. Im Gegenteil, ihre Küsse werden schneller, leidenschaftlicher und das bringt mich dazu, mutiger zu werden.

Ich war schon mit ein paar Mädchen zusammen. Und nicht nur mit Selina habe ich geschlafen. Man könnte sagen, ich habe durchaus Erfahrung. Dennoch bin ich bei jedem Schritt nervös, denn Paulina ist anders, sie ist zarter, zerbrechlicher und ich will verdammt noch mal alles richtig machen. Ich weiß, dass auch Paulina Erfahrung hat – das merke ich nicht nur an der Art, wie sie mich küsst und berührt. Sie hat es mir direkt gesagt, als wollte sie vermeiden, dass ich etwas Falsches denke. Dabei hätte ich nichts dagegen, wenn ich der erste Mann wäre, der ihr zeigt, wie schön es ist, geliebt zu werden.

»Ich weiß gar nicht, womit ich dich verdient habe«, sage ich, als ich unsere Knutscherei für einen Moment unterbreche, um wieder zu Atem zu kommen. Ich stütze meinen Kopf auf dem Arm ab und betrachte Paulina. Mit der freien Hand ziehe ich die Linie ihrer Schulter nach.

»Oh, wie viel Uhr haben wir?«

Ich seufze, da sie erneut nicht auf meine Komplimente eingeht. Ist es ihr unangenehm, wenn ich über meine Gefühle zu ihr spreche? »Gleich zwölf.«

Sie gibt mir einen schnellen Kuss, springt auf und grinst mich breit an. »Nicht weglaufen, ja?«

Ich schüttle amüsiert den Kopf. Nicht einmal ein Erdbeben würde mich hier wegbewegen. Nicht, solange sich das zwischen Paulina und mir so besonders anfühlt.

»Happy Birthday to you, Happy Birthday to you …« Paulina kommt hinter dem Mini-World-Trade-Center hervor und balanciert einen Teller mit einem

Schokodonut, in dessen Mitte eine kleine Kerze flackert. Sie haucht das Geburtstagsständchen, als wäre sie Marilyn Monroe persönlich. Fehlt nur noch das glitzernde Kleid und ich käme mir vor wie J. F. Kennedy persönlich. »Kuchen gab es ja schon. Und ich dachte, das wäre *New York*-like.«

Paulina deutet auf den Teigkringel, setzt sich neben mich und hält mir den Teller vor die Nase, um die Kerze auszupusten.

»Wünsch dir was!«

Ich versinke in dem warmen Braun ihrer Augen, lasse mir ihre Bitte durch den Kopf gehen und grinse schließlich breit.

Dieser Moment darf niemals zu Ende gehen, denke ich und puste die Flamme aus. Im nächsten Augenblick spüre ich Paulinas weiche Lippen auf meinen Wangen.

»Alles Liebe zum Geburtstag, Adrian.«

Als ich meine Augen wieder öffne, schaue ich in das glückliche Gesicht meiner Freundin. Dankbarkeit durchströmt mich, überflutet mich.

Also schließe ich die Arme um Paulina, ziehe sie eng an mich und atme ihren ganz eigenen Duft ein.

»Danke. Für alles.« Ich hauche ihr einen Kuss auf die Haare und drücke sie fest an mich.

»Ich habe noch ein Geschenk.« Sie klingt zögerlich und so löse ich mich ein bisschen von ihr, um einen Blick auf ihr Gesicht zu erhaschen. Paulina schlägt die Augen nieder, starrt auf ein kleines Päckchen, das sie in den Händen hält, und überlegt ganz offensichtlich, was sie sagen soll. »Es ist nicht so einfach, dir ein Geschenk zu machen, ich meine ... Es ist dein achtzehnter Geburtstag und es sollte etwas Besonderes sein. Ich habe hin und her überlegt und mich dann für etwas entschieden, was nur du selbst dir schenken kannst.«

Ich lege den Kopf schief und ziehe fragend die Augenbrauen zusammen. Nach einem Moment des Zögerns streckt mir Paulina schließlich das Päckchen entgegen. Es ist aus schwarzem mattem Karton gefertigt. Auf dem Deckel der quadratischen Box steht in kunstvoll geschwungenen goldenen Buchstaben: *No doubts!*

»In der Zeit, in der wir uns jetzt kennen, ist mir eines aufgefallen: Du zweifelst sehr an dir und deinem Können.«

»Ich –«

Paulina hält ihre Hand hoch, als wollte sie mich stoppen. Ich verstumme und lasse ihr die Möglichkeit, ihre Gedanken zu Ende zu bringen.

»Ich glaube an dich, Adrian. Auch wenn du schon einiges mitmachen musstest, du bist ein wundervoller Mensch und in dir schlummern so viele Talente. Ich wünsche mir von dir, dass du Frieden mit dir schließt. Lass die Vergangenheit ruhen und schau nach vorn. Nutze das, was du in dir trägst. Ich sehe so viel in dir und kann manchmal selbst nicht glauben, dass du selbst so schlecht von dir denkst.« Sie lächelt mich sanft an und legt ihre Hand auf meine, die noch immer das Päckchen umschließt. »Wenn du zweifelst, wenn du vergisst, wie wertvoll, wie besonders du bist, dann kannst du einen Zettel aus der Box ziehen. Es soll dich daran erinnern, was wirklich zählt: der Mut, nach vorn zu schauen.«

Ich schlucke, denn Paulina hat sich offensichtlich viele Gedanken gemacht. Über mich, mein Leben. Meine Probleme. Aber auch über meine Zukunft.

Mein Herzschlag dröhnt in meinen Ohren. Kraftvoll und ein bisschen zu schnell. Aber ich fühle mich lebendig, bereit, das anzunehmen, was vor mir liegt.

»Wow, ich weiß gar nicht ... darf ich?«, stammle ich und deute auf die quadratische Schachtel.

»Nur zu, sie gehört dir.«

Ich hebe den Deckel. Darin sind lauter kleine zusammengerollte Blätter, die mit dünnen Fäden umwickelt sind. Sie muten wie eine edlere Version der Lose an, die ich als Kind auf dem Jahrmarkt gekauft habe. Doch diesmal bin ich sicher, dass ich keine Nieten ziehen werde. Paulina ist der Hauptgewinn und ich weiß, ihre Stärke und die Worte, die sie für mich gefunden hat, werden für mich noch sehr wertvoll sein.

Ich nehme eines der kleinen Lose aus der Schachtel, löse das Bändchen und rolle das Papier aus.

Zweifel sind etwas für Feiglinge. Also: Sei kein Feigling!

Ich schmunzle, als ich die handgeschriebenen Worte lese, die so viel von Paulinas Kampfgeist in sich tragen, dass mir ganz warm ums Herz wird.

»Falls das mit dem Agenten nicht klappt, könntest du dich in der Glückwunschkarten-Industrie bewerben. Du hättest gute Chancen«, scherze ich, schließe die Hand um Paulinas Worte und nehme mir fest vor, sie zu befolgen. Vielleicht hat sie recht. Es ist einfacher, sich seinen Zweifeln zu beugen, als für seine Träume zu kämpfen. Sich gegen die Widerstände zu stemmen, die einem begegnen, braucht Kraft. Und Mut. Ob ich beides haben werde? Ich weiß es ehrlich nicht. Aber mit Paulina an meiner Seite scheint es machbar, es zumindest auszuprobieren.

»Ich mag dich auch, Adrian.« Sie streckt mir die Zunge raus und ich ziehe sie in eine überschwängliche Umarmung.

»So? Tust du das?« Unsere Lippen sind nur Millimeter voneinander entfernt. »Wie sehr?«

»Sehr«, haucht Paulina.

Das Wort verfängt sich in meinem Mund und es schmeckt köstlich. »Ich verspreche dir, dass ich in Zukunft mehr an mich glauben werde.«

Paulina schüttelt den Kopf. »Verspreche es nicht mir. Verspreche es dir selbst!«

Ich schlucke. Es fällt mir leichter, jemand anderem einen Gefallen tun, als an mir und meiner Einstellung zum Leben zu arbeiten. Aber wahrscheinlich geht es genau darum. Dass man es für sich selbst tun muss. Für sich und seine Ziele. Für seine Träume. Also nicke ich einmal und lege anschließend meine Stirn an Paulinas. Unsere Nasenspitzen berühren sich fast und diese Berührung fühlt sich so intim an, dass alles in mir kribbelt.

Sanft lege ich meine Hände an ihren Kopf, umschließe ihre Wangen und streiche mit den Daumen zärtlich über ihre samtene Haut.

»Verschreckt es dich, wenn ich jetzt sage, dass ich dich liebe?« Mein Mund ist ganz trocken, als die Worte über meine Lippen kommen, aber mein Herz fühlt sich leicht an.

»Nein.« Wie ein Windhauch streifen ihre Lippen über meinen Mund. »Denn mir geht es ganz genauso.«

Kapitel 26: Volljährig

Adrian

Sanft streiche ich über Paulinas Wange und präge mir ihre zarten Züge ein. Sie wirkt zerbrechlich und doch trägt sie selbst im Schlaf diesen kämpferischen Ausdruck im Gesicht, der mir ausgesprochen gut gefällt. Mein Blick gleitet über ihre Lippen, die Lippen, die mich heute Nacht fast um den Verstand gebracht haben.

Es hat mich einiges an Selbstbeherrschung gekostet, es Paulina zu überlassen, wie weit wir in dieser Nacht gehen. Ich habe jeden Schritt in vollen Zügen genossen und doch war es nicht genug. Ich will mehr, so viel mehr und nur Paulina kann es mir geben. Aber ich weiß auch, dass wir Zeit haben und wir daher jeden einzelnen Moment auskosten können. Mir Zeit zu lassen ist eine neue Erfahrung. Gewöhnungsbedürftig, aber im Grunde gefällt es mir, nicht mit Vollgas durch diese Zeit zu rasen, die so viel Neues mit sich bringt.

Ich hauche meinem Mädchen einen Kuss auf die Stirn und schäle mich vorsichtig aus unserem provisorischen Bett. Darauf bedacht, keine lauten Geräusche zu machen, suche ich meine Klamotten zusammen und schlüpfe in meine Jeans, Socken, Shirt und Hoodie. Mit etwas Glück wird Paulina noch weiterschlafen und ich kann sie mit einem Frühstück überraschen, bevor ich sie nach Hamburg ziehen lassen muss. Wie soll ich nur die Tage ohne sie aushalten?

Wehmütig schnüre ich meine Sneakers und ziehe die Tür zu unserem kleinen Paradies hinter mir zu.

Der Weg nach draußen kommt mir heute so viel kürzer vor. Beschwingt und mit einem breiten Grinsen auf den Lippen hüpfe ich die Treppenstufen nach unten. Noch ist es recht ruhig im Stift und ich begegne nur wenigen Studenten. Als ich auf den Innenhof trete, schlägt mir kühle Luft entgegen und ich ziehe die Kapuze meines Hoodies tief ins Gesicht.

Ob Elio bereits wach ist? Vielleicht kann ich noch einen schnellen Kaffee mit ihm trinken, während die Brötchen aufbacken, die ich Mathilda abgeschwatzt habe.

Leise vor mich her pfeifend trete ich durch den großen Torbogen und biege um die Ecke auf den Weg zu Elios Angestelltenwohnung. Doch ich erstarre inmitten der Bewegung, als ich auf dem mit Kies aufgeschütteten Vorplatz einen Polizeiwagen stehen sehe.

Augenblicklich beschleunigt sich mein Puls auf ein ungesundes Maß. Alles in mir spannt sich an, während mein Blick wie in Zeitlupe zu Elios Wohnungstür gleitet. Die beiden Polizisten, die ich aus der Wache kenne, stehen Elio gegenüber. In voller Montur inklusive der obligatorischen Polizeimützen sehen sie aus wie aus einem provinziellen *Tatort* entsprungen. Ich schlucke und einem inneren Drang folgend verstecke ich mich hinter einem der Büsche, die mich vor den Blicken der Ordnungshüter bewahren.

Lautlos schleiche ich mich näher, in der Hoffnung, so herauszufinden, was die beiden von Elio wollen.

»Heute Nacht, sagen Sie?« Elio kratzt sich nachdenklich am Hinterkopf. Sicher wird ihm aufgefallen sein, dass ich nicht in meinem Zimmer übernachtet habe. Mein Onkel sieht müde aus. Noch trägt er seinen Pyjama und darüber den alten ausgewaschenen Morgenmantel, der ihn um Jahre älter macht.

»Gestern nach Dienstschluss waren die Schmierereien jedenfalls noch nicht an der Wache.« Einer der Polizisten schnaubt wie ein wild gewordener Eber.

»Und das Graffiti ist mit *Neo* unterzeichnet? Sind Sie sich sicher? Vielleicht könnte es ja auch ein anderer Name sein.« Elio klingt resigniert und der Ausdruck in seinen sonst so sanften Augen lässt mein Herz entzweibrechen. Enttäuschung spiegelt sich darin. Wut. Es ist, als hätte er in diesem Augenblick jeglichen Glauben an mich verloren.

»Wir sind uns sicher. Das Zeichen stimmt mit den Unterlagen aus Berlin überein. Das Graffiti stammt mit hoher Wahrscheinlichkeit von Ihrem Neffen.«

Als meine Zähne geräuschvoll aufeinandertreffen, merke ich erst, dass ich zu zittern begonnen habe. Nicht weil mir so kalt ist. Sondern weil mich die Erkenntnis mit voller Wucht trifft: Da will mir jemand etwas anhängen und Elio steigt voll drauf ein, anstatt zu mir zu halten.

»Wenn der Junge auftaucht, sagen Sie uns bitte augenblicklich Bescheid. Es ist wichtig, dass wir diese Ausbrüche im Keim ersticken. Wir hatten ihn gewarnt, dass wir hart durchgreifen werden. In unserem Bezirk lassen wir es nicht zu, dass es zu solchen Sachbeschädigungen kommt.«

Elio senkt den Blick und nickt ergeben. Die Polizisten rücken sich ihre Kappen zurecht und laufen mit stolzgeschwellter Brust zurück zu ihrem Wagen. Ich drücke mich tiefer in das Gestrüpp und hoffe, dass sie mich nicht sehen.

In meinem Kopf herrscht pures Chaos. Der Tag hatte doch so wundervoll begonnen. Wie konnte er nur binnen weniger Minuten zum Albtraum mutieren? Verdammt! Von welchem Graffiti haben die Polizisten nur gesprochen? Ich lasse die Worte der Polizisten in Dauerschleife in meinem Kopf ablaufen, bis sie endlich Sinn ergeben: Das muss eine Message von Calli sein. Calli ist hier. Und er wird keine Ruhe geben, bis ich mich ihm stelle.

Kapitel 27: Bittere Pille

Paulina

Mein erster Gedanke, als ich aufwache, ist, dass dieses Gefühl, das seit heute Nacht in mir wohnt, viel zu groß für mich allein ist. Der zweite: Ich bin ja gar nicht allein. Da ist Adrian, mit dem ich all meine Gefühle teilen kann.

Automatisch strecke ich meine Hand nach ihm aus, doch meine Finger greifen ins Leere. Mühsam öffne ich die Augen. Sie brauchen einen Augenblick, um sich an die Dunkelheit zu gewöhnen, aber auch dann finde ich ihn nicht.

Ich kuschle mich wieder tiefer in die Decke, in der noch immer Adrians Duft hängt. Erinnerungen an die vergangene Nacht blitzen in mir auf. Geschlafen haben wir nicht miteinander, aber dennoch war es das Intensivste, das ich bislang erlebt habe. Adrian ist so unglaublich zärtlich und einfühlsam. Es ist, als würde er immer genau wissen, was in mir vorgeht.

Sicher ist er nur auf die Toilette gegangen, überlege ich. Oder er organisiert uns was zu essen. Bei der Vorfreude auf ein gemeinsames Frühstück in unserem provisorischen Bett schleicht sich ein breites Lächeln auf meine Lippen. Zeit ... Ich will unendlich viel Zeit mit Adrian verbringen. Schon senken sich wieder meine Mundwinkel, denn heute steht meine Reise nach Hamburg an. Uns bleiben nur noch wenige Stunden, bis mein Bus fährt und ich das Wochenende über bei meinem Mentor Nathan in Hamburg verbringen werde.

Ich schaue schnell auf die Uhr und merke, wie ich langsam ungeduldig werde. Warum verschenkt Adrian wertvolle Minuten? Vielleicht ist er Elio über den Weg gelaufen und lässt sich gratulieren. Oder meine Freunde haben ihn abgefangen und belagern ihn.

Ich setze mich auf, reibe den Schlaf aus meinen Augen und angle nach meinem Laptop. Die Zeit, bis Adrian endlich auftaucht, werde ich nutzen und noch einmal die Unterlagen durchsehen, die ich für den Agenten zusammengestellt habe. Immer wieder schleichen sich die Zweifel ein, ob es der richtige Zeitpunkt ist, über eine Veröffentlichung zu sprechen. Es fühlt sich zu früh an, ich bin noch nicht bereit, mich der Öffentlichkeit zu stellen. Nathan hat mich am Telefon beruhigt. Mit einem lockeren Kennenlernen ist noch kein Vertrag unterschrieben. Er öffnet mir Türen. Ob und wann ich durch diese hindurchgehe, ist mir selbst überlassen.

Verdammte Zweiflerei. Ich schüttle den Kopf und lächle. Da schreibe ich Adrian Hunderte mutmachende Sprüche auf kleine Zettel und dann tappe ich selbst in diese Falle. Aber ist es nicht das ureigene Naturell eines Schriftstellers, an sich selbst zu zweifeln? Autoren sind Eremiten. Zurückgezogen leben sie lieber in einer Scheinwelt, als sich der Gesellschaft und deren Zwängen zu stellen. So ist doch zumindest das Bild, das viele von dieser Gattung Mensch haben, oder?

Wieder huscht mein Blick zur Uhr. Mir bleibt nicht mehr viel Zeit. Hoffentlich kommt Adrian bald, sonst wird das ein schnelles Frühstück werden. Ich hasse Abschiede unter Zeitdruck. Nein, ich hasse Abschiede. Punkt.

Entschlossen klappe ich den Laptop zu und räume die Dinge zusammen, die ich vor meiner Abfahrt ohnehin noch sortieren muss. Die New-York-Kulisse werde ich erst nächste Woche zurück in die Schauspielwerkstatt bringen, sie vermisst niemand.

Als auch nach getaner Arbeit von Adrian noch immer jede Spur fehlt, tippe ich seine Nummer auf dem Handy an. Hoffentlich denkt er nicht, ich renne ihm hinterher. Aber wenn wir noch etwas Zeit miteinander verbringen wollen, wird es höchste Eisenbahn. Doch schon klingelt es in dem kleinen Dachfenster und ich erspähe Adrians Handy auf der schmalen Fensterbank. Hat er es hier vergessen?

Wären wir nicht hier in ein und demselben Gebäude, würde ich mir vielleicht Sorgen machen. Aber was sollte schon passiert sein? Er wird schon nicht die Treppe runtergestürzt sein und sich den Hals gebrochen haben. Sicher gibt es eine logische Erklärung, warum er mich warten lässt.

Unschlüssig stehe ich in unserem kleinen Paradies. Schließlich kralle ich mir den Block und muss lachen, als ich den albernen Buchtitel sehe, den ich gestern notiert habe. Gott, ich muss wirklich unzurechnungsfähig gewesen sein, wenn ich das als brillanten Einfall notiert habe. Na ja, vielleicht eher bis über beide Ohren verliebt!

Schnell male ich ein grinsendes Emoji hinter meine Notizen, und geben dem Smiley Herzen statt Augen. Darunter kritzle ich eine Nachricht an Adrian, dass ich kurz unter die Dusche springe.

Bepackt mit meinem Laptop, Adrians Handy und dem schmutzigen Geschirr eile ich durch die Flure des Klosters.

In meinem Zimmer angekommen berichte ich Lee in Kurzform, dass die Überraschung dank ihrer tatkräftigen Hilfe ein voller Erfolg war, hauche ihr einen Kuss auf die Wange und eile unter die Dusche.

In Rekordzeit husche ich zurück zu unserem Unterschlupf unter dem Dach und hoffe, dort endlich wieder auf Adrian zu treffen. Doch das Zimmer ist leer, die Nachricht liegt unangetastet auf der Matratze.

Langsam schleicht sich nun doch ein seltsames Gefühl in meine Magengegend. Warum verschwindet Adrian nach dieser wundervollen Nacht, in der wir so viele Pläne für die Zukunft geschmiedet und über Träume und Gefühle gesprochen haben? Ohne sich zu verabschieden. Er weiß doch, dass ich in Kürze zum Bus muss.

Ich stürme in die Mensa. Vielleicht habe ich vergessen, dass wir hier gemeinsam frühstücken wollten, doch meine Freunde schauen mich nur fragend an.

»Habt ihr Adrian gesehen?«

»Nö, ich dachte, ihr turtelt, bis dein Bus geht. Wie war die Nacht?« Toni stützt ihren Kopf in die Hände und schaut mich erwartungsvoll über ihr Frühstückstablett hinweg an und wackelt lustig mit den Augenbrauen.

»Später«, murmle ich, drehe um und stürze nach draußen. Schnell laufe ich durch das Haupttor, biege auf den schmalen Kiesweg und klopfe an Elios Haustür. Die kalte Luft kriecht durch den weichen Wollpulli, den ich mir für die Fahrt nach Hamburg übergezogen habe, und ich schlinge die Arme um meine Mitte.

Ich nehme mir keine Zeit für eine Begrüßung, als Elio die Tür öffnet. »Ist Adrian da?« Ich habe das Gefühl, als würden die mir verbleibenden Minuten wie Sand in einem Stundenglas dahinrieseln.

»Oh, Paulina.« Er sieht verwirrt aus, seine Augen schimmern seltsam. Was ist hier los? Er seufzt. »Ich hatte gehofft, Adrian wäre bei dir.«

Enttäuscht schüttle ich den Kopf.

»Dieser Junge! Verdammt! Ich habe mir wirklich gewünscht, dass er endlich die Kurve bekommen hat. Und jetzt, so kurz vor dem Ziel ... Was soll das nur?«

»Elio?«, grätsche ich in seine Überlegungen und lege eine Hand auf seinen Unterarm, wie Lee es bei mir immer tut, damit ich aus meinem Paralleluniversum in die Realität zurückkomme. »Was ist los?«

»Die Polizei ... vorhin war die Polizei da, um Adrian zu verhören. Zuerst dachte ich ... jedenfalls ... die Beweise.«

Elio scheint komplett durcheinander zu sein. Ich schiebe ihn ins Innere seiner Wohnung, finde die Küche und gieße ihm einen Kaffee ein.

»Was, Elio? Was wollte die Polizei von Adrian?«

Mein Herz klopft so heftig, dass es mir fast unmöglich ist zu sprechen. Aber ich weiß, wie man sich dazu zwingt.

Elio nimmt einen Schluck aus seiner Tasse, verzieht das Gesicht und schüttelt anschließend den Kopf.

»Heute Nacht wurde die Polizeiwache mit einem Graffiti besprüht.«

Ich halte die Luft an. Blut rauscht in meinen Ohren.

»Und das Geschmiere ist mit Adrians Spitznamen gekennzeichnet ... Neo«, fährt Elio leise fort.

Ich lasse die Luft aus mir strömen. Ich setze die Worte wie Puzzleteilchen zusammen. Dann schüttle ich den Kopf und lächle Elio versöhnlich an. »Heute Nacht?«

Elio nickt.

»Dann kann es Adrian nicht gewesen sein. Wir waren zusammen. Erst haben wir in der Mensa mit Lee, Toni und Nia zu Abend gegessen. Und dann waren wir die ganze Nacht in dem Zimmer unterm Dach, das Adrian für uns hergerichtet hat. Er ist erst heute Morgen verschwunden.«

Elios Augen weiten sich, als müsste er die ganzen Informationen erst verarbeiten. Die Kaffeetasse klirrt, als er sie auf die Untertasse stellt. Dann tritt er auf mich zu, packt meine Oberoberarme und schaut mich eindringlich an.

»Bist du dir sicher, Paulina? Vielleicht ist er zwischendurch verschwunden. Oder früher abgehauen?«

Ich schüttle den Kopf, lasse die Nacht Revue passieren und bekomme augenblicklich Gänsehaut. Keine Sekunde ist Adrian von meiner Seite gewichen, aber das kann ich Elio wohl kaum sagen.

»Er war es nicht, okay?«

»Aber warum ist er dann abgehauen?«

»Was weiß ich? Es muss aber etwas anderes dahinterstecken. Ganz sicher! Mach dir keine Gedanken!«

Ich lächle ihn versöhnlich an, doch dann erinnere ich mich, dass ich ja bald losmuss, um den Bus nach Hamburg zu schaffen.

»Komm, lass ihn uns suchen.« Ich gehe in Gedanken all die Orte durch, an denen wir gemeinsam Zeit verbracht haben.

Elios Mundwinkel zucken, doch dann nickt er. Er sieht traurig aus. Sorgenfalten graben sich in sein braun gebranntes Gesicht und lassen ihn um Jahre älter wirken.

»Wir finden ihn schon.« Ich klinge zuversichtlicher, als ich mich selbst fühle.

Elio folgt mir zu den Stallungen, auf die Lichtung, in den Wald. Wir durchkämmen das komplette Klostergelände, die Zimmer im Dachgeschoss, sogar die Bibliothek und den *Bunker*, doch von Adrian fehlt jede Spur. Niemand meiner Freunde hat ihn gesehen und plötzlich wird mir klar, was das zu bedeuten hat. Wie angewurzelt bleibe ich stehen und traue mich kaum, den Gedanken zu Ende zu denken!

»Adrian ist volljährig.«

»Ja, verdammt! Und schon macht er neue Dummheiten.«

Ich höre Elio gar nicht richtig zu, sondern versuche mich durch die Erinnerungen zu wühlen. »Er wollte von hier verschwinden, sobald er achtzehn ist.« Wir haben nie darüber gesprochen, aber da waren diese Andeutungen, als wir uns kennenlernten. Und dann ... Was hatte dieser Freund in Berlin noch einmal gesagt: *Halte noch etwas durch, dann holen wir dich da raus.* Was, wenn er tatsächlich abgehauen ist? Wenn er mich zurückgelassen hat, ohne sich zu verabschieden?

»Aber ...« Elio wirkt verwundert. »Wir haben doch darüber gesprochen. Adrian wollte hierbleiben. Wollte bis zum Sommer weiter auf der Akademie helfen und dann das Abitur auf einer der Schulen hier in der Nähe nachholen. Ich habe doch schon mit dem Schulleiter telefoniert.«

Ich lege eine Hand auf seinen Unterarm und kann mir gut vorstellen, wie es sich für ihn anfühlt. Denn ganz genau dasselbe geht gerade auch in mir vor. Hat Adrian uns beiden echt etwas vorgemacht? Entschlossen schüttle ich den Kopf. Denn wenn er tatsächlich geplant hätte zu verschwinden, dann hätte Adrian heute Nacht nicht so viel von sich preisgegeben. Er hätte nicht all die Pläne mit Elio geschmiedet und sich mit mir eine Zukunft ausgemalt. Da muss etwas anderes dahinterstecken.

»Ich würde gern das Graffiti sehen. Fährst du mich hin?«

»Willst du deine Sachen für deine Fahrt nach Hamburg gleich mitnehmen? Dann kannst du direkt in den Bus steigen.«

Ich überlege kurz, nicke dann aber und laufe los, um die Tasche, die ich gestern schon gepackt habe, und meinen Laptop zu holen. Ich schlüpfe in meine Winterjacke und stürme zurück zu Elio, der bereits auf dem Parkplatz auf mich wartet.

Nervös kaue ich auf meinen Fingernägeln, als wir die Waldstraße von der Anhöhe, auf der das Stift steht, in das kleine Dorf hinunterfahren. Immer wieder driften meine Gedanken ab. Die Frage, wo Adrian stecken könnte, hämmert hinter meiner Stirn. Habe ich irgendeine Andeutung übersehen? Ein Zeichen, dass er alles hinter sich lassen möchte? Er hat so glücklich gewirkt gestern. So, als wäre er endlich angekommen in seinem neuen Leben.

Vor meinem inneren Auge blitzen Erinnerungen auf. Diese seltsame Angst, als er mir das Sprayen gezeigt hat. Die Ablehnung, als ich den Banksy-Film gestern Abend angestellt habe. Habe ich ihn zu sehr gedrängt?

Elio parkt den Kleinbus auf dem Parkplatz vor der Polizeistation. Sofort springt mir das Graffiti ins Auge, das quer über die Front des Hauses gesprayt wurde, in dessen Erdgeschoss die Polizeiwache untergebracht ist. Es zeigt eine überdimensional große Hand, auf der eine blaue und eine rote Pille liegen. In eckigen Buchstaben stehen drei Worte über dem Gemälde: *Freiheit oder Sklaverei.* Ich erfasse sofort die Analogie zum Kultstreifen *Matrix.* Neo. Ich habe mit Adrian darüber gesprochen und weiß, dass er diesen Spitznamen von seinem Kumpel bekommen hat. Vielleicht nicht nur wegen seines Äußeren, wie mir in diesem Moment klar wird. Es ist wohl eher, weil sein Sprayer-Freund schon früh mehr in ihm gesehen hat. Mit diesem Graffiti will er Adrian wohl daran erinnern, dass es Zeit ist, sich zu entscheiden. Zwischen einem Leben in der Gesellschaft oder der vermeintlichen Freiheit der Straße. Ich schlucke.

»Das ist nicht von Adrian«, sage ich bestimmt. »Er hat einen ganz anderen Stil. Und sein Tag ... Schau!« Ich krame mein Handy raus und zeige ihm das Bild, das Adrian auf die Mauer hinter den Stallungen gesprayt hat. Ich zoome Adrians Unterschrift heran. *Neo* in geschwungenen Buchstaben, das E, das so gekonnt in dem O verschwindet, dass man auch fast ein No – *Nein!* – lesen könnte.

»Wer war es dann?«, knurrt Elio. »Ich weiß, dass Adrian ein guter Junge ist, ich glaube an ihn. Aber findest du nicht, dass es ein seltsamer Zufall ist, dass ausgerechnet in der Nacht zu seinem Geburtstag hier ein Graffiti auftaucht, das seine Unterschrift trägt?«

»Zufälle passieren«, beruhige ich Elio. »Hör zu, Elio. Ich weiß nicht genau, was das zu bedeuten hat. Aber ich bin mir absolut sicher, dass Adrian damit nichts zu tun hat ... er war die ganze Nacht bei mir.« Ich deute auf das Graffiti und presse meine Lippen aufeinander.

Elios Blick ist durchdringend. Ich straffe die Schultern, lasse nicht zu, dass ich ihm in irgendeiner Art Unsicherheit signalisiere. Ich vertraue Adrian. Zu hundert Prozent. Nur wünschte ich mir, Adrian würde das auch tun. An sich selbst glauben.

»Okay. Ich würde dich ja bitten, den Polizisten zu erzählen, dass Adrian bei dir war. Aber dein Bus fährt in zehn Minuten. Komm, ich bringe dich zur Haltestelle.« Er versucht sich an einem Lächeln, doch es wirkt traurig.

Binnen weniger Sekunden fasse ich einen Entschluss und schüttle schnell den Kopf.

»Ich werde nicht fahren. Nicht, bis wir Adrian gefunden haben. Ich sage schnell Nathan Bescheid und dann gehen wir da rein.« Ich deute auf die Polizeiwache und spüre Übelkeit in mir aufwallen. Die Aussicht darauf, mit wildfremden Menschen über meine Nacht mit Adrian zu sprechen, lässt Panik in mir aufsteigen, und ich atme betont langsam ein und aus, um mich zu beruhigen.

Entschlossen zücke ich mein Handy, laufe ein paar Schritte von Elio weg und schildere meinem Mentor die Situation, verspreche ihm, ihn auf dem Laufenden zu halten, falls es mir reicht, einen späteren Bus zu nehmen. Ich habe noch Zeit. Selbst wenn ich erst morgen früh in den ersten Bus steige, verpasse ich zwar das Treffen mit Nathan, werde es aber gerade noch rechtzeitig zu unserem Termin mit dem Agenten schaffen. Aber so lange werden wir hoffentlich nicht brauchen, um Adrian aufzuspüren.

Als ich auflege, zieht eine unsichtbare Kraft an meinen Muskeln. Jeder Schritt, der mich näher an die Wache und damit zu mir unbekannten Personen in Uniform bringt, kostet mich eine unsägliche Kraft. Aber ich bin nicht gewillt, meinem Mutismus nachzugeben. Ich werde da reingehen und den Polizisten sagen, was ich zu sagen habe.

Fest presse ich meine Lippen zusammen, zwinge mich dazu weiterzulaufen. Ich weiß, dass ich in einem Moment wie diesem ferngesteuert wirke, emotionslos wie eine Marionette. Aber anders kann ich mich nicht überlisten. Es kostet Kraft. Und Mut. Und einen eisernen Willen. Aber all das bringe ich auf, um den Polizisten die Wahrheit über Adrian zu sagen.

Die mürrische Art, mit der uns die Polizisten empfangen, macht es mir nicht leicht. Mehr als einmal spüre ich, wie ich erstarre, wenn einer der beiden mir versucht, die Wörter im Mund herumzudrehen, und mir weismachen möchte, dass Adrian durchaus Gelegenheit gehabt hätte, das Graffiti zu sprayen. Aber jedes Mal zwinge ich mich dazu weiterzureden. Die Worte, die mir über die Lippen kommen, klingen blechern und tragen ganz sicher nicht zu meiner Glaubwürdigkeit bei, aber mehr kann ich im Moment nicht tun.

Später werde ich meinen Vater anrufen. Sein bester Freund ist Anwalt und er weiß bestimmt, wie ich Adrian noch unterstützen kann. Der Gedanke hilft mir, die Befragung zu überleben, und als wir wieder auf dem Parkplatz stehen, über den ein eisiger Wind pfeift, atme ich erleichtert aus.

»Und jetzt?« Ich schlinge die Arme um meine Mitte und unterdrücke ein Zittern. Adrian fehlt mir. Ich vermisse ihn so sehr. Seine Nähe, seine Wärme. Seine Küsse. Und ganz besonders seine Blicke, die er mit diesem niedlichen Lächeln schmückt.

Elio scheint zu überlegen. »Ich rufe meine Schwester an. Vielleicht hat er sich bei ihr gemeldet.«

Schon zückt er sein Handy, geht ein paar Schritte von mir weg und nach wenigen Sekunden höre ich ihn leise murmeln.

Adrian. Was hat er sich nur dabei gedacht, einfach abzuhauen? Für einen winzigen Moment lasse ich zu, dass mich die Erinnerungen überschwemmen. Dass mich die Gefühle durchströmen, die nur er in mir hervorrufen kann.

»In Berlin ist er auch nicht«, unterbricht Elio meine Träumerei. »Aber ich werde hinfahren. Früher oder später taucht er dort auf. Da bin ich mir sicher. Wenn du willst, nehme ich dich mit. Von dort aus kannst du in den Zug nach Hamburg steigen und schaffst es noch rechtzeitig zu deinem Termin.«

Ich nicke, habe allerdings nicht vor, mich von Elio abwimmeln zu lassen, bevor ich weiß, dass es Adrian gut geht.

***

Als wir bereits über die Weite von Deutschlands Osten fahren, schreibe ich meinen Freunden eine kurze Nachricht mit der Bitte, die Augen offen zu halten und mich sofort anzurufen, falls Adrian auftaucht. Ich schaue nach draußen, lasse meine Gedanken schweifen. Denke an Adrian und unsere gemeinsame Zeit. Habe ich ihm nicht deutlich genug gezeigt, wie viel er mir bedeutet? Er sollte doch selbst wissen, dass die Polizisten keine Handhabe haben, denn die Fakten sprechen *für* Adrian. Er hat ein Alibi und dann ist da noch das Tag. Experten können sicher belegen, dass das Graffiti an der Polizeifassade nicht von Adrian stammt.

Kapitel 28: Aussteigen

Adrian

Ungläubig starre ich auf die bunte Fassade der Polizeiwache und schüttle den Kopf. Ein Zweig des Strauches, hinter dem ich mich versteckt habe, drückt mir unangenehm in die Schläfe. Mir ist kalt und mein Magen knurrt lautstark. Aber noch schlimmer als der Hunger ist die Gewissheit, dass mich Calli in diese Scheiße geritten hat.

Nur er ist handwerklich dazu in der Lage, ein Graffiti mit dieser Brillanz in einer einzigen Nacht zu sprühen. Den Schneid, sich die Fassade einer Polizeiwache vorzunehmen, muss man erst einmal haben. Der Eingang ist videoüberwacht und mit etwas Pech reicht der Aufnahmewinkel bis zur Mitte der Fassade. Aber Calli ist verrückt – er liebt das Abenteuer und geht gern Risiken ein.

Noch weiß ich nicht, was ich mit dem Wissen anfangen werde. Unmöglich kann ich ihn verpfeifen, um mich selbst zu retten. Das geht einfach nicht! Es muss einen anderen Weg geben, einen, der niemanden anschwärzt. Ich seufze. Warum? Warum hat Calli das getan?

Klar, wir hatten eine Vereinbarung. Aber hätte es nicht unauffälligere Optionen gegeben, mich an unseren Pakt zu erinnern? Etwas, das nicht schon wieder gegen Gesetze verstößt?

Natürlich ist da die Überwachungskamera. Vielleicht könnte man darauf ja etwas erkennen. Aber Calli hat eine ähnliche Statur wie ich. Und dann mit Maske …

Ich höre ein Auto näher kommen und drücke mich noch tiefer in das Gestrüpp. Die Kapuze habe ich tief ins Gesicht gezogen, den Blick von der

Straße abgewendet, dass auch ja keine Haut aufblitzt. Doch das Auto wird langsamer, kommt zum Stehen und ich höre, wie ein Fenster heruntergekurbelt wird. Das Quietschen der Scheiben kommt mir seltsam bekannt vor und ich hebe langsam meinen Blick.

»Happy Birthday, Bro!« Calli grinst mir frech entgegen und nickt zu mir rüber. »Spring rein!«

Mein Herz schlägt mir bis zum Hals und ich schaue mich argwöhnisch nach einem Fluchtweg um. Es fühlt sich falsch an, einfach in dieses alte abgewetzte Auto zu steigen und davonzufahren. Aber ich weiß auch, dass ich kaum eine andere Wahl habe. Auf der anderen Seite wartet die Polizei auf mich und wie die Polizisten auf mich reagieren werden, kann ich mir denken.

Zeit. Ich brauche Zeit, um mir zu überlegen, wie ich aus dieser Sache rauskomme. Und bevor ich es mir anders überlege, stürze ich auf das Auto zu, reiße die Tür zur Rückbank auf und drücke mich in die Dunkelheit des Wageninneren. Augenblicklich schnürt es mir die Luft ab, denn es empfängt mich ein toxischer Cocktail aus Zigarettenqualm und dem süßlichen Gestank anderer Substanzen.

»Alles klar, Neo?« Calli dreht sich zu mir um und hält mir seine Hand zum Einschlagen hoch. Ich tue ihm den Gefallen und lasse mich dann in das Polster sinken.

»Zao«, begrüße ich den Kerl am Steuer und nicke ihm knapp zu. Er ist kein Freund vieler Worte und ein eher stiller Zeitgenosse. Ich erinnere mich nicht einmal, ob ich mich jemals wirklich mit ihm unterhalten habe.

Statt einer Begrüßungsfloskel stellt er die Lautsprecher auf eine ohrenbetäubende Lautstärke. Alles in mir verkrampft sich, als er mit Vollgas aus der kleinen Ortschaft rast und damit alles hinter mir lässt, was mir in den letzten Monaten etwas bedeutet hat. Ich denke an Paulina und spüre einen Stich in der Brust.

»Ich hab dich angerufen, Mann!«, brüllt Calli. »Hast du dein Scheißhandy wieder verloren?«

Ich zucke mit den Schultern, schließlich kann ich ihm schlecht sagen, dass ich seine Nummer blockiert habe.

»Geiler Coup mit dem Graffiti, was?« Er lacht und schlägt mit Zao ein. Der Auspuff des altersschwachen Opels röhrt und ich frage mich, wie es die beiden in diesem Gefährt von Berlin hierher geschafft haben. »Neo, Zeit, eine Entscheidung zu treffen. Blau oder rot?«

Callis Lachen übertönt die schlechte Musik, die im Inneren des Wagens wie eine Blähung rumort. Ich kurble das Fenster runter, schaue auf die Weite der Felder und atme die frische Luft tief in meine Lunge ein. Falsch, es fühlt sich absolut falsch an, was ich hier tue. Calli. Der Opel. Der Gestank. Ich will das nicht mehr!

»Halt mal an, Zao.«

»Was?« Der Fahrer dreht sich zu mir um und schaut mich verständnislos an.

»Halt an!«, brülle ich über die Musik hinweg.

»Musst du kotzen, Alter?«

Panisch steuert er den Wagen an den Fahrbahnrand. Ich kralle meine Hände ineinander, aber mein Entschluss steht fest.

Die beiden drehen sich zu mir um. Vermutlich hatten sie erwartet, dass ich die Tür aufreiße. Aber bevor ich das tue, muss ich noch einiges mit klären.

Zweifel. Ich dränge sie zurück, denke an Paulina und daran, wie sich das Leben mit ihr anfühlt. An ihrer Seite habe ich nie diese Enge in der Brust gespürt, die ich fühle, wenn ich an Berlin denke. Mit ihr ist alles leichter, heller und so echt.

»Mach mal die Musik aus«, bitte ich Zao, der meiner Aufforderung auch gleich nachkommt. Die Stille, die im Wagen hängt und sich mit dem schweren Mief der Ausweglosigkeit vermischt, schmerzt.

»Calli, hör zu«, starte ich und fahre mir über die Nasenspitze, um Zeit zu gewinnen. »Ich weiß, wir wollten zusammen abhauen, in den Süden oder nach Amerika, was Neues beginnen. Zusammen abhängen. Aber ... na ja, die Zeiten ändern sich. Du bist wie ein Bruder für mich. Ich bin dir dankbar für alles, was wir gemeinsam erlebt haben. Aber weißt du, das hier ...« Ich wedle wild in die Richtung, aus der wir gekommen sind. »Das ist die Chance für mich, etwas aus meinem Leben zu machen. Ich will nicht weg. Jetzt nicht mehr.«

Die beiden schauen mich ungläubig an. Calli ist der Erste, der seine Sprache wiederfindet.

»Was? Was laberst du denn da? Haben sie dir 'ne Gehirnwäsche verpasst? Du gehörst nach Berlin. Zurück zu deiner Familie. Selina wartet auf dich. Die Jungs ...«

Ich durchdenke Callis Einwand. Denke an all die Menschen, die ich damals zurückgelassen habe. Keinen von ihnen habe ich vermisst, seit ich in Lieberose bin. Das, was uns verband, war die Trostlosigkeit der Stadt, die Ausweglosigkeit unserer Situation. Wir haben sie ertragen. Gemeinsam. Mit der Wut im Bauch und versteinerten Herzen haben wir uns gegen eine Gesellschaft gewehrt, in der es keinen Platz für uns gab. Vergessene Seelen, fast verloren im Kampf ums Überleben.

Keiner von uns hat dafür gekämpft, dass es uns besser geht. Alles, was wir taten, war, uns zu beklagen, aufzuschreien und uns gegen die Härte der Stadt zu stemmen. Dabei haben wir aber eines vergessen: Jeder ist ganz allein für sein Leben verantwortlich. Und jeder kann etwas dafür tun, damit es besser wird. Wir haben unser Leben selbst in der Hand. Wenn wir uns trauen.

»Nein, Calli. Ich gehöre nicht nach Berlin. Nicht mehr. Vielleicht wirst du es nicht verstehen können. Aber seit ich hier bin, kann ich wieder atmen. Ich kann lachen und einfach sein, wie ich bin. Ich bin glücklich hier. Und deshalb ...« Ich löse den Gurt. Das Klicken hört sich wie Musik in meinen Ohren an und ich spüre, wie sich meine Mundwinkel automatisch nach oben schieben. »Deshalb werde ich jetzt aussteigen und zurückgehen. Lebt wohl. Und macht das Beste aus eurem Leben. Ihr habt nur dieses eine!«

Mit den Worten öffne ich die Tür und trete ins Freie. Fast fühlt es sich an, als würde ich aus einem Gefängnis entlassen. Ich spüre den kalten Ostwind in meinen Haaren und fühle mich frei. So unendlich frei.

»Ey! Du spinnst doch!«, höre ich Calli hinter mir rufen. »Dann verpiss dich halt!«

Reifen quietschen, das Auto fährt davon und lässt mich zurück mit der Gewissheit, endlich die richtige Entscheidung getroffen zu haben. Verantwortung übernommen zu haben für mich. Und mein Leben.

***

»Der Graffiti-Man, schau an«, begrüßt mich die vor Sarkasmus triefende Stimme des bierbäuchigen Polizisten, als ich in die kleine Polizeidienststelle in Lieberose trete und mir die Kapuze vom Kopf streife. Mir ist unendlich kalt und inzwischen ist mir schlecht vor Hunger. Der Rückweg von der Stelle, als ich aus Zaos Wagen gestiegen bin, hat einiges an Zeit gekostet. Zeit, um mir darüber klar zu werden, dass kein Weg daran vorbeiführt, das hier jetzt durchzuziehen. »Neo, richtig?«

»Ich bevorzuge Adrian. Adrian Wagner. Sie wollten mich sprechen? Wegen des Graffitis an der Hauswand, nehme ich an?« Ich straffe meine Schultern, lasse nicht zu, dass ich mich durch den Blick des Polizisten einschüchtern lasse. Ich habe nichts getan.

»Richtig. Wir haben Sie bereits gesucht. Also: Wo waren Sie zwischen gestern Abend achtzehn Uhr und heute Morgen sieben Uhr?« Der Polizist gibt vor in irgendwelchen Unterlagen nachzusehen, ob die Zeitangaben richtig sind.

Ich räuspere mich.

»Im Stift.« Ich fuchtle Richtung Anhöhe, auf der das alte Kloster liegt. »Gegen achtzehn Uhr habe ich im Speisesaal mit meinen Freunden zu Abend gegessen. Werde ich etwa verdächtigt?«

Der Mann schnaubt aus, klopft mit dem Kuli auf seinen Unterlagen herum. Und fixiert mich mit seinen blassblauen Augen.

»Ich stelle hier die Fragen! Also: Nennen Sie uns doch die Namen der Freunde, die das bezeugen können.«

Alles in mir dreht sich. Ich will nicht, dass die anderen in diese Sache hineingezogen werden. Aber es muss sein.

»Am besten fragen Sie die Küchenchefin Mathilda Eckerle. Sie hat mich an der Essensausgabe gesehen und kann bezeugen, dass ich zum Essen da war. Hören Sie –«

Der Polizist hebt die Hand und bringt mich mit dieser Geste augenblicklich zum Schweigen. Er notiert in aller Seelenruhe Mathildas Namen. Ich schlucke und hoffe, der Kerl bohrt nicht weiter.

»Was haben Sie nach dem Essen getan?«

Ich stöhne und presse meine Kiefer fest zusammen. Verdammt!

»Ich habe mit meiner Freundin in meinen Geburtstag reingefeiert. In einem Zimmer im Kloster. Mit ihr war ich auch bis zum Morgen zusammen.«

Mein Puls rast, plötzlich ist mir heiß. Paulina. Sie wird es hassen, wenn die Polizisten sie befragen. Niemals wollte ich sie in diese Situation bringen. Wie soll sie diesen Druck mit ihrem Mutismus durchstehen? So unfreundlich, wie die Herren Gesetzeshüter sind, wird sie erstarren und kein Wort über ihre Lippen bringen. Ganz zu schweigen davon, wie mies es sich für sie anfühlen muss.

Doch zu meinem Erstaunen blättert der Kerl in seinen Unterlagen herum und nickt.

»Paulina Dräger ist Ihre Freundin?«

Der Blick aus den Schweinsäuglein trifft mich hart. Dabei ist es eine ganz simple Frage. Schnell nicke ich. »Ja, Paulina und ich sind zusammen.«

Woher weiß der Kerl das?

»Verstehe.« Der Polizist nickt und notiert etwas. Dabei sieht er ziemlich unzufrieden aus. »Haben Sie eine Vermutung, wer für diese Schmiererei verantwortlich sein könnte?«

Plötzlich scheine ich aus dem Fokus der Anschuldigungen herauszufallen. Was hat das alles zu bedeuten? Unsicher zucke ich mit den Schultern. »Sie haben doch sicher eine Überwachungskamera, oder? Vielleicht finden Sie da Hinweise.« Ich könnte ihnen von Callis Tattoos erzählen. Oder auch, dass er ein ganz bestimmtes Modell einer Halbmaske trägt, das schwer zu bekommen ist.

»Sicher. Aber wir haben Grund zur Annahme, dass der oder die Täter aus Ihrem Umfeld stammen. Neo. Wer wusste etwas von Ihrem ...«, der Kerl räuspert sich, »... Künstlernamen?«

»Tag«, verbessere ich ihn schnell. »Das nennt man Tag.«

»Aha, ach so. Also, wer kannte Ihr ... Tag?«

»Eine Menge Leute, denke ich. Keinen Schimmer, wer das an Ihrer Hauswand war. Ich war es jedenfalls nicht.«

Wieder durchbohrt mich der Blick des Polizisten, aber ich halte ihm stand, denn um keinen Preis der Welt würde ich einen Freund verpfeifen. Schließlich zuckt einer seiner Mundwinkel und er wendet sich ab.

»Wir müssen Sie bitten, sich in den nächsten Tagen für weitere Fragen bereitzuhalten. Sobald wir neue Hinweise haben, könnte es sein, dass wir noch einmal auf Sie zukommen.«

Ich nicke und ziehe die Augenbrauen zusammen. So ganz kann ich es nicht glauben, dass es das jetzt war. Was hat Elio ihnen gesagt, um sie von meiner Unschuld zu überzeugen? Oder war es gar Paulina?

»Klar, ich bin oben im Stift, wenn Sie noch etwas brauchen. Aber das wissen Sie ja. War's das? Kann ich dann gehen?«, versichere ich mich noch mal.

Der Polizist räuspert sich nur, schaut auf seine Unterlagen und murmelt etwas Unverständliches, das nach »Schönen Tag noch« klingt.

Verwirrt verlasse ich die Wache, werfe einen letzten Blick auf das Graffiti, das in den nächsten Tagen sicher wieder übermalt werden wird, gehe langsam durch die Straßen und steuere den kleinen Waldweg an, der mich hinauf zum Kloster bringt.

Vorfreude macht sich in mir breit. Paulina. Gleich werde ich sie wiedersehen. Das Wissen, dass ich nun endlich mit meiner Vergangenheit abgeschlossen habe, beflügelt mich und etwas außer Atem komme ich auf der Anhöhe an.

Ich werfe einen Blick auf meine Uhr. Es ist früher Nachmittag. Die Studenten werden nach dem Mittagessen noch in ihren Zimmern sein oder sich in den Gemeinschaftsräumen herumtreiben. So steuere ich Elios Wohnung an, um mit ihm endlich meinen Geburtstag zu feiern.

Doch der Kleinbus steht nicht wie sonst üblich auf dem Kies-Vorplatz und auch im Inneren der Wohnung empfängt mich gähnende Leere. Ich versuche mich zu erinnern, ob er von Terminen gesprochen hat, die er heute wahrnehmen wollte. Aber außer Paulina zum Bus zu bringen, stand nichts auf seinem Plan.

Paulina. Bus. Mist! Ich habe in der Aufregung ganz vergessen, dass sie bereits unterwegs nach Hamburg ist. Mein Brustkorb zieht sich schmerzlich zusammen, weil ich erst jetzt realisiere, dass ich die nächsten Tage ohne sie sein werde. Dabei hätte ich so gern mit ihr über das, was passiert ist, gesprochen. Über Callis Besuch in Lieberose. Und meine Entscheidung, endgültig mit meiner Vergangenheit abzuschließen.

Automatisch greife ich an meine Hosentasche. Aber das Handy muss noch in dem kleinen Dachzimmer liegen, in dem ich mit Paulina die Nacht verbracht habe. Schnell schmiere ich mir ein Brot, belege es dick mit Wurst und eile dann in unser kleines Paradies.

Erinnerungen an die vergangene Nacht überschwemmen mich beim Anblick von New York im Kleinformat und zaubern mir ein breites Lächeln ins Gesicht. Ich liebe es, dass Paulina die Welt mit anderen Augen sieht.

Wo habe ich nur mein Handy gestern Abend hingelegt? Ich habe es extra aus der Tasche genommen, damit es nicht irgendwo rausfällt und dann unauffindbar ist. Schnell suche ich die Fensterbänke ab, den kleinen Tisch, die Matratze. Nichts. Das Handy bleibt verschwunden.

Verdammt, ich habe Paulinas Nummer nirgends notiert und kann ihr nicht einmal eine gute Fahrt wünschen ohne dieses beschissene Smartphone.

Nachdem ich das ganze Zimmer durchkämmt habe, gebe ich auf. Ich werde später einen von Paulinas Freunden wegen der Nummer fragen.

Kapitel 29: Irrweg

Paulina

Die Zeit verrinnt. Äußerlich bemühe ich mich, ruhig zu wirken. Aber innerlich mache ich mir furchtbare Sorgen. Was, wenn Adrians Zweifel überhandgenommen haben und er sich für ein anderes Leben entschieden hat? Ein Leben ohne mich. Ich weiß, dass es zu früh ist, um von der großen Liebe zu sprechen, aber ich kann mir gerade nicht vorstellen, ohne Adrian zu sein. Mit ihm hat sich alles so selbstverständlich angefühlt, so, als könnte nichts anders sein. Wir ergänzen uns, stärken uns. Zusammen sind wir eins. Das kann er unmöglich gespielt haben. Nicht, nachdem er *Ich liebe dich* gesagt hat.

»Hey, wir finden ihn schon.« Elio legt eine Hand auf meine Schulter und erst jetzt bemerke ich, wie mir Tränen über die Wangen kullern. Schnell wische ich sie weg und ringe mir ein Lächeln ab.

»Hoffentlich macht er keinen Quatsch.«

Elio seufzt, als wäre das auch sein Gedanke gewesen. Er steuert den Wagen durch die viel befahrenen Straßen Berlins und parkt ihn vor einem riesigen Plattenbau. Die Kulisse erinnert mich an einen Vorabendkrimi, den ich vor einiger Zeit gesehen habe. Genauso trist und bedrückend, wie die Stimmung in dem Sonntagabend-Kultstreifen war, ist es auch jetzt. Ich schaue über die grauen Fassaden, blicke auf die gesenkten Köpfe der Menschen, die über den Gehweg huschen, als wollten sie sich schnell in Sicherheit bringen.

»Komm!« Elio nickt mir aufmunternd zu und steigt schon aus dem Kleinbus. Vielleicht ist es albern, aber ich schnappe mir meine Laptoptasche, weil ich Angst habe, sie könnte geklaut werden. Zwar habe ich alle Manuskripte in der Cloud gesichert, dennoch möchte ich kein Risiko eingehen. Meine Ideen sind mein Kapital.

»Ist Adrian hier aufgewachsen?« Ich weiß wenig über seine Vergangenheit. Er hat nicht viel erzählt und ich habe nicht nachgefragt. Nicht weil es mich nicht interessiert, sondern weil ich der Überzeugung bin, dass es nicht lebensbestimmend ist, wo ein Mensch herkommt.

»Seine Mutter und er sind hierhergezogen, als er neun war.«

Ich nicke und versuche mir einen jungen Adrian vorzustellen und mir ein Bild davon zu machen, was die Umgebung dem kleinen Kerl abverlangt hat. Sicher ist es nicht leicht, sich in so einem Umfeld zu behaupten. Und langsam bekomme ich eine Ahnung davon, warum er anfangs so hart auf mich gewirkt hat. Warum er daran zweifelt, dass auch er Glück haben kann. Wenn ich mich so umschaue, ist es genau das, was den Menschen hier fehlen könnte. Hoffnung und Zuversicht, dass das Leben mehr bereithält als Betonbauten, so weit das Auge reicht.

Elio drückt eine der unzähligen Klingeln und ich frage mich, wie viele Menschen wohl in diesem Bau wohnen. Eingepfercht auf engstem Raum bleibt wenig Platz für Träume. Mich überkommt Mitleid und gleichzeitig schäme ich mich für die Gedanken. Menschen sollten nicht danach beurteilt werden, ob sie sich eine Villa leisten können oder in einem Viertel landen, in dem die Mieten günstiger sind. Es gehört auch eine Portion Glück im Leben dazu und manchen ist es leider nicht vergönnt, das Leben zu leben, das sie selbst gern hätten. Wer bin ich also, mir ein Urteil zu erlauben?

Eine müde Stimme dringt blechern aus der Sprechanlage. Elio kündigt uns an und ein ohrenbetäubendes Kreischen öffnet die Tür. Das Innere des Wohnblocks ist überraschend hell erleuchtet und sauber. Auf dem Flur erspähe ich sogar ein paar Zimmerpflanzen, die neben Kinderwagen und dreckverschmierten Schuhen stehen.

Wir fahren mit dem Aufzug in den fünften Stock und mit jedem Meter erhöht sich auch meine Nervosität. Ich hätte mir andere Umstände gewünscht, um Adrians Mutter kennenzulernen. Wie sie wohl ist? Und was noch viel wichtiger ist: Wird Adrian da sein?

Plötzlich schwirren die Schmetterlinge wild in meinem Inneren herum. Ich sehne mich so sehr nach einem Wiedersehen, dabei ist es erst wenige Stunden her, dass er verschwunden ist. Stunden, in denen die Sorge sich tief in meine Eingeweide gefressen hat.

Als sich die Aufzugtüren zur Seite schieben, erspähe ich eine Frau, die in Elios Alter sein muss. Die Ähnlichkeit zu Adrian ist unverkennbar. Sie hat hellere Haare als ihr Sohn, die sie zu einem Dutt hochgebunden hat. Ihre Augen sind braun und wirken müde. Doch trotz der Falten und Augenringe steht eine bildhübsche Frau vor mir, in der ich Adrians Gesichtszüge erkenne.

»Patrizia, ist Adrian inzwischen aufgetaucht?«, begrüßt Elio seine Schwester atemlos, als hätte er die Treppen statt des Aufzugs genommen. Er umarmt sie, küsst sie auf die Wangen und hält sie dann eine Armesbreite von sich weg.

»Nein. Ich ... ich glaube nicht, dass er ausgerechnet hierher kommt.« Sie schaut Elio mit einem seltsamen Ausdruck auf dem Gesicht an, der ihre Zerrissenheit widerspiegelt. Dann wandert ihr Blick fragend zu mir und ich spüre, wie ich innerlich zusammenschrumpfe. Nicht weil mir die Frau, die mir gegenübersteht, Furcht einflößt. Sie ist mir fremd. Das genügt schon, damit ich mich unbehaglich fühle.

»Ich bin Paulina, Adrians ...« Ich zwinge mir die Worte über die Lippen, stocke dann aber selbst. Ist es in Ordnung, wenn ich Adrian als meinen Freund bezeichne? »Eine Freundin von Adrian«, sage ich schnell und schaue auf den Boden.

»Schön, dich kennenzulernen. Aber jetzt kommt doch erst mal rein.«

Adrians Mutter wirkt nett. Sie hält uns die Tür auf und wir treten direkt in einen kleinen Raum, in dem ein ockergelbes Cordsofa steht, ein kleiner Couchtisch aus dunklem Holz und ein Fernseher. Die Sachen wirken alt, aber gepflegt. An der weißen Raufaserwand hängen ein paar Kinderbilder, die ich neugierig betrachte. Verblüffend, dass Adrian bereits in jungen Jahren schon so reif aussah. Sein Blick wirkt deutlich älter, als seine Größe vermuten lässt.

»Entschuldigt bitte die Unordnung.« Eilig sammelt sie ein paar Sachen zusammen und deutet auf das Sofa. »Setzt euch doch.«

Nervös dreht sie sie Hände ineinander und schaut zwischen Elio und mir hin und her. »Also, was ist mit Adrian? Warum ist er nicht bei dir in Liebero-se? Ich dachte …« Sie bricht den Satz ab, als hätte sie vergessen, was genau sie sagen wollte. Ihre Stimme ist leise, sie wirkt zerbrechlich.

»Adrian ist seit heute Morgen verschwunden.«

Gequält schließt Adrians Mutter die Augen und presst die Mundwinkel aufeinander.

»Die Polizei sucht ihn, hast du gesagt?! Dieser Junge!« Sie seufzt.

»Er war es nicht!« Ich erschrecke selbst, weil es trotzig klingt. Aber ich mag es nicht, dass seine engste Vertraute offensichtlich gleich davon ausgeht, er könne etwas verbrochen haben.

»Das hat auch niemand behauptet«, beruhigt mich Elio und legt seine Hand auf meinen Unterarm. »Hast du eine Idee, wo er sein könnte, Patrizia? Wo können wir nach ihm suchen?«

Sie dreht uns den Rücken zu, schaut aus dem Fenster. Weit kann ihr Blick nicht reichen, denn schon bald türmt sich der nächste Betonbau auf und versperrt die Sicht. Grau, nichts als graue Fassade. Kein Wunder, dass man hier den Blick für das Schöne verliert, dass man sich nach Farbe sehnt, nach dem Leben.

»Seine Leute …«, beginnt sie leise. »So hat er sie immer genannt, als wären die Jungs seine Familie. Vielleicht ist er bei dieser Sprayer-Crew mit der er rumhing, bevor –« Wieder bricht sie ab und dreht sich um. Verzweiflung spiegelt sich in ihrem Blick und mein Herz wird ganz schwer. Egal was die beiden durchgemacht haben, ich kann deutlich sehen, wie sehr sie ihren Sohn liebt.

»Calli«, murmle ich. »Wir haben ihn einmal getroffen. Aber Adrian hat mir gesagt, dass er keinen Kontakt mehr zu ihm hat.«

Patrizia lacht auf. Es klingt deprimierend, denn statt Freude verbirgt sich so viel Leid dahinter.

»Das hat er mir auch gesagt. Immer und immer wieder. Aber wir wissen alle, dass das nicht stimmt.«

Ich verstumme. Es ist das erste Mal, dass jemand schlecht von Adrian redet, und auch jetzt möchte ich nicht glauben, dass Adrian lügt. So ist er einfach nicht. Das passt nicht zu ihm.

»Können wir hier warten? Ich bin mir sicher, dass er hier auftauchen wird. Wo soll er auch sonst hin?«

Elios Plan klingt nicht wirklich ausgereift. Wir alle scheinen zu wenig von Adrians Plänen zu wissen. Es schmerzt, dass ich den Menschen, den ich liebe, offensichtlich so wenig kenne.

»Natürlich. Tee?« Adrians Mutter lächelt uns müde an. Ich nicke stumm, weil ich etwas zum Festhalten brauche. Etwas, das mich wärmt, während alles in mir zu Eis gefriert.

Kapitel 30: Blickwinkel

Adrian

Elio taucht auch in der nächsten Stunde nicht auf. Ich mache mich an die Arbeit und erledige zumindest die dringendsten Aufgaben. Nachdem ich die Auffahrt von den herumwirbelnden Blättern befreit habe, erspähe ich Dean in einer Gruppe Studenten. Es passt mir nicht, dass es ausgerechnet er ist, den ich um einen Gefallen bitten muss. Aber mir bleibt keine Wahl.

Also stelle ich den Rechen beiseite, ziehe die Arbeitshandschuhe aus und trete auf die Gruppe zu.

»Dean, warte mal!«

Der Hüne dreht den Kopf zu mir und als er mich erspäht, verabschiedet er sich schnell von seinen Freunden.

»Hey, dachte, du wärst längst hinter schwedischen Gardinen. Stattdessen fegst du schon wieder Müll zusammen.« Der Typ besitzt doch echt die Frechheit, mit einem breiten Grinsen im Gesicht auf mich zuzutreten und seine Hand zu heben, damit ich einschlagen kann.

»Freue mich auch dich zu sehen«, spucke ich genervt aus und ignoriere sein Angebot. »Kannst du mir Paulinas Nummer geben? Ich hab mein Handy verlegt und muss sie dringend erreichen.«

Dean verengt seine nordisch blauen Augen zu Schlitzen. Sein Blick wandert über mich, als würde er mich genau abscannen.

»Hab schon gehört, dass du wieder Scheiße gebaut hast. Mann! Wenn du das nächste Mal Hilfe brauchst, frag doch einfach uns, anstatt so einen Mist abzuziehen. Kannst von Glück reden, dass Paulina ganz offensichtlich auf solche Knastbrüder wie dich zu stehen scheint.«

Ich verdrehe die Augen, aber dann landet seine große Hand auf meinen Schultern.

»Paulina war außer sich vor Sorge. Ich glaube, es wäre echt gut, wenn du sie anrufst.«

Ich schlucke. Ob Elio ihr brühwarm von dem Graffiti erzählt hat? Sicher hat er das, schließlich musste er sie zur Bushaltestelle fahren.

»Hier.« Er streckt mir sein Handy entgegen, auf dem bereits Paulinas Kontakt geöffnet ist. »Richte ihr schöne Grüße aus. Und sie soll ihren Allerwertesten jetzt bitte schnellstmöglich nach Hamburg schaffen, damit sie diesen Agenten von sich überzeugen kann. Wenn sie durch dich diese Chance verpasst, nehme ich dir das übel. Verstanden?«

Mit diesen Worten dreht sich Dean um und läuft ein paar Schritte von mir weg.

»Ach ja, ich bin im *Bunker.* Bring mir das Handy einfach, wenn du fertig bist. Und keine Angst: Ich hab eine Flat. Ihr habt also alle Zeit der Welt.«

Dean dreht sich um und winkt mir über die Schulter hinweg zu. Sein offener Tweetmantel flattert bei jedem Schritt. Ich wende meinen Blick dem Handy zu, starre auf das Display und zögere noch einen Moment, bevor ich endlich Paulinas Nummer anklicke.

»Dean! Hat sich Adrian gemeldet?« Paulina klingt aufgeregt. Ich schlucke, weil mir immer deutlicher wird, dass sich Paulina wirklich Sorgen um mich gemacht hat.

»Hey, ich bin's.«

Stille am anderen Ende der Leitung.

»Es ist Adrian«, höre ich Paulina gedämpft sagen. »Adrian. Wo, um Himmels willen, steckst du?«

Ich schaue mich um. Tausend Bezeichnungen purzeln durch meinen Kopf, Worte, die mich grinsen lassen. Zu Hause. Der Ort, der mich glücklich macht. Unser kleines Paradies.

»In Lieberose. Es tut mir leid, dass ich mich nicht mehr verabschieden konnte. Bist du gut in Hamburg angekommen?«

Es tut gut, Paulinas Stimme zu hören, selbst jetzt, wo sie so aufgebracht klingt.

»Berlin. Ich bin mit Elio in Berlin. Mensch, Adrian! Wo warst du? Wir haben uns Sorgen gemacht!«

Was? Warum ist Paulina in Berlin? Sind sie etwa im Wedding? Ich schüttle den Kopf und spüre, wie sich meine Brust zusammenzieht.

»Ist ... ist meine Mutter auch da?«, frage ich tonlos, um Gewissheit zu haben.

»Ja, Patrizia ist auch da.«

Einatmen. Ausatmen. Ich erinnere mich daran, dass Paulina die Welt mit anderen Augen sieht. Dass sie niemanden nach den üblichen Maßstäben beurteilt. Sie wird mich nach diesem Besuch im Berliner Getto nicht mit anderen Augen sehen. Nicht Paulina.

»Okay«, sage ich matt. »Ich ... ich war bei der Polizei. Woher wussten die, dass du ... dass du und ich –?«

»Dass wir zusammen sind?«

Ich kann ihr Schmunzeln hören. Warum geht es mir so schwer über die Lippen, dass ich dieses Mädchen liebe? Denn das tue ich. Mit jeder Faser meines Herzens.

»Ja.«

»Weil ich es ihnen gesagt habe. Gleich nachdem ich ausgesagt habe, dass wir beide die gestrige Nacht miteinander verbracht haben.« Stolz schwingt in ihren Worten mit.

Stolz bin ich auch. Aber auch wütend. Warum? Warum musste es so weit kommen?

»Es tut mir leid«, presse ich hervor und schaue mich nach etwas um, an dem ich dieses dumpfe Gefühl auslassen kann. Aber da ist nichts außer dem Kies, den ich kraftvoll trete, sodass er in alle Windrichtungen spritzt.

»Du kannst nichts dafür, Adrian. Es war falsch, dass sie dich verdächtigt haben.«

»Tja, wer einmal lügt ... Verdammt! Es ist nicht gut, dass du das mitmachen musstest. Vielleicht ist das mit uns keine so gute Idee. Ich meine, wenn das jetzt für immer so ist. Ich möchte nicht, dass du ständig die Polizei –«

»Stopp, Adrian! Hör auf, so einen Blödsinn zu reden! Ich bin für dich da, ich glaube an dich, hörst du? Das ist alles, was zählt.«

Ich atme konzentriert. Tief ein, tief aus. Versuche mich zu beruhigen. Aber die Angst, Paulina noch einmal in so eine Situation zu bringen, macht mich wahnsinnig. Das darf nicht ein weiteres Mal geschehen. Mit fremden Menschen zu reden ist die Hölle für sie. *Dann lass nicht zu, dass es ein weiteres Mal gibt.* Ich schließe die Augen und nicke, nicke, bis ich es endlich fühle, dass mir dieses Vorhaben gelingen kann.

»Ich verspreche dir, dass es keine Vorfälle mehr geben wird.«

»Nein, nicht mir sollst du es versprechen. Sondern dir selbst. Hör zu, ich vertraue dir. Und ich weiß, dass du ein toller Mensch bist. Wäre nur schön, wenn du das endlich auch selbst glauben könntest.«

Ihre Stimme ist so freundlich, dass ich augenblicklich ein schlechtes Gewissen bekomme. Wie kann man diesem Mädchen nur gerecht werden? Sie hat so ein reines Herz, eine unschuldige Seele. Und dann verliebt sie sich in einen Kerl wie mich.

»Weißt du, ich habe mich immer gefragt, wie es Danijel schafft, der Zwischenwelt zu entfliehen. Aus seiner Welt und Vickys Welt eine Welt zu erschaffen, in der beide ihren Platz haben.«

Paulina lässt sich Zeit mit ihrer Antwort. Schließlich höre ich sie tief einatmen.

»Die Liebe, Adrian! Die Liebe überwindet Grenzen. Die Grenzen zwischen Hell und Dunkel, zwischen Himmel und Hölle. Und auch zwischen deiner und meiner Welt!«

Ich spüre, wie ihre Worte tief in mich dringen, wie die Bedeutung ihre Schwingen ausbreitet und sich über mein Innerstes legt. Paulina hat recht. Liebe schafft alles. Und wenn wir es zulassen, wenn wir fest genug daran glauben, dann kann etwas ganz Großartiges daraus entstehen.

»Wenn du wüsstest, wie gern ich dich jetzt küssen würde«, flüstere ich, weil ich meiner Stimme nicht traue. Ich bin viel zu aufgewühlt, um jetzt einen lockeren Spruch loszulassen.

»Ich komme zu dir. Warte auf mich!«

Kurz spüre ich Vorfreude in mir aufwallen, aber dann erinnere ich mich an Deans Worte. »Nein. Nein! Du musst nach Hamburg. Was ist mit deinem

Termin? Es geht um deine Zukunft!«

»Mhm«, kommt es von der anderen Leitung. »Romantischer wäre es wohl, wenn ich jetzt sagen würde, dass du meine Zukunft bist, und ich jetzt sofort zu dir komme.«

Ich grinse, weil ich mich an den Abend erinnere, als wir uns das erste Mal geküsst haben.

»Moderner wäre es allerdings, wenn du nicht nur auf dein Herz hörst, sondern die Chancen ergreifst, die dir das Leben schenkt. Geh nach Hamburg und zeig dem Agenten, was für eine wundervolle Autorin du bist.«

Auch wenn ich mir gerade nichts sehnlicher wünsche, als Paulina in meine Arme zu schließen, weiß ich, dass es das Richtige ist, sie zu ermutigen. Wir haben Zeit, unendlich viel Zeit, um die Stunden nachzuholen, die wir uns gerade so schmerzlich zusammen wünschen. Ich schließe die Augen, presse die Lippen aufeinander und lasse es zu, dass mich die Erinnerungen überrollen. An Paulinas sanftes Lächeln. An ihre strahlenden Augen. Und an die wundervolle weiche Haut, die sich meinen Berührungen so sehnsuchtsvoll entgegengestreckt hat.

»Ich vergaß: Du stehst auf starke Frauen.« Paulinas Stimme klingt ganz rau. Ob sie wohl auch gerade an unsere gemeinsame Zeit denkt?

»Ich liebe dich, Paulina. In deiner Welt. In meiner Welt. Und ganz besonders in unserer Welt. Heute. Jetzt. Ein Leben lang.«

Epilog: Keine Zweifel

Paulina
Die Nervosität ist schier unerträglich und schnürt mir die Kehle zu, aber ich zwinge mich dazu weiterzuatmen. Einatmen, ausatmen. Wo Adrian nur bleibt?

Seit er auf das Gymnasium in Beeskow geht, sehen wir uns seltener. Wenn er abends ins Kloster kommt, lernt er oft bis spät in die Nacht. Manchmal treffen wir uns in unserer Oase unter dem Dach und arbeiten wie früher gemeinsam. Aber auch das ersetzt die vielen Stunden ohne ihn nicht.

Er fehlt mir. Aber ich bin froh, dass er und Elio diese Schule gefunden haben, die mit ihrem Konzept gut zu Adrians besonderer Situation zu passen scheint. Zwar hat er einen irre langen Schulweg und muss bereits mitten in der Nacht zum Schulbus. Aber immerhin kann er weiter bei Elio – und damit in meiner unmittelbaren Nähe – wohnen.

Er wirkt ausgeglichener und zuversichtlicher und ich weiß, dass er sein Ziel erreichen und im nächsten Sommer sein Abitur machen wird. Über das Danach wage ich noch nicht nachzudenken.

»Hey, Sweety, bereit für deinen großen Abend?«

Wie aus dem Nichts taucht Adrian auf, schlingt die Arme um meine Mitte und haucht mir einen Kuss auf die Lippen. Sie sind kalt und schmecken nach Schokolade.

»Du hast genascht«, rate ich und grinse ihn an.

»Ich habe noch ein Stück. Willst du auch?« Er hebt einen Schokoriegel hoch und zieht herausfordernd die Augenbrauen nach oben. Erinnerungen an seinen Kontaktversuch bei unseren ersten Treffen wallen in mir auf.

Damals brachte ich kaum ein Wort in seinem Beisein über die Lippen. Verrückt.

Dennoch schüttle ich den Kopf.

»Mir ist schlecht«, gebe ich zu und schaue Hilfe suchend zu Adrian hoch. »Was, wenn ich kein Wort rausbringe?«

Adrian lächelt sanft, seine Finger streichen zärtlich über meine Wange. Ich schmiege mich in die Berührung, lasse mich fallen und dränge all die Bedenken beiseite. Adrian ist da. Mit ihm an meiner Seite werde ich alles schaffen.

»Wir haben es tausend Mal geübt. Du wirst wundervoll sein. Ich glaub an dich«, sagt Adrian sanft. »Keine Zweifel!« Seine Finger umschließen mein Handgelenk. Sanft streicht er über die Innenseite meines Unterarms und erinnert mich damit an unser gemeinsames Versprechen, das wir uns beide auf den linken Arm haben tätowieren lassen. *No doubts,* steht in kleinen geschwungenen Buchstaben an genau der Stelle, an der mein Puls am kräftigsten schlägt. Verdeckt von dem Armband meiner Uhr, aber dennoch unauslöschlich da. Ich habe mich bewusst für diese Stelle entschieden, denn so kann ich selbst entscheiden, wem ich dieses Mantra zeige, das Adrian und mich für immer vereint.

»Keine Zweifel«, wiederhole ich und lege ebenfalls meine Hand auf sein Tattoo, das in einem vom ihm selbst entworfenen Schriftzug seine linke Brust ziert.

»Sind schon viele da?«

Adrian lacht. »Natürlich. Aber das sollte dir egal sein.«

Mattheo taucht auf, sichtlich unentschlossen, ob er uns stören soll. Schließlich räuspert sich mein Schreiblehrer.

»Bist du so weit, Paulina?«

Ich schaue noch einmal zu Adrian hoch, stehle mir einen schnellen Kuss und straffe die Schultern. Schließlich nicke ich und streiche den schwarzen Pulli glatt.

»Ich bin vorn. Erste Reihe, wenn du mich brauchst«, flüstert Adrian. Ich schaue ihm mit klopfendem Herzen hinterher.

»Wir machen es wie besprochen. Erst erzähle ich ein paar Worte über den Studiengang und das Projekt und stelle dich anschließend vor. Und dann liest du deine Szene aus *Wie Schatten und Licht*.« Mattheo lächelt mich aufmunternd an. »Du schaffst das schon, Paulina.«

Ich nicke. Denn ich weiß, dass er recht hat. Auch wenn mich mein Mutismus oft in die Knie zwingen wollte, mir viele Steine in den Weg gelegt hat, so habe ich diese immer wieder überwunden. Habe Möglichkeiten gefunden, mit ihm zu leben. Ein selbstbestimmtes Leben, eines, das mir gefällt. Leicht ist es nicht immer. Aber wunderschön. Und seit Adrian an meiner Seite ist, habe ich auch endlich das Gefühl, dass ich trotz meiner Einschränkungen Erfolg haben kann. Dass ich es schaffen kann, über mich hinauszuwachsen. Jeden Tag ein kleines Stückchen mehr.

Ich folge Mattheo auf die kleine Bühne, die am Kopfende des Marmorsaals steht, dort, wo auch Phil de Breune und Frau Haaf zu Beginn der Semester ihre Willkommensrede halten. Mein Blick schweift über die vielen Köpfe, die sich im Saal tummeln. Ich vermeide es, genau hinzuschauen, will nicht sehen, wer gekommen ist, um sich Vickys und Danijels Geschichte anzuhören. Meine Geschichte.

Mattheos Worte über mich dringen kaum in mein Bewusstsein und erst als der Applaus über mich hinwegrauscht und Mattheo eine Hand auf meine Schulter legt, nehme ich mit klopfendem Herzen wahr, dass ich nun an der Reihe bin. Ich trete vor das Mikro, kralle meine Finger um die Blätter in meiner Hand, die die Worte tragen, die aus meinem Herzen kommen. Was, wenn die Menschen hier in diesem Raum über mich lachen werden? Wenn sie schlecht finden, was ich geschrieben habe? Sich langweilen? Tausend Gründe sprechen dagegen, hier und jetzt einen Blick in mein Manuskript zuzulassen. Doch dann finden meine Augen Adrians und für einen Moment spüre ich nichts als tiefe Ruhe. Er lächelt mich an. Sanft und mit so einer tiefen Liebe, dass ich mich daran erinnere, dass es nicht um die Menschen hier im Saal geht. Es ist nicht von Bedeutung, ob sie mich mögen. Ob sie Vicky und Danijel mögen. Was zählt, ist, dass ich jedes einzelne Wort dieser Geschichte liebe. Dass es aus meinem Herzen kommt und mich glücklich macht. Ich schreibe nicht für andere, das ist mir in meinen Gesprächen mit Nathan, aber auch mit Adrian klar geworden. Ich schreibe für mich.

Kurz lächle ich Adrian an, lege dann die Blätter auf das Pult vor mir und biege das Mikro so, dass es auf der Höhe meines Mundes ist.

Ich schaue auf das Papier, fixiere die Buchstaben und denke mich an den Ort, an dem meine Geschichte spielt. Dann beginne ich zu lesen:

»Vicky drehte sich im glitzernden Schein der Sonne. Immer wieder blitzen ihre hellen Augen vor Danijels Gesicht auf. Das Lachen klang wie Musik und drang tief in die Brust des gefallenen Engels. Liebe, Freude, Schönheit. Attribute, die in seiner Welt nicht von Belang waren. Die dieses Mädchen aber so perfekt vereinte und Danijel an eine längst vergangene Zeit erinnerten. Er schluckte, wendete den Blick ab, weil er dieses Bild nicht länger sehen wollte. Vicky war glücklich, das konnte jeder spüren. Unwillkürlich fragte sich Danijel, warum der dunkle Fürst ausgerechnet sie auf seine Seite ziehen wollte. Sie gehörte nicht in die Zwischenwelt. Sie würde all ihre Schönheit verlieren, ihre Anmut und Stärke. Vicky gehörte ins Licht. ›Wir müssen los!‹, sagte er mürrisch.

Doch Vicky lachte nur. ›Du bist ein Spielverderber. Komm lieber her!‹ Vicky stoppte ihre Bewegung und streckte die Arme nach Danijel aus. Doch sie schwankte und kicherte und stolperte, bis sie sich endlich in Danijels Armen wiederfand.

Ihr engelsgleicher Duft drang in seine Nase und er kräuselte sie unwillkürlich. Nicht weil es ihm unangenehm war, sondern weil dieser Geruch so viel in ihm auslöste, was er nicht fühlen sollte. Nicht fühlen durfte.

›Warum lachst du so selten, Danijel?‹ Vicky klang plötzlich ernst. Sie hob ihre Hand und strich eine seiner dunklen Locken aus der Stirn. Ihre Berührung brannte schlimmer als jedes Feuer, das der dunkle Fürst so gern nutzte, um seine Untertanen zu bestrafen.

›Weil ...‹ Er rang nach einer Erklärung. ›Ich habe wohl verlernt, wie das geht.‹

Vicky hob die Augenbrauen, ihr Blick verdunkelte sich erst. Dann wurde er wieder heller, fröhlicher und nahm den Worten all die Schwermut, die sie in sich trugen. ›Dann werde ich es mir zur Aufgabe machen, dir dein Lachen zurückzubringen. Klingt nach einer abenteuerlichen Reise.‹ Vicky redete weiter, spann eine Geschichte voller düsterer Gefahren und einem Helden, der im Kampf mit einem Drachen sein Höchstes verloren hatte: sein Lachen.

Danijel ließ sich von Vicky auf die Wiese ziehen, lauschte Vickys Ausführungen und vergaß darüber, dass er andere Pläne gehabt hatte. Fasziniert von Vickys Fantasie hatte die Dringlichkeit seiner Aufgabe an Kraft verloren. Er wollte nicht fort. Noch nicht. Und noch weniger wollte er Vicky mit sich nehmen, denn das würde ihren sicheren Tod bedeuten.«

Als die letzten Worte verklungen sind, schaue ich noch einen Moment auf mein Manuskript. Ich atme tief durch, zwinge mir ein Lächeln auf die Lippen und hebe den Blick. Langsam, als müsste das Publikum erst aus einer Art Trance erwachen, braust der Applaus auf.

Ich suche Adrians Blick, der mir stolz zulächelt. Neben ihm sitzen meine Freunde. Lee, Toni und auch Nia jubeln lautstark. Dean und Melissa sitzen eine Reihe dahinter und klatschen ebenfalls Beifall.

»Danke«, hauche ich ins Mikro. »Ich weiß, es ist eine Unart, wenn man einer Geschichte das Ende vorwegnimmt. Aber heute ist eine Person im Publikum, der ich von tiefstem Herzen danken möchte. Er ist es, der mich immer wieder dazu ermutigt, über mich selbst hinauszuwachsen. Der an mich glaubt wie kein anderer. Und deshalb möchte ich die letzten Zeilen aus *Wie Schatten und Licht* vorlesen. Adrian, ich danke dir von Herzen.«

Wieder klatscht das Publikum Beifall und kurz darauf wird es still. Ich suche Adrians Blick, tauche ein in die innige Vertrautheit, die unsere Beziehung so besonders macht.

»Tränen rannen über Vickys Wangen, verschleierten ihre Sicht. Sie schniefte und wischte sich energisch über das Gesicht.

›Es ist nicht fair, dass du gehen musst. Kannst du mich nicht mitnehmen?‹

Ihr Herz schien in tausend Teile zu zerspringen, als Danijel mit einem traurigen Zug um den Mund den Kopf schüttelte. Warum wollte er sie zurücklassen? Das war nicht okay. Sie würde mit ihm überall hingehen. Bis ans Ende ihrer Welt und weiter. ›Das war immer der Plan. Aber es … es würde dich umbringen‹, sagte Danijel schließlich leise und legte eine Hand an ihre Wange. Zärtlich strich er über ihre glühende Haut. Es fühlte sich gut an, wie er sie berührte und doch klangen seine Worte nach Abschied. ›Ich muss gehen. Mir bleibt keine Wahl.‹

Trotzig stemmte Vicky die Hände die Hüften, reckte das Kinn und sah Danijel kampfbereit an. ›Man hat immer eine Wahl, Danijel! Und wenn dein Fürst etwas dagegen hat, dass wir zusammen sind, dann kann er mich gern mal kennenlernen.‹

Das war der Moment, in dem Danijel schallend loslachte. ›Du hast keine Ahnung, was du da sagst, Vicky!‹

›Weißt du, Danijel. Ich glaube an die Kraft der Liebe, denn sie baut Brücken. Zwischen Hell und Dunkel. Zwischen Gut und Böse. Und auch zwischen deiner und meiner Welt.‹«

Adrians Mundwinkel heben sich und ich bin mir sicher, dass er die Bedeutung der Worte erfasst. Ich atme tief ein, um auch die letzten Sätze mit voller Kraft auszusprechen.

»›Sie führt uns in unsere Welt‹, flüsterte Danijel sanft und legte seine Lippen zaghaft auf Vickys Mund. ›Ich liebe dich. In deiner Welt. In meiner Welt. Und ganz besonders in unserer Welt. Heute. Jetzt. Ein Leben lang.‹«

Ohne auf das Publikum zu achten, stürze ich von der Bühne, werfe mich in Adrians Arme und küsse ihn stürmisch.

»Ich liebe dich«, sage ich voller Überzeugung und erst als mich Adrian mit großen Augen anschaut, bemerke ich, wie mühelos die Worte über meine Lippen gekommen sind. Sie fühlen sich richtig an. Ehrlich. »Ich liebe dich«, wiederhole ich noch einmal, diesmal bewusster und das Prickeln, das sich in meinem Inneren ausbreitet, ist besser als das Gefühl, wenn mich die Idee für eine neue Geschichte durchströmt und mich voll und ganz ausfüllt. Zärtlich lege ich meine Lippen an seinen Mund, küsse ihn sanft und gleichzeitig mit einer Leidenschaft, die ich noch nie zuvor gespürt habe.

Sekunden später schmiege ich mich eng in Adrians Umarmung, presse meinen Kopf an seine Brust. Sein Herz schlägt kräftig und im selben Takt wie meines. Wir sind eins. Heute, jetzt. Vielleicht für immer?

ENDE

Nachwort

»Selektiver Mutismus bezeichnet in der Kinder- und Jugendpsychiatrie eine emotional bedingte psychische Störung, bei der die sprachliche Kommunikation stark beeinträchtigt ist.« (Quelle: Wikipedia)

Selektiver Mutismus – da hatte ich mir ja mit meiner Idee etwas eingebrockt. Wie sollte ich ein Buch über eine Protagonistin schreiben, die in manchen Situationen nicht spricht? Die so ganz andere Herausforderungen in ihrem Alltag zu meistern hat als ich selbst. Die anders denkt, vielleicht auch anders fühlt als ich. Intensiver, unsicherer, angstgeprägt? Ich habe viel recherchiert und versucht, mich in die Gedanken- und Gefühlswelt von Betroffenen hineinzuversetzen.

Habe ich es geschafft, ein realistisches Bild über den Selektiven Mutismus zu zeichnen?

Da es sich um ein sehr sensibles Thema handelt und ich auf gar keinen Fall eine Krankheit falsch darstellen und im schlimmsten Fall Betroffene verletzen möchte, habe ich mir Hilfe geholt. Eine vom Selektiven Mutismus betroffene junge Frau war so mutig, sich dem Abenteuer »Sensitivity Reading« zu stellen. Sie hat Paulinas Geschichte, ihre Reaktionen und Gefühle daraufhin durchleuchtet, ob sie im Hinblick auf den Selektiven Mutismus nachvollziehbar und realistisch sind. Es war eine intensive und für mich sehr bereichernde Zusammenarbeit und ich möchte dir, liebe Saskia, aus tiefstem Herzen Danke sagen, denn es ist nicht selbstverständlich, über diese sehr privaten, sehr intimen Gedanken und Gefühle mit einer fremden Person zu sprechen. Du hast mir geholfen, Paulina besser zu verstehen, damit ich in Worte fassen konnte, was sie bewegt – ohne ihr deine eigene Persönlichkeit überzustülpen.

An meine Leser habe ich noch eine Bitte. Wir Menschen sind irgendwie alle gleich. Und doch ist jeder auf ganz wundervolle Art einzigartig! Deshalb: Seid achtsam miteinander, freundlich, wertschätzend. »Gehe hundert Schritte in den Schuhen eines anderen, wenn du ihn verstehen willst«, rät eine indianische Weisheit. Ich würde mir wünschen, dass ihr niemanden beurteilt oder gar verurteilt, ohne seine Geschichte zu kennen. Wir können nicht in das Innere anderer Menschen schauen, können nicht wissen, was sie mit sich herumtragen, wogegen sie kämpfen. Macht euch die Mühe, hinter die Fassade zu sehen, wagt einen zweiten Blick. Seid offen und vielleicht lernt ihr dann wie Adrian einen wundervollen Menschen kennen, der wie Paulina anfangs erst einmal etwas seltsam wirkt.

Danke, dass ihr Adrian und Paulina auf der *Academy of Arts* besucht habt. Ich hoffe, ihr hattet genauso viel Spaß in Lieberose wie ich.

HERZ ÜBER KOPF VERLIEBT

Emma S. Rose
UNEXPECTED LOVE
ISBN 978-3-551-30286-1
Softcover
Auch als E-Book erhältlich

Sophies scheinbar perfektes Leben bricht zusammen und sie sieht sich gezwungen ihre Koffer zu packen, um zu ihrem Großvater an die Nordsee zu ziehen. Doch statt der erwarteten Rentner-WG trifft Sophie dort auf einen jungen Mitbewohner, der sie – aber auch ihr Herz – zum Rasen bringt …

Mimi Heeger
TO ME AND YOU.
GRACE & ADAM
ISBN 978-3-551-30330-1
Softcover
Auch als E-Book erhältlich

Eigentlich wollte Grace sich eine Auszeit von ihrer Familie nehmen und herausfinden, was sie vom Leben will. Doch die Reise von England nach Holland verläuft anders als ursprünglich geplant: Adam, der Adoptivsohn ihrer Tante, wurde zu ihrem ständigen Begleiter auserkoren und weicht ihr nicht mehr von der Seite.

IMPRESS

WWW.IMPRESSBOOKS.DE

Impress

Die Macht der Gefühle

Unser Versprechen für mehr Nachhaltigkeit
- Klimaneutrales Produkt
- Papiere aus nachhaltiger Waldwirtschaft
- Hergestellt in Europa

FSC
www.fsc.org
MIX
Papier aus verantwortungsvollen Quellen
FSC® C083411

Impress

Ein Imprint der Carlsen Verlag GmbH

Juli 2021

Lektorat: Julia Feldbaum

Umschlagbild: freepik.com / © starline / © prostooleh / © user7016754 / © laskoart / © kotkoa / envato.elements.com / © hellomart / © Voxel Design

Umschlaggestaltung: formlabor, Makita Hirt

Satz und Umsetzung: readbox publishing, Dortmund

ISBN 978-3-551-30398-1

www.impressbooks.de